文章选读

WEN ZHANG XUAN DU

叶朗 选编

華文出版社
SINO-CULTURE PRESS

图书在版编目（CIP）数据

文章选读 / 叶朗编著. -- 北京 ：华文出版社，2012.5
ISBN 978-7-5075-3661-4

Ⅰ. ①文 Ⅱ. ①叶…Ⅲ. ①世界文学－作品综合集 Ⅳ. ①I11

中国版本图书馆CIP数据核字(2012)第056993号

文章选读

编　　著：叶　朗
责任编辑：罗　亭
出版发行：華文出版社
社　　址：北京市西城区广外大街305号8区2号楼
邮政编码：100055
网　　址：http://www.hwcbs.com.cn
投稿信箱：sinoculturepress@126.com
电　　话：总 编 室 010-58336239　发 行 部 010-58336277 58336270
　　　　　责任编辑 010-58336195
经　　销：新华书店
印　　刷：北京彩虹伟业印刷有限公司
开　　本：787×1092　1/16
印　　张：23.75
字　　数：350千字
版　　次：2012年6月第1版
印　　次：2012年6月第1次印刷
标准书号：ISBN 978-7-5075-3661-4
定　　价：42.00元

前　言

一、这本《文章选读》主要面向大学生和研究生,同时也面向高中生。大学生、研究生,无论是理、工、农、医、人文、社科等哪个专业,都要写文章,都应该加强这方面的修养。而且这种修养,不能从大学开始,应该从中学就开始。

二、这本《文章选读》,也面向大、中、小学的教师,师范院校的教师,研究机构的工作人员,以及各级公务员和各行各业的广大职工。大、中、小学和师范院校的教师,不仅自己要写文章,更要引导学生写好文章。至于各行各业的研究人员、公务员和广大职工,他们的日常工作都离不开写文章。不论他们过去上学时是否有过这方面的训练,如今在工作岗位上都仍然需要继续加强这方面的修养。

三、现在书店里也有很多文选。主要是两类。一类是抒情散文,如《梁实秋散文选》、《林语堂散文选》等等。这一类文选的缺点是面太窄,我们平时写文章并不限于抒情散文。还有一类是《大学语文》的读本。这类读本多数是按文学史的线索,从《诗经》开始选,诗歌、小说占了很大比重,《左传》、《国语》等先秦的文章也占了很大的比重。这些文章对提高学生的文学修养当然很有帮助,但对学生写文章的直接帮助似乎不大。《大学语文》的读本不应该编成文学史读本、人文读本、文史知识读本,上世纪四十年代朱光潜先生曾写文章说过这个道理。我们编的这本《文章选读》区别于这两种文选。我们选的文章从类别上说面比较宽,不仅有抒情散文,还包括学术论文、各类评论文章、短论、杂感、游记、风俗画、知识小品、人物回忆、艺术鉴赏、书信、讲演辞,等等,因为我们的大学生、研究生、教师、研究人员和各级公务员,都要写学术论文和各种评论文章,也要写其他各种类型的文章。

四、这本《文章选读》主要选我国现当代作者的文章。古人的文章和国外作者的文章也少量选一些,主要选那些已经成为经典的文章和某些富有启发性的文章。

五、我把入选的文章分成十四大类。现在学术界对文章分类没有统一的看法。在这种情况下，我想文章分类不必过细，每一类的涵盖面可以宽泛一些。

六、我们对入选的今人的文章一般不加注。作者原有的注看情况保留或删去。对古文中难懂或陌生的词句加以简要的注释。注释参照《辞海》、《辞源》、《现代汉语词典》等通用的工具书。由于篇幅的限制，我们对个别文章做了少量的删节。

七、我们对入选的每篇文章用“编者按”的形式从写文章的角度做简短的评论和分析。文章中一些关键的句子和特别精彩的句子用黑体字标出，以提醒读者读这些句子时放慢速度，多一些思考和品味。

八、我国历史上有不少人编过文选，他们编文选的一个目的是要提倡一种文风，提倡一种趣味，用朱光潜先生的话来说，是要“造成一种新风气”。我们今天编文选也有这个作用。我想提倡的文风是简洁、干净、明白、通畅、有思想、有学养、有情趣。根据这个标准，“五四”以来一些在我看来最能体现这种文风的前辈学者的文章，特意多选了几篇。他们文章的格局和气象都非一般人能及，有一种超越时代的美。我相信，他们笼罩百家的胸襟，光风霁月的气象，高远平和的精神境界，一定会给读者朋友留下不可磨灭的印象。出于同样的考虑，有几位当代学者(作家)的文章我也特意多选了几篇。我盼望，在这些前辈学者和当代学者(作家)的影响和启发下，读者朋友能有意识地去追求那种简洁、干净、明白、通畅、有思想、有学养、有情趣的文风，注重拓宽自己的胸襟，涵养自己的气象，提升自己的精神境界，从而远离当下某些人传播的装腔作势、义瘠辞肥、自吹自擂、存心卖弄、艰深晦涩、空洞无物，以及武断、骄横、偏狭、刻薄、油滑、谩骂等低级趣味和鄙俗文风。

九、在这本《文章选读》的最后，我开列了一个《延伸读物书目》，从如何写好文章的角度推荐了十二部经典著作和名著，对每部著作做了简单的评说，希望这些著作有助于读者进一步加深文化修养和艺术修养，培养健康、高雅、纯正的趣味和格调，写出好的文章。

目　录

一　抒情散文、哲理散文

二　政治评论、历史评论、社会评论、文化评论

三　学术论文、学术札记

四　短论、杂感、杂说、寓言、随笔

五　游记、风俗画

六　社会观察、人间万象

七　知识小品

八　人物素描、人物回忆、人物悼念

九　艺术鉴赏、艺术批评

十　序记、题辞、书评

十一　檄文、碑文

十二　书信

十三　日记

十四　讲演辞

抒情散文 哲理散文

兰亭集序

王羲之[①]

永和九年[②],岁在癸丑,暮春之初,会于会稽山阴之兰亭,修禊事也[③]。群贤毕至,少长咸集。此地有崇山峻岭,茂林修竹,又有清流激湍,映带左右,引以为流觞曲水[④],列坐其次。虽无丝竹管弦之盛,一觞一咏,亦足以畅叙幽情。

是日也,天朗气清,惠风和畅,仰观宇宙之大,俯察品类之盛,所以游目骋怀[⑤],足以极视听之娱,信可乐也。

夫人之相与[⑥],俯仰一世[⑦],或取诸怀抱,悟言一室之内[⑧],或因寄所托,放浪形骸之外[⑨]。虽趣舍万殊,静躁不同[⑩],当其欣于所遇,暂得于己,快然自足,不知老之将至。及其所之既倦[⑪],情随事迁,感慨系之矣。向之所欣,俯仰之间,已为陈迹,犹不能不以之兴怀,况修短随化[⑫],终期于尽。古人云:"死生亦大矣。"岂不痛哉!

每览昔人兴感之由,若合一契[⑬],未尝不临文嗟悼,不能喻之于怀[⑭]。固知

---

① 王羲之(321－379,一作303－361),东晋书法家、文学家。字逸少。琅琊临沂人(今属山东),居会稽山阴(今浙江绍兴)。

② 永和九年:353年。永和为东晋穆帝的号。

③ 修禊(xì):古代习俗,于三月三日到水边嬉游,以祛除不吉。文人常借此聚集为诗文之会。

④ 觞:酒杯。曲水:环曲的水渠。修禊时,置杯于上流,任其顺流而下,停在谁面前,谁就取饮。

⑤ 游目骋怀:眼睛仰观俯察,上下游动,胸怀开阔。

⑥ 相与:社会交往。

⑦ 俯仰一世:为世事忙碌。

⑧ 悟:同"晤"。指在室内与人交谈自己心中的想法。

⑨ 指有的人由自己的性格追求而自由放任地生活。

⑩ 指各人趣味不同,性格不同。

⑪ 所之既倦:对自己达到的目的感到厌倦。

⑫ 修短:指生命的长短。

⑬ 若合一契:古人的想法和自己的想法像一对符契那么相合。

⑭ 不能在胸中得到宽解。

一死生为虚诞，齐彭殇为妄作[1]。后之视今，亦犹今之视昔，悲夫！故列叙时人，录其所述。虽世殊事异，所以兴怀，其致一也。后之览者，亦将有感于斯文。

（原载《王右军集》）

编者按

这是一篇哲理性的散文，从风物之美，人物之盛，写到生死之痛，今昔同悲。前人评论说，这篇文章文情高旷，辞采清亮，疏旷淡宕，潇洒自然，“如云气空濛，往来纸上”，“苍凉感叹之中，有无穷逸趣”，最能表达晋人超然玄远、旷达风流的胸襟。

---

① 彭：彭祖，传说他活了八百岁。殇：未成年夭折者。这两句是说，那种认为生死没有区别、长寿和短命是一样的想法是荒诞的。

前赤壁赋

苏轼[①]

壬戌之秋[②],七月既望[③],苏子与客泛舟游于赤壁之下[④]。清风徐来,水波不兴。举酒属客[⑤],诵明月之诗,歌窈窕之章[⑥]。少焉[⑦],月出于东山之上,徘徊于斗牛之间[⑧]。白露横江,水光接天。纵一苇之所如[⑨],凌万顷之茫然[⑩]。浩浩乎如冯虚御风[⑪],而不知其所止;飘飘乎如遗世独立[⑫],羽化而登仙[⑬]。

于是饮酒乐甚,扣舷而歌之[⑭]。歌曰:“桂棹兮兰桨[⑮],击空明兮泝流光[⑯]。渺渺兮予怀[⑰],望美人兮天一方。”客有吹洞箫者,倚歌而和之[⑱]。其声呜呜然,如怨如慕,如泣如诉;余音袅袅,不绝如缕。舞幽壑之潜蛟,泣孤舟之嫠妇[⑲]。

---

① 苏轼(1037－1101)北宋文学家、书画家。字子瞻,号东坡居士。眉山(今属四川)人。
② 壬戌:宋神宗元丰五年(1082)。
③ 既望:农历每月十五日为望,十六日为既望。
④ 赤壁:有两处,一处为湖北嘉鱼县东北,即周瑜击败曹操之处,一处在黄州(湖北黄冈县),即苏轼所游之处。
⑤ 属(zhǔ):劝酒。
⑥ 明月之诗,窈窕之章:一般认为指《诗经·.陈风·月出》篇。
⑦ 少焉:一会儿。
⑧ 斗牛:斗宿、牛宿,星宿名。
⑨ 一苇:比喻小船。所如:所往。
⑩ 凌:越过。万顷:形容江面广阔。
⑪ 冯虚:凌空。冯(píng),同凭。
⑫ 遗世:离开人世。
⑬ 羽化:道教称飞升成仙为羽化。
⑭ 舷(xián):船边。
⑮ 桂棹(zhào)、兰桨:划船用具的美称。
⑯ 空明:形容月光下澄澈透明的水。泝(sù):同“溯”,逆流而上。流光:水面上浮动的月光。
⑰ 予怀:我的心怀。
⑱ 倚歌:按着歌的曲调。
⑲ 嫠(lí)妇:寡妇。

苏子愀然①，正襟危坐而问客曰："何为其然也？"客曰："'月明星稀，乌鹊南飞'，此非曹孟德之诗乎？西望夏口，东望武昌，山川相缪②，郁乎苍苍，此非孟德之困于周郎者乎？方其破荆州，下江陵③，顺流而东也，舳舻千里④，旌旗蔽空，酾酒临江⑤，横槊赋诗⑥，固一世之雄也，而今安在哉？况吾与子渔樵于江渚之上，侣鱼虾而友麋鹿⑦，驾一叶之扁舟，举匏樽以相属⑧，寄蜉蝣于天地⑨，渺沧海之一粟。哀吾生之须臾⑩，羡长江之无穷，挟飞仙以遨游，抱明月而长终。知不可乎骤得，托遗响于悲风⑪。"

苏子曰："客亦知夫水与月乎？逝者如斯，而未尝往也⑫；盈虚者如彼，而卒莫消长也⑬。盖将自其变者而观之，则天地曾不能以一瞬；自其不变者而观之，则物与我皆无尽也，而又何羡乎？且夫天地之间，物各有主；苟非吾之所有，虽一毫而莫取。惟江上之清风，与山间之明月，耳得之而为声，目遇之而成色，取之无禁，用之不竭，是造物者之无尽藏也，而吾与子之所共适⑭。"

客喜而笑，洗盏更酌。肴核既尽，杯盘狼藉⑮。相与枕藉乎舟中⑯，不知东方之既白。

（原载《苏东坡集》）

---

① 愀(qiǎo)然：忧愁的样子。

② 缪(miào)：通"缭"，连接，环绕。

③ 破荆州，下江陵：汉献帝建安十三年(208)七月，曹操率大军南下，刘表次子刘琮投降，曹操占领荆州、江陵。

④ 舳舻(zhú lú)：大船。

⑤ 酾(shī)：斟酒。

⑥ 槊(shuò)：长矛。

⑦ 麋(mí)：鹿的一种。

⑧ 匏(páo)樽：用匏做的酒器。匏：葫芦的一种。

⑨ 蜉蝣(fú yóu)：夏秋之交生于水边的小虫，只能活几个小时。

⑩ 须臾(xū yú)：片刻。

⑪ 遗响：指洞箫的余音。

⑫ 逝者如斯，而未尝往也：水不断地流去，但始终没有消失。

⑬ 盈虚者如彼，而卒莫消长也：月亮有圆有缺，到底并没有增减。

⑭ 共适：共同享受。

⑮ 肴：荤菜。核：果品。狼藉：杂乱貌。

⑯ 相与枕藉：互相紧靠着睡觉。

编者按

宇宙无限，人生有限，“哀吾生之须臾，羡长江之无穷”，自古以来引起多少人的感叹。本文作者跳出常人的胸怀和眼界。他指出，有限和无限是相对的。就世界上的事物时刻都在变化而言，任何事物都是一瞬间的事；但事物在变化中又有不变者存在，这样看任何事物又都是无穷尽的。所以人们不必为人生有限而感叹，而应该把握“现在”，珍惜“当下”，所谓“江上之清风，与山间之明月，耳得之而为声，目遇之而成色，取之无禁，用之不竭，是造物者之无尽藏也，而吾与子之所共适”。所以金圣叹说苏轼此文是抒写“其胸前一片空阔了悟”，启发人们“受用眼前无边无月”，享受审美的人生，回归人的精神家园。

少年中国说

梁启超[1]

日本人之称我中国也，一则曰老大帝国，再则曰老大帝国。是语也，盖袭译欧西人之言也。呜呼！我中国其果老大矣乎？任公曰：恶[2]，是何言！是何言！吾心目中有一少年中国在。

欲言国之老少，请先言人之老少。**老年人常思既往，少年人常思将来。惟思既往也，故生留恋心；惟思将来也，故生希望心。惟留恋也，故保守；惟希望也，故进取。惟保守也，故永旧；惟进取也，故日新。惟思既往也，事事皆其所已经者，故惟知照例；惟思将来也，事事皆其所未经者，故常敢破格。**老年人常多忧虑，少年人常好行乐。惟多忧也，故灰心；惟行乐也，故盛气。惟灰心也，故怯懦；惟盛气也，故豪壮。惟怯懦也，故苟且；惟豪壮也，故冒险。惟苟且也，故能灭世界；惟冒险也，故能造世界。老年人常厌事，少年人常喜事。惟厌事也，故常觉一切事无可为者；惟好事也，故常觉一切事无不可为者。老年人如夕照，少年人如朝阳。老年人如瘠牛，少年人如乳虎。老年人如僧，少年人如侠。老年人如字典，少年人如戏文。老年人如鸦片烟，少年人如白兰地酒。老年人如别行星之陨石，少年人如大洋海之珊瑚岛。老年人如埃及之金字塔，少年人如西比利亚之铁路。老年人如秋后之柳，少年人如春前之草。老年人如死海之潴为泽[3]，少年人如长江之初发源。此老年与少年性格不同之大略也。任公曰：人固有之，国亦宜然。

任公曰：伤哉老大也！浔阳江头琵琶妇，当明月绕船，枫叶瑟瑟，衾寒于铁，似梦非梦之时，追想洛阳尘中春花秋月之佳趣。西宫南内，白发宫娥，一灯

---

① 梁启超（1873－1929）：中国近代思想家、学者。字卓如，号任公，又号饮冰室主人。广东新会人。他的著作编为《饮冰室合集》。

② 恶（wù）：感叹词，表示不安、惊讶。

③ 死海：西亚大咸湖，含盐量高，水草、鱼类不能生存。潴（zhū）：湖水停滞。

如穗，三五对坐，谈开元、天宝间遗事，谱《霓裳羽衣曲》。青门种瓜人[①]，左对孺人，顾弄孺子，忆侯门似海珠履杂遝之盛事[②]。拿破仑之流于厄蔑[③]，阿剌飞之幽于锡兰[④]，与三两监守吏或过访之好事者，道当年短刀匹马驰骋中原，席卷欧洲，血战海楼，一声叱咤，万国震恐之丰功伟烈，初而拍案，继而抚髀[⑤]，终而揽镜。呜呼！面皴齿尽，白发盈把，颓然老矣。若是者，舍幽郁之外无心事，舍悲惨之外无天地，舍颓唐之外无日月，舍叹息之外无音声，舍待死之外无事业，美人豪杰且然，而况于寻常碌碌者耶？生平亲友，皆在墟墓；起居饮食，待命于人。今日且过，遑知他日？今年且过，遑恤明年[⑥]？普天下灰心短气之事，未有甚于老大者。于此人也，而欲望以拿云之手段，回天之事功，挟山超海之意气，能乎不能？

呜呼！我中国其果老大矣乎？立乎今日以指畴昔，唐虞三代，若何之郅治[⑦]；秦皇汉武，若何之雄杰；汉唐来之文学，若何之隆盛；康乾间之武功，若何之煊赫。历史家所铺叙，词章家所讴歌，何一非我国民少年时代良辰美景、赏心乐事之陈迹哉！而今颓然老矣，昨日割五城，明日割十城，处处雀鼠尽，夜夜鸡犬惊。十八省之土地财产，已为人怀中之肉，四百兆之父兄子弟，已为人注籍之奴[⑧]，岂所谓"老大嫁作商人妇"者耶？呜呼！"凭君莫话当年事，憔悴韶光不忍看！"楚囚相对，岌岌顾影，人命危浅，朝不虑夕。国为待死之国，一国之民为待死之民，万事付之奈何，一切凭人作弄，亦何足怪。

任公曰：我中国其果老大矣乎？是今日全地球之一大问题也。如其老大也，则是中国为过去之国，即地球上昔本有此国，而今渐澌灭，他日之命运殆将尽也。如其非老大也，则是中国为未来之国，即地球上昔未现此国，而今渐发达，他日之前程且方长也。欲断今日之中国为老大耶，为少年耶，则不可不先明"国"字之意义。夫国也者何物也？有土地，有人民，以居于其土地之人民，而治其所居土地之事；自制法律而自守之，有主权，有服从，人人皆主权者，人人皆服从者。夫如

---

① 青门种瓜人：秦灭后，秦朝东陵侯邵平在青门外种瓜。
② 杂遝（tà）：同"杂沓"，杂乱。
③ 厄蔑：地中海中岛屿，一译"厄尔巴"。1814年，拿破仑被流放于此。
④ 阿剌飞：一译"阿拉比帕沙"，埃及人，指挥军队抗英失败，被流放于锡兰岛。
⑤ 髀（bì）：大腿。
⑥ 遑（huáng）：谈不上。恤（xù）：忧虑。
⑦ 郅（zhì）治：大治。
⑧ 注籍之奴：记在名册上的奴隶。

是,斯谓之完全成立之国。地球上之有完全成立之国也,自百年以来也。完全成立者,壮年之事也;未能完全成立而渐进于完全成立者,少年之事也。故吾得一言以断之曰:欧洲列邦在今日为壮年国,而我中国在今日为少年国。

龚自珍氏之集有诗一章,题曰:《能令公少年行》①,吾尝爱读之,而有味乎其用意之所存。我国民而自谓其国之老大也,斯果老大矣;我国民而自知其国之少年也,斯乃少年矣。西谚有之曰:“有三岁之翁,有百岁之童。”然则国之老少,又无定形,而实随国民之心力以为消长者也。吾见乎玛志尼之能令国少年也②,吾又见乎我国之官吏士民能令国老大也,吾为此惧!夫以如此壮丽浓郁、翩翩绝世之少年中国,而使欧西、日本人谓我为老大者,何也?则以握国权者皆老朽之人也。非哦几十年八股,非写几十年白折③,非当几十年差,非捱几十年俸,非递几十年手本④,非唱几十年诺⑤,非磕几十年头,非请几十年安,则必不能得一官,进一职。其内任卿贰以上⑥,外任监司以上者⑦,百人之中,其五官不备者,殆九十六七人也,非眼盲,则耳聋,非手颤,则足跛,否则半身不遂也。彼其一身,饮食步履视听言语,尚且不能自了,须三四人在左右扶之捉之,乃能度日,于此而乃欲责之以国事,是何异立无数木偶而使之治天下也!**且彼辈者,自其少壮之时,既已不知亚细、欧罗为何处地方,汉祖、唐宗是那朝皇帝,犹嫌其顽钝腐败之未臻其极,又必搓磨之,陶冶之,待其脑髓已涸,血管已塞,气息奄奄,与鬼为邻之时,然后将我二万里山河,四万万人命,一举而畀于其手。呜呼!老大帝国,诚哉其老大也!**而彼辈者,积其数十年之八股、白折、当差、捱俸、手本、唱诺、磕头、请安,千辛万苦,千苦万辛,乃始得此红顶花翎之服色,中堂大人之名号,乃出其全副精神,竭其毕生力量,以保持之。如彼乞儿拾金一锭,虽轰雷盘旋其顶上,而两手犹紧抱其荷包,他事非所顾也,非所知也,非所闻也。于此而告之以亡国也,瓜分也,彼乌从而听之?乌从而信之?**即使果亡矣,果分矣,而吾今年既七十矣,八十矣,但求其一两年内,洋人不来,强盗不起,我已**

① 《能令公少年行》:龚自珍此诗大意为一个人能放宽胸怀,做自己应做的事,就能永葆青春。
② 玛志尼:意大利革命志士,1831 年组织少年意大利党,鼓吹革命,终于完成意大利统一大业。
③ 白折:白纸叠成的折页,清朝考试用纸。
④ 手本:旧时下级官员进见上级官员时所用的名帖。
⑤ 唱诺:旧时下属见上官须扬声致敬。
⑥ 卿贰:指尚书、侍郎。
⑦ 监司:清代布政司、按察司、道员的通称。

快活过了一世矣。若不得已，则割三头两省之土地，奉申贺敬，以换我几个衙门；卖三几百万之人民作仆为奴，以赎我一条老命，有何不可？有何难办？呜呼！今以所谓老后、老臣、老将、老吏，其修身、齐家、治国、平天下之手段，皆具于是矣。“西风一夜催人老，凋尽朱颜白尽头。”使走无常当医生①，携催命符以祝寿。嗟乎痛哉！以此为国，是安得不老且死，且吾恐其未及岁而殇也。

任公曰：造成今日之老大中国者，则中国老朽之冤业也，制出将来之少年中国者，则中国少年之责任也。彼老朽者何足道，彼与此世界作别之日不远矣，而我少年乃新来而与世界为缘。如僦屋者然②，彼明日将迁居他方，而我今日始入此室处。将迁居者，不爱护其窗栊，不洁治其庭庑。俗人恒情，亦何足怪！若我少年者，前程浩浩，后顾茫茫。中国而为牛为马为奴为隶，则烹脔鞭箠之惨酷③，惟我少年当之；中国如称霸宇内，主盟地球，则指挥顾盼之尊荣，惟我少年享之：于彼气息奄奄，与鬼为邻者何与焉？彼而漠然置之，犹可言也；我而漠然置之，不可言也。使举国之少年而果为少年也，则吾中国为未来之国，其进步未可量也；使举国之少年而亦为老大也，则吾中国为过去之国，其澌亡可翘足而待也④。故今日之责任，不在他人，而全在我少年。少年智则国智，少年富则国富，少年强则国强，少年独立则国独立，少年自由则国自由，少年进步则国进步，少年胜于欧洲，则国胜于欧洲，少年雄于地球，则国雄于地球。红日初升，其道大光；河出伏流，一泻汪洋。潜龙腾渊，鳞爪飞扬；乳虎啸谷，百兽震惶。鹰隼试翼，风尘吸张；奇花初胎，矞矞皇皇⑤。干将发硎⑥，有作其芒。天戴其苍，地履其黄。纵有千古，横有八荒。前途似海，来日方长。美哉我少年中国，与天不老！壮哉我中国少年，与国无疆！

（原载《饮冰室文集》）

编者按

有长江大河一泻千里之势。

---

① 走无常：民间传说勾人魂魄之鬼差。
② 僦（jiù）：租赁。
③ 箠（chuí）：鞭打。
④ 翘足：举足。比喻快速。
⑤ 矞（yù）矞：美盛的样子。
⑥ 干将：古代名剑。发硎：刀刃新磨。硎：磨刀石。

我与地坛

史铁生[1]

一

我在好几篇小说中都提到过一座废弃的古园,实际就是地坛。许多年前旅游业还没有发展,园子荒芜冷落得如同一片野地,很少被人记起。

地坛离我家很近。或者说我家离地坛很近。总之,只好认为这是缘分。地坛在我出生前四百多年就坐落在那儿了,而自从我的祖母年轻时带着我父亲来到北京,就一直住在离它不远的地方——五十多年间搬过几次家,可搬来搬去总是在它的周围,而且是越搬离它越近了。我常常觉得这中间有着宿命的味道:仿佛这古园就是为了等我,而历尽沧桑在那儿等待了四百多年。

它等待我出生,然后又等待我活到最狂妄的年龄上忽地残废了双腿。四百多年里,它一面剥蚀了古殿檐头浮夸的琉璃,淡褪了门壁上炫耀的朱红,坍圮了一段段高墙又散落了玉砌雕栏,祭坛四周的老柏树愈见苍幽,到处的野草荒藤也都茂盛得自在坦荡。这时候想必我是该来了。十五年前的一个下午,我摇着轮椅进入园中,它为一个失魂落魄的人把一切都准备好了。那时,太阳循着亘古不变的路途正越来越大,也越红。在满园弥漫的沉静光芒中,一个人更容易看到时间,并看见自己的身影。

自从那个下午我无意中进了这园子,就再没长久地离开过它。我一下子就理解了它的意图。正如我在一篇小说中所说的:“在人口密聚的城市里,有这样一个宁静的去处,像是上帝的苦心安排。”

两条腿残废后的最初几年,我找不到工作,找不到去路,忽然间几乎什么都找不到了,我就摇了轮椅总是到它那儿去,仅为着那儿是可以逃避一个世界

---

① 史铁生(1951－2010),我国当代作家。原籍河北涿县,生于北京。

对自己说："反正我不能不让他出去，未来的日子是他自己的，如果他真的要在那园子里出了什么事，这苦难也只好我来承担。"在那段日子里——那是好几年长的一段日子，我想我一定使母亲做过了最坏的准备了，但她从来没有对我说过："你为我想想。"**事实上我也真地没为她想过。那时她的儿子还太年轻，还来不及为母亲想，他被命运击昏了头，一心以为自己是世上最不幸的一个，不知道儿子的不幸在母亲那儿总是要加倍的。**她有一个长到20岁上忽然截瘫的儿子，这是她唯一的儿子；她情愿截瘫的是自己而不是儿子，可这事无法代替；她想，只要儿子能活下去哪怕自己去死呢也行，可她又确信一个人不能仅仅是活着，儿子得有一条路走向自己的幸福；而这条路呢，没有谁能保证她的儿子终于能找到。——这样一个母亲，注定是活得最苦的母亲。

有一次与一个作家朋友聊天。我问他学写作的最初动机是什么，他想了一会说："为我母亲。为了让她骄傲。"我心里一惊，良久无言。回想自己最初写小说的动机，虽不似这位朋友的那般单纯，但如他一样的愿望我也有，且一经细想，发现这愿望也在全部动机中占了很大比重。这位朋友说："我的动机太低俗了吧？"我光是摇头，心想低俗并不见得低俗，只怕是这愿望过于天真了。他又说："我那时真就是想出名，出了名让别人羡慕我母亲。"我想，他比我坦率。我想，他又比我幸福，因为他的母亲还活着。而且我想，他的母亲也比我的母亲运气好，他的母亲没有一个双腿残废的儿子，否则事情就不这么简单。

在我的头一篇小说发表的时候，在我的小说第一次获奖的那些日子里，我真是那么希望我的母亲还活着。我便又不能在家里呆了，又整天整天独自跑到地坛去，心里是没头没尾的沉郁和哀怨，走遍整个园子却怎么也想不通：母亲为什么就不能再多活两年？为什么在她儿子就快要碰撞开一条路的时候，她却忽然熬不住了？莫非她来此世上只是为了替儿子担忧，却不该分享我的一点点快乐？她匆匆离我去时才只有四十九呀！有那么一会儿，我甚至对世界对上帝充满了仇恨和厌恶。后来我在一篇题为《合欢树》的文章中写道："我坐在小公园安静的树林里，闭上眼睛，想，上帝为什么早早地召母亲回去呢？很久很久，迷迷糊糊的我听见了回答'她心里太苦了，上帝看她受不住了，就召她回去。'我似乎得了一点安慰，睁开眼睛，看见风正从树林里穿过。"小公园，指的也是地坛。

只是到了这时候，纷纭的往事才在我眼前幻现得清晰，母亲的苦难与伟大才在我心中渗透得深彻。上帝的考虑，也许是对的。

摇着轮椅在园中慢慢走，又是雾罩的清晨，又是骄阳高悬的白昼，我只想着一件事：母亲已经不在了。在老柏树旁停下，在草地上的颓墙边停下，又是处处虫鸣的午后，又是鸟儿归巢的傍晚，我心里只默念着一句话：可是母亲已经不在了。把椅背放倒，躺下，似睡非睡挨到日没，坐起来，心神恍惚，呆呆地直坐到古祭坛上落满黑暗然后再渐渐浮起月光，心里才有点明白，母亲不能再来这园中找我了。

曾有过好多回，我在这园子里呆得太久了，母亲就来找我。她来找我又不想让我发觉，只要见我还好好地在这园子里，她就悄悄转身回去，我看见过几次她的背影。我也看见过几回她四处张望的情景，她视力不好，端着眼镜像在寻找海上的一条船，她没看见我时我已经看见她了，待我看见她也看见了我就不去看她，过一会我再抬头看她就又看见她缓缓离去的背影。我单是无法知道有多少回她没有找到我。有一回我坐在矮树丛中，树丛很密，我看见她没有找到我；她一个人在园子里走，走过我的身旁，走过我经常呆的一些地方，步履茫然又急迫。我不知道她已经找了多久还要找多久，我不知道为什么我决意不喊她——但这绝不是小时候的捉迷藏，这也许是出于长大了的男孩子的倔强或羞涩？但这倔强只留给我痛悔，丝毫也没有骄傲。我真想告诫所有长大了男孩子，千万不要跟母亲来这套倔强，羞涩就更不必，我已经懂了可我已经来不及了。

儿子想使母亲骄傲，这心情毕竟是太真实了，以致使“想出名’这一声名狼藉的念头也多少改变了一点形象。这是个复杂的问题，且不去管它了罢。随着小说获奖的激动逐日暗淡，我开始相信，至少有一点我是想错了：我用纸笔在报刊上碰撞开的一条路，并不就是母亲盼望我找到的那条路。年年月月我都到这园子里来，年年月月我都要想，母亲盼望我找到的那条路到底是什么。母亲生前没给我留下过什么隽永的哲言，或要我恪守的教诲，只是在她去世之后，她艰难的命运，坚忍的意志和毫不张扬的爱，随光阴流转，在我的印象中愈加鲜明深刻。

有一年，十月的风又翻动起安详的落叶，我在园中读书，听见两个散步的老人说：“没想到这园子有这么大。”我放下书，想，这么大一座园子，要在其中找到她的儿子，母亲走过了多少焦灼的路。多年来我头一次意识到，这园中不单是处处都有过我的车辙,有过我的车辙的地方也都有过母亲的脚印。

三

如果以一天中的时间来对应四季,当然春天是早晨,夏天是中午,秋天是黄昏,冬天是夜晚。如果以乐器来对应四季,**我想春天应该是小号,夏天是定音鼓,秋天是大提琴,冬天是圆号和长笛**。要是以这园子里的声响来对应四季呢?那么,**春天是祭坛上空飘浮着的鸽子的哨音,夏天是冗长的蝉歌和杨树叶子哗啦啦地对蝉歌的取笑,秋天是古殿檐头的风铃响,冬天是啄木鸟随意而空旷的啄木声**。以园中的景物对应四季,**春天是一径时而苍白时而黑润的小路,时而明朗时而阴晦的天上摇荡着串串杨花;夏天是一条条耀眼而灼人的石凳,或阴凉而爬满了青苔的石阶,阶下有果皮,阶上有半张被坐皱的报纸;秋天是一座青铜的大钟,在园子的西北角上曾丢弃着一座很大的铜钟,铜钟与这园子一般年纪,浑身挂满绿锈,文字已不清晰;冬天,是林中空地上几只羽毛蓬松的老麻雀**。以心绪对应四季呢?**春天是卧病的季节,否则人们不易发觉春天的残忍与渴望;夏天,情人们应该在这个季节里失恋,不然就似乎对不起爱情;秋天是从外面买一棵盆花回家的时候,把花搁在阔别了的家中,并且打开窗户把阳光也放进屋里,慢慢回忆慢慢整理一些发过霉的东西;冬天伴着火炉和书,一遍遍坚定不死的决心,写一些并不发出的信**。还可以用艺术形式对应四季,**这样春天就是一幅画,夏天是一部长篇小说,秋天是一首短歌或诗,冬天是一群雕塑**。以梦呢?以梦对应四季呢?**春天是树尖上的呼喊,夏天是呼喊中的细雨,秋天是细雨中的土地,冬天是干净的土地上的一只孤零的烟斗**。

因为这园子,我常感恩于自己的命运。

我甚至现在就能清楚地看见,**一旦有一天我不得不长久地离开它,我会怎样想念它,我会怎样想念它并且梦见它,我会怎样因为不敢想念它而梦也梦不到它**。

(原载《上海文学》1992 年第 1 期
全文原有七节,这里节录其中一、二、三节)

编者按

史铁生写他独自摇着轮椅到地坛去走动的时候，他的母亲是怎样的心神不定，坐卧难宁，怎样的痛苦，惊恐，无助，祈求。他在园子里呆得太久了，他母亲就到园子里找他，心情焦灼，四处张望，步履茫然又急迫。而作为儿子的他只想着自己的不幸，从来没有为母亲想过。等到母亲猝然去世，他再摇着轮椅去园中走动，又是雾罩的清晨，又是处处虫鸣的午后，又是鸟儿归巢的傍晚，这时他只想着一件事：母亲已经不在了，母亲不能再来这园中找他了。

作者写他母亲，写他母亲心情焦灼，步履急迫，令人感叹，令人感伤。天下父母为子女奔走操劳都是心情焦灼，步履急迫。有一位中学校长①说，史铁生教会我们什么是敬畏，什么是感恩。他在教我们如何去超越“现实”，去摆脱身体的束缚和利益的桎梏，去追求人的存在的价值和光辉。史铁生是这个时代难以消逝的声音。

史铁生这篇文章中对四季的比喻也很少见。这一连串奇妙的比喻，有如天外飞来，却是眼前景色。在这些比喻中，凝聚着作者的沉郁辛酸的人生体验。

① 苏州十中校长柳袁照，诗人。

世间最美丽的眼睛

金翠华①

我第一次见到这双眼睛，是在2000年3月16日。近午时分，朋友送来一只小鹩哥，它静静地站在笼子里，羽毛油黑，脖子上垂着一条黄色的肉冠，看上去像是围了一条天鹅绒的领巾。我走近它，它微微抬起头，看了我一眼，我的心立时走进了这双眼睛，走进了这双纯净得没有一丝瑕疵的眼睛里。在以后我们相处的1120天里，我一直在这双眼睛里享受着人世间难以得到的钟灵真情。

我的母亲生前常说：最爱我的是母亲，我最爱的是孩子。这应该是对所有做母亲的情感的剖白。母爱是一种双向汇流的情感。一方面是母亲发自内心的无条件的爱的付出，一方面是子女发自内心的无条件的爱的接受。无条件是爱的最好的条件，这种发自内心的无条件使双向汇流的母爱有别于人世间任何的一种爱。一个母亲如果缺少了其中的任何一方，她的心灵都会失去平衡。

河河来我家时，正是我心灵失去平衡的时候。我刚刚没有了母亲，陪伴我58年的母亲突然消失了。我很难接受这个事实。我常常会看到她一个人在路上，匆匆地向我家走来，风吹着她花白的头发……我沉浸在悲伤里，除了能在讲台上正常授课以外，再也没有心思做别的事了。

一只可爱的小鸟就是在这时飞进了我的生活。它的深情，它的温顺，它的纯真，它的乖巧，它的善解人意，时时在展示着一种我不熟悉的生命形态。这种展示是那样的真挚，没有一丝一毫的刻意雕凿，完全是一种自然的流露，流露着那种只有飞翔在蓝天上才能拥有的光和爱。我的心在这种光和爱里找到了平衡的位置。

---

① 金翠华，中国当代女作家。

鹩哥是一种会说话的鸟。可初来的那天，它一句话也没说。我按朋友教的方法，把鸟食泡湿，调上鸡蛋黄，搓成小粒放在手指上喂它，它静静地看着我，一言不发，啄食后转过身去，默默地望着窗外，清亮的目光里满是惆怅。有谁能说得清一只鸟儿为什么惆怅吗？惆怅的目光总让人想到荒野里迷路的孩子。那天一落黑，它就睡着了。晚上8点多钟，丈夫和孩子都回家了，我们围着它看，它醒了，睡眼惺忪，惺忪的睡眼里包含着一种困惑，看了大家半天，突然瓮声瓮气地说了一声："你好！"一只鸟在说话！真是太神奇了！

朋友告诉我它已经会说好几句话了，会说"欢迎朋友""你好""讨厌"和"长途电话"。它曾经被放在一个单位的传达室里，它就是在那里学会这几句话的。在后来的几天里，它常常在没人时反复说着这几句话。但是，在初来的第一个晚上，它向我们说的第一句话却是"你好"。

一只鸟会说人的语言是本能地对人的模仿，还是在表达它所说的这些词语的含义？鸟类学家也许会用实证的方法告诉我们，鸟儿不会理解人的语言。我不知道人类用什么方法能测定鸟儿的思维和情感，我只知道我们的河河是有思维和感情的。它有判断能力，知道在什么时候使用它会说的几句话。几天后发生的一件事情坚定了我的这种看法。

听到一只鸟儿会说话，邻居们好奇，纷纷来观看，那天家里来了七八个人，围着河河，向它说你好，它很有礼貌地回应着，赢得一片掌声和笑声。河河也很高兴，在笼子里跳来跳去。可其中一人说："这只鸟话说得这么清楚，拿到鸟市上，至少也能卖四五千块钱。"我正不知怎样回答，河河抛出一句"讨厌"，惹得对方脸红。

河河能理解人的语言意义，从此在我们家里就多了一个可以沟通的成员。"河河"这个名字是我们全家商量着给它起的。至今我还记得当它听到这个名字时的情景。春天的阳光很明丽，照在笼子旁边的一株茶花上，洁白的茶花沐浴着春光，每一片花瓣都玉雕般地晶莹美妍。"河河"温柔地站在笼子里，它黑亮的羽毛闪着宝蓝色的光彩。我给它喂食时，郑重地告诉它："你已经是我们家的孩子了。全家人都喜欢你。我们给你起名叫河河，有两个意思：一是，你大哥叫海，二哥叫江，你最小，就叫小河河吧；第二个意思是，河河与和合同音，和合是和谐合美的意思。以后我就叫你河河，你同意吗？"

我说话时，它一动不动地站在笼子里的木棍上，歪着头，黑亮黑亮的眼睛看着我，很认真地听我说，我说完了，它一下把食啄在嘴里，然后高兴地从笼子的这一头跳到那一头。

它是那样的兴奋，两只黑亮的眼睛在阳光下像幽深的潭水，每一道眼波都流淌着笑意。

河河在笼子里跳来跳去，它一会儿仰头去啄笼子顶罩，一会儿愉快地喝水。它的欢快深深地感染了我，我觉得我还是那个年轻的母亲，看着我的两个小儿子在沙滩上奔跑嬉戏。就在我重温母亲的幸福心境时，**忽然，我听到河河一声嘹亮的哨音。我看见它两爪扣紧栖木，高昂着头，遥望蓝天在长哨，哨音是那样激越，那样的清亮，它遥远又悠长，仿佛有一股气韵直达云霄。河河遥望蓝天的眼神，充满了憧憬，像天穹一样高深。这该是河河对大自然的向往，这哨音该是它本真的属于自己的声音吧。**我不知道河河为什么在这个时刻发出这样的长哨，是对往日生活的告别，还是对新生活的一种感召？我只知道在那一刻，我的心和它一起飞得很高很远。

从此，河河成了我们家不可或缺的一个成员。当我们的两个儿子同时离家求学时，是河河孩子般的纯真冲淡了家里的孤寂，是河河给我们带来了和孩子在一起的欢快，消减了我们生活的索寞。

河河是一个名副其实的孩子，它像孩子一样牙牙学语。当初，我们住在老宿舍，开门有很响的吱咯声，河河一听到敲门，就模仿这个声音来提醒我们，直到看见我们去开门了它才停下来。搬进新居后，单元门是电子门，河河又学会了电子门的鸣叫声；家里的电话一响，总是河河第一个响应，大声叫着，直到我们来接电话才停，如果我们稍耽搁一会儿，它就开始降低声调，煞有介事地说“喂”“喂”；丈夫下班回来，还在楼下，河河就第一个听见了他的脚步声，大声呼叫我，我走到它身边，它高兴地看看我，再看看门外，只要我告诉它我知道了，它就任我去厨房做饭，不再呼叫。它静等开门声，见丈夫进屋，这才高兴地在笼子里又跳又叫：“你好！你好！”“祝你平安。”那种小别重逢的喜乐比人有过之而无不及。

河河像小孩一样喜欢水。它最欢快的叫声是在洗澡时发出的，它是南方的鸟儿，非常爱干净，夏日天天都要洗澡，即使寒冬，它也要每周洗一次澡。一般都是在中午洗。每到中午它就在阳台上叫，开始，我们不知道它为什么叫，还以为有什么东西让它害怕了。河河的胆儿很小，一根小竹竿，一块木板都会吓得它又飞又叫。后来我们发现,河河中午的叫声是对洗澡的呼唤。它会一直叫到我们到阳台拿起它用来洗澡的盆。它的澡盆是一个很大的红色塑料盆,洗澡时连笼子一起放在盆里,水恰好没过栖木。河河下水时总是先用脚爪探探深浅,再用翅膀戏水,继而跳进水里,把头埋在水里,打几个扑腾,然后跳上木棍,抖擞几下,再跳下水,如此几番,就算洗干净了。把笼子放在洒满阳光的阳台上,这是河河最适意的时候,它一声不响,长时间地细心地梳理着羽毛,不时将两只翅膀像扇面一样拉开,快速地扇动,形象十分美丽,就像舞蹈演员跳扇舞一样。河河喜欢戏水,以至于只要见我拿起它的澡盆,它就迫不及待地欢叫。

河河像孩子一样喜欢和小孩玩。在老宿舍住时,我每天上午 9 点多把它放出来。一开始,它不愿出笼,我是拿着一根小棍吓它,它才飞出来的。放飞几次,它一见开笼门,自己就飞了出来。邻居家的孩子来和它一起玩,它就满屋追逐着去啄人家的脚,那欢乐的眼神活像一个顽皮的孩子。

河河的许多动作、眼神绝非一只鸟儿所具有的,完全像一个小孩,一个懂事的小孩所表现的那样。

我常常回想起它挨批评时的情景。那是在它对人家说了“讨厌”之后。它一动不动地站在笼子里的栖木上,头垂得很低,间或稍微抬抬头,用圆圆的大眼睛偷看我一眼,既而迅速地垂下眼帘,那目光里满是惭愧和孩子般的羞涩。我告诉它不可以说“讨厌”,这个词里没有宽容,没有爱,使人不得益处。它不应该从我们的口里说出来。河河一声不响地听着,那拘谨的一动不动的站立姿态,那低着头屏息偷看我的眼神,瞬间把我带回 20 多年前。我看见我的两个小儿子低着头听我的责备,那天他们在外面玩的时候学会了一句脏话,并且把它带回了家。孩子们当时惭愧的眼神同河河此时的眼神一样,没有虚假。温良的舌是生命树,如今儿子们已经长成青年了,他们一直把慈爱和诚实刻在心里,从不说乖僻的话。我把这些事情讲给河河听,我让它向哥哥们学习。河河圆圆的眼睛告诉我:它记住了我的话。

第二天,我在房间里备课,隔着玻璃窗,我听见河河又在阳台上说它熟悉的几句话,当说到“讨”字时,立即停了下来,不再说下一个字,它把身子转过来,面对屋里,看见我正在看它,它的头又低下来,良久才转过身去,叨了几口干食,没有吃,而是用力甩出去。我走过去,它听见了,但仍不抬头看我,直到我说河河是好孩子，知道改正错误，妈妈真喜欢河河。它才跳过来，把尖嘴放在我喂食的食指上，但并不吃食，只是侧着头，默默地看着我，**清澈的眸子里洋溢着孩子对母亲的眷恋和感激。当这眷恋和感激不是从人的眼睛而是从一只鸟儿的眼睛里洋溢出来时，谁能说它是一只鸟儿呢？**

在河河短短的一生中，它只受过这一次训斥。我说过它是一个懂事的孩子，不需要反复的教训。只这一次，它就牢牢地记住了，从那以后，河河再也没有说过“讨厌”这个词，好像它从来不知道有这个词一样。

人生最大的遗憾是“爱”的不完美。人人都能付出爱，人人都想得到爱。但没有一个人能臻善臻美地付出，也没有一个人能臻善臻美地得到。无论是至亲还是最爱，都有不足之处，都会留下伤心的印记。爱像遥远的地平线，是永远达不到的极致。

飞鸟的天空里没有人类的这些弱点，也找不到人类的这种遗憾。在我们河河流星般短暂而美丽的生命里，没有留下任何不足，它的一生没有瑕疵，不曾给人伤痛。**它留下的全部是像它的眼睛一样清纯美好的记忆。**

山崖前，白雪下，长眠着我们懂事的小河河。春天里，我把香草的种子撒在那小小的土堆前。**春雨过后，葱绿的香草叶散发出阵阵清香。夏天一串串紫色的香草花装点着河河无梦的家园。河河美丽的眼睛在香草花的芬芳里闪动，清澈的眸子流溢着孩子般的依恋和眷爱。那是我们河河的目光。只有我们的河河美丽的眼睛才会有这样的目光：纯真、清澈、亲情无限。**

我们的河河聪颖好学，但它说话不是像人们说的那样机械地模仿，它需要在理解的基础上学。它会说“欢迎朋友”，但朋友两字不清晰。我告诉它这四个字只能表达你的热情，有时会落入俗套。还是学“祝你平安”四个字吧。人生最难得的就是平安，不仅仅是肉体的平安，还要有精神和情感的平安。我叫河河学会这句话，让听到它的人都能得到这至上的祝福。河河真的听懂了理解了这句话，喂食前，我一个一个字地读给它听。吃过食后，我听见它自己在阳台上学说：“祝你，祝你”，我知道它忘记后面两个字了，便教它“祝你平安”。接下去的几天，每次喂食时，它不肯先吃，明亮的眼睛示意我领它说话。我说一句“祝你平安”，它高兴地学说几遍，然后才跳着把食啄到嘴里。

河河只用五天，就学会了“祝你平安”。它的发音标准，吐字清晰，字正腔圆。一句“祝你平安”把河河的名声传扬出去,不少熟人慕名而来听河河祝福的话语,河河也乐此不疲,兴高采烈地问候每一个人,一遍又一遍地说着“祝你平安”。有好几次我听到河河大声喊“祝你平安”,原来对面楼上的孩子扒着窗棂对河河打手势,河河便大声地祝福它的小朋友。事后,我常想,河河怎么知道对远距离的人要大声说话呢?

在我的心目中,河河早就不是一只鸟了,它是一个像鸟一样活泼可爱的孩子。我相信在河河的眼睛里,我是它的同类,是一个值得它亲近和信赖的鸟妈妈。它用鸟儿独特的方式表达着它对这个妈妈的深厚情感。

那是冬天的一个上午,寒风吹打着阳台的窗户,河河可能感到寒冷,缩在笼子里,不言不语。风一声紧似一声,撞到墙上又打着呼啸弹回去,返回头又急速地撞过来。我突然感到心被揪紧了,我看见妈妈坐在故乡的锅灶前,用烧火棍在泥地上画字,它写的是“羊”。写完了就给我讲小羊的故事,说小羊吃妈妈的奶都是跪着吃的。风在屋外呼啸着,门被它吹得吱吱响,我偎依在妈妈的怀里,闻着锅里冒出的甜丝丝的地瓜香味……风声依旧,却不是往昔的风了,那个小女孩和我年轻的妈妈永远定格在那间古朴的小屋里。我想起几年前妈妈来看我,当时,我正生病,妈妈坐在床前为我缝纽扣,我看着她的手不觉泪流满面。那曾经红润丰满的手,那个拿着烧火棍画字的手已是皱折纵横,连骨节都变形隆出来。妈妈当时宽慰我:“哭什么?人还有不老的吗?”转瞬间,妈妈已远离尘世了,我再一次感觉到我有很多话要对妈妈说,有许多事情要为妈妈做,但,一切都晚了。我的心沉重得像灌了铅,压得我挪不动脚步。

近午,我低着头机械地去喂河河。良久,我突然发现河河不叫也不吃,它的嘴一直搁在我的食指上,眼睛盯着我看,目光里的焦急和忧愁是我难以想像的。**它见我看它了,眼睛一亮,先说“祝你平安”,然后不停地说“感谢主耶稣”,好像要用这句话把我从苦痛中拉出来。它深情地看着我,说几声就把嘴放在我的手指上搁一会儿,但不吃食,再说几声,再把嘴搁在我的食指上。一只小小的鸟儿,用它所能用的方法抚慰我的心。茫茫人海,你到哪里能找到鸟儿的这般纯情?** 我的心得到了释放,跟着河河,进入爱的光明中。

河河见我脸上有笑容它这才开始吃饭。喂过食后,见我进屋,它扭身探着头看着屋里,在笼子里扑棱着翅膀,好像放心不下我。那天午休时,我把它的笼子提到卧室,放在我的椅子上。在我看书时,它一直默默地站在栖木上,我刚躺下，就听它跳下栖木，悄声地趴在笼底。一小时后，我醒了，我转过头来看它，它一下子蹦到栖木上，欢快地向我说："祝你平安。"

从那以后，小河河就成了我午睡的守护者。**只要我一躺下，它马上就趴下，圆睁着两只明亮的眼睛，一动不动地看着我睡。不管我睡多久，它竟然会一动不动，不发出任何声响。我一睁开眼睛，还没有起身，它就知道我醒了，立即站起来愉快地和我说话。**可见在我午睡时它并没睡，它一直在关注着我。

如果有谁说话打搅我的午休，河河会用它不满的声音提醒对方，有时甚至发怒。有几次我躺下午休了，儿子回来了，以为我没睡，在外屋大声说话。这时，河河突然从喉咙里发出一种咕噜咕噜类似 eng 的声音，随着这不满的声音，它整个身体的姿态也一改往日的平和：两翅紧夹，脖子微缩，脚爪扣紧栖木，双眼圆睁，目光冷峻。

但只要说话的人会意了不再出声，河河也就立即平静下来，好像什么也没有发生过一样。

人世间有谁能像河河这样一心一意地去关注一个人呢？需要人去关注的事情太多太多。我的河河单纯得没有更多的需求，也没有其他的关注，它的关注它的情感都放在我们这个家庭里。

河河来的第二年春天，我因心脏不适住了十天医院。说来可笑，我在医院里最挂牵的是小河河：它喝的水是不是每天都换了？喂的食新鲜不新鲜？洗澡了吗？洗完澡千万不能叫风吹着等等。儿子们开玩笑说我对河河比对他们好。我说你们都大了，能自己照料自己，可河河被关在笼子里，是多么弱小无助。其实，儿子们也都宠爱河河，照顾得很好。他们给河河喂食不像我那样把食放在食指上由它来叼，他们扔进笼里，让河河接住，这就锻炼了河河的敏捷能力。河河也喜欢这种变化，十天中它和江建立了感情，以至于江外出读书后，它常常若有所思地呼唤着"大江""大江"！

出院时，丈夫说你天天想河河，河河也许把你忘了。不料我还没有进门，就听它在阳台上欢叫，我急急去看它，我的河河在笼中像小孩一样热切地看着我，一声连一声地欢叫着，"你好""祝你平安""感谢主耶稣"。

我急忙洗手给它喂食，它竟然用嘴轻轻一碰把食碰掉，然后张大嘴含着我的指尖，目光亲昵地盯着我的眼睛，如是五六次，才开始吃食。这是小河河所表达的最亲昵的感情了。

在我们家里，能得到河河如此深爱的只有我一个人。曾经有一个朋友想试试河河，把手指伸进鸟笼，不想被河河毫不客气地啄了一下。

河河是那样地爱我们这个家。它努力改变自己的生活习惯，来了不到半年，就和我们这个家融为一体了。

关于养鸟的书上，大多说鹩哥的生命有十几年。我常常算着想给它找个配偶，想在窗外为它制作一个大得可以飞翔的折叠鸟笼，因为不敢把它放出去，怕它走失。但是，所有的计划都成了泡影。2003 年 3 月下旬，河河开始不愿吃饭，大便有些稀，继而不说话了，但眼睛仍是那样的明亮。再后来给它洗澡它不叫也不跳下去洗。寻找生病的原因，发现新买的鸟食，包装相似，鸟食却是假的：粗糙，黄颜色是色素染的。急忙重新买鸟食，但似乎晚了，河河不吃。在那些日子里，我们找宠物医院，找鸟类专家，得到的都是善意的劝告：鸟儿一得病就治不了，再买一只就是了。我不相信河河会一病不起，我用大米炒鸡蛋黄劝它吃，它眼巴巴地看着我，坚持吃几粒。我熬绿豆汤喂它喝，它不愿喝，但见我不断地劝说，它也喝下去。直到 4 月 21 日午休时，我躺在床上睡觉，它还和以前一样看着我，只是它已无力站住了。当夜，我梦见小河河躺在门庭的书橱前，我从睡梦中哭醒了。

4 月 22 日，我一天都坐在河河身边，那是我和它说话最多的一天，它听着我回忆带它爬山带它到海边的往事，它的眼睛里流露出欣慰的目光。那天，没有风，天下着细雨，楼下的金盏花黄灿灿地开了一树，几株樱花也绽放出红艳。我把笼子提到窗前让它看花，它也看了几眼。其间有一个学生来送书，我当时在厨房，河河还竭尽全力地学着门铃声呼唤我。我哪里知道这是它在世间最后的一声呼唤呢？当天晚上丈夫下班，给它捎回针管和葡萄糖液，我准备遵照医嘱往它嘴里灌水。可那天晚上它精神出奇地好，能在栖木上走来走去，我熬的绿豆汤，它大口大口地吃，好像很饿的样子。它每吃一口都顽皮地看看我，好像说：妈妈，放心，我好了！我真的以为它这就好了。可没想到第二天一早它就喘得厉害。它躺在笼子里了，它站不起来了。我把它轻轻地拉捧出来，在床上为它铺上小棉垫，它趴在那里，大张着口，我用针管滴点水到它嘴里，立时就被它的喘气扑出来。10 点多钟，电话铃响，它还努力扭头看看我，示意我去接电话。是小儿子来的电话，我告诉他河河病了。放下电话，我回到河河身边，我告诉它是大江的电话，大江哥哥想念你，你一定要坚持下去，好好活下去。它看着我，清纯的目光里有那么多的渴盼。我抚摩着它的小翅膀，它侧着头望着我，那是我见过的最令人心碎的眼神，饱含着依恋、信任和苦痛的哀求。我流着泪对它说，妈妈救不了你，我为你祷告。我刚到另一间屋，就听到啪的一声响，屋里一片静寂，没有了河河的喘息声。急奔到小屋，河河没在床上，我以为它憋气太甚冲到前面去了，就到床前去找，没有。我大声叫：河河！这才发现它躺在床边的地上，我两手抱起它来，我哭着叫它河河，河河。它从嗓子里挤出两声：哦，哦……

再也看不到它明亮深情的眼睛了，再也听不到它悠扬婉转的声音了。我感到时间突然凝滞了，我心灵的世界顿时一片荒寂。

在三年多的时间里，我天天都在听河河表达着各种感情的美妙叫声。这已经成为我生命的倾听。我从没想到这声音会一下子消失，再也听不到了，永远也听不到了。"你好"，"祝你平安"，"感谢主耶稣"，在河河走后的许多天里，我一个人在家，不断模仿着河河的声音一次又一次地去呼唤它常说的那几句话，可唤声全部孤单地失落在空洞的房间里，不再有河河回应的声音和它跳动的身影。当电话铃响起我不能及时去接，当有人按门铃，当我从外面回来，刚刚踏上楼梯，我会习惯地去听，去寻找河河发出的喜悦的呼叫声，那是它一次也没有忘记过的。可我听到是一片空寂。

我们把河河埋在家对面的山崖下，在月季花和迎春花之间。

回想起来，我真是亏欠河河。河河生前喜欢出来飞飞。我第一次打开笼门，它不敢出来，以后出来次数多了，一开笼门，它就飞出来了。那是它自由的时刻，它在桌子底下，沙发前，到处巡视，有时跟我进厨房，看见塑料袋，它也啄着玩。我很愿意放它出来，但因为我的视力不好，看不清它拉在地上的粪便，有时踩得到处都是。这样，我就很少放它出来。河河没有怨言。有时看到它被禁锢在笼子里的样子，我真想放飞它，朋友说，它已失去了在大自然里生存的能力，飞出去很快就死了。**可最后，它是飞着离开这个世界的，它一定不愿躺在床上逝去。它飞起来了，在生命的最后时刻飞起来了，它是用尽最后的力气飞起来的，它飞起来的时候，旁边没有一个人，它在飞翔中坠落。它保持了一个鸟儿飞翔的尊严。**

有关鸟的书里说，鸟儿在病中和生命垂危时，羽毛松乱，眼睛无神，眼睛或半闭着,或有分泌物,可河河最终都是羽毛光滑黑亮,眼睛清澈如水(也正是这样,我们才大意了,没想到它会永远离开)。它趴在棉垫上,也许是累了,有时眼睛会闭一会儿,可当它睁开眼看我时,眼睛却依然是那样明亮!它就是用这样的眼睛看了我最后一眼。那是饱含着千言万语的眼神啊!它有多少欲说而没说的话语都蕴涵在它那黑宝石一样晶莹灵动的眼睛里,留给我的是一生的思念,是无限的惆怅。

河河是一只鸟儿吗?它为什么能用人的话语、人的语意声调表达丰富的情感?它的表达是那样的准确又那样的优美;它为什么会用眼睛说话,它的眼神它的目光所盈溢的是怎样美丽纯洁的心音啊,每当有客人来时,它都要向客人问安,听客人说话;它为什么能从众多的足音里分辨出我们的足音?不等我们走进楼门就会在家里欢叫着迎接我们;它为什么会拥有人类崇尚的许多美好的情感?写到这里,我的心一阵阵地揪疼,我想起那一次我言而无信给河河的打击。那天早晨,我们5点多离家到机场送人。走时我告诉河河8点多就可以回来,要是饿了可先吃小碗里的干食。不想那天航班延误,登机的时间一拖再拖,直到下午5点。我担心河河饿坏了,小碗的干食不够它吃的。急急赶回家已是6点多。远远的听不见河河的声音,它没像往常那样欢叫着迎接我们,进门它也没和我们说话。我一看,它没有站在栖木上,而是耷拉着头,趴在笼底,小碗里的干食一点儿也没动,水钵里的水依旧是我走时那么多。我们的河河竟然一天没吃一口饭,没喝一口水!我心痛地急忙去煮鸡蛋,我告诉它我为什么回来晚了,问它为什么不吃饭。我和它说了很长时间,它才缓过神来,跳上栖木,喝了口水,然后,仰起小头看着我说"啊""祝你平安",那眼神好像说你平安回来,我就放心了。

谁能说清在那十二个小时里河河都想了些什么?也许,它一直在牵挂中等待了又等待,见不着人就不吃不喝。

"请量东海水,看取浅深愁",面对河河的赤诚,人怎能不汗颜呢?失去河河,岂止是失去了一只鸟……

河河走后的第三天,上午9点多钟,一个邻居来电话告诉我:"你家的鸟飞出来了,在你家的厨房的窗台上,赶快把它捉回去吧!"我一听,一阵惊喜,急忙放下电话,赶到厨房。窗台上空空的,什么也没有。楼下几个老师都说,是有一只鸟儿在你家的窗台上,怎么一眨眼,那样大的一只鸟就不见了。

他们一直在那里看着它，却没有看见它往哪里飞了。

我希望那是我的河河，那肯定是我的河河。它在飞回天堂之前来看一看它的家，来作最后的告别。它一定对我说了很多安慰的话，告诉我不要太伤心，我们会在天堂相见的。它一定是喊着“祝你平安”，然后飞去的。

可惜，我听不到它在另一个空间里的声音了。它让那么多人看到了它，为的是让他们向我证实它的存在，它隐去而不让我看到它，必是怕我伤心啊！

小儿子在电话中哭着读他写给河河的信：“妈妈说她和爸爸昨天把你埋在门外他们种的迎春花下，这样每天你都会看到爸爸上班下班，每天都会看到咱家人在餐厅吃饭。不管你在哪，你始终都是咱家的成员。”

我的河河飞走了！飞到永恒的乐园。它婉转优美的声音在常青的树木下在不凋的花丛间回响，它深邃清纯的目光永远永远流泻在大地上。

蓝天下，山崖旁，长眠着我心爱的小河河。不论春夏秋冬，不管白昼还是夜晚，我都能看见它美丽的眼睛清纯的目光，那是世间最美丽的眼睛，那是只有我们河河才有的目光。

（原载《北京文学》2005年第5期）

编者按

作者怀着对河河这只鸟儿的无限眷恋的亲情，写出了河河这只鸟儿对她的无限眷恋的亲情，写得那么好。你看她写河河初到这个家时遥望蓝天发出一声清亮激越的长哨；你看她写河河发现她心情不好时如何焦急地用它所能用的方法来抚慰她的心；你看她写河河在她午睡时如何圆睁着两只明亮的眼睛，不发出任何声响，一直在旁边守候，等她一醒，立刻和她愉快地说话；你看她写河河在生命的最后时刻，用尽最后的力气飞起来，在飞翔中坠落，它保持了一个鸟儿飞翔的尊严：所有这些都写得感人肺腑，催人泪下。作者写出了一种清澈明亮的美，一种纯粹的美。

乡愁的滋味

姚嘉为[①]

年菜的滋味，是乡愁的滋味。

记忆中最难忘的年菜是红烧牛肉烩粉条，除夕向晚的暮色里，寒风穿堂而过，乡亲们在走廊升起一个炭火炉子，放上一口深锅，倒入炖得快要酥烂的牛腱肉，洒上高粱酒、生姜、八角，香味霎时喷出，最后才放入粉条。乡亲们围着火星子四迸的炭火炉，说着那被母亲形容是土气的家乡话。母亲是贵州人，当父亲和乡亲说起江西话，她听着便觉得“土”。

那晚围着炉火的每张脸都笑开了，父亲最为兴奋，一扫平日的慵懒多愁，频频掀开锅盖，用长筷子搅拌，活脱又还原成乡亲口中的顽童。

沸滚的牛肉汤汁里，粗粉条像无数尾沙丁鱼，随着翻滚冲浪，一股辛辣扑鼻而来。这牛肉烩粉条的烹制，除了牛腱肉要红烧得酥烂外，辣椒绝不可少，非得又烫又辣，让舌头承受不住求饶，才叫过瘾。而粉条则是愈宽愈好，有的像小拇指那么宽，要耐煮不会松垮成泥，煮熟后滑溜溜的，吃的时候一不留神，就一路滚烫直下肚肠。但那种吃法太暴殄天物了，该在嘴里停留一下降温，然后细嚼慢咽，享受那浸透了辛辣牛肉汁的丰润口感，多一分太硬，少一分太软的厚实嚼劲。

父亲极重视年夜饭，每年除夕前几天，他和母亲穿梭于菜场和家门之间，一会儿提回一尾生猛活鱼，一会儿是五花肉，右手韭黄，左手鲜笋，那股子热闹、虔诚、专注劲儿，仿佛这是天地间最重要的一场盛筵。

有些年菜更是一个月前便开始准备，他自己熏腊鱼、腊肝、腊牛肉、腊猪肉，还有其他腊什么的，院子里日夜弥漫着快要令人窒息的熏烟。父亲要我和弟弟们好生看着，别让野猫把挂在竹竿上风干的腊味给叼走了。

---

① 姚嘉为，我国当代女作家。祖籍江西萍乡，在台湾出生。旅美多年，现住马来西亚吉隆坡。

他自制泡菜、豆腐乳、梅干菜。泡菜是把新鲜的芥菜在水中浸泡三天，发出酸味后，再晾在太阳下晒一天，剁碎后加辣椒炒来吃。听大弟说，有一次父亲将芥菜摊在门外小溪桥墩上，却被人偷走了，心疼得什么似的，此后他干脆就在自家屋顶上晒芥菜了。

老徐负责杀鸡，他拿起菜刀，弓起背，眯起斜眼，瞄向篱笆草丛深处，轻软的黑布鞋走来悄无声息，像侠客草上飞，满院子追逐着难逃此劫的鸡。有一年，老徐奉命杀家中的老母鸡，这老母鸡在我们姐弟三人心中有着宠物的地位，悲愤之余，只能打勾勾彼此约定，年夜饭时集体罢吃这鸡。当晚，却实在抵挡不住红烧鸡的诱惑，破戒吃了。年夜饭后，三人拾了一撮鸡毛，在树下做了一个“衣冠冢”，以树枝当碑，祭拜一番，稍抚心中的内疚吧。

儿时到家中吃年夜饭的客人都是单身在台的老兵，当年曾与父亲一起出生入死。有夜夜守着孤灯，把乡愁写进毛笔字里的山东汉子于副官；有经常一身酒味，在家中帮忙打杂，微微佝偻洗衣的背影可以读出辛酸委屈的班长老徐；有一年三节一定来送礼，后来父亲病危，天天风雨无阻来探病的张营长；有个性耿直、湖南骡子脾气的罗班长；有老是遭父亲痛斥不要喝花酒，仍然嬉皮笑脸的王排长。

餐桌上，摆了各式自制腊肉，还有先炸得猪皮起泡，再蒸得酥软不油腻的梅菜扣肉。象征三元(丸)及第的珍珠丸，这是母亲的拿手菜，荸荠剁得特别细碎，吃不出一丁点儿渣子，那爽脆却分明渗入肉里，多余的肉馅包成蛋饺，和海参、大虾、鲜笋、香菇、芥菜、鹌鹑蛋烩成全家福。饭桌上少不了好酒助兴，花雕、竹叶青、高粱、大曲，还有专为孩子们准备的暗红色甜滋滋的乌梅酒。

酒过三巡后，南腔北调的一桌人便说知心话了。罗班长总爱提起当年父亲在枪林弹雨中，一马当先往前冲，他急了，吼道：“弯下身来，你不怕死啊？”张营长接着说起父亲抗命，救了他那一营官兵的事，父亲的脸泛红了，是酒光，也是腼腆。他平日喜欢喝两口，年夜饭时，战场的豪情回转了，便撇开了局促的现实，一同喝得醺醺然，暂且得到释放吧！那晚，总有一两个老兵喝醉了，既哭且笑，倾吐内心的乡愁：“真想家啊！想俺那可怜的老母亲、媳妇。这会儿不知还活着不？逢年过节的夜里，真像有万把钢刀刺着俺的心哪！”

岁月流逝，年夜饭的客人越来越少了，老兵们陆续和本地女子结婚，逢年过节都到太太的娘家去了，但是新年期间，他们都会带着一家大小来拜年。罗班长的太太长得白净秀气,有个高八度的嗓子,每年带来自制的年糕。只要听到家门口一个尖嗓门嚷着,“哎呀,小胖主(子)又长高了”,接着一串哄笑,便知是他们来了。

后来连拜年的人也足音渐稀,老兵一个个凋零了。但是家中腊肉照熏,梅菜扣肉照蒸,泡菜照晒,年夜饭是团圆,是医治乡愁的良药,更是对一个神圣仪式的最后坚持。

我远渡异国后,弟弟们倒是承欢膝下,年年陪二老喝酒吃腊肉,谈陈年往事,最后连这仪式的主角也永远缺席了。

在海外过节,我试着营造一点儿气氛,给孩子们压岁钱,去中国城看放鞭炮,舞龙舞狮,也煎点儿年糕,买点腊肉来蒸,年糕甜腻,至于腊肉,对不起,太咸了。梅菜扣肉、牛肉烩粉条等费事的年菜就无心也无力张罗了,只有在记忆中去回味。

记忆的宝盒一旦掀开,一溜烟而出的总有当年围炉吃年菜的情景,旧时代的人物及氛围,温暖中透着几许沧桑,我的心便沉浸在两代的乡愁里。

(原载台湾《讲义杂志》双周刊

《参考消息》2004 年 1 月 27 日节录转载)

编者按

红烧牛肉烩粉条,腊肉,泡菜、梅菜扣肉,……作者详细描绘家里父母如何精心准备年菜。年菜的滋味越浓,乡愁的滋味也越浓。一年年过去,家中腊肉照熏,梅菜扣肉照蒸,泡菜照晒,乡愁依旧,但是年夜饭的客人越来越少了,来台的老兵一个个凋零了,在乡愁中透出的是人生的悲凉感。

听听那冷雨

余光中①

惊蛰一过，春寒加剧。先是料料峭峭，继而雨季开始，时而淋淋漓漓，时而淅淅沥沥，天潮潮地湿湿，即连在梦里，也似乎把伞撑着。而就凭一把伞，躲过一阵潇潇的冷雨，也躲不过整个雨季。连思想也都是潮润润的。每天回家，曲折穿过金门街到厦门街迷宫式的长巷短巷，雨里风里，走入霏霏令人更想入非非。想这样子的台北凄凄切切完全是黑白片的味道，想整个中国整部中国的历史无非是一张黑白片子，片头到片尾，一直是这样下着雨的。这种感觉，不知道是不是从安东尼奥尼那里来的。不过那一块土地是久违了，二十五年，四分之一的世纪，即使有雨，也隔着千山万山，千伞万伞。二十五年，一切都断了，只有气候，只有气象报告还牵连在一起。大寒流从那块土地上弥天卷来，这种酷冷吾与古大陆分担。不能扑进她怀里，被她的裾边扫一扫吧也算是安慰孺慕之情。

这样想时，严寒里竟有一点温暖的感觉了。这样想时，他希望这些狭长的巷子永远延伸下去，他的思想也可以延伸下去，不是金门街到厦门街，而是金门到厦门。他是厦门人，至少是广义的厦门人，二十年来，不住在厦门，住在厦门街，算是嘲弄吧，也算是安慰。不过说到广义，他同样也是广义的江南人，常州人，南京人，川娃儿，五陵少年。杏花春雨江南，那是他的少年时代了。再过半个月就是清明。安东尼奥尼的镜头摇过去，摇过去又摇过来。残山剩水犹如是。皇天后土犹如是。纭纭黔首纷纷黎民从北到南犹如是。那里面是中国吗？那里面当然还是中国永远是中国。只是杏花春雨已不再，牧童遥指已不再，剑门细雨渭城轻尘也都已不再。然则他日思夜梦的那片土地，究竟在哪里呢？

在报纸的头条标题里吗？还是香港的谣言里？还是傅聪的黑键白键马思

---

① 余光中（1928－），我国台湾当代诗人、散文家。祖籍福建永泰，生于南京。

聪的跳弓拨弦？还是安东尼奥尼的镜底勒马洲的望中？还是呢，故宫博物院的壁头和玻璃橱内，京戏的锣鼓声中太白和东坡的韵里？

杏花。春雨。江南。六个方块字，或许那片土就在那里面。而无论赤县也好神州也好中国也好，变来变去，只要仓颉的灵感不灭美丽的中文不老，那形象，那磁石一般的向心力当必然长在。因为一个方块字是一个天地。太初有字，于是汉族的心灵他祖先的回忆和希望便有了寄托。譬如凭空写一个“雨”字，点点滴滴，滂滂沱沱，淅沥淅沥淅沥，一切云情雨意，就宛然其中了。视觉上的这种美感，岂是什么 rain 也好 pluie 也好所能满足？翻开一部《辞源》或《辞海》，金木水火土，各成世界，而一入“雨”部，古神州的天颜千变万化，便悉在望中，美丽的霜雪云霞，骇人的雷电霹雹，展露的无非是神的好脾气与坏脾气，气象台百读不厌门外汉百思不解的百科全书。

听听，那冷雨。看看，那冷雨。嗅嗅闻闻，那冷雨，舔舔吧那冷雨。雨在他的伞上这城市百万人的伞上雨衣上屋上天线上雨下在基隆港在防波堤在海峡的船上，清明这季雨。雨是女性，应该最富于感性。雨气空濛而迷幻，细细嗅嗅，清清爽爽新新，有一点点薄荷的香味，浓的时候，竟发出草和树沐发后特有的淡淡土腥气，也许那竟是蚯蚓和蜗牛的腥气吧，毕竟是惊蛰了啊。也许地上的地下的生命也许古中国层层叠叠的记忆皆蠢蠢而蠕，也许是植物的潜意识和梦吧，那腥气。

第三次去美国，在高高的丹佛他山居了两年。美国的西部，多山多沙漠，千里干旱，天，蓝似安格罗・萨克逊人的眼睛，地，红如印地安人的肌肤，云，却是罕见的白鸟。落基山簇簇耀目的雪峰上，很少飘云牵雾。一来高，二来干，三来森林线以上，杉柏也止步，中国诗词里“荡胸生层云”，或是“商略黄昏雨”的意趣，是落基山上难睹的景象。落基山岭之胜，在石，在雪。那些奇岩怪石，相叠互倚，砌一场惊心动魄的雕塑展览，给太阳和千里的风看。那雪，白得虚虚幻幻，冷得清清醒醒，那股皑皑不绝一仰难尽的气势，压得人呼吸困难，心寒眸酸。不过要领略“白云回望合，青霭入看无”的境界，仍须回来中国。台湾湿度很高，最饶云气氤氲雨意迷离的情调。两度夜宿溪头，树香沁鼻，宵寒袭肘，枕着润碧湿翠苍苍交叠的山影和万籁都歇的岑寂，仙人一样睡去。山中一夜饱雨，次晨醒来，在旭日未升的原始幽静中，冲着隔夜的寒气，踏着满地的断柯折枝和仍在流泻的细股雨水，一径探入森林的秘密，曲曲弯弯，步上山去。溪头的山，树密雾浓，蓊郁的水汽从谷底冉冉升起，时稠时稀，蒸腾多姿，幻化无定，只能从雾破云开的空处，窥见乍现即隐的一峰半壑，要纵览全貌，几乎是不可能的。至少入山两次，只能在白茫茫里和溪头诸峰玩捉迷藏的游戏，回到台北，世人问起，除了笑而不答心自闲，故作神秘之外，实际的印象，也无非山在虚无之间罢了。云缭烟绕，山隐水迢的中国风景，由来予人宋画的韵味。那天下也许是赵家的天下，那山水却是米家的山水。而究竟，是米氏父子下笔像中国的山水，还是中国的山水上纸像宋画，恐怕是谁也说不清楚了吧？

雨不但可嗅，可亲，更可以听。听听那冷雨。听雨，只要不是石破天惊的台风暴雨，在听觉上总是一种美感。大陆上的秋天，无论是疏雨滴梧桐，或是骤雨打荷叶，听去总有一点凄凉，凄清，凄楚，于今在岛上回味，则在凄楚之外，更笼上一层凄迷了。饶你多少豪情侠气，怕也经不起三番五次的风吹雨打。一打少年听雨，红烛昏沉。二打中年听雨，客舟中，江阔云低。三打白头听雨在僧庐下，这便是亡宋之痛，一颗敏感心灵的一生：楼上，江上，庙里，用冷冷的雨珠子串成。十年前，他曾在一场摧心折骨的鬼雨中迷失了自己。雨，该是一滴湿漓漓的灵魂，窗外在喊谁。

雨打在树上和瓦上，韵律都清脆可听。尤其是铿铿敲在屋瓦上，那古老的音乐，属于中国。王禹偁在黄冈，破如椽的大竹为屋瓦。据说住在竹楼上面，急雨声如瀑布，密雪声比碎玉，而无论鼓琴，咏诗，下棋，投壶，共鸣的效果都特别好。这样岂不像住在竹筒里面，任何细脆的声响，怕都会加倍夸大，反而令人耳朵过敏吧。

雨天的屋瓦，浮漾湿湿的流光，灰而温柔，迎光则微明，背光则幽黯，对于视觉，是一种低沉的安慰。至于雨敲在鳞鳞千瓣的瓦上，由远而近，轻轻重重轻轻，夹着一股股的细流沿瓦槽与屋檐潺潺泻下，各种敲击音与滑音密织成网，谁的千指百指在按摩耳轮。“下雨了”，温柔的灰美人来了，她冰冰的纤手在屋顶拂弄着无数的黑键啊灰键，把晌午一下子奏成了黄昏。

在古老的大陆上，千屋万户是如此。二十多年前，初来这岛上，日式的瓦屋亦是如此。先是天暗了下来，城市像罩在一块巨幅的毛玻璃里，阴影在户内延长复加深。然后凉凉的水意弥漫在空间，风自每一个角落里旋起，感觉得到，每一个屋顶上呼吸沉重都覆着灰云。雨来了，最轻的敲打乐敲打这城市，苍茫的屋顶，远远近近，一张张敲过去，古老的琴，那细细密密的节奏，单调里自有一种柔婉与亲切，滴滴点点滴滴，似幻似真，若孩时在摇篮里，一曲耳熟的童谣摇摇欲睡，母亲吟哦鼻音与喉音。或是在江南的泽国水乡，一大筐绿油油的桑叶被啮于千百头蚕，细细琐琐屑屑，口器与口器咀咀嚼嚼。雨来了，雨来的时候瓦这么说，一片瓦说千亿片瓦说，说轻轻地奏吧沉沉地弹，徐徐地叩吧挞挞地打，间间歇歇敲一个雨季，即兴演奏从惊蛰到清明，在零落的坟上冷冷奏挽歌，一片瓦吟千亿片瓦吟。

在日式的古屋里听雨，听四月，霏霏不绝的黄梅雨，朝夕不断，旬月绵延，湿黏黏的苔藓从石阶下一直侵到他舌底，心底。到七月，听台风台雨在古屋顶上一夜盲奏，千寻海底的热浪沸沸被狂风挟来，掀翻整个太平洋只为向他的矮屋檐重重压下，整个海在他的蜗壳上哗哗泻过。不然便是雷雨夜，白烟一般的纱帐里听羯鼓一通又一通，滔天的暴雨滂滂沛沛扑来，强劲的电琵琶忐忐忑忑忐忐忑忑，弹动屋瓦的惊悸腾腾欲掀起。不然便是斜斜的西北雨斜斜，刷在窗玻璃上，鞭在墙上打在阔大的芭蕉叶上，一阵寒濑泻过，秋意便弥漫日式的庭院了。

在日式的古屋里听雨，春雨绵绵听到秋雨潇潇，从少年听到中年，听听那冷雨。雨是一种单调而耐听的音乐是室内乐是室外乐，户内听听，户外听听，冷冷，那音乐。雨是一种回忆的音乐，听听那冷雨，回忆江南的雨下得满地是江湖下在桥上和船上，也下在四川在秧田和蛙塘下肥了嘉陵江下湿布谷咕咕的啼声。雨是潮潮润润的音乐下在渴望的唇上舐舐那冷雨。

因为雨是最最原始的敲打乐从记忆的彼端敲起。瓦是最最低沉的乐器灰濛濛的温柔覆盖着听雨的人，瓦是音乐的雨伞撑起。但不久公寓的时代来临，台北你怎么一下子长高了，瓦的音乐竟成了绝响。千片万片的瓦翩翩。美丽的灰蝴蝶纷纷飞走，飞入历史的记忆。现在雨下下来下在水泥的屋顶和墙上，没有音韵的雨季。树也砍光了，那月桂，那枫树，柳树和擎天的巨椰，雨来的时候不再有丛叶嘈嘈切切，闪动湿湿的绿光迎接。鸟声减了啾啾，蛙声沉了阁阁，秋天的虫吟也减了唧唧。七十年代的台北不需要这些，一个乐队接一个乐队便遣散尽了。要听鸡叫，只有去诗经的韵里寻找。现在只剩下一张黑白片，黑白的默片。

正如马车的时代去后，三轮车的时代也去了。曾经在雨夜，三轮车的油布篷挂起，送她回家的途中，篷里的世界小得多可爱，而且躲在警察的辖区以外。雨衣的口袋越大越好，盛得下他的一只手里握一只纤纤的手。台湾的雨季这么长，该有人发明一种宽宽的双人雨衣，一人分穿一只袖子，此外的部分就不必分得太苛。而无论工业如何发达，一时似乎还废不了雨伞。只要雨不倾盆，风不横吹，撑一把伞在雨中仍不失古典的韵味。任雨点敲在黑布伞或是透明的塑胶伞上，将骨柄一旋，雨珠向四方喷溅，伞缘便旋成了一圈飞檐。跟女友共一把雨伞，该是一种美丽的合作吧。最好是初恋，有点兴奋，更有点不好意思，若即若离之间，雨不妨下大一点。真正初恋，恐怕是兴奋得不需要伞的，手牵手在雨中狂奔而去，把年轻的长发和肌肤交给漫天的淋淋漓漓，然后向对方的唇上颊上尝凉凉甜甜的雨水。不过那要非常年轻且激情，同时，也只能发生在法国的新潮片里吧。

大多数的雨伞想不会为约会张开。上班下班，上学放学，菜市来回的途中，现实的伞，灰色的星期三。握着雨伞，他听那冷雨打在伞上。索性更冷一些就好了，他想。索性把湿湿的灰雨冻成干干爽爽的白雨，六角形的结晶体在无风的空中回回旋旋地降下来，等须眉和肩头白尽时，伸手一拂就落了。二十五年，没有受故乡白雨的祝福，或许发上下一点白霜是一种变相的自我补偿吧。一位英雄，经得起多少次雨季？他的额头是水成岩削成还是火成岩？他的心底究竟有多厚的苔藓？厦门街的雨巷走了二十年与记忆等长，一座无瓦的公寓在巷底等他，一盏灯在楼上的雨窗子里，等他回去，向晚餐后的沉思冥想去整理青苔深深的记忆。前尘隔海。古屋不再。听听那冷雨。

1974年春分之夜

（原载余光中《左手的掌纹》

江苏文艺出版社，2003）

编者按

余光中是诗人，也是散文家。他的散文讲究文字的平仄、声韵、节奏、弹性、速度，追求一种色彩之美和音乐之美。他认为，散文“应该有声，有色、有光，应该有木箫的甜味，釜形大铜鼓的骚响，有旋转自如的虹一样的光谱”。他说，“我尝试把中国的文字压缩、捶扁、拉长、磨利，把它拆开又拼拢，折来且叠去。为了试验它的速度、密度和弹性”。《听听那冷雨》是他的名篇，值得反复诵读，感受它的声、色、光，感受它的文字的速度、密度和弹性，以及这种文字传达出的丰富的意蕴和情致。

社会评论　文化评论

政治评论　历史评论

十渐不克终疏

魏徵[①]

臣观自古帝王受图定鼎[②]，皆欲传之万代，贻厥孙谋[③]。故其垂拱岩廊[④]，布政天下，其语道也必先淳朴而抑浮华，其论人也必贵忠良而鄙邪佞，言制度也则绝奢靡而崇俭约，谈物产也则重谷帛而贱珍奇。然受命之初，皆遵之以成治；稍安之后，多反之而败俗。其故何哉？岂不以居万乘之尊[⑤]，有四海之富，出言而莫己逆[⑥]，所为而人必从，公道溺于私情，礼节亏于嗜欲故也？语曰："非知之难，行之惟难；非行之难，终之斯难。"所言信矣[⑦]。

伏惟陛下，[⑧]年甫弱冠[⑨]，大拯横流，削平区宇，肇开帝业。贞观之初，时方克壮，抑损嗜欲，躬行节俭，内外康宁，遂臻至治。论功则汤、武不足方；语德则尧、舜未为远。臣自擢居左右[⑩]，十有余年，每侍帷幄[⑪]，屡奉明旨。常许仁义之道，守之而不失；俭约之志，终始而不渝。一言兴邦，斯之谓也。德音在耳，敢忘之乎？而顷年已来[⑫]，稍乖曩志[⑬]，敦朴之理，渐不克终[⑭]。谨以所闻，列之如左：

陛下贞观之初，无为无欲，清静之化，远被遐荒。考之于今，其风渐坠，听

---

① 魏徵（580－643）：唐初政治家。字玄成，下曲阳（今河北晋县）人。
② 受图定鼎：指帝王登上王位。图：指上天授予的图书符命。鼎：夏禹铸九鼎，是权力的象征。
③ 贻：遗留。厥孙：他们的子孙。
④ 垂拱：垂衣拱手，指帝王的统治（无为而治）。岩廊：指朝廷。
⑤ 万乘：万辆兵车，喻帝王。
⑥ 莫己逆：没有人违背自己。
⑦ 所言信矣：说的很对，确实如此。
⑧ 伏惟：臣下向君主说话时的敬词。
⑨ 甫：才。弱冠：古代男子二十岁举行冠礼，其时人犹未壮，故称弱冠。
⑩ 擢：提拔。
⑪ 帷幄：本指军帐，后用来指决策中心。
⑫ 顷年：近年。
⑬ 曩：以前。
⑭ 克：能。

言则远超于上圣，论事则未逾于中主[①]。何以言之？汉文、晋武俱非上哲，汉文辞千里之马[②]，晋武焚雉头之裘[③]。今则求骏马于万里，市珍奇于域外，取怪于道路，见轻于戎狄[④]，此其渐不克终，一也。

昔子贡问理人于孔子[⑤]，孔子曰："懔乎若朽索之驭六马[⑥]。"子贡曰："何其畏哉？"子曰："不以道导之，则吾雠也[⑦]，若何其无畏？"故《书》曰："民惟邦本，本固邦宁。"为人上者奈何不敬？陛下贞观之始，视人如伤[⑧]，恤其勤劳[⑨]，爱民犹子，每存简约，无所营为。顷年已来，意在奢纵，忽忘卑俭，轻用人力，乃云："百姓无事则骄逸，劳役则易使。"自古以来，未有百姓逸乐而致倾败者也，何有逆畏其骄逸[⑩]，而故欲劳役者哉？恐非兴邦之至言，岂安人之长算[⑪]？此其渐不克终，二也。

陛下贞观之初，损己以利物，至于今日，纵欲以劳人，卑俭之迹岁改[⑫]，骄侈之情日异。虽忧人之言不绝于口，而乐身之事实切于心。或时欲有所营，虑人致谏，乃云："若不为此，不便我身。"人臣之情，何可复争？此直意在杜谏者之口[⑬]，岂择善而行者乎？此其渐不克终，三也。

立身成败，在于所染[⑭]，兰芷鲍鱼，与之俱化[⑮]，慎乎所习，不可不思。陛下贞观之初，砥砺名节[⑯]，不私于物，惟善是与，亲爱君子，疏斥小人。今则不然，轻亵小人[⑰]，礼重君子。重君子也，敬而远之；轻小人也，狎而近之[⑱]。近之则

---

① 中主：平庸的君主。
② 有人向汉文帝献上千里马，文帝送还千里马，并赠那人一笔路费。
③ 有人献给晋武帝一件雉头大衣，武帝认为是奇装异服，当众焚毁。
④ 戎狄：泛指异族。
⑤ 理人：治理民众。
⑥ 懔：惧怕。
⑦ 雠：仇敌。
⑧ 视人如伤：待人如对待伤口那样小心翼翼。
⑨ 恤：体恤，怜悯。
⑩ 逆：事先。
⑪ 长算：长远打算。
⑫ 岁改：一年一年改变。
⑬ 直：只是。杜：堵塞。
⑭ 染：影响。
⑮ 兰芷：香花香草。鲍鱼：腐臭的鱼。《论语》："渐于兰则芳，渐于鲍则臭。"
⑯ 砥砺：磨刀石。这里作磨炼讲。
⑰ 轻亵：亲近而不庄重。
⑱ 狎：过分亲近而态度轻佻。

不见其非,远之则莫知其是。莫知其是,则不间而自疏[①];不见其非,则有时而自昵[②]。昵近小人,非致理之道;疏远君子,岂兴邦之义?此其渐不克终,四也。

《书》曰:"不作无益害有益,功乃成;不贵异物贱用物,人乃足。犬马非其土性不畜[③],珍禽奇兽弗育于国。"陛下贞观之初,动遵尧、舜,捐金抵璧[④],反朴还淳。顷年以来,好尚奇异,难得之货,无远不臻,珍玩之作,无时能止。上好奢靡而望下敦朴,未之有也。末作滋兴[⑤],而求丰实,其不可得亦已明矣。此其渐不克终,五也。

贞观之初,求贤如渴,善人所举[⑥],信而任之,取其所长,恒恐不及。近岁已来,由心好恶[⑦],或众善举而用之,或一人毁而弃之,或积年任而用之,或一朝疑而远之。夫行有素履,事有成迹,所毁之人,未必可信于所举,积年之行,不应顿失于一朝。君子之怀,蹈仁义而弘大德;小人之性,好谗佞以为身谋。陛下不审察其根源,而轻为之臧否[⑧],是使守道者日疏,干求者日进[⑨]。所以人思苟免,莫能尽力。此其渐不克终,六也。

陛下初登大位,高居深视,事惟清静,心无嗜欲,内除毕弋之物[⑩],外绝畋猎之源[⑪]。数载之后,不能固志,虽无十旬之逸[⑫],或过三驱之礼[⑬],遂使盘游之娱,见讥于百姓,鹰犬之贡,远及于四夷。或时教习之处,道路遥远,侵晨而出,入夜方还,以驰骋为欢,莫虑不虞之变[⑭],事之不测,其可救乎?此其渐不克终,七也。

孔子曰:"君使臣以礼,臣事君以忠。"然则君之待臣,义不可薄。陛下初践

---

① 间:挑拨。
② 昵:亲近。
③ 土性:本地生长之物。
④ 捐金抵璧:抛弃金银宝玉。
⑤ 末作:古时以农业为本,离开农业而经营奇异货物,视之为末作。
⑥ 善人所举:善待别人推举的人。
⑦ 由心好恶:好恶全凭自己一心。
⑧ 臧否:评论人的好坏。
⑨ 干求者:追求个人利益的人。
⑩ 毕弋:打猎用具。
⑪ 畋(tián):打猎。
⑫ 十旬之逸:夏代太康在洛水附近打猎,十旬不返。
⑬ 三驱之礼:按《礼记·王制》记载,天子诸侯无事时,每年可以打猎三次。
⑭ 不虞之变:出乎预料的变化。

大位，敬以接下，君恩下流，臣情上达，咸思竭力[①]，心无所隐。顷年已来，多所忽略。或外官充使，奏事入朝，思睹阙庭，将陈所见，欲言则颜色不接，欲请又恩礼不加，间因所短，诘其细过，虽有聪辩之略，莫能申其忠款[②]。而望上下同心，君臣交泰[③]，不亦难乎？此其渐不克终，八也。

"傲不可长，欲不可纵，乐不可极，志不可满。"四者，前王所以致福，通贤以为深诫[④]。陛下贞观之初，孜孜不怠，屈己从人，恒若不足。顷年已来，微有矜放[⑤]，恃功业之大，意蔑前王，负圣智之明[⑥]，心轻当代，此傲之长也。欲有所为，皆取遂意，纵或抑情从谏，终是不能忘怀，此欲之纵也。志在嬉游，情无厌倦，虽未全妨政事，不复专心治道，此乐将极也。率土乂安[⑦]，四夷款服[⑧]，仍远劳士马，问罪遐裔[⑨]，此志将满也。亲狎者阿旨而不肯言[⑩]，疏远者畏威而莫敢谏，积而不已，将亏圣德。此其渐不克终，九也。

昔陶唐、成汤之时，非无灾患[⑪]，而称其圣德者，以其有始有终，无为无欲，遇灾则极其忧勤，时安则不骄不逸故也。贞观之初，频年霜旱，畿内户口并就关外[⑫]，携负老幼，来往数年，曾无一户逃亡、一人怨苦，此诚由识陛下矜育之怀[⑬]，所以至死无携贰[⑭]。顷年已来，疲于徭役，关中之人[⑮]，劳弊尤甚。杂匠之徒，下日悉留和雇[⑯]；正兵之辈，上番多别驱使[⑰]。和市之物不绝于乡闾[⑱]，递送

① 咸：都。
② 申：陈述。忠款：忠诚。
③ 交泰：指上下融合。
④ 通贤：与贤士交往。
⑤ 矜放：骄傲放纵。
⑥ 负圣智之明：以自已聪明智慧而自负。
⑦ 乂（yì）安：治理，安定，太平无事。
⑧ 款服：心悦诚服。
⑨ 遐裔：远地。
⑩ 阿：曲意奉承。旨：旨意。
⑪ 陶唐：尧为陶唐氏。
⑫ 畿内：京城管辖的地区。
⑬ 矜育：怜悯抚育。
⑭ 携贰：怀着二心。
⑮ 关中：今陕西。
⑯ 和雇：官府出钱雇佣劳力。
⑰ 上番：轮流执勤。
⑱ 和市：官府向百姓议价购物。闾：里巷。

之夫相继于道路。既有所弊，易为惊扰[①]，脱因水旱[②]，谷麦不收，恐百姓之心，不能如前日之宁帖[③]。此其渐不克终，十也。

臣闻"祸福无门，唯人所召"。人无衅焉[④]，妖不妄作。伏惟陛下统天御宇十有三年，道洽寰中[⑤]，威加海外，年谷丰稔[⑥]，礼教聿兴[⑦]，比屋喻于可封[⑧]，菽粟同于水火[⑨]。暨乎今岁[⑩]，天灾流行。炎气致旱，乃远被于郡国；凶丑作孽[⑪]，忽近起于毂下[⑫]。夫天何言哉？垂象示诫[⑬]，斯诚陛下惊惧之辰，忧勤之日也。若见诫而惧，择善而从，同周文之小心[⑭]，追殷汤之罪己[⑮]，前王所以致理者，勤而行之，今时所以败德者，思而改之。与物更新，易人视听[⑯]，则宝祚无疆[⑰]，普天幸甚，何祸败之有乎？然则社稷安危，国家治乱，在于一人而已。当今太平之基，既崇极天之峻；九仞之积，犹亏一篑之功。千载休期[⑱]，时难再得，明主可为而不为，微臣所以郁结而长叹者也。

臣诚愚鄙，不达事机，略举所见十条，辄以上闻圣听。伏愿陛下采臣狂瞽之言[⑲]，参以刍荛之议[⑳]，冀千虑一得，衮职有补[㉑]，则死日生年，甘从斧钺[㉒]。

（原载《魏郑王集》）

---

① 为：被。
② 脱：或许。
③ 宁帖：安宁服帖。
④ 衅：罪过。
⑤ 洽：普遍。寰中：大地。
⑥ 稔（rěn）：谷物成熟。
⑦ 聿：语气助词。
⑧ 比屋可封：家家都有德行。语出汉代陆贾《新语》。
⑨ 菽：豆类总称。
⑩ 暨：及，到。
⑪ 凶丑作孽：指贞观十三年突厥突利可汗之弟阿史那结社率谋反事。
⑫ 毂下：帝都。
⑬ 垂象示诫：指天灾等都是上天显现的迹象以对帝王发出警告。
⑭ 《诗经》："惟此文王，小心翼翼。"
⑮ 《尚书汤诰》："万方有罪，在予一人。"
⑯ 易：改变。
⑰ 宝祚：帝位。
⑱ 休期：美好的时期。
⑲ 瞽：盲人。狂瞽之言，意思是眼睛不明而胡言乱语。
⑳ 刍荛：砍柴者。刍荛之议：草野人的意见。
㉑ 衮职：帝王的职位。
㉒ 斧钺：杀人武器，这里指最重的刑罚。

编者按

这篇奏疏是一篇政治评论。魏徵眼光锐利，胆识超人，指出唐太宗在十个方面善始而不能慎终。奏疏中对太宗的批评，如“由心好恶”，如“昵近小人”，如“疏远君子”，如“听言则远超于上圣，论事则未逾于中主”，如“虽忧人之言不绝于口，而乐身之事实切于心”，等等，这些话，是封建时代的大臣说不出或不敢说的，至今令我们敬佩不已。魏徵也对唐太宗说了许多歌功颂德的话，如“论功则汤、武不足方，语德则尧、舜未为远”、“内外康宁，遂臻至治”等等，那是为了使唐太宗在心理上比较乐于接受他的批评和建议。今天时代不同了，封建帝王早成历史遗迹了，这种歌功颂德当然不必有了。但是，就是在当今时代，一个人要做到“闻过则喜”仍然不很容易，特别如果一个人位高权重，“出言而莫己逆，所为而人必从”，往往会产生一种真理都在自己手中的错觉，要做到“闻过则喜”就更不容易。所以，在当今时代的政治生活中，从社会效果着眼，直言不讳的批评依然要小心谨慎，要力求全面，要讲究分寸，尤其不可“攻其一点，不及其余”。从这方面说，魏徵这篇奏疏也不失参考的价值。

三习一弊疏

孙嘉淦[1]

臣一介庸愚[2]，学识浅陋，荷蒙风纪重任[3]，日夜悚惶，思竭愚夫之千虑[4]，仰赞高深于万一。而数月以来，捧读上谕，仁心仁政，恺切周详[5]，凡臣民之心所欲而口不敢言者，皆已行之矣。事无可言，所欲言者，皇上之心而已。我皇上之心，仁孝诚敬加以明恕，岂复尚有可议；而臣犹欲有言者，正于心无不纯政无不善之中而有所虑焉。故过计而预防之也。

今夫治乱之循环，如阴阳之连行，坤阴极盛而阳生，乾阳极盛而阴始，事当极盛之际，必有阴伏之机。其机藏于至微，人不能觉，而及其既著，遂积重而不可返。此其间有三习焉，不可不慎戒也。主德清则臣心服而颂，仁政多则民身受而感，出一言而盈廷称圣[6]，发一令而四海讴歌，在臣民原非献谀[7]，然而人君之耳则熟于此矣。**耳与誉化，匪誉则逆[8]。故始而匡拂者拒[9]，继而木讷者厌[10]，久而颂扬之不工者亦绌矣[11]：是谓耳习于所闻则喜谀而恶直。**上愈智则下愈愚，上愈能则下愈畏，趋跄谄胁[12]，顾盼而皆然，免冠叩首，应声而即

---

① 孙嘉淦（1683－1753年），山西兴县人，字锡公，号懿斋。康熙进士，乾隆初为左都御史，屡官至吏部尚书，协办大学士。

② 一介："介"与"个"通。"一介"即"一个"。

③ 风纪重任：时孙嘉淦为左都御史，负有考核官吏，整饬纲纪的任务。

④ 愚夫之千虑：用"愚者千虑，必有一得"（语出《史记》）的典故。

⑤ 恺切：切中事理。

⑥ 盈廷：整个朝廷。

⑦ 谀（yú）：谄媚，奉承。

⑧ 匪誉则逆：匪同"非"。意思是说，不是赞誉的话就感觉逆耳。

⑨ 匡拂（kuāng bì）：匡，纠正，帮助。拂，矫正。通"弼"。

⑩ 木讷：质朴而不善于言辞。

⑪ 绌（chù）：贬斥，废退。通"黜"。

⑫ 趋跄谄胁：趋跄，步履有节奏貌。谄胁，胁肩谄笑，缩敛肩膀，假装笑脸。

是，在臣工以为尽礼，然而人君之目则熟于此矣。**目与媚化[①]，匪媚则触[②]。故始而倨野者斥[③]，继而严惮者疏[④]，久而便辟之不巧者亦忤矣[⑤]：是谓目习于所见则喜柔而恶刚。**敬求天下之士，见之多而以为无奇也，则高己而卑人。慎办天下之务，阅之久而以为无难也，则雄才而易事。**质之人而不闻其所短[⑥]，返之己而不见其所过，于是乎意之所欲，信以为不逾，令之所发，概期于必行矣：是谓心习于所是则喜从而恶违。**

三习既成，乃生一弊。何谓一弊？喜小人而厌君子是也。今夫进君子而退小人，岂独三代以上知之哉，虽叔季之主[⑦]，临政愿治，孰不思用君子。且自智之君，各贤其臣，孰不以为吾所用者必君子而决非小人。乃卒于小人进而君子退者，无他，用才而不用德故也。德者君子之所独，才则小人与君子共之而且胜焉。**语言奏对，君子讷而小人佞谀[⑧]，则与耳习投矣。奔走周旋，君子拙而小人便辟，则与目习投矣。即课事考劳，君子孤行其意而耻于言功，小人巧于迎合而工于显勤，则与心习又投矣。小人挟其所长以善投，人君溺于所习而不觉[⑨]，审听之而其言入耳，谛观之而其貌悦目，历试之而其才称乎心也，于是乎小人不约而自合，君子不逐而自离。**夫至于小人合而君子离，其患岂可胜言哉！而揆厥所由[⑩]，皆三习为之蔽焉。治乱之机，千古一辙，可考而知也。我皇上圣明首出，无微不照，登庸耆硕，贤才汇升[⑪]，岂惟并无此弊，亦并未有此习。然臣正及其未习也而言之，设其习既成，则有知之而不敢言，抑可言之而不见听者矣。今欲预除三习，永杜一弊，不在乎外，惟在乎心。故臣愿言皇上之心也。

---

① 媚：有意讨人喜欢，巴结，谄媚。
② 触：在这里是碰撞、触犯、触怒、冒犯的意思。
③ 倨（jù）野：傲慢，粗鲁。
④ 严惮：威严，不可亲近。
⑤ 便（pián）辟：逢迎谄媚。忤（wǔ）：不顺从，忤逆。
⑥ 质之人而不闻其短，返之己而不见其所过：这两句是说，从别人那里听不到自己所办之事的不足，自己吧也看不到自己所办之事有什么过失。
⑦ 叔季：末世。
⑧ 佞（nìng）：用花言巧语谄媚人。
⑨ 溺：沉迷不悟。
⑩ 揆厥所由：估量它的原因。
⑪ 登庸耆硕，贤才汇升：年高博学和有德有才的人都得到重用。

语曰:“人非圣人,孰能无过。”此浅言也。**夫圣人岂无过哉?惟圣人而后能知过,惟圣人而后能改过。**孔子曰:“五十以学《易》,可以无大过矣。”大过且有,小过可知也。圣人在下,过在一身,圣人在上,过在一世,《书》曰,“百姓有过,在予一人”是也。文王之民无冻馁,而犹视以为如伤,惟文王知其伤也。文王之《易》贯天人,而犹望道而未见,惟文王知其未见也①。贤人之过,贤人知之,庸人不知;圣人之过,圣人知之,贤人不知;欲望人之绳愆纠谬而及于所不知②,难已。故望皇上之圣心自懔之也③。危微之辨精,而后知执中难允④;怀保之愿宏,而后知民隐难周⑤。谨几存诚⑥,返之己而真知其不足;老安少怀⑦,验之世而实见其未能,夫而后欿然不敢以自是⑧。**不敢自是之意流贯于用人行政之间,夫而后知谏净切磋者爱我良深⑨,而谀悦为容者愚己而陷之阱也⑩。**耳目之习除,而便辟、善柔、便佞之态,一见而若浼⑪。取舍之极定,而嗜好、宴安、功利之说,无缘以相投,夫而后治臻于郅隆⑫,化成于久道也。不然,而自是之根不拔,则虽敛心为慎,慎之久而觉其无过,则谓可以少宽;励志为勤,勤之久而觉其有功,则谓可以稍慰。夫贤良辅弼,海宇升平,人君之心稍慰而欲少自宽,似亦无害于天下。而不知此念一转,则嗜好、宴安、功利之说渐入耳而不烦,而便辟、善柔、便佞者亦熟视而不见其可憎,久而习焉,忽不自知而为其所中,则黑白可以转色,而东西可以易位,所谓机伏于至微,而势成于不

---

① 文王之民无冻馁,而犹视以为如伤,惟文王知其伤也。文王之《易》贯天人,而犹望道而未见,惟文王知其未见也:这段话的意思出自《孟子》。周文王时老百姓生活安定,但文王还像对待伤病员一样对待百姓,又文王精通《易》理,还认为自己未能见道,说明圣人之爱民深、求道切而不自满足。

② 绳愆(qiān)纠谬:纠正错误。愆,过失。

③ 自懔:自己警觉、恐惧。

④ 危微之辨精,而后知执中难允:只有懂得“人心惟危,道心惟微”(《书·大禹谟》)的道理,才知道把握中道多么不易。

⑤ 怀保之愿宏,而后知民隐难周:只有怀保护老百姓的宏大愿望,才知道了解老百姓的疾苦多么不容易。

⑥ 谨几存诚:谨几是指注重观察事物变化的先兆。存诚是指要有防止邪念的诚心。

⑦ 老安少怀:“老者安之,少者怀之。”(《论语·公冶长》)

⑧ 欿(kǎn)然:不自满的样子。

⑨ 谏净:以言止人之失。

⑩ 谀悦为容:以巧言悦色博取人主的欢心。

⑪ 浼(měi):污染。

⑫ 臻于郅隆:达到最隆盛的地步。

可返者,此之谓也。是岂可不慎戒而预防之哉!《书》曰:“满招损,谦受益。”又曰:“德日新,万邦惟怀。志自满,九族乃离。”《大学》言见贤而不能举,见不贤而不能退,至于好恶拂人之性[①],而推所由失,皆因于骄泰。满于骄泰者,自是之谓也。由此观之,治乱之机转于君子小人之进退,进退之机握于人君一心之敬肆[②]。能知非则心不期敬而自敬,不见过则心不期肆而自肆。敬者君子之招而治之本,肆者小人之媒而乱之阶也。然则沿流溯源,约言蔽义,惟望我皇上时时事事,常存不敢自是之心,而天德王道举不外于此矣。语曰:“狂夫之言,而圣人择焉。”臣幸生圣世,昌言不讳,故敢竭其狂瞽,伏惟上包容而垂察焉,则天下幸甚。

(原载《孙文定公奏议》)

编者按

这篇奏疏也是一篇政治评论。文章所讨论的三习一弊,在封建社会的政治生活中相当普遍,带有某种规律性。

作者在文章中指出,由于人君所处的是一种特殊的政治环境,所以他很容易养成三种习惯:一是耳朵只能听赞颂的话,“非誉则逆”;二是眼睛只能看谄媚的姿态,“非媚则触”;三是内心只能接受顺从自己的行为,“喜从而恶违”。作者又指出,从这三种习惯会产生一个弊端,就是“喜小人而厌君子”。自古以来,为人君者都知道应该进君子而退小人,但结果却往往是小人进而君子退,原因就在于“小人挟其所长而善投,人君溺于所习而不觉,审听之而其言入耳,谛观之而其貌悦目,历试之而其才称乎心”,于是“小人不约而自合,君子不逐而自离”。作者最后指出,要预防这三习一弊,关键在人君须自懔自敬,“时时事事,常存不敢自是之心”。人君如能做到这一点,则“天德王道举不外于此矣”。

作者对三习一弊的分析,不是局限在这种现象本身,而是把这种现象提高到阴阳转化的哲学的层面,即:“事当极盛之际,必有阴伏之机。其机藏于至微,人不能觉,而及其既著,遂积重而不可返。”我们以他对“喜谀而

---

① 拂人之性:违背人的本性。

② 肆:不顾一切,任意妄为。放肆。

恶直”的习惯的分析为例。在开始的时候,“主德清则臣心服而颂,仁政多则民身受而感,出一言而盈廷称圣,发一令而四海讴歌”。就是说,因为政治清明,所以四海讴歌。这本来是好事。但阳盛而阴伏,在大好形势中隐藏着危机。时间一长,人君之耳熟于此,“耳与誉化,非誉则逆”。“故始而匡拂者拒,继而木讷者厌,久而颂扬之不工者亦绌矣”。于是“小人不约而自合,君子不逐而自离”,好事变成了坏事。我们今天来看,作者的这种分析也仍然有相当的深度。这种深度和作者本人的哲学素养有重要的关联。

奏疏是呈送给帝王看的,写的时候必然要逐字逐句反复推敲。在这方面,孙嘉淦这篇奏疏是一个典范。例如,他在“盈廷称圣”、“四海讴歌”之后先说“在臣民原非献谀”,也就是说,这种现象无可非议,但接着马上一转,“然而人君之耳则熟于此矣”。又如,他在“免冠叩首、应声而即是”之后先说“在臣工以为尽礼”,也就是说,这种现象无可非议,但接着马上一转,“然而人君之目则熟于此矣”。这些句子,这种写法,不仅曲尽情理,而且修辞十分讲究,语气也恰到好处。我们今天当然不会再写奏疏了,但孙嘉淦这篇奏疏在这些方面的优点依然对我们极有启发。

唐代的宦祸

李国文[①]

唐第十五任帝文宗李昂,因"甘露事变",诛灭宦官不成,反被软禁起来,不能亲政,抑郁成症。公元839年(开成四年),"上疾少间,坐思政殿,召当直学士周墀,赐之酒,因问曰:'朕可方前代何主?'"周墀顺口回答:"陛下尧、舜之主也。"李昂知道他是拍马屁,可也知道他除了拍马屁外,还能说什么呢?这位病恹恹的皇帝,摇了摇头,摆了摆手,叹息道,"朕岂敢比尧、舜,何如周赧,汉献耳?"周墀大吃一惊:"彼亡国之主,岂可比圣德?"李昂说:"赧、献受制于强诸侯,今朕受制于家奴,以此言之,朕殆不如!"说完这番话后,"因泣下沾襟,墀伏地流涕,自是不复视朝"。次年,这位阻绝于宫墙之中,受制于家奴的皇帝,因病重不治,就"厌代"了。(《资治通鉴》唐纪六十二)

在中国封建社会中,所有帝王,虽然他自称孤家寡人,其实,他既不孤,也不寡,至少他的身边永远有着一群宦官。而且身处深宫的皇帝,别看有三宫六院,有东宫太子,有文武百官,有将帅臣僚,有优伶乐工,有御用文人,在其左右,随叫随到,但一天二十四小时,始终与陛下保持着零距离接触的,却是大大小小的宦官。这些蔑称之为阉寺,俗称之为太监的狗男女,连皇帝行幸的时候,也须臾不离的。

因为后宫,只有一个男性,那就是帝王,剩下的全是女性,所以要成为宦官,必须被劁,必须去势,必须要成为一个不男不女之人,才能进入后宫。于是,这班刑余之徒,阘茸之辈,乃封建王朝中最污秽,最卑贱,最肮脏,也是最黑暗的一群。**作为宦官,不知是付出代价太大,求偿之心过甚;还是由于性器官的阉割,形成心理变态?不知是身处权力中心,产生染指欲望;还是由于出身贫贱,对于财富的病态渴求?宦官一旦得势,得志,得意,就会陷罪恶**

---

① 李国文:(1930-),江苏盐城人。我国当代作家。

的渊薮而不拔。

《新唐书》在谈到唐代宦祸时，不禁感慨："小人之情，猥险无顾藉，又日夕侍天子，狎则无威，习而不疑，故昏君蔽于所昵，英主祸生所忽。玄宗以迁崩，宪、敬以弑殒，文以忧愤，至昭而天下亡矣。祸起开元，极于天佑，凶愎参会，党类歼灭，王室从而溃丧；譬犹灼火攻蠹，蠹尽木焚，讵不哀哉！迹其残气不刚，柔情易迁，亵则无上，怖则生怨，借之权则专，为祸则迫而近，缓相攻，急相一，此小人常势也。"如果你是一位明主的话，他们会羁縻你，磨耗你。如果你是一位庸主的话，他们会控制你，支配你。如果你是一位昏君的话，他们会操纵你，掌握你。如果你压根儿是傀儡，他们会折腾你，玩弄你，如果你成为障碍，他们会废黜你，干掉你。

欧阳修、宋祁在《新唐书》里，将宦官定性为小人，这也是千古以来的历史结论。而到唐代中叶以后，一代不如一代的李姓帝王，其立与废，生与死，完全操之于宦官之手。

公元 805 年（永贞元年），十一任帝顺宗李诵，因"永贞革新"，未能除掉宦官，反被宦官俱文珍迫退，然后在次年死去。

公元 820 年（元和十五年），十二任帝宪宗李纯，为宦官陈弘志所杀。同年，十三任帝穆宗李恒，为宦官梁守谦所立。

公元 826 年（宝历二年），十四任帝敬宗李湛，为宦官刘克明所杀。

公元 826 年（太和元年），十五任帝文宗李昂，为宦官王守澄所立。期间，因欲除宦官，策划一网除尽，事泄，宦官仇士良发动宫廷政变，屠杀朝官，幽闭帝王，是为"甘露事变"。公元 840 年（开成五年），李昂于抑郁中死去。

公元 841 年（会昌元年），十六任帝武宗李瀍，为宦官仇士良所立。

公元 847 年（大中元年），十七任帝宣宗李忱，为宦官马元贽所立。

公元 860 年（咸通元年），十八任帝懿宗李漼，为宦官王宗实所立。

公元 874 年（乾符元年），十九任帝僖宗李儇，为宦官刘行琛所立。

公元 889 年（龙纪元年），二十任帝昭宗李晔，为宦官杨复恭所立。公元 907 年（天佑四年）禅位于朱温，唐亡，旋被杀。

在中国历代封建王朝中，为帝王者一旦成为宦官手中予取予弃的玩偶，玩转于股掌之上，这个王朝也会随之覆亡。东汉后期如此，明代后期如此，唐代的中后期当然也不能不如此。**宦官之可畏可怕，就在于他们以唯唯诺诺的**

谦卑姿态，讨好主子；以低三下四的绵软身段，固宠求荣；以心领神会的马屁哲学，拓展实力；以言听计从的奴才精神，坐大成势；以混淆视听的蒙蔽手段，插足权力；以挑拨离间的卑鄙伎俩，干预朝政；以严酷刻毒的报复心理，左右大局；以欲壑难填的贪得无厌，影响决策。

这些全天候包围着你，蒙蔽着你，困惑着你，麻醉着你，窒息着你，萎缩着你，扼杀着你的宦官，一直到你失去使用价值后，既能够软刀子割肉不觉痛地消遣着你，也能够白刀子进红刀子出地结果着你，这就是唐代宦祸的实质。

历史，一页一页地翻过去了，宦官，早已成为历史学上的一个名词；皇帝，也只是在电视连续剧露脸的主角；宫廷，也只是百家讲座那些名嘴们天花乱坠的谈资。但是，历史也是一面镜子，永远有着借鉴的作用。因此，**在握权者的周围，在掌政者的身边，在肩挑重担的负责人的左右，在有钱有势的实力派的前前后后，会不会有类似宦官性质的小人，在巧言令色地加油添醋，在心怀鬼蜮地煽风点火，在居心叵测地施展阴谋，在处心积虑地唯利是图，倒是值得擦亮眼睛，提高警惕，严于律己，防范于未然的。**

（原载《李国文千字文》
人民文学出版社，2010）

编者按

宦官及宦官的祸害是中国历史上独有的社会现象。作者以唐代的宦官为考察的对象，对宦祸的实质以及宦祸给我们留下的教训，做了十分透彻的分析。作者讨论的问题，极为严肃，极为独特，极有深度，作者的文字，犀利泼辣，用排比句构成一种奔腾的动势，极具节奏感和美感。

遥远的罪恶与你我有关

田松[1]

雅斯贝尔斯曾说："我是有罪的，因为当罪恶发生时，我在场，并且我活着。"这句话意味着，旁观是不可能的，明哲保身是不可能的。即使你没有法律上的罪，也不能免除道德上的罪。在我们这个全球化的时代，在我们这个战争直播的时代，所有的事件我们都是在场者，无论它多么遥远，都会被电视推到我们的面前。

我们，是那遥远的罪恶的一部分。

现代社会的分工使人变成了零件。前不久看《南方周末》，有一篇文章写到大都市里的不落地族。他们在高楼上工作，在高楼上生活，他们名义上是这个城市的居民，却没有多少时间亲近这个城市的土地。对于这个城市来说，他们并不是一个个具体的活生生的人，而只是城市机器的零件。作为零件，他们的确没有必要了解别的零件，也没有必要了解他们所生活的世界究竟是怎样的。虽然身为白领，他们被认为有很高的文化。

分工使我们心安理得地埋头于自己的工作，心安理得地不去知道其他的事情。至于我们所埋头的工作，我们很少考虑是否应该去做。常常，我们觉得自己应该做的事情，就是被我们的分工所指派的事情。然而，既然是被指派的，这个事情是否应该，已经不需要我们自己的思考。我们很少有应该做的事情，只有必须做的事情。

过细的分工使我们无法看到世界的全貌，即使有心，我们也难以对我们正在做的某一件事进行道德判断。因为道德，必须从人类的总体生活中才能获得。我们只能把对工作本身的道德判断交付出去，把遵从职业道德当作道德。

---

① 田松(1965－)，吉林四平人。我国当代学者，从事科学哲学、科学史、科学与艺术等方向的研究。

而很多职业的道德，与普遍人性的道德并不一致。

比如记者，他们的任务就是在场，并且以旁观的方式在场，让镜头近一些，再近一些。当一个孩童落水，从普遍人性的道德出发，在场者应该把救人作为头等大事，而对于旁观者则应该予以谴责。但是，记者这个职业却使他可以合乎道德地旁观。我必须强调，即使在场者只有他一个，他的旁观也是合乎职业道德的，并且更加凸显了这种道德。因为，如果他也参与到事件当中，就将失去唯一可能的记录者！但是，我还要强调，即使在场者有一百个人，他的旁观仍然是不道德的！哪怕只有一个旁观者，也会给整个事件罩上一层冷漠的雾。

当我们把对工作的道德判断交给我们所属的职业，我们也就失去了这一部分道德！**在《摩登时代》中，流水线上拧螺丝的工人完全不必知道螺丝拧在什么地方，这使得生产救灾物资的工人与生产军火的工人会获得同样的成就感。同样，砍树的劳模和种树的劳模所获得的荣誉感也无不同，无论是砍树还是种树，它的意义和价值全是被给定的。**

科技专家也是一样，无论是研发核武器还是研发核电站，都可以当作螺丝来拧。当与科技相关的道德问题被提出来的时候，还有一个常用的托词：科学和技术是中性的，所以不牵涉道德问题。

现在，我正在家中的餐座上敲打着电脑。自从对门张叔叔搬家，这座我居住的住宅楼里就没有我认识的家庭了。新来的房客好像是几位合住的学生或者民工，经常听见夜里有人大声拍打他们的门。中间的一家我几乎没有见过，已经不知道换了几次房客。

大约是柏杨在他的《中国人史纲》里说，蒙古帝国灭亡的原因之一是国土太大，通信跟不上，无法做出及时反应。**好比一个超级巨人，把脚伸到火里，大脑要在一天以后才能知道，等到下达挪开指令的时候，脚趾头已经烧掉了。人类社会正在面临这样的困境。**

科学及其技术把整个地球联系在一起，手机电视互联网之类的东西可以使人突破空间的阻碍，造成天涯比邻的幻觉。但是与此同时，我们的比邻也被推到了遥远的身后。人生有限，你只能与有限的人、有限的事发生联系，不同的只是分布状态，从前它们生活在你的四周，而现在可能分散到全球各地。**当天涯成了比邻，比邻就成了你的陌生人。**

按照王家卫的笔法，在我楼上、楼下、东面、西面各有另外一家人，我与他们最近的距离只有几十公分。有时躺在床上仰望天花板,想到我的头顶可能还有一张床,在我的脚下可能也有一张床,上面睡着我见了面也不认识的人,不由得忍俊不禁、毛骨悚然。

我们已经习惯了身边的陌生,并把这种陌生当作了生活的常态。

传统社会的人们熟悉身边的一切,在《白鹿原》的村庄里,每个人都是全知的,他们的信息容量足以了解村中的一切事物,因而能够对一切事物进行道德判断。在这样的村庄里,人与人之间是有机的整体,如土壤,生长着他们的恩怨是非,爱恨情仇。而那些在我们看来没有被他们理解的事物,他们的星光、天空、山林,最终都将通向神灵,而不是陌生。

他们的生活充满了神灵,也充满了道德。

而在比邻若天涯的现代都市中,人的土壤已经风干沙化。身为无本的现代人,对于我们追溯物质身体旁边新出现的事物:楼道里的陌生人、无所不在的互联网、小区里的健身设备、河床上覆盖的水泥……,常常是从一个陌生走到另一个陌生。越来越多的陌生使追问难以持续,当我们放弃了对职业的道德思考,似乎也只能相信,这些陌生的合理性都会由相应的职业予以保证。人类巨人的身躯虽然还没有超出其信息交流的能力,却已经达到了人类个体进行道德思考的极限。如果人类的大部分个体对于身边的事物放弃了道德思考,乃至失去了道德思考的能力,决定整个人类方向的会是什么?

我们应该期待一位超级圣人来代替我们思考,使道德思考也接受分工的安排吗?还是放心地让地球村中最强势的力量——商业来主宰我们的未来,由商业广告来告诉我们,什么是道德的?比如,“威力洗衣机,献给母亲的爱!”

看病吃药,谁都认为是天经地义。如果新出一种治疗癌症的特效药,人们通常会相信,这是科学技术给我们带来的福利。买药的人只关心疗效,不需要关心它的来源,也不会关心它各个环节的合理性。但是,假如这瓶药使用的是一种美国的专利技术,其核心成分紫杉醇是从红豆衫的树皮中提取的,这些红豆衫的皮是从野生的红豆衫身上活活地剥下来的,并且由于这种药的缘故,整个云南的红豆衫已经找不到几棵活的了,你是否还会接受这种药?

再假如,这种药中有一种成分是从活熊的胆汁中提取出来的,为此,有一些熊被活活关在铁笼子里,肚子上常年插着一根带着开关的直通熊胆的导管,隔一段时间就被流放胆汁,你是否还会接受这种药?

当我们习惯了陌生，我们就已经意识不到我们的在场，成为不在场的旁观者，如同置身于电视机旁。而那遥远的罪恶，就潜藏在我们身边的陌生之中。

（原载《中华读书报》2003 年 6 月 25 日）

编者按

这篇文化评论揭示了现代社会的两个问题：第一，职业道德与普遍人性的道德并不一致；第二，现代社会的发展使得身边的一切对我们都成了陌生，对这种陌生我们放弃了道德的思考，而遥远的罪恶可能就潜藏在这陌生之中。作者用平静的语调揭示的这两个问题，引人深思。

不要虐待动物，它们也有痛苦和悲伤

珍妮·古多尔[1]

保护野生动物生活的环境是非常重要的。**动物和我们人类拥有同等的生存权利，但如果我们对自然界的破坏太严重，就会剥夺那些即将生活在这个世界上的物种的生存权利，从而也毁灭了它们将会带给我们这个世界的美丽。**

一些生物物种的灭绝对我们的影响是灾难性的。我们知道很多重要的药物都是从植物甚至昆虫身上提取的，我们破坏了自然界，就可能彻底灭绝了一些动、植物的物种，它们将永远消失，也许我们正在浑然不觉地灭绝那些可以治愈癌症甚至艾滋病或其他可怕疾病的生物。

在一个森林生态系统或任何天然区域里，所有不同的动物和植物组成一个完整的、精确的、复杂的模式，如果我们扰乱了这个模式，一切就都乱套了。比如，当年，全英国的兔子死于传进来的兔黏液瘤病，狐狸由于没有充足的食物而开始吃农民养的鸡，于是农民们就起来打狐狸，结果却发现由于没有狐狸吃老鼠而使老鼠泛滥成灾，老鼠破坏了农民地里和仓库里的粮食，结果，农民们因老鼠的祸害所受的损失与因兔子减少带来的损失一样多，甚至更多。

再设想一下，那些在地里喷洒杀虫剂来消灭祸害庄稼的昆虫的方法，它同时也杀死了成千上万的无辜的昆虫，包括很多益虫，比如为花授粉并给我们提供蜂蜜的蜜蜂，那些以昆虫为食的动物，特别是鸟类也很快死亡了。最终，由于污染的化学剂的广泛使用，使得人类也因此患病。

也许你会愿意去帮助动物们生活得好些。那么首先，你要先会发现问题所在。动物被虐待的方式有很多，有些甚至我们还不知道，或者是那些虐待动

---

① 珍妮·古多尔(Jane van Lawick - Goodall,1934 -)，英国野生动物学家，她把全部时间和精力用于野生黑猩猩的研究和保护工作。

物的人们以为自己与此事无关，其实，根本就不是这么回事。

比如，我们来设想一下，如今在农场饲养的动物都是被怎样对待的，我们称之为“工业农场”或“集约农业”。在大多数的西方国家，鸡通常是被三只甚至更多只挤在一个小笼子里养大，因为怕它们互相啄而把它们的喙都拔掉了，它们就是这么被伤害的。还有猪，其实它们和狗一样聪明，也同样被挤在一起，根本不能在地上刨坑玩。把小猪关起来尤其残忍，因为它们天性好动，喜欢跑来跑去逗着玩。

自从了解了这种工业饲养，我就不再吃肉了。但也有很多农民用很“原始”的方式，友好地对待他们的动物，这样，他们的产品价格要贵一点(因为这样的动物是自然长大的，没有使用化学杀虫剂和除草剂)，但如果有越来越多的人来买这种食品，它们就会便宜起来，这种被称作“自然放牧”的方式会使成千上万的动物的生活质量大大改善。

每年有上千只的动物被用来做新产品试验，像清洁剂、化妆品等等。其实，几乎所有出现在市场上的新产品都经过动物试验。兔子、几内亚猪，甚至猫、狗和猴子都被拿来做实验，还有老鼠。有时这种试验会给动物带来很大痛苦。很多人都在努力争取改变这种状况。一些科学家们正在努力研究出一些试验物质，来替代把动物作为试验品。你也可以通过拒绝购买用动物做试验的产品来帮助实现这个理想。

当然，还有很多动物被用于医学研究领域，它们不仅要忍受很多痛苦，还被关在极狭窄的笼子里。遗憾的是，很多此类研究对人类几乎没有任何意义，所有的痛苦都是徒劳的。

我们也不能忘记那些仅为满足人类对知识的获取而被虐待的动物。**有些科学家在科学研究中，不是静静地耐心仔细观察动物，而是更乐于杀死他的研究对象，来了解其内部的奥秘。上百只鸣鸟通过手术被人为弄聋，以便研究它们是本能天生就会鸣叫，还是后天才学会的。野生的小猴子被人为弄瞎，好看看它们怎么生活(大多数都死了)。我看过一个电视节目，一个科学家骄傲地宣布他是怎么用突发的高噪声杀死小老鼠的。**心理学家们还在通过用电棍惩罚动物的方式来训练他们，等等。想一想在教学科研中使用的动物有多少，在中学、兽医学校和医学院，每年都要杀死上千只。但现在也有一些最受尊敬的好学校已经不再进行这种没有必要的动物展示了。

为什么我们要在乎动物们所受的虐待？它要紧吗？而且，现在还有好多人的处境也很悲惨，为什么我们不先去帮助他们呢？当然，我们也应该去帮助受苦的人们，但我要问你为什么？为什么我们要在乎人们所受的苦呢？因为他们和你我是同一种动物，所以我们能理解他们的感受，**我们知道他们和我们一样会感到痛苦，我们知道他们也会悲伤、恐惧、绝望、孤独和寂寞。**那好，**如果我告诉你，黑猩猩也能感受这一切，猫和狗和猪，和很多其他动物，他们也都能感受到这一切。你同意吗？如果你同意，那你就能明白为什么我们要关注这些动物们的痛苦了。**

残忍是可怕的，我认为这是人类的天性中最丑恶的一面。当你残忍时，你使别人忍受毫无必要的痛苦。如果一个医生在战场上为了挽救一个人的生命，不得不在不施麻药的情况下做截肢手术，这虽然很痛苦，但并不能算是残忍的行为，但如果这个医生在现代化的医院里也这么做，那就是残忍。如果一个没有人类感觉的聪明的生物忽然从别的星球上来到地球，它不能感受任何痛苦，那么，即使它做了给我们带来巨大痛苦的事情，我们也依然不能称之为残忍。

也许我们的世界还远不是一个远离残忍的世界，但我认为我们至少可以一点一点地帮助这个世界少一点残忍，我们每个人都能从自己的身边做起。如果你的邻居每天晚上出门，把他们的小孩子独自留在家里哭，你肯定会马上向有关人员报告此事，但如果你的邻居在虐待他的狗呢？你也会把它当回事吗？我相信你会的，如果主人折磨他的狗，你可以通知当地的防止虐待动物组织（ASPCA），如果狗总是连续几个小时被关在家里，你可以征求父母的同意，去带它散步。

为了爱护动物，我们每个人在发现问题时敢于出来仗义执言是很重要的，但这并不容易。我小的时候，曾见过四个比我大得多的男孩儿，把螃蟹的腿一条一条地拔掉。我很伤心，问他们为什么要这么做，他们说“不关你事”。我说这太残忍了，结果他们哈哈大笑。

于是我就走开了。现在，四十年过去了，我仍为此感到羞愧。为什么我当初没有上前去阻止他们折磨那只螃蟹呢？

我儿子就强多了。有一次，他五岁的时候，在加利福尼亚上幼儿园（曾有一阵子，我每年的四分之一的时间在斯坦福大学教书）。一天，他看见一个七岁的男孩子拿着水管子冲一只笼子里的吓坏的兔子，还高兴得哈哈大笑。格鲁布冲上去抢他的水管子，男孩不答应，于是格鲁布就和他打起来了，虽然他比人家小多了，但他尽了全力去赢。

老师因为他打架很生气，还惩罚了他，当然，我们并不能总是靠打架来解决问题，但她却没有惩罚那个残忍的男孩，其实，他也应该受到惩罚，你说呢？

我还要告诉你一个真实的故事，是关于一只名叫“老人”的黑猩猩的。它成年后被北美的一家动物园买走了，我们对它的经历一无所知，也许它曾在实验室或马戏团待过，它非常憎恨人类。后来，它被送到一个岛上去和另外三只成年雌黑猩猩一起生活，它和它们相处得很好，其中的一只还生了个小孩，“老人”就是孩子的父亲。

就在这个时候，一个名叫马克·库萨诺的人来负责照顾它们，所有人都告诉他它们是多么危险。确实，被捕获的黑猩猩常常是很危险的，因为它们中的大多数都可能被虐待过。所以，马克没有带着黑猩猩的食物直接上岛，相反，他划了一只小船靠到岸边，把食物扔到岸上。

马克也同时注意观察它们。他看到了“老人”对小孩子是多么轻巧、怜爱，他看到它们在吃饭的时候兴奋得相互拥抱和接吻，他也开始意识到它们是多么好的动物。于是，他决定自己主动去和它们建立起更好的关系，他开始和它们交朋友。他把船划得越来越近。而且终于有那么一天，“老人”从他手里接过了一个香蕉。“珍妮，”他后来告诉我，“现在我能理解当灰胡子大卫从你手里接过香蕉时，你的那种感受了！”这是友谊的开始。不久，他终于敢弃船登岸了，“老人”允许马克给他梳毛，他们有时还在一起玩，三只雌性的态度比较冷淡，但它们对马克到岛上来并不介意。

忽然有一天，马克不小心滑倒了，小黑猩猩就在旁边，被吓了一跳，它恐惧得大叫了一声，它的母亲以为是马克欺负它了，一下子冲过来，一口咬住他的脖子，他觉得血都凝固了，还没等站起来，另外两只雌黑猩猩也冲过来，一只咬住他的胳膊，另一只咬住他的腿，他觉得他的手都没知觉了，他想完蛋了，这下可跑不了了。

这时，“老人”冲了过来，一把抓住它们，一只接一只地把它们从马克身边拉走，赶跑了。马克拖着身子挪到船边，“老人”紧挨着他，每当它们要上来袭击时就威胁它们。最后，马克终于离开了小岛，是“老人”救了他的命。

文而改用打字机的时候，也有类似的体验。他在1916年致康拉德·艾肯的信中写道："用打字机写作的时候，我发现自己正在抛弃过去钟爱的长句。简短，不连贯，就像现代法语散文似的。打字机有利于文章清晰明朗，不过我可不敢肯定它会使行文微妙深奥。"

所有工具在开创种种可能性的同时，也会带来诸多限制。**工具用得越多，工具的形式和功能对我们本身的影响就越大。**用了一段时间的计算机文字处理程序之后，我就开始丧失在纸质文本上书写、编辑的灵巧性，以上道理可以解释个中原因。我后来知道，自己的经历一点也不稀奇。诺尔曼·道伊奇报告指出，"习惯于用电脑写作的人不得不用手写字时，经常会不知所措"。就在他们逐渐习惯敲击键盘、观看魔术般出现在屏幕上的文字的过程中，**他们"把思想转换成手写文字"的能力衰退了。**如今，孩子从很小的时候就开始使用键盘，学校也不再开设书法课，有足够的证明表明，**手写能力正在从我们的文化中彻底消失。书写正在变成一种失落的艺术。**基督教牧师兼传媒学者约翰·卡尔金(John Culkin)在1967年说道：**"我们塑造工具，然后工具塑造我们。"**

麦克卢汉是卡尔金的良师益友，他阐明了技术立竿见影地强化和侵蚀我们的方式。在《理解传媒》一书最具洞察力的一段中，麦克卢汉写道，我们的工具"增强"了人体的哪个部分，哪个部分最终就会"麻木"。当我们用人工方式延展我们自身的某些部分时，我们同时也在让自己远离那个被增强的部分以及这个部分所具有的自然技能。动力织布机发明之后，织布工人一天生产出来的布匹远远超过手工织布时的产量，**可是他们牺牲了一些手工操作的灵巧性，更不要说他们对纺织品的某些"感觉"了。**按照麦克卢汉的说法，他们的手指变得麻木了。无独有偶，农民开始使用机器犁地、耙地的时候，**他们也失去了对土壤的感觉。**在今天的工业化农场中，农业工人坐在庞大拖拉机上方装有空调的驾驶室里，已经很少接触到土壤了——尽管他一天耕种的地，使用锄头的先人一个月也耕不完。开着汽车，我们可以到达的地方会比步行能够抵达的地方远得多，**可是我们失去了步行者跟大地之间的亲密接触。**

麦克卢汉承认，自己并不是第一个注意到技术带来麻木效应的人。这是一种古已有之的思想，《圣经·旧约全书》中的赞美诗对此作出了具有说服力的表达：

他们的偶像，是金的，银的，是人手所造的。有口却不能言，有眼却不能看。有耳却不能听，有鼻却不能闻。有手却不能摸，有脚却不能走。有喉咙却不能出声。造他的要和他一样。凡靠他的也要如此。

为了利用技术的力量，我们付出的代价是疏离。使用智力技术的时候，代价尤其高昂。**智力工具增强同时也麻痹了我们自然能力中最本质、最人性化的部分——用于推理、领悟、记忆和情感的能力。**尽管机械钟给我们带来了极大的好处，**可是它也让我们远离了时间的自然流逝。**刘易斯·芒福德在描述钟表如何“帮助人们创立一种信念，认为独立世界是可以用数学方法测量的序列”的同时，他也强调了钟表造成的另一个后果，那就是把“时间跟人类活动割裂开来”。在芒福德所持观点的基础上，魏泽鲍姆提出，从计时仪器中形成的世界观念“建立在拒绝接受直接经验的基础上，而正是这些直接经验形成了旧的现实世界的基础，并且也正是这些直接经验构成了旧的现实世界”。在决定何时吃饭、何时工作、何时睡觉、何时起床时，我们不再听命于自己的感觉，而是开始服从钟表。我们变得科学多了，可是我们同时也变得更机械了。

即便是像地图这样一种看起来很简单、很有利的工具，同样也会产生麻木效应。地图的出现极大地增强了人们的导航能力。人们第一次满怀信心地穿行于以前从未到过的地方——这一进步刺激了探险、贸易及战争的历史性扩张。**但是，他们领略自然风光的能力、在头脑中为周边环境绘制地图的能力衰退了。**地图对空间的二维抽象表现使其成为使用地图的人及其对现实环境的认知的媒介。我们根据近来的大脑研究结论可以推断，上述能力的丧失必定对应着生理上的改变。在人们逐渐依赖地图而不是自己的方位感判断位置的过程中，**他们会经历大脑中专门负责空间解析功能的海马状突起的萎缩。**这种麻木肯定也会出现在他们的神经细胞当中。

今天，我们开始依靠以计算机为基础的 GPS 全球定位系统为我们指引方向，我们可能又将经历一个这样的适应过程。牵头开展伦敦出租车司机大脑研究的神经学家埃莉诺·马圭尔（Eleanor Maguire）担心，卫星导航系统会对出租车司机的神经元造成“很大影响”。她在代表研究团队发言时说：“我们非常希望他们不要使用导航系统。我们认为，出租车司机大脑内的海马状突起的体积增大，是由于他们需要记住大量信息。如果开始使用导航系统，这种知识库将遭到削弱，并且可能带来我们预见的大脑变化。”出租车司机将会从牢记城市道路的繁重工作中解放出来，可是他们同时也会失去这种训练带来的与众不同的智力优势。

技术会让它们所增强的那种能力麻木，甚至完全丧失。麦克卢汉在解释这个问题的时候，并没有把社会浪漫化为人类发明地图、钟表、动力织布机之前的那种情形。他明白，疏离是技术不可避免的副产品。不管我们在什么时候使用能对外部世界施加极大控制力的工具，我们都会改变自己跟世界的关系。心理上的距离是施加控制的前提。有些情况下，疏离恰恰就是工具的价值所在。我们之所以建造房屋、缝制衣服，是因为我们想要远离风吹雨淋，远离寒冷侵袭。我们之所以建造排污管道，是因为我们想要远离自己的排泄物，希望跟它们保持健康的距离。自然不是我们的敌人，但它也不是我们的朋友。麦克卢汉的观点是，实事求是地评价任何一项新技术，或者一项新的进展，需要对所失和所得具有同样的敏感性。我们不应该允许技术的荣耀蒙住内心的双眼，完全无视我们自身某个至关重要的部分将陷入麻木状态的可能。

联网电脑作为一种通用传媒，是对我们的感觉、认知和记忆的绝对扩展，它是一个强大的神经中枢放大器。**计算机造成的麻木效应同样十分强大。**诺尔曼·道伊奇解释说，“计算机扩展了我们中枢神经系统的处理能力”，并在这个过程中“改变了中枢神经系统”。电子传媒“在改变神经系统方面非常有效，因为它们的工作方式类似，并且基本上能够互相兼容，易于链接”。由于神经系统具有可塑性，因而“可以利用这种兼容性，跟电子传媒合二为一，构成一个更强大的单一系统”。

我们的神经系统之所以会如此迅速地跟计算机“合二为一”，还有一个更为深刻的原因。哈佛大学社会认知与情感神经学实验室主任詹森·米切尔(Jason Mitchell)说，进化已经为我们的大脑注入了强大的社会化本能，这种本能“带来了一套推理方法，让我们认为周围的东西都是会思考、有感情的”。最近的神经影像学研究表明，有三个高度活跃的大脑区域——一个位于大脑前额叶，一个位于大脑顶叶，还有一个位于顶叶和颞叶的交界部分——“专门负责理解他人的心理活动”。米切尔说，我们与生俱来的“读心”能力对人类的生存发挥着重要作用，有了这种能力，我们可以“让庞大的群体协调一致，共同实现个人无法实现的目标”。然而，在我们进入计算机时代之后，我们跟他人心灵相通的能力带来了一个意想不到的后果。米切尔写道,“进行社会化思考的那些大脑区域长期处于过度活跃的状态”,这会导致我们把无脑当有脑,甚至会认为“没有生命的物体”也有思想。此外,越来越多的证据表明,我们的大脑天生就会模仿跟我们发生交互作用的他人的思想状态,不管这个思想是真实的还是虚拟的。我们之所以那么快就把人的特征赋予计算机,同时又把计算机的特征赋予我们自己,这种神经“镜像”可以帮助我们解释其中的原因。

我们愿意甚至渴望跟计算机一道进入道伊奇所说的“一个更强大的单一系统”,这不仅是数字计算机作为信息传媒所具有的特征的派生物,也是我们的大脑对社会进行适应的派生物。尽管大脑和机器之间的这种模糊性可能会让我们执行特定认知任务时的效率提高很多,但它也会对我们作为人的身份界定构成威胁。我们的大脑心甘情愿融入其中的那个系统在让我们拥有更加强大的力量的同时,也把自己的限制强加给了我们。把卡尔金的说法略作调整就是:**我们给计算机编程序,然后计算机给我们编程序。**

这种效应的实际效果并不总是像我们希望的那样有利。很多针对超文本和多媒体的研究表明,**当网上五花八门的刺激导致大脑过载的时候,我们的学习能力会受到严重影响。信息越多,知识越少。**我们使用的很多软件工具又怎样呢?至于我们赖以发现信息、评估信息,我们赖以酝酿思想、交流思想,以及我们赖以执行其他认知任务的所有应用程序,它们是怎样影响我们的学习内容和学习方式的呢?2003 年,荷兰一位名叫克里斯托夫·范·尼姆韦根的临床心理医生开始对计算机辅助学习展开研究。英国广播公司的一位撰稿人后来把这项研究称为“对当前计算机应用以及我们对基于屏幕的跟信息系统之间交互行为的依赖程度日益加深的潜在危害的最有趣的探讨之一”。尼姆韦根让两组志愿者在计算机上解决一个棘手的逻辑难题。这个难题要求按照一套规则转移两个盒子之间的彩球,那套规则规定了在什么时间可以移动哪个球。一组实验者使用计算机软件,软件的设计原则是尽可能地为人提供帮助。在志愿者解决这个难题的过程中,软件会在屏幕上显示帮助信息,比如说,哪一步移动可以执行,软件会给出视觉提示。另一组实验者使用的是基本程序,不提供任何帮助信息。

在解决难题的早期,一如我们的预期,使用有提示信息软件的那一组志愿者正确移动彩球的操作比另一组快。可是随着测试的继续进行,原本落后的那一组正确操作的速度大大加快了。到最后,使用没有帮助功能的软件的那组志愿者反而能又快又准地解决问题。他们操作中出现僵局——一步都不可能再前进的状态——的情况也比另一组少。尼姆韦根在研究报告中写道,研究发现表明,使用没有帮助功能的软件的那组人可以更好地预先规划、制定策略,而使用具有帮助功能软件的那一组倾向于依赖简单的试错方法。事实上,在解决问题的过程中,使用有帮助功能的软件的那些人经常在那里“漫无目的地点来点去”。

在那次实验的8个月之后,尼姆韦根又把两组人召集起来,让他们再次解决彩球难题,这次的实验内容有所变化。结果他发现,原先使用没有帮助功能的软件的那些人解决问题的速度几乎达到另一组人的两倍。在另一个测验中,他让两组志愿者使用普通日历软件安排一连串复杂的会议,其中有些人需要交叉参会。还是一组使用提供大量提示信息的软件,另一组使用不带帮助功能的软件。结果跟上次一模一样。使用不带帮助功能的软件的志愿者“在解决问题时,多余移动的次数少,表现得更加直截了当”,他们展示了更加“有计划的行为”特征和“更聪明的解题思路”。

尼姆韦根在研究报告中特别强调,志愿者在基本认知技能方面经过对比,不存在什么差异。能够解释两组志愿者表现上的差异的,正是软件设计的不同。使用不带帮助功能的软件的志愿者始终如一地展现出“更集中的焦点目标,更直接、更经济的解决办法,更优秀的解题策略,以及对知识更好的铭记效果”。**人们对软件提供的外在指导依赖越多,他们在解题过程中自身投入得就越少,最终学会的东西也就越少。**尼姆韦根总结说,**这个研究发现表明:在我们把解决问题的工作以及其他认知任务“外包”给计算机的时候,我们就削弱了我们的大脑“建立稳固的知识结构”也就是图式的能力,而这种知识结构可以在以后的“新情况下加以应用”。**言辞犀利的人还可以表述得更尖锐:**软件越聪明,用户越愚蠢。**

尼姆韦根在讨论自己的研究结果隐含的意义时提出,为了强迫用户更深入地思考,程序员可以有意在软件设计中减少帮助功能。这或许是一个很好的建议,可是很难想象商业软件和网络程序开发人员会这样做。尼姆韦根本人也注意到,计算机软件程序设计的一个长期趋势就是追求“越来越友好的用户界面”。放在互联网上,这个趋势尤其准确。为了让人们生活得更轻松,为了把解决问题及其他脑力劳动的重担从用户身上转移到微处理器上，互联网企业展开了异常激烈的竞争。搜索引擎的演化发展就是一个很有说服力的例证。在谷歌公司成立之初，它的搜索引擎是一个非常简单的工具：在搜索框里输入关键词，然后点击“搜索”按钮。可是，面对来自微软等其他公司搜索业务的激烈竞争，为了让自己的服务越来越殷勤周到，谷歌公司一直都在坚持不懈地努力。你现在只要在搜索框里输入关键词的第一个字母，谷歌搜索引擎马上就会提供一个以此字母开头的搜索条目列表。谷歌公司解释说：“我们的软件算法利用非常广泛的信息，来预测用户最有可能想查询的内容。我们把更加精炼的搜索条目送到眼前，可以让你的搜索过程更便利、更高效。”

这种形式的自动化认知处理已经成了程序设计者的惯用手段。这样的做法很有道理：人们会自然而然地寻求能够提供最大帮助和最好指导的软件工具和网络站点，对难以掌握的事物则避之唯恐不及。我们想要友好型、带有帮助功能的软件。然而，**当我们把思考的苦差事扔给计算机软件的时候，我们可能正在以微妙但肯定的方式弱化自己的脑力。农夫在把铁锹换成耕犁的时候，他的耕地效率得到了大幅提升，但与此同时他自己胳膊上的肌肉变弱了。在我们将脑力劳动自动化的时候，与此类似的得失也会发生。**

我们用来筛选网上信息的工具如何影响我们的思维习惯，如何界定我们的思想内容？最近开展的另外一项学术研究为这种影响方式提供了证据。美国芝加哥大学社会学家詹姆斯·埃文斯（James Evans）建立了一个规模庞大的数据库，涵盖了从1945年到2005年期间发表在学术期刊上的大约3400万篇学术论文。他对这些论文的引用情况进行分析，研究刊物由印刷发表转为网上发表之后，引用模式以及由此推论出来的研究模式有没有发生变化。考虑到检索数字文本要比检索印刷文本容易得多，人们普遍认为刊物在网上出版会极大地拓宽学术研究范围，从而使引用的类别更加广泛。然而，埃文斯发现的情况根本不是这样。**随着越来越多的刊物转到网上，学者们实际引用的论文数量比以前减少了。**在以往印刷刊物上的文章纷纷实现数字化并上传到互联网的过程中，学者们对发表日期更近的文章的引用频率呈现出不断上升的趋势。可用信息范围日益加宽，可是却导致了埃文斯所说的“科学和学问的日趋狭窄”。

埃文斯在2008年的《科学》杂志上发表文章，他在解释这一有违直觉的研究发现时指出,像搜索引擎这样的自动化信息过滤工具往往会成为文章声望的放大器,关于什么信息重要,什么信息不重要,这种过滤工具建立起一种舆论观点,然后持续不断地强化这种观点。此外,跟随超链接一路前行轻松便捷,这也导致在网上进行调查研究的那些人"会跳过很多相关程度不高的文章",而阅读印刷文章的研究者在一页页地翻阅期刊或专著的时候,通常会习惯性地略读这些内容。埃文斯写道,学者们"找到主流观点"的速度越快,他们"遵从这种观点,从而导致在更少的篇幅当中引用更多内容"的可能性就越大。**尽管在图书馆里辛苦翻检这种传统研究方法的效率大大低于网上搜索,不过这种研究方法会开阔学者的视野:"在印刷文本上浏览和精读会让研究者翻阅不相关的论文,在更广的范围内进行对比。"**轻松的方式未必是最好的方式,不过轻松的方式是我们的计算机和搜索引擎鼓励我们采用的方式。

在泰勒引入他那套科学管理制度之前,单个劳动者利用自己受过的训练、学过的知识和积累的经验,可以自行决定如何工作。也就是说,他可以按照自己写的剧本行事。而在泰勒之后,劳动者开始遵循别人写好的剧本。人们不指望机器操作员理解操作脚本是怎么写的,更不指望他能理解剧本背后的推理过程,对他的期望只是简单地遵守剧本要求。个体自治造成的凌乱一扫而光,工厂作为一个整体变得效率更高了,工厂的产出更容易预测了。工业生产随之蓬勃发展,一派欣欣向荣的景象。**伴随着凌乱性一并消失的是个人的主动性、创造性和奇思妙想。有意识的创造变成了无意识的例行公事。**

上网的时候,我们也是在遵从别人写好的剧本——即便把那些藏在幕后的程序代码展示给我们,也很少有人能理解。我们通过谷歌搜索引擎或其他搜索引擎查找信息时,是在遵照剧本演出。我们浏览网站推荐给我们的内容时,是在遵照剧本演出。这些剧本可以是匠心独具、极其有用的,就像它在奉行泰勒主义的工厂里表现的那样。但是,它们也把智力探索的凌乱过程机械化了。计算机程序员托马斯·洛德(Thomas Lord)认为,**软件最终会把人类活动中最具私密性、最个人化的行为转变为具体步骤"在网页逻辑中编码实现的"无意识的"例行公事"。我们不是按照自己的知识和直觉行动,而是心不在焉地敷衍了事。**

(原载尼古拉斯·卡尔《浅薄——互联网如何毒化了我们的大脑》,刘纯毅译中信出版社,2010)

编者按

有了动力织布机,纺织工人失去了手工操作的灵活性;有了机器犁地,农民失去了对土壤的感觉;有了汽车,我们失去了步行者跟大地之间的亲密接触;有了机械钟,我们远离了时间的自然流逝:总之,工具和技术增强我们的能力,给我们带来了方便,同时也给我们人体的相应部分带来麻木效应。计算机造成的麻木效应也十分强大。很多专家做的实验证明了这一点。这是这篇文化评论提醒我们当代人应该引起警觉的问题。

互联网重新塑造我们的大脑

尼古拉斯·卡尔

1879年,法国一位名叫路易斯·埃米尔·惹瓦尔的眼科医生发现,人们看书的时候,视线并不是平滑地扫视文字。他们的视觉焦点小幅跳跃前进,目光会在一行文字的不同落点短暂停顿。此后不久,惹瓦尔在巴黎大学的一位同事又有另外一个发现:目光停顿,即眼注视的模式可以有很大的变化,变化情况取决于阅读内容和阅读主体。随着这些规律的相继发现,大脑研究专家开始利用眼跟踪实验来了解关于我们如何阅读以及大脑如何工作的更多知识。在进一步洞悉互联网对注意力和认知过程的影响方面,这类研究也被证明是很有价值的。

雅各布·尼尔森(Jakob Nielsen)是一位资深网页设计师,从20世纪90年代开始一直在从事网络阅读研究。2006年,尼尔森开展了一项针对上网用户的眼跟踪研究。他让232位实验对象戴上小型摄像头,以此跟踪他们阅读文章或浏览其他内容时的眼睛活动情况。尼尔森发现,几乎没有一个实验对象会像阅读印在纸上的文章那样有系统地、一行一行地阅读网页上的文章。绝大部分实验对象都是对文本内容迅速地匆匆扫视一下,他们的目光在页面上跳跃形成的图形跟字母F相似。一开始,网页文本的前两三行内容,他们会逐字看过。随后,目光会下移,视线会越过几行内容,停留在半路上。最后,他们的目光会继续下移,主要停留在页面的左下方。随后在美国威奇塔州立大学软件可用性研究实验室进行的眼跟踪研究证实了网上阅读表现出来的这种模式。

尼尔森在向他的客户总结这一发现时写道:"快速,这就是用户阅读网上内容的方式。就是几秒钟的时间,他们的目光会以令人震惊的速度往下移动,快速越过网站上的文字,这种阅读模式与你在学校里学会的那种方式截然不同。"作为眼跟踪研究的补充内容,尼尔森对记录网络用户行为特点的庞大数据库进行分析。这个数据库是由德国一个研究团队编辑完成的，他们对 25 个网络用户使用的计算机进行跟踪监测，每个用户的跟踪时间平均约为 100 天，记录下了实验对象浏览大约 5 万个网页所花的时间。尼尔森在深入分析这些数据后发现，随着网页字数的增加，访问者用于查看网页的时间也会增加，不过增加幅度很小。每增加 100 个单词，浏览者阅读网页增加的时间只有 4.4 秒。即便是最娴熟的读者，在 4.4 秒之内能够阅读的单词大约也只有 18 个。尼尔森告诉他的客户，既然如此，"当你在网页上增加文字的时候，你可以假定消费者将会阅读 18% 的新增内容"。他又告诫客户，几乎可以肯定，实际比例要小于这个数字。研究涉及的那些人不可能把全部时间都用于阅读文字，他们也会扫视图片、视频、广告以及其他类型的内容。

尼尔森的分析支持了德国研究人员的结论。据他们报告，**人们查看大部分网页的时间不超过 10 秒钟。浏览时间超过 2 分钟的网页不到1/10**，相当比例的网页"在电脑桌面的后台程序中打开了……兀自待在无人理会的浏览器窗口中"。研究人员观察发现，"即便是那些包含大量信息和许多链接的新网页，人们浏览的时间通常也很短"。他们说，这样的结果"证实浏览网页是一项快速交互的行为"。在完成了对网上阅读的首次研究之后，尼尔森于 1997 年提出一个问题：**"网络用户在网上怎样阅读?"他的答案十分简洁："他们不阅读。"**上述研究结果同时也支持了尼尔森当时所写的这些观点。

网站会例行地采集访问者上网行为的详细数据，这些统计数据恰好反映了我们上网时在网页之间跳转的速度有多快。以色列有一家名叫"点击报告"的公司，他们提供的软件可以分析人们是如何使用公司网页的。2008 年，这家公司用了两个多月的时间，收集汇总了他们的全球客户所维护的 100 万名网站访问者的行为数据。数据分析发现，在大部分国家，人们在转入下一个网页之前浏览当前网页的平均时间为 19 ~ 27 秒，其中包括网页内容载入浏览器窗口所需的时间。德国和加拿大网民在每个网页上花费的时间大约是 20 秒，美国和英国网民花的时间约为 21 秒，印度和澳大利亚网民大约是 24 秒，法国网民大约是 25 秒。**在网上，不存在气定神闲地从容浏览这回事。我们想尽可能多、尽可能快地搜集信息。**

即使在学术研究的过程中，上述结论也是成立的。作为 2008 年年初结束的一项为期 5 年的研究项目的一部分，伦敦大学学院一个研究小组对两个很受欢迎的网站的访问者数据加以分析。这两个网站分别是英国图书馆网站和英国教育协会网站，它们都为用户提供学术性的期刊文章、电子著作及其他书面信息来源。研究者发现，这些网站的使用者表现出极为鲜明的“浮光掠影般草草浏览”的特征，他们会从一个信息来源迅速跳到另一个，返回已经访问过的内容的情况很少见。在“跳出”当前页面，转向下一个站点之前，通常情况下他们最多会阅读一篇文章或一本书中的一两页内容。研究报告指出：“显然网络用户不是在传统意义上阅读网上内容。实际上，随着用户开始一目十行地‘强力浏览’争先恐后纷至沓来的标题、页面和摘要，新型‘阅读’应运而生的迹象已经出现。几乎可以说，他们上网就是要避开传统意义上的那种阅读。”

梅尔则尼奇认为，我们日常阅读和学术研究的方法和途径发生转变，这是我们依赖互联网技术导致的一个难以避免的结果，**而且这种转变预示着我们思维方式的深刻变化**。他说：“现代化的搜索引擎和交叉引用的网络站点功能强大，使得调查研究和通信交流有了极高的效率，这是毫无疑问的。在我们使用追求‘效率至上’、依靠‘二手参考资料（而且脱离上下文）’而且‘浅尝辄止’的调查研究策略的时候，大脑在综合处理信息过程中的参与程度会更间接、更肤浅，这同样也是毫无疑问的。”

从传统阅读转变为强力浏览，这个过程发生得非常快。美国圣何塞州立大学的图书馆学教授刘子明（音）指出：“数字传媒的到来和数字文献数量的不断增加已经对阅读产生了深远影响。”2003 年，刘教授调查了 113 位受过良好教育的人士，主要是年龄介于 30～45 岁之间的工程师、科学家、会计师、教师、企业经理及研究生，目的在于研究过去 10 年来他们的阅读习惯是怎样变化的。将近 85% 的受访者表示他们阅读电子文献的时间增多了。当被要求总结自己阅读习惯的变化特点时，81% 的受访者表示他们用更多的时间来“浏览和扫描”，82% 的受访者表示他们进行了更多的“非线性阅读”。只有 27% 的受访者说他们投入“深度阅读”的时间有所增加，而表示这种时间在减少的受访者则占 45%。仅有 16% 的受访者说他们在阅读过程中会投入更多“持续不断的注意力”，表示阅读过程中“持续不断的注意力”在减少的受访者比例为 50%。

刘教授说，这一发现表明，“数字环境倾向于鼓励人们广泛探究许多主题，不过是在较肤浅的层次上探究”。而且，**“超链接会分散人们的注意力，让他**

们无法深入地阅读和思考”。参与这个研究项目的一位受访者告诉刘教授："我发现自己阅读长篇文献的耐心在减少。我总想着快点跳到文章的末尾。"另一位受访者说：**“跟阅读印刷材料相比，我在阅读超文本网页时匆匆扫过的内容要多得多。”**刘教授总结说，电子文本的洪流通过电脑和手机奔涌而来，跟以前相比，“人们用于阅读的时间更多了”，这是非常明确的。不过，那是一种迥然不同的阅读，这一点同样也是非常明确的。他写道，“基于屏幕的阅读行为正在蓬勃兴起”，**这种阅读的特点是“匆匆地浏览和扫描、只看关键词、一次性，以及非线性”**。另一方面，“用于深度阅读和专注阅读”的时间正在稳步减少。

浏览和扫描没有什么错，甚至强力阅读和强力扫描也没有什么错。我们看报纸时通常都是匆匆扫过。为了了解一篇文章的主旨，从而决定是否应该仔细通读，我们的目光会习惯性地在书籍杂志上跳来跳去。略读能力的重要性丝毫不亚于精读能力。**不同之处在于略读成了我们的主导性阅读模式，这也是令人担忧的问题。略读以前是我们达到目的的一种手段，是为了深入研究而辨别信息的一种方式，如今却正在变成目的本身，成为我们收集并理解各种信息的首选方式。**我们已经到了这样的境地：像佛罗里达州立大学的乔·奥什亚这样的获得罗氏奖学金的研究生——居然还是哲学专业——都扬扬自得地承认，**自己不光不读书，而且也不认为读书有什么必要。只需要一秒钟，你就可以用谷歌搜索引擎找到自己所需内容的片段，何苦还要自寻烦恼呢？**我们现在经历的这种变化是人类文明发展轨迹中的一次倒退：我们正在从私人知识的耕种者发展为电子数据丛林中的狩猎者。

补偿也有。研究表明，由于使用计算机和互联网，我们的某些认知技能得到了加强，有些是大大加强了。这些技能通常涉及手眼协调、反射反应、视觉信号处理等低层次的或者较原始的大脑功能。2003 年，《自然》（*Nature*）杂志发表了一项针对视频游戏的研究结果。这项被人们大量引用的研究揭示，一组年轻人在计算机上玩了 10 天动作游戏之后，他们在不同的图像和任务之间转移视觉焦点的速度就有了显著提高。同时也发现，跟新手相比，熟练的游戏玩家具有在自己的视野之内识别出更多项目的能力。这一研究报告的作者总结说："尽管玩视频游戏的时候看似不需要动脑，但是却能根本改变视觉注意力的处理过程。"

使用网上搜索和网页浏览功能，跟某些快速解决问题的能力有关的大脑功能也会得到加强，特别是在一堆杂乱的数据当中进行模式识别所涉及的大脑功能。尽管实验证据并不充分，但这样的推断是合乎逻辑的。在争先恐后纷至沓来的信息线索中快速地去粗取精，随即分析它们的突出特征，进而判断这些内容对我们正在执行的任务或正在追求的目标有无特别的益处。通过对网页上链接、标题、图像以及文章中只言片语的反复评估，我们会在上述过程中变得越发娴熟。英国的一项研究对妇女在网上搜索医疗信息的方式进行分析，结果表明她们评估网页价值的速度随着使用互联网熟练程度的提高而不断提高。网页上是否会有值得信赖的信息，一个经验丰富的网民只需几秒钟就能作出准确判断。

其他一些研究结论指出，上网涉及的大脑活动可能会导致我们工作记忆容量的小幅扩大。这也有助于我们在处理杂乱数据时变得更加娴熟。盖瑞·斯默尔说，这类研究"表明我们的大脑学会了迅速集中注意力、迅速分析信息，几乎在刹那之间就能作出是去是留的决定"。他认为，随着我们用于浏览网上海量信息的时间日渐增多，"我们很多人正在发展出专门应对迅速迸发的注意定向的神经通路"。随着我们逐渐习惯于浏览、上网、扫描以及多任务并行处理等行为模式，我们具有可塑性的大脑在处理那些任务的时候完全可以变得更加轻而易举。

这类技能的重要性不容小觑。随着我们的工作和生活越来越以电子传媒为中心，我们对这些传媒的应用越熟练，注意力在网上任务之间转移得越敏捷，我们作为雇员，甚至作为朋友和同事的价值就会越高。作家萨姆·安德森(Sam Anderson)2009年在《纽约》(New York)杂志上一篇题为"抵御分神"(In Defense of Distraction)的文章中指出，"我们的工作离不开连通性"，而且"我们的乐趣周期——可不是区区小事——和连通性的联系也越发紧密"。使用网络带来的实际好处有很多，这是我们花那么多时间上网的一个主要原因。安德森提出："要想完全退回清静安宁的时代，现在已经太迟了。"

他是对的。但是，如果只看到互联网带来的好处，并且进而断定这项技术让我们变得更聪明了，那将是大错而特错。美国国家卫生研究院神经疾病及中风研究所认知神经学部门主任乔丹·格拉夫曼(Jordan Grafman)解释说，上网时我们的注意力持续不断地转移，这会让我们的大脑在遇到多重任务的时候更加敏捷，但是，**多任务处理能力的改进实际上会损害深入思考和创新思考的能力**。格拉夫曼说："多任务处理的最优化是否会带来更好的机能——更确切地说就是创造力、独创性、赢利性？答案是绝不可能。**同时处理的任务越多，你就越轻率，你思考和解决问题的能力就越差。**"他指出，**你会变得更容易依赖常规思想和传统办法，而不是以原创性思维解决问题**。密歇根大学神经学家大卫·梅耶(David Meyer)是多任务处理研究领域的一位卓越专家，他也持有类似的观点。梅耶说，随着我们在迅速转移注意力方面获得更多经验，我们可以"在某种程度上解决"多任务处理固有的"低效率"问题，"但是，除了极为罕见的个别情况，你就是把自己训练得脸色发青，也不会像专注于一件事情那样"。我们在执行多重任务时所做的工作"**就是尽量在肤浅的水平上驾轻就熟**"。还是2000年前的罗马哲学家塞内加说得最好："无处不在就是无处可在。"

在2009年出版的《科学》杂志上，任教于美国加州大学洛杉矶分校的杰出发展心理学家帕特里夏·格林菲尔德(Patricia Greenfield)发表了一篇论文，围绕不同类型的传媒给人的智力和学习能力造成什么样的影响这个问题，她在论文中对50多项相关研究加以综合评述。她总结说，"所有传媒开发出某些认知技能，都是以其他方面的损失为代价"。我们对互联网和其他基于屏幕显示的技术的使用越来越多，已经导致了"视觉空间能力出现广泛而复杂的发展"。例如，我们在头脑当中对图形进行旋转的能力要好于以前。不过，**与之相伴而来的是"深入处理"能力的弱化，而我们"获取永记不忘的知识，进行归纳性分析，开展批判性思考，展开丰富的想象和作出深思熟虑的决定"都要以这种能力为基础**。换句话说，互联网让我们更聪明了，但这只有在以互联网的标准定义"聪明"的情况下才成立。如果采用更广泛、更传统的智力定义，即我们要考虑思考的深度，而不是只关心思维的速度，我们就不能不得出一个相当悲观的不同结论。

鉴于大脑具有可塑性，我们知道，上网形成的习惯在我们不上网的时候还是会继续反映在神经突触的工作方式上。我们可以认为，**用于扫描、略读和多任务处理的神经通路正在扩展和加强，而用于全神贯注地仔细阅读和深入思考的那些神经通路正在弱化或消失**。2009年，斯坦福大学的研究人员发现了这种变化的征兆。他们对两组多任务传媒处理程序进行了一连串的认知测试，一组程序频繁执行多重任务，而另一组程序的多任务负担相对较轻。他们发现，在多任务负担繁重的程序中，“不相关的环境刺激”更容易导致其出现精力分散的情况，它们对工作记忆区中存放内容的控制程度明显较低，一般而言，它们集中精力执行一项特定任务的能力也低得多。然而，在多任务出现频率较低的情况下，程序表现出较强的“严格控制注意力”的能力。习惯于多任务处理的程序表现出“不容易控制注意力的趋势”，这说明“为了允许其他信息源进入，它们会牺牲执行主要任务的性能”。斯坦福大学的克利福德·纳斯（Clifford Nass）教授评论说，频繁执行多重任务的处理程序就是一个“来者不拒的吸盘，什么东西都能让它分神”。梅尔则尼奇的估计更加悲观。他说，我们在网上执行多任务的时候，就是在“训练我们的大脑去关注无用的废物”，事实最终可以证明，这种后果对我们的智力而言是“致命的”。

在“忙者生存”的脑细胞大战中，**支持安静思考、线性思考的大脑功能失败了。在仔细研读长篇大论的时候，我们要用到这些功能；在分析论证观点的时候，我们要用到这些功能；在深入反思自身经历的时候，我们要用到这些功能；在苦苦思索身心现象的时候，我们要用到这些功能。**战争的胜利者是这样一些大脑功能：在五花八门的信息中，能帮助我们快速地定位目标、区分类别、评估价值；在各种刺激的轰炸下，能让我们扛起脑力重担。人们为计算机编写程序，让它从存储器上对数据高速地输入输出。上述功能和计算机执行的功能极为相似，这可不是偶然的巧合。看起来，一项广为流行的新兴智力技术所具备的特征正在我们身上再次呈现出来。

（原载尼古拉斯·卡尔《浅薄——互联网如何毒化了我们的大脑》，刘纯毅译 中信出版社，2010）

编者按

这篇文章告诉我们，互联网技术正在深刻地改变我们的思维方式和大脑功能。作者并不是信口开河，而是根据对专家实验取得的大量数据进行分析而得出的结论。我们读这篇文章，不仅要注意作者提出的极具启发性的论点，而且要注意作者的注重调查实验的研究方法和实事求是的科学态度。

自由和科学

爱因斯坦[①]

我知道，要对基本价值的判断进行争论，是一件没有希望的事。比如，如果有人赞成把人类从地球上消灭掉作为一个目标，人们就不能从纯理性的立场来驳倒这种观点。但是如果有某些目标和价值是大家一致同意的，人们就能够合理地来议论达到这些目的的手段。现在，让我们来指出两个目标，凡是读到这篇东西的人大概都会完全同意的。

1. 为维持全部人类的生活和健康所必需的资料应当由总劳动量中尽可能少的部分来生产。

2. 满足物质上的需要，固然是美满的生活所不可缺少的先决条件，但只做到这一点还是不够的。为了得到满足，人还必须有可能根据他们个人的特点和能力来发展他们理智上的和艺术上的才能。

其中第一个目标是要求增进一切有关自然规律和社会过程规律的知识，也就是要促进一切科学工作。因为科学工作是一个自然的整体，它的各个部分彼此相互支持着，固然支持的方式还没有人能预料到。**但是科学进步的先决条件是不受限制地交换一切结果和意见的可能性——在一切脑力劳动领域里的言论自由和教学自由。我所理解的自由是这样的一种社会条件：一个人不会因为他发表了关于知识的一般和特殊问题的意见和主张而遭受危险或者严重的损害。交换的自由是发展和推广科学知识所不可缺少的。这件事有很大的实际意义。首先它必须由法律来保障，但单靠法律还不能保证发表的自由。为了使每个人都能表白他的观点而无不利的后果，在全体人民中必须有一种宽容的精神。**这种外在的自由的理想是永远不能

① 阿尔伯特·爱因斯坦(1876 – 1955)，德裔美国物理学家，相对论的创立者，因用量子理论解释光电效应而获 1921 年诺贝尔物理学奖。

完全达到的，但如果要使科学思想、哲学和一般为创造性思想得到尽可能快的进步，那就必须始终不懈地去争取这种自由。

如果要保证第二个目标，也就是要使一切个人的精神发展成为可能，那么就必须有第二种外在的自由。人不应当为着获得生活必需品而工作到既没有时间也没有精力去从事个人的活动的程度。而没有这第二种外在的自由，发表的自由对他就毫无用处。如果合理的分工问题得到解决，技术的进步就会提供这种自由的可能性。

科学的发展，以及一般的创造性精神活动的发展，还需要另一种自由，这可以称为内心的自由。**这种精神上的自由在于思想上不受权威和社会偏见的束缚，也不受一般违背哲理的常规和习惯的束缚。这种内心的自由是大自然难得赋予的一种礼物，也是值得个人追求的一个目标。**但社会也能做很多事来促进它实现，至少不该去干涉它的发展。比如学校可以通过权威的影响和强加给青年人过重的精神负担来干涉内心自由的发展；而另一方面，学校也可以由鼓励独立思考来支持这种自由。**只有不断地、自觉地争取外在的自由和内心的自由，精神上的发展和完善才有可能，由此，人类的物质生活和精神生活才有可能得到改进。**

（本文原载《爱因斯坦文集》第3卷，许良英、赵中立、张宣三编译 商务印书馆，1979）

编者按

爱因斯坦指出，只有不断地、自觉地争取外在的自由和内心的自由，科学的发展和一般的创造性精神活动的发展才有可能。爱因斯坦的论述总是那么简洁，又那么深刻，并且使人感到有一种来自宇宙高处、深处的神圣性，有如巴赫的管风琴作品中发出的雄伟声音。

学术论文　学术札记

庄　子

闻一多[1]

臣之所好者道也，进乎技矣。——《庄子·养生主》

一

庄子名周，宋之蒙人（今河南商丘县东北）。宋在战国时属魏，魏都大梁，因又称梁。《史记》说他与梁惠王、齐宣王同时。《庄子》《田子方》、《徐无鬼》两篇于魏文侯，武侯称谥，而《则阳篇》、《秋水篇》迳称惠王的名字，又称公子，《山木篇》又称为王，《养生主》称文惠君，看来他大概生于魏武侯末叶，现在姑且定为周烈王元年（前三七五）。他的卒年，马叙伦定为赧王二十年（前二九五），大致是不错的。

与他同时代的惠施只管被梁王称为"仲父"，齐国的稷下先生们只管"皆列第为上大夫"，荀卿只管"三为祭酒"，吕不韦的门下只管"珠履者三千人"，——庄周只管穷困了一生，寂寞了一生，《庄子》《外物篇》说他"家贫，故往贷粟于监河侯"，《山木篇》说他"衣大布而补之，正緳系履而过魏王"。这两件故事是否寓言，不得而知，然而拿这里所反映的一副穷措大的写照，加在庄周身上，决不冤枉他。我们知道一个人稍有点才智，在当时，要结交王侯，赚些名声利禄，是极平常的事。《史记》称庄子"其学无所不窥"，又说他"善属书离辞，指事类情，用剽剥儒、墨，虽当世宿学不能自解免也"。庄子的博学和才辩并不弱似何人，当时也不是没人请教他，无奈他脾气太古怪，不会和他们混，不愿和他们混。据说楚威王遣过两位大夫来聘他为相，他发一大篇议论，吩咐他们走了。《史记》又说他做过一晌漆园吏，那多半是为糊口计。吏的职分真是

---

① 闻一多（1899－1946），湖北浠水人。我国现代诗人、学者。

小得可怜，谈不上仕宦，可是也有个好处——不致妨害人的身份，剥夺人的自由。庄子一辈子只是不肯作事，大概当一个小吏，在庄子，是让步到最高限度了。依据他自己的学说，做事是不应当的，还不只是一个人肯不肯的问题。但我想那是愤激的遁辞。他的实心话不业已对楚王的使者讲过吗？

> 子独不见郊祭之牺牛乎？养食之数岁，衣以文绣，以入大庙。当是之时，虽欲为孤豚，岂可得乎？

又有一次宋国有个曹商，为宋王出使到秦国，初去时，得了几乘车的俸禄，秦王高兴了，加到百乘。这人回来，碰见庄子，大夸他的本领，你猜庄子怎样回答他？

> 秦王有病，召医。破痈溃痤者得车一乘，舐痔者得车五乘，所治愈下，得车愈多。子岂治其痔邪？何车之多也？子行矣！

话是太挖苦了，可是当时宦途的风气也就可想而知。在那种情况之下，即使庄子想要做事，叫他如何做去？

我们根据现存的《庄子》三十三篇中比较可靠的一部分，考察他的行踪，知道他到过楚国一次，在齐国待过一晌，此外似乎在家乡的时候多。和他接谈过的也十有八九是本国人。《田子方篇》见鲁哀公的话，毫无问题是寓言；《说剑》是一篇赝作，因此见赵文王的事更靠不住。倒是"庄子钓于濮水"，"庄子与惠子游于濠梁之上"，"庄子游乎雕陵之樊"，"庄子行于山中……出于山，舍于故人之家"——这一类的记载比较合于庄周的身份，所以我们至少可以从这里猜出他的生活的一个大致。他大概是《刻意篇》所谓"就薮泽，处闲旷，钓鱼闲处，无为而已矣"的一种人。我们不能想像庄子那人，朱门大厦中会常常有他的足迹，尽管时代的风气是那样的，风气干庄周什么事？况且王侯们也未必十分热心要见庄周。凭白的叫他挖苦一顿做什么！太史公不是明讲了"自王公大人不能器之"吗？

惠子屡次攻击庄子"无用"。那真是全不懂庄子而又懂透了庄子。庄子诚然是无用，但是他要"用"做什么？

> 山木自寇也；膏火自煎也。桂可食，故伐之；漆可用，故割之。人皆知有用之用，而莫知无用之用也。

这样看来,王公大人们不能器重庄子,正合庄子的心愿。他"学无所不窥",他"属书离辞,指事类情",正因犯着有用的嫌疑,所以更不能不掩藏、避讳,装出那"其卧徐徐,其觉于于,一以己为马,一以己为牛"的一副假痴假骇的样子,以求自救。

归真的讲,关于庄子的生活,我们知道的很有限。三十三篇中述了不少关于他的轶事,可是谁能指出哪是寓言,哪是实录?所幸的,那些似真似假的材料,虽不好坐实为庄子的信史,却满足以代表他的性情与思想,那起码都算得画家所谓"得其神似"。例如《齐物论》里"庄周梦为蝴蝶"的谈话,恰恰反映着一个潇洒的庄子;《至乐篇》称"庄子妻死,惠子吊之,庄子则方箕踞鼓盆而歌",又分明影射着一个放达的庄子;《列御寇篇》所载庄子临终的那段放论,也许完全可靠:

> 庄子将死,弟子欲厚葬之。庄子曰:"吾以天地为棺椁,以日月为连璧,星辰为珠玑,万物为赍送。吾葬具岂不备邪?何以加此!"弟子曰:"吾恐乌鸢之食夫子也。"庄子曰:"在上为乌鸢食,在下为蝼蚁食,夺彼与此,何其偏也!"

其余的故事,或滑稽,或激烈,或高超,或辛辣,不胜枚举,每一事象征着庄子人格的一方面,综合的看去,何尝不俨然是一个活现的人物?

有一件事,我们知道万无可疑的,惠施在庄子生活中占一个很重要的位置。这人是他最接近的朋友,也是他最大的仇敌。他的思想行为,一切都和庄子相反,然而才极高,学极博,又是和庄子相同的。他是当代最有势力的一派学说的首领,是魏国的一位大政治家。庄子一开口便和惠子抬扛;一部《庄子》,几乎页页上有直接或间接糟蹋惠子的话。说不定庄周著书的动机大部分是为反对惠施和惠施的学说,他并且有诬蔑到老朋友的人格的时候。据说(大概是他的弟子们造的谣言)庄子到梁国,惠子得着消息,下了一道通缉令,满城搜索了三天。说惠子是怕庄子来抢他的相位,冤枉了惠子,也冤枉了庄子。假如那事属实,大概惠子是被庄子毁谤得太过火,为他办事起见,不能不下那毒手?然而惠子死后,庄子送葬,走到朋友的墓旁,叹息道:"自夫子之死也,吾无以为质矣,吾无与言之矣!"两人本是旗鼓相当的敌手,难怪惠子死了,庄子反而感到孤寂。

除了同国的惠子之外，庄子不见得还有多少朋友，他的门徒大概也有限。朱熹以为“庄子当时亦无人宗之，他只在僻处自说”，像是对的。孟子是邹人，离着蒙不甚远，梁、宋又是他到过的地方，他辟杨墨，没有辟到庄子。《尸子》曰：“墨子贵兼，孔子贵公，皇子贵衷，田子贵均，列子贵虚，料子贵别囿。”没提及庄子。《吕氏春秋》也有同类的论断，从老聃数到儿良，偏漏掉了庄子。似乎当时只有荀卿谈到庄子一次，此外绝没有注意到他的。

庄子果然毕生是寂寞，不但如此，死后还埋没了很长的时期。西汉人讲黄老而不讲老庄。东汉初班嗣有报桓谭借《庄子》的信札，博学的桓谭连《庄子》都没见过。注《老子》的邻氏，傅氏，徐氏，河上公，刘向，毋丘望之，严遵等都是西汉人；两汉竟没有注《庄子》的。庄子说他要“处乎材与不材之间”，他怕的是名，一心要逃名，果然他几乎要达到目的，永远湮没了。但是我们记得，韩康徒然要向卖药的生活中埋名，不晓得名早落在人间，并且恰巧要被一个寻常的女子当面给他说破。求名之难哪有逃名难呢？庄周也要逃名，暂时的名可算给他逃过了，可是暂时的沉寂毕竟只为那永久的赫烜作了张本。

一到魏、晋之间，庄子的声势忽然浩大起来，崔譔首先给他作注，跟着向秀、郭象、司马彪、李颐都注《庄子》。**像魔术似的，庄子忽然占据了那全时代的身心，他们的生活、思想，文艺，——整个文明的核心是庄子。**他们说：“三日不读《老》、《庄》，则舌本间强。”尤其是《庄子》，竟是清谈家的灵感的泉源。**从此以后，中国人的文化上永远留着庄子的烙印。他的书成了经典。他屡次荣膺帝王的尊封。至于历代文人学者对他的崇拜，更不用提。别的圣哲，我们也崇拜，但那像对庄子那样倾倒、醉心、发狂？**

二

庖丁对答文惠君说：“臣之所好者道也，进乎技矣。”这句话的意义，若许人变通的解释一下，便恰好可以移作庄子本人的断语。庄子是一位哲学家，然而侵入了文学的圣域。庄子的哲学，不属本篇讨论的范围。我们单讲文学家庄子，如有涉及他的思想的地方，那是当作文学的核心看待的，对于思想本身，我们不加批评。

古来谈哲学以老、庄并称，谈文学以庄、屈并称。南华的文辞是千真万真的文学,人人都承认。可是《庄子》的文学价值还不只在文辞上。实在连他的哲学都不像寻常那一种矜严的,峻刻的,料峭的一味皱眉头、绞脑子的东西;**他的思想的本身便是一首绝妙的诗。**

一壁认定现实全是幻觉,是虚无,一壁以为那真正的虚无才是实有,庄子的议论,反来复去,不外这两个观点。那虚无,或称太极,或称涅槃,或称本体,庄子称之为“道”。他说:

> 夫道有情有信,无为无形,可传而不可受,可得而不可见,自本自根,未有天地,自古以固存,神鬼神帝,生天生地,在太极之先而不为高,在六极之下而不为深,先天地生而不为久,长于上古而不为老——豨韦氏得之以挈天地,伏戏氏得之以袭气母,维斗得之终古不忒,日月得之终古不息,勘坏得之以袭昆仑,冯夷得之以游大川,肩吾得之以处大山,黄帝得之以登云天,颛顼得之以处玄宫,禺强得之立乎北极,西王母得之坐乎少广,莫知其始,莫知其终,彭祖得之上及有虞,下及五伯,傅说得之以相武丁,奄有天下,乘东维,骑箕尾,而比于列星。

有大智慧的人们都会认识道的存在,信仰道的实有,却不像庄子那样热忱的爱慕它。在这里,庄子是从哲学又跨进了一步,到了文学的封域。**他那婴儿哭着要捉月亮似的天真,那神秘的怅惘,圣睿的憧憬,无边际的企慕,无涯岸的艳羡,便使他成为最真实的诗人。**

然而现实究竟不容易抹煞,即使你说现实是幻觉,幻觉的存在也是一种存在。要调解这冲突,起码得承认现实是一种寄寓,或则像李白认定自己是“天上谪仙人”,现世的生活便成为他的流寓了。“万物生于有,有生于无”,庄子仿佛说:那“无”处便是我们真正的故乡。他苦的是不能忘情于他的故乡。“旧国旧都,望之怅然”,是人情之常。纵使故乡是在时间以前、空间以外的一个缥缈极了的“无何有之乡”,谁能不追忆,不怅望?何况羁旅中的生活又是那般龌龊、逼仄、孤凄、烦闷?

> 悲歌可以当泣,远望可以当归。

庄子的著述,与其说是哲学,毋宁说是客中思家的哀呼;他运用思想,与其说是寻求真理,毋宁说是眺望故乡,咀嚼旧梦。他说“卮言日出,和以天倪,因以曼衍,所以穷年”,一种客中百无聊赖的情绪完全流露了。**他这思念故乡的病意,根本是一种浪漫的态度,诗的情趣。**并且因为他钟情之处,“大有迳庭,不近人情”,太超忽,太神秘,广大无边,几乎令人捉摸不住,所以浪漫的态度中又充满了不可逼视的庄严。是诗便少不了那一个哀艳的“情”字。《三百篇》是劳人思妇的情;屈、宋是仁人志士的情;庄子的情可难说了,只超人才载得住他那种**神圣的客愁。所以庄子是开辟以来最古怪最伟大的一个情种;**若讲庄子是诗人,还不仅是泛泛的一个诗人。

或许你要问:《庄子》的思致诚然是美,可是哪一种精深的思想不美呢?怎见得《庄子》便是文学?你说他的趣味分明是理智的冷艳多于情感的温馨,他的姿态也是瘦硬多于柔腻,那只算得思想的美,不是情绪的美。不错。不过你能为我指出思想与情绪的分界究竟在哪里吗?唐子西在惠州给各种酒取名字,温和的叫作“养生主”,劲烈的叫作“齐物论”。他真是善于饮酒,又善于读《庄子》。《庄子》会使你陶醉,正因为那里边充满了和煦的、郁蒸的、焚灼的各种温度的情绪。向来一切伟大的文学和伟大的哲学是不分彼此的。你若看不出《庄子》的文学,只因他的神理太高,你骤然体验不到。

又恐琼楼玉宇,高处不胜寒。

是就下界的人们讲的,你若真是隶籍仙灵,何至有不胜寒的苦头?并且文学是要和哲学不分彼此,才庄严,才伟大。哲学的起点便是文学的核心。只有浅薄的、庸琐的、渺小的文学,才专门注意花叶的美茂,而忘掉了那最原始、最宝贵的类似哲学的仁子。无论《庄子》的花叶已经够美茂的了;即令他没有发展到花叶,只他那简单的几颗仁子,给投在文学的园地上,便是莫大的贡献,无量的功德。

三

讲到文辞,本是庄子的余事,但也就够人赞叹不尽的,讲究辞令的风气,我们知道,春秋时早已发育了;故国时纵横家以及孟轲、荀卿、韩非、李斯等人的文章也够好了,但充其量只算是辞令的极致,一种纯熟的工具,工具的本身难得有独立的价值,庄子可不然,到他手里,辞令正式蜕化成文学了。他的文字不仅是表现思想的工具,似乎也是一种目的,对于文学家庄子的认识,老早就有了定案。《天下篇》讨论其他诸子,只讲思想,谈到庄周,大半是评论文辞的话。

> 以谬悠之说,荒唐之言,无端崖之辞,时恣纵而傥,不以觭见之也。以天下为沉浊,不可与庄语。以卮言为曼衍,以重言为真,以寓言为广。……其书虽瓌玮,而连犿无伤也;其辞虽参差,而諔诡可观。……其理不竭,其来不蜕,芒乎昧乎,未之尽者。

这可见庄子的文学色彩,在当时已瞒不过《天下篇》作者的注意(假如《天下篇》是出于庄子自己的手笔,他简直以文学家自居了),至于后世的文人学者,每逢提到庄子,谁不一唱三叹的颂扬他的文辞?高似孙说他"极天之荒,穷人之伪,放肆迤演,如长江、大河,滚滚灌注,泛滥乎天下;又如万籁怒号,澎湃汹涌,声沉影灭,不可控抟"。赵秉忠把他和列子并论,说他们"摛而为文,穷造化之姿态,极生灵之辽广,剖神圣之渺幽,探有无之隐赜,……呜呼!天籁之鸣,风水之运,吾靡得覃其奇矣"!凌约言讲得简括而尤其有意致:"庄子如神仙下世,咳吐谑浪,皆成丹砂。"

读《庄子》,本分不出那是思想的美,那是文字的美。那思想与文字,外型与本质的极端的调和,那种不可捉摸的浑圆的机体,便是文章家的极致;只那一点,便足注定庄子在文学中的地位。朱熹说庄子"是他见得方说到",一句极平淡极敷泛的断语,严格的讲,古今有几个人当得起?其实在庄子,"见"与"说"之间并无因果的关系,那譬如一面花,一面字,原来只是一颗钱币。世界本无所谓真纯的思想,除了托身在文学里,思想别无存在的余地;同时,是一个字,便有它的涵义,文字等于是思想的躯壳,然而说来又觉得矛盾,一拿单字连缀成文章,居然有了缺乏思想的文字,或文字表达不出的思想。比方我讲自然现象中有一种无光的火,或无火的光,你肯信吗?在人工的制作里确乎有那种文字与思想不碰头的偏枯的现象,不是辞不达意,便是辞浮于理。我们且不讲言情的文,或状物的文。言情状物要做到文辞与意义兼到,固然不容易,纯粹说理的文做到那地步尤其难,几乎不可能。也许正因那是近乎不可能的境地,有人便要把说理文根本排出文学的范围外,那真是和狐狸吃不着葡萄,说葡萄酸一样的可笑。要反驳那种谬论,最好拿《庄子》给他读,即使除了庄子,你抬不出第二位证人来，那也不妨。就算庄子造了一件灵异的奇迹，一件化工罢了——就算庄子是单身匹马给文学开拓了一块新领土，也无不可。**读《庄子》的人，定知道那是多层的愉快。**你正在惊异那思想的奇警，在那踌躇的当儿，忽然又发觉一件事，你问那精微奥妙的思想何以竟有那样凑巧的，曲达圆妙的辞句来表达它，你更惊异；再定神一看，又不知道那是思想那是文字了，也许什么也不是，而是经过化合作用的第三种东西，于是你尤其惊异。这应接不暇的惊异，便使你加倍的愉快，乐不可支。**这境界，无论如何，在庄子以前，绝对找不到，以后，遇着的机会确实也不多。**

四

如果你要的是纯粹的文学，在庄子那素净的说理文的背景上，也有着你看不完的花团锦簇的点缀——断素，零纨，珠光，剑气，鸟语，花香——诗，赋，传奇，小说，种种的原料，尽够你欣赏的，采撷的。这可以证明如果庄子高兴做一个通常所谓的文学家，他不是不能。

他是一个抒情的天才。宋祁、刘辰翁、杨慎等极欣赏的

> 送君者皆自厓而返，君自此远矣！

果然是读了“令人萧寥有遗世之意”。《则阳篇》也有一段极有情致的文字：

> 旧国旧都，望之畅然。虽使丘陵草木之缗，入之者十九，犹之畅然，况见见闻闻者也？以十仞之台悬众间者也？

明人吴世尚曰：“《易》之妙妙于象，《诗》之妙妙于情；《老》之妙得于《易》，《庄》之妙得于诗。”这里果然是一首妙绝的诗——外形同本质都是诗：

> 天其运乎？地其处乎？日月其争于所乎？孰主张是？孰维纲是？孰居无事推而行是？意者其有机缄而不得已邪？意者其运转而不能自止邪？云者为雨乎？雨者为云乎？孰隆施是？孰居无事淫乐而劝是？风起北方，一西一东，有上彷徨——孰嘘吸是？孰居无事而披拂是？

这比屈原的《天问》何如？欧阳修说：“参差奇诡而近于物情，兴者比者俱不能

得其仿佛也。”只讲对了作者的一种“百战不许持寸铁”的妙技，至于他那越世高谈的神理，后世除了李白，谁追上他的踪尘？李白仿这意思作了一首《日出入行》，我们也录来看看：

> 日出东方隈，似从地底来，历天又入海，六龙所舍安在哉？其始与终古不息，人非元气安得与之久徘徊！草不谢荣于春风，木不怨落于秋天。谁挥鞭策驱四运？万物兴歇皆自然。……

古来最善解《庄子》的莫如宋真宗。张端义《贵耳集》载着一件轶事，说他“宴近臣，语及《庄子》，忽命《秋水》，至则翠鬟绿衣，一小女童，诵《秋水》一篇”。这真是一种奇妙批评《庄子》的方法。清人程庭鹭说：“向秀、郭象应逊此女童全具《南华》神理。”所谓“神理”正指诗中那种最飘忽的，最高妙的抒情的趣味。

庄子又是一位写生的妙手。他的观察力往往胜过旁人百倍，正如刘辰翁所谓“不随人观物，故自有见”。他知道真人“凄然似秋，暖然似春”，或则“尸居而龙见，渊默而雷声”。他知道“生物之以息相吹”；他形容马“喜则交颈相靡，怒则分背相踢”；又看见“泽雉十步一啄，百步一饮”。他又知道“槐之生也，入季春五日而兔目，十日而鼠耳，更旬面始规，二旬而叶成”[①]。一部《庄子》中，这类的零星的珍玩，搜罗不尽。可是能刻画具型的物体，还不算一回事，风是一件不容易描写的东西，你看《齐物论》里有一段奇文：

> 夫大块噫气，其名为风。是唯无作，作则万窍怒呺。而独不闻之翏翏乎？山林之畏佳，大木百围之窍穴，似鼻，似口，似耳，似枅，似圈，似臼，似洼者，似污者——激者，谪者，叱者，吸者，叫者，譹者，宎者，咬者，前者唱于而随者唱喁，泠风则小和，飘风则大和，厉风济则众窍为虚，而独不见之调调之刁刁乎？

注意那写的是风的自身，不像著名的宋玉《风赋》只写了风的表象。

五

讨论庄子的文学，真不好从那里讲起，头绪太多了，最紧要的例如他的谐

---

① 万希槐辑《庄子逸文》，引《御览》。

趣，他的想象；而想象中，又有怪诞的，幽渺的，新奇的，秾丽的各种方向，有所谓“建设的想象”，有幻想；就谐趣讲，也有幽默，诙谐，讽刺，谑弄等等类别。这些其实都用得着专篇的文字来讨论，现在我们只就他的寓言连带的谈谈。

寓言本也是从辞令演化来的，不过庄子用得最多，也最精；寓言成为一种文艺，是从庄子起的。我们试想《桃花源记》，《毛颖传》等作品对于中国文学的贡献，便明了庄子的贡献。往下再不必问了，你可以一直推到《西游记》，《儒林外史》等等，都可以说是庄子的赐予。《寓言篇》明讲“寓言十九”。一部庄子几乎全是寓言①，我们暂时无需举例。此刻急待解决的，倒是何以庄子的寓言便是文学。讲到这里，我只提到前面提出的谐趣与想象两点，你便恍然了；因为你知道那两种质素在文艺作品中所占的位置，尤其在中国文学中，更是那样凤毛麟角似的珍贵。若不是充满了他那隽永的谐趣，奇肆的想象，庄子的寓言当然和晏子、孟子以及一般游士说客的寓言，没有区别。谐趣和想象打成一片，设想愈奇幻，趣味愈滑稽，结果便愈能发人深省——这才是庄子的寓言。

> 有国于蜗之左角者，曰触氏；有国于蜗之右角者，曰蛮氏。时相与争地而战，伏尸数万，逐北，旬有五日而后反。
>
> 今之大冶祷金，金踊跃曰：“我必且为镆铘。”大冶必以为不祥之金。今一犯人之形，而曰：“人耳，人耳！”夫造化者，必以为不祥之人。

庄子的寓言竟有快变成唐、宋人的传奇的。他的“母题”固在故事所象征的意义，然而对于故事的本身——结构、描写、人格的分析，“氛围”的布置，……他未尝不感觉兴味。

> 儒以诗礼发冢，大儒胪传曰：“东方作矣，事之何若？”小儒曰：“未解裙襦，口中有珠。《诗》固有之曰：青青之麦，生于陵陂。生不布施，死何含珠为！”接其鬓，压其颟，儒以金椎控其颐，徐别其颊，无伤口中珠。

以及叙庖丁解牛时的细密的描写，还有其他的许多例，都足见庄子那小说家的

① 近人胡远濬曰：“庄子自别其言有寓、重、卮三者，其实重言皆卮言也，亦即寓言也。”按所见甚是。

手腕。至于书中各种各色的人格的研究，尤其值得注意，藐姑射山的神人，支离疏，庖丁，庚桑楚，都是极生动，极有个性的人物。

> 支离疏者，颐隐于脐，肩高于顶，会撮指天，五管在上，两髀为胁。挫针治繲，足以糊口；鼓荚播精，足以食十人。上征武士，则支离攘臂于其间；上有大役，则支离以有常疾不受功；上与病者粟，则受三锺与十束薪。

文中之支离疏，画中的达摩，是中国艺术里最特色的两个产品。正如达摩是画中有诗，文中也常有一种“清丑入图画，视之如古铜古玉”[①]的人物，都代表中国艺术中极高古、极纯粹的境界；而文学中这种境界的开创者，则推庄子。诚然《易经》的“载鬼一车”，《诗经》的“牂羊坟首”早已开创了一种荒怪丑恶的趣味，但没有庄子用得多而且精。这种以丑为美的兴趣，多到庄子那程度，或许近于病态；可是谁知道，文学不根本便犯着那嫌疑呢！并且庄子也有健全的时候。

> 藐姑射之山，有神人居焉。肌肤若冰雪，淖约若处子；不食五谷，吸风饮露，乘云气，御飞龙，而游乎四海之外；其神凝，使物不疵疠，而年谷熟。……之人也，物莫之伤，大浸稽天而不溺，大旱金石流，土山焦而不热。

讲健全有能超过这样的吗？单看“肌肤若冰雪”一句，我们现在对于最高超也是最健全的美的观念，何尝不也是二千年前庄子给定下的标准？其实我们所谓健全不是庄子的健全，我们讲的是形骸，他注重的是精神。叔山无趾“犹有尊足者存”，王骀“且不知耳目之所宜，而游心于法之和，物视其所一，而不见其所丧，视丧其足，犹遗土也”。庄子自有他所谓的健全，似乎比我们的眼光更高一等。即令退一百步讲，认定精神不能离开形骸而单独存在；那么，你又应注意，庄子的病态中是带着几分诙谐的。因此可以称为病态，却不好算作堕落。

（原载《闻一多全集》第二卷
三联书店）

---

① 语见龚自珍《书金伶》。

编者按

庄子是大哲学家，又是大诗人。闻一多这篇文章把庄子的这两个方面都说得极深透。他指出，庄子的哲学"是客中思家的哀呼"，"是眺望故乡，咀嚼旧梦"，是"神圣的客愁"，这是对庄子哲学的极为深刻的把握。他又指出，庄子"那婴儿哭着要捉月亮似的天真，那神秘的怅惘，圣睿的憧憬，无边际的企慕，无涯岸的艳羡，便使他成为最真实的诗人"，这是对庄子作为一个诗人的极为生动的描绘。

我们现在有些人写学术论文，喜欢皱着眉头，板着脸孔，文字死气沉沉，读者昏昏欲睡。可是你看闻一多的文章，既有哲学的深度，又富有诗的情趣，笔墨歌舞，异彩纷呈。闻先生说，读《庄子》的人，定知道那是多层的愉快。我们要说，读闻一多先生的文章，同样也是多层的愉快。这是我们向往的境界。

“好”与“妙”

朱自清①

我们有一个烂熟的，差不多每天不离口的，雅俗共同的批评用语，这就是“好”。这可以用来批评人，批评事，批评地方和景物，批评艺术品和文学作品。“美”和“善”两个词儿虽然也常用，可是范围小得多。“佳”字有时包括“善”和“美”，却用得少；“优”字等更窄，用得也更少。“好”的反面是“不好”，又叫做“恶”，叫做“丑”，叫做“坏”，叫做“劣”和“歹”；正面却常只用一个“好”，这“好”字可真好。跟它似同非同的还有一个“妙”字，也常用，用处也很多。可是雅人和俗人的用法似乎不同，雅人的一套以后详论，俗人却只爱说“妙不可言”“莫名其妙”“你这个人真妙！”等等。“妙不可言”虽然肯定着“妙”，“不可言”可渐渐带上了点儿油腔滑调，所以会变成了“妙不可以酱油”；“酱油”从“盐”来，而“盐”是谐“言”的音。“莫名其妙”是说不出那妙处，现在许多人写成“莫明其妙”，是不懂得那妙处，反正是否定了“妙”。否定了“妙”，自然更不妨油腔滑调，所以会缩短成“莫名其”，也会拉长成“莫名其土地堂”；“土地堂”是“庙”，“庙”谐“妙”的音。“你这个人真妙！”也只是“莫名其”的意思。说“好”固然也有反话，如“你好！”“好家伙！”“你做的好事！”之类，可是没有这种油腔滑调。而“妙”的反面只有“不妙”，再没有别的词儿，跟“好”字也不相同。这“妙”字也真够妙的。

从历史上看，“好”字的出现比“妙”字早些。《周易·中孚》九二爻辞说：“我有好爵，吾与尔靡之。”“好爵”似乎是好看的酒杯，“靡”作“尽”解，这里就是共尽这杯酒的意思罢。《诗经》里“好”字很多，我只消举出《魏风·葛屦》篇中的“好人”，《毛传》解做“好女手之人”，还有《小雅·大田》篇的“既坚既好”，指的是“百谷”，郑玄《笺》：“尽坚熟矣，尽齐好矣。”据《说文》：“好，美也，

---

① 朱自清（1898－1948），字佩弦，江苏扬州人（原籍浙江绍兴），我国现代学者、作家。

从'女''子'";《方言》二也说:"凡美色,或谓之好。"《淮南子·修务》篇:"曼颊皓齿,形夸骨佳,不待脂粉芳泽而性可说者,西施、阳文也。"高诱注:"曼颊,细理也。夸,弱也。佳,好也。性,犹姿也。西施、阳文,古之好女。"《文选·七发》和《辨命论》的注引《说文》著者许慎的《淮南子》注:"阳文,楚之好人也。""好女"和"好人"都以"美色"为主。而《尔雅·释言》说:"称,好也。""称"就是"匀称"。闻一多先生说"好"字的本义正是"匀称"。他指出《诗经·兔罝》篇"公侯好仇"的"好仇",《太玄经》内初一作"娶执",据《经典释文》,就是"妃仇",也就是"好仇";那么,"好"跟"妃"义同字通。而《尔雅·释言》说:"妃,对也","妃仇"或"好仇"就是"匹配"或"配对","好"和"仇"都是"配"或"对"的意思;"配"或"对"也就是"匀称"。这里似乎还可以更进一步,"好"既然从"女"和"子"会意,照宋徐锴的解释,"子"是男子的美称,女和子相配正是一对儿。那么,"好"的本义也许就是"配"或"对",而"匀称"是从"配"或"对"引申出来的。无论如何,知道了"好"原有"匀称"的解释,就明白"好爵"指的爵形匀称,"好女手"指的手指匀称,"美色"指的颜色和形体的匀称。"齐好"也是指的谷粒匀称。这种"好"还只是审美的评语,不是道德的评语。

"妙"字似乎到《老子》中才见。《老子》第一章里说:

> 故常无欲以观其妙,常有欲以观其徼。此两者同出而异名,同谓之"玄"。玄之又玄,众妙之门。

这一章是论"道"的。王弼注:"妙者,微之极也。""徼"字据《经典释文》有"边"的解释,从"有欲"一面看,就有边儿,就"着边际";从"无欲"一面看,是"微之极","微之极"可以说是没有边儿,也就"不着边际"。可是"妙"和"徼"是"道"的两面,本是一物,这个物又叫做"玄"。《说文》:"玄,幽远也",就是《庄子》里所谓"混沌",也就是"漆黑一团"。这"漆黑一团"却是"众妙之门";这是"正言若反",也是《庄子》里所谓"无端崖之辞",就是摸不着头脑的话。后来"玄妙"变成了一个连语,"玄"就是"妙","妙"就是"玄",连在一起是强调。《周易》的《说卦传》出现得很晚,其中也用了"妙"字:

> 神也者,妙万物而为言者也。

晋韩康伯注:

> 于此言“神”者，明八卦运动，变化推移，莫有使之然者，神则无物，“妙万物而为言”也。

《系辞传》上有“阴阳不测之谓神”一句话，韩康伯注：

> 神也者，变化之极，“妙万物而为言”，不可以形诘者也。

唐孔颖达《正义》：

> 妙谓微妙也。万物之体有变象可寻，神则微妙于万物而为言也，谓不可寻求也。

《说卦传》以及韩注、孔疏都接受了道家学说的影响，将“神”说成“莫有使之然”，就是自然，又说成“无物”，“不可以形诘”，“不可寻求”。这个“神”其实就是“道”，也就是“妙”。后来“神妙”也成了一个连语，正是出于自然。

《庄子·寓言》篇说了一个故事：

> 颜成子游谓东郭子綦曰：“自吾闻子之言，一年而野，二年而从，三年而通，四年而物，五年而来，六年而鬼入，七年而天成，八年而不知死，不知生，九年而大妙。”

晋郭象注：

> 妙，善也。善恶同，故无往而不冥。此言久闻道，知天籁之自然，将忽然自忘，则秽累日去，以至于尽耳。

唐成玄英疏却说：“妙，精微也。”又说“知照宏博，故称‘大’也。”这个故事更强调了“妙”的出于自然。郭氏用“善”来解“妙”，重在“无往而不冥”，“善恶同”是“忘”了善恶的分别。成氏用“精微”来解“妙”，惟其“知照宏博”，才达到了“精微”的地步。“微妙”也成了一个连语。“妙”与“眇”通，《庄子·德充符》篇有“眇乎小哉”的一句，可见“妙”是含有“小”或“微”的意义的。这个“妙”出于自然，不可测，“不可寻求”，“不可以形诘”；而“道可道，非常道”，“妙”也是不可道的。可是虽然不可求，却未尝不可遇，“九年而大妙”由于“忽然自忘”，“自忘”由于“久闻道”；虽然终于不可道，还得从“可道”的“道”入手。

到这里为止，“妙”这一个字还只是道家哲学中的一个意念。道家是逃避现实提倡隐逸的，老子和庄子更用诗来写他们的哲学；关于老子和庄子生活的传说，也充满了诗味或艺术味。郭沫若先生说《老子》是一部“精粹而韵致深醇的”哲理诗（见《关于接受文学遗产》中），的确不错；《庄子》也是一部“韵致深醇”的哲理诗，却以“丰富”见长。那丰富的神话或寓言，那丰富的比喻或辞藻，给了后世文学广大的影响；特别是那些故事里表现着的对艺术或技艺的欣赏，以及从那中间提出的“神”的意念，影响后来的文学和艺术，创造和批评都极其重大。比起儒家，道家对于我们的文学和艺术的影响的确广大些。那“神”的意念和通过了《庄子》影响的那“妙”的意念，比起“温柔敦厚”那教条来，应用的地方也许还要多些罢？特别是那“妙”的意念，经过汉代到了晋代渐渐成为士大夫或雅人一般常用的，主要的审美的评语。《汉书·贾捐之传》记着杨兴向他说：“君房（捐之的号）下笔，言语妙天下，使君房为尚书令，胜五鹿充宗远甚。”这里“言语妙天下”指的是公文之类，唐颜师古注：“于天下最为精妙”；“精妙”该是指措词得体和得当而言，虽然重在实用，同时也是欣赏，“妙”字正用作“下笔”这种技艺的评语。还有，《汉书》的著者班固作《离骚序》，评论屈原，以为“其文弘博丽雅，为辞赋宗，……虽非明智之器，可谓妙才”。这“妙才”专一是欣赏辞赋的技艺的话语，从引文可见。还有，《世说新语·捷悟》篇记《曹娥碑》碑文的评语是“绝妙好辞”，这句话后来成了常用的成语。刘孝标注引《异苑》说是蔡邕“读碑文，以为诗人之作，无诡妄也”，因而给了这个评语。“绝妙”是强调“好辞”，“好”与“妙”该就指的“无诡妄”，“无诡妄”就是平实而不浮夸；这似乎是针对着“辞人”说的，所以说是“‘诗人’之作”。那么，这“好”与“妙”也该是指措词得体和得当而言的了。

同事余冠英先生指出汉人用“奇”字跟后来的“妙”字相当，虽然并非相等。他指出古诗十九首里“庭中有奇树，绿叶发华滋”的“奇”字，还有《孔雀东南飞》里叙述兰芝拒绝媒人那一段儿：

> 阿女含泪答：“兰芝初还时，府吏见丁宁，结誓不别离。今日违情义，恐此事非奇。……”

余先生说闻一多先生在《乐府诗笺》里解释这个“奇”字为“佳”为“美”；大概“非奇”跟后来的“不妙”差不多。伪《古文尚书·泰誓》下篇说纣王“作奇技淫巧”，“奇”是“异”，是“非常”，是可惊的，也未尝不是可爱的。“奇”字从“可”字得声，和古代常用的“嘉”字古音同在“歌”部；“嘉”字兼有“美”和“善”的意义，“奇”字又分得了“嘉”字的意义。《左传》昭公二年韩宣子称誉的“嘉树”，《楚辞·橘颂》的“后皇嘉树”，和“庭中有奇树”的“奇树”，意义可以说是相同，虽然指的是不同的树。还有魏刘劭《人物志·三流》篇说：

> 思通道化，策谋奇妙，是谓术家，范蠡、张良是也。

这“奇妙”显然欣赏而重实用，余先生指出的那两个“奇”字也都偏于常识的，现实的。

魏、晋以来，老、庄之学大盛，特别是庄学；士大夫对于生活和艺术的欣赏与批评也在长足的发展。清谈家也就是雅人，要求的正是那“妙”。后来又加上佛教哲学，更强调了那“虚无”的风气。于是乎众妙层出不穷。在艺术方面，有所谓“妙篇”，“妙诗”，“妙句”，“妙楷”，“妙音”，“妙舞”，“妙味”，以及“笔妙”，“刀妙”等。在自然方面，有所谓“妙风”，“妙云”，“妙花”，“妙色”，“妙香”等，又有“庄严妙土”，指佛寺所在；至于孙绰《游天台山赋》里说到“运自然之妙有”，更将万有总归一“妙”。在人体方面，也有所谓“妙容”，“妙相”，“妙耳”，“妙趾”等；至于“妙舌”指的会说话，“妙手空空儿”（唐裴铏《聂隐娘传》）和“文章本天成，妙手偶得之”（宋陆游诗）的“妙手”，都指的手艺，虽然一个是武的，一个是文的。还有“妙年”，“妙士”，“妙客”，“妙人”，“妙选”，都指人，“妙兴”，“妙绪”，“妙语解颐”，也指人。“妙理”，“妙义”，“妙旨”，“妙用”，指哲学，“妙境”指哲学，又指自然与艺术；哲学得有“妙解”，“妙觉”，“妙悟”；自然与艺术得有“妙赏”，这种种又靠着“妙心”。有了这“妙心”，才可以受用种种妙处，享乐种种妙处，而这“妙心”却非“有闻”不可。所以只有“雅人”就是士大夫才有“深致”，只有他们不愁衣食，才能脱离现实去追求那“妙”。可是人们又说“妙算”“妙计”，这却是前面说过的“奇妙”，指的是技能，跟“奇技”差不多，与“妙心”是不相干的，“妙用”也可以用作“奇妙的作用”，那也是例外的现实的。

“妙心”以“虚无”为常，为主，只看那些成串的带“妙”字的形容连语，除了前面特别提出的“玄妙”“神妙”“微妙”之外，还有“高妙”“超妙”等，以及另一面的“精妙”和“奇妙”等,差不多都是虚无飘渺,不着边际的,也就是唯心的,脱离现实的。既然“妙”得如此朦胧,那就难怪反面只能说“不妙”而没有别的明确的词儿了。这种妙处出于自然,归于自然,“不可寻求”,“不可以形诘”。《世说新语·巧艺》篇记着:

> 顾长康画人,或数年不点目精。人问其故,顾曰:“四体妍蚩,本无关于妙处,传神写照正在阿堵中。”

“四体妍蚩,本无关于妙处”,正是“不可以形诘”;但是点睛传神,还不至于全然摸不着头脑,还有“可道”的“道”在这儿。后来却似乎越来越妙了。宋苏轼《答谢民师书》论“辞达”说:

> 夫言止于达意,则疑若不文,是大不然。求物之妙,如系风捕影,能使是物了然于心者,盖千万人而不一遇也,而况能使了然于口与手乎!是之谓“辞达”。辞至于能达,则文不可胜用矣。

“系风捕影”就比“点睛”难,又不像颜成子游那样可以分年达成。这显然加上了禅家顿悟说的影响。苏轼《夜直玉堂携李之仪端叔诗百余首读至夜半书其后》诗中就说:

> 暂借好诗消永夜,每逢佳处辄参禅。愁侵砚滴初含冻,喜入灯花欲斗妍。

这里的“佳处”就是“妙处”。作者既然需要顿悟,读者也就需要“参禅”了。“愁侵砚滴”是未悟的时候,“喜入灯花”是顿悟之后。南宋严羽的《沧浪诗话》更直接的提出了“妙悟”,他说:

> 大抵禅道惟在妙悟,诗道亦在妙悟。且孟襄阳学力下韩退之远甚,而其诗独出退之之上者,一味妙悟而已。惟悟乃为当行,乃为本色。然悟有浅深,有分限,有透彻之悟,有但得一知半解之悟。汉、魏尚矣,不假悟也。谢灵运至盛唐诸公,透彻之悟也。他虽有悟者,皆非第一义也。(《诗辨》)

这里不但用“悟”来做创造和欣赏的手段,并且用来做批评的标准。标准不能不有些数量,所以“悟有浅深,有分限”;然而顿悟是无所谓“浅深”“分限”的,严氏是回到那“可道”的“道”上去了。他应用他的新标准批评了韩、孟两家的诗，汉、魏到盛唐的诗。所谓“一味妙悟”或“透彻之悟”是这样：

> 盛唐诸人，惟在兴趣；羚羊挂角；无迹可求。故其妙处，透彻玲珑，不可凑泊，如空中之音，相中之色，水中之月，镜中之象，言有尽而意无穷。（《诗辨》）

这与“系风捕影”异曲同工，真是“不可寻求”“不可以形诘”了。可是虽然没有形迹，却不妨有许多幻影，“如空中之音，相中之色，水中之月，镜中之象”。这其实还是“可道”的“道”，不过比较更难摸着头脑罢了。

因为并不在乎摸着头脑，所以才有“妙不可言”这句话。《庄子·外物》篇本来已经说了“得意而忘言”，但是“忘言”还不是“不可言”。宋玉《登徒子好色赋》形容“东家之子”的美，说：

> 东家之子，增之一分则太长，减之一分则太短，着粉则太白，施朱则太赤。……

“东家之子”太美了，难以形容恰当，只得这么加减着写出她，但是还不到“不可言”的地步。魏、晋以来，从《庄子》里的“得意忘言”发展了“言不尽意”的理论，但也只是“不尽”而已，也还不到“不可言”的地步。佛经才介绍了“不可说”的话语（如《法华经》）；“忘言”配上“不可说”，于是禅宗强调着“离言”。“妙不可言”这句话显然带了禅味，该出现在禅宗发展以后。我们现在还没有查明它的来历，但是至晚北宋已经有了这句话所代表的意念。如王安石在《和平甫舟中望九华山》诗第一首里说：“变态生倏忽，虽神讵能占！”第二首又说：“变态不可穷，诗者徒呫呫！”似乎就都是“妙不可言”的转语。“妙不可言”，“妙”在言外；言外的“妙”，只有在“妙解”“妙觉”“妙悟”里心领神会。这样领会的“妙境”，又叫做“象外之境”或“象外之妙”。唐刘禹锡《董武陵集序》里说：

> 诗者，其文章之蕴邪？义得而言丧，故微而难能。境生于象外，故精而寡和。

后来司空图论诗，更说到“象外之象，景外之景”，乃至“韵外之致”“味外之旨”，都可以做“境生于象外”一句话的注脚，不过说得更具体些。所谓“意境”，所谓“境界”，也都是这种“象外之妙”；不提“象外”，也为的更具体些。但是“境”和“境界”都是借用的佛经里的名词，本来就带着玄味，具体终于还是无体的。司空图一面说着“象外之象”，一面却在那著名的《二十四诗品》的“含蓄”品中留下了“不着一字，尽得风流”的警句，正是这个道理。“不着一字”其实指的是字外，也就是所谓“字里行间”。总而言之，这也就是人们常说的“可以意会，不可言传”。“妙”既然“不可言传”，就难雅俗共赏；俗人也就是小市民说不出那妙处，这才有了“莫名其妙”那句话。“莫名其妙”直译口语，该是“没有人说得出那妙处”；没有人说得出的妙处，岂不有点儿不妙？小市民或俗人本来享受不着那种妙处，又摸不着头脑，自然不会对它有多少敬意。因此“妙不可言”这个赞美的句子就带上了嘲讽的口气，至少也带上了油腔滑调；它是在肯定着“妙”，可也在否定着它。至于“莫名其妙”本来就否定了“妙”，不用说更其容易油腔滑调了。

“好”字在这方面却好得多。作为欣赏或审美的评语，它指出了“匀称”。“匀称”诉诸感觉，多少是有客观的标准的，凭常识可以辨得出，用不着哲学。一个相貌好的人，至少得五官端正，五官端正不端正是容易看出的。“匀称”有时候也很复杂，如《诗经·郑风·清人》篇：“左旋右抽，中军作好。”照郑玄的笺和孔颖达的疏，这是描写练习车战。四匹马的古战车上，左边的御者在转动车子，右边的武士在抽刃击刺，主将自己站在中间，这样表示军容的好。这好像现在的检阅，主要在样子整齐好看，这也正是“匀称”的动作。当然，“匀称”不止于好看，如《诗经·大雅·崧高》篇：“吉甫作诵，其诗孔硕，其风肆好，以赠申伯。”“其风肆好”该解作“乐调很好”，乐调好就是音律“匀称”好听。而“好”字的本义既然是配对儿，就又引申为爱好和情好。《左传》昭公二十五年有郑子太叔对晋赵简子一段话，中间说：

> 喜生于好，怒生于恶。是故审行信令，祸福赏罚，以制死生。生，好物也；死，恶物也，好物，乐也；恶物，哀也。

说生活是“好物”，而“好物”是快乐的，可以见出“好”的现实性。这代表着一种积极的生活态度；爱好和情好原是积极的。《左传》庄公十二年卫石祁子说：“与恶而弃好，非谋也！”是说不该保护宋国的恶人，伤了两国的情好。还有“惟口，出好兴戎”一句话，虽然见于伪《古文尚书》，大概原来也是古语，是教执政者小心这张嘴，说它可以发生情好，也可以惹动刀兵。这都是积极的，国与国如此；我们说“相好”“要好”，人与人也如此。谁都会问个“好”儿，不是吗？能够增进彼此的情好，彼此都有好处；这是普遍的，不论贵贱贫富都如此。因此后来就有了“好心”“心肠好”等等话语，也就有了另一意义的“好人”。

这种意义的“好人”，对人好，做好事，给人好处。于是“好”字又成了道德的评语。假如“匀称”的“好”字相当于“美”字，这“好”字就相当于“善”字。“善”字和“美”字都从“羊”字，意义本来差不多。《论语·述而》篇：“子与人歌而善，必使反之，而后和之。”“反”是复唱一回。这“善”就是“美”。而“善”字又有“喜爱”“亲和”的意思，它早在“好”字之先就成了道德的评语。“善人”的名称继承着神道意味的“吉人”而出现在春秋时代，直到现在乞丐嘴里还叫喊着。乞丐可不叫喊“好人”，因为“好人”还带有批评的意味，“善人”或“大善人”现在却变成纯粹的尊称了。乞丐可叫喊着“做做好事！”“修修好！”这“好事”跟“修好”自然就是给钱，给饭等等；这些都是布施，而布施又是为了来世的“好”或为了儿孙的“好”，算都是现实性的，一般说“好处”，大概都是现实性的，并且常是很具体的。说“好人”也如此，“好心得好报”，“好人”该得好报，也是现实性的信念，虽然现实往往与此相反。“好人”有时却成了“好好先生”，现在人们常说“他是个好人，但是——”，加上“但是”这条尾巴，那“好人”就成为老实而无用的可怜人了。“好人难做”，真是的！然而这种“好人”至少心平气和脾气好，总是真的。这种“好”和前面提到用作反话的那些“好”，可都有一层好处，就是严肃而不带油腔滑调，因为“好”字究竟是道德的评语，跟“妙”字只是审美的评语不一样。这兼有“美”和“善”的意义的“好”字，又相当于“嘉”字。“嘉”和“善”同从“壴”，“壴”是乐器悬在架子上，表示快乐的意思。“好”也有快乐的意思，前而已经提过了。“嘉”字见于古书里很多，古人老用“嘉”字，好像我们老用“好”字；“好”字似乎是继承了“嘉”字的地位。但是“好”原是“匀称”，比“嘉”字本义只是快乐和增加（“嘉”一作“加”）的似乎更来得明确些。

从别一面看，“好”字本来是审美的评语，在“妙”字成为审美的评语而流行之后，也接受了“妙”字的影响而分担了它的涵义，于是乎“好”有时候其实就是“妙”。如所谓“初写《黄庭》，恰到好处”的“好处”，其实是“妙处”，因为

“恰到”是不多不少，不是可以比较的数量而是绝对的一点儿。而“好”既是“匀称”，多少总有些数量的分限的，就是用作道德的评语的时候，也包有“公平”“平和”等意思，这些话语也多少带着数量性的，又如唐皮日休的《明月湾》诗结尾说：

对此老且死，不知忧与患。好境无处住，好处无境删；赧然不自适，脉脉当湖山。

上文说：“试问最幽处？号为明月湾。”这里“好境”就是“最幽处”，“幽”就是“玄”，也就是“妙”，“好境”就是“妙境”。这样的“妙境”里可惜无处居住；而一般所谓“好处”，就是好地方，好城市，好家屋等，又没有这样“妙境”，实在算不得“好”——其实该是算不得“妙”。诗里的“好处”原来指的好地方，好城市，好家屋等，好看，好住，可是算不得“妙”，那“好”就减少了，不够“好”了。于是那“好处”的“好”字就加上了“妙”的意思。此外如“风光好”，“风味好”，晋桓温问孟喜的“酒有何好?”唐段成式的“闲中好，尘务不萦心”，宋张炎的“润色茶经，评量山水，如此闲方好”等等的“好”，显然都是“有闲”的“妙”的别名。

但是“好”究竟是“好”，与“妙”不同。“好”字作为形容单词的多，跟别的字合成形容连语的少。“美好”“娇好”“妍好”“佳好”等，加上近代新造的“良好”，寥寥可数。也许因为“好”比较的具体，比较的有个边儿，所以不象“妙”那样容易连上别的词儿罢？“好”比较的偏重有用，这也是它的一个边儿。人们说“好本事”“好功夫”“好针线”“好手艺”，大概都指的实用的技能，又如“好身手”，指的“朔方健儿”的善战(杜甫诗)，至于“好手”，更代表着有某种技能的整个儿的人，这些“好”也都含着整齐匀称的意思。还有宋孝宗说洪迈的《容斋随笔》“煞有好议论”，是称赞议论或批评的正确，这种“好”有“公平”的意思。又如“好话”，可以是有益或有用的话，也可以是赞美的话和客气话；而这赞美和客气都是处世的技能，这“好”也还是有用的。还有“好好儿的”，指的是“平和”的情状。这些“好”兼有“爱好”“情好”“平和”以及“匀称”等意思，可以说是多义的。“整齐”“匀称”的“好”也就是所谓“工”或“巧”。《说文》：“工，巧饰也，象人有规矩也。”又“巧，技也，从工，丂声。”“工”和“巧”原是同义词，所以《考工记》说：“知者创物，巧者述之，守之，世谓之工”。“工”主要的“有规矩”,还得有工具;《论语·卫灵公》篇孔子说:“工欲善其事,必先利其器。”“器”正指工具而言。“工”和“巧”都得造作,都带做作的意味,所以孔子痛恶“巧言”。造作得配合实用,超过实际需要的造作是“淫巧”,儒家是反对的。道家主自然,根本反对造作或做作,所以《老子》里主张“绝巧弃利”。然而后来“巧”字却跟“妙”字联合起来成为“巧妙”,并且也成了一个烂熟的雅俗共用的批评的连语,用在技能和艺术上。这“妙”字却又是那最初义的“奇妙”,跟“妙算”“妙计”,还有“工夫妙”等的“妙”字是一类。“工”“巧”和技能的“妙”或“好”是可以学而能的,是“可道”的“道”,,靠着感觉靠着常识可以渐渐达成。所以“好”又有“容易”的意思。我们说“好看”“好听”“好吃”“好喝”“好穿”“好住”“好玩儿”“好读”“好写”“好办”“好商量”,从“好看”到“好玩儿”一方面是“看起来好”“玩儿起来好”等等,一方面也是“看起来容易”“玩儿起来容易”等等;“好读”“好写”“好办”“好商量”却只是“容易读”“容易写”“容易办”“容易商量”。又有“好说”,一面固然是“容易说”,一面却是“说得太好”,教人不敢当,这么将“好”字说得重些,是一句客气话。可是不能说得太重,太重就成了反话了。还有“好意思”和“不好意思”两个话语,如“你好意思要他还你的钱?”回答可以是“我好意思!”或是“真不好意思的!”“不好意思”就是“难为情”,那“好意思!”的答话是“不难为情!”那“好意思?”的问话是“不难为情吗?”那么,这“好”字也还是“容易”,不过是用在处世的技能上罢了。总结起来,称得“好”的是有规矩,又容易,又现实而积极,还可以有用,并且公道,这就无怪乎不分贵贱贫富大家都乐意老用着这个词儿了。至于那些“妙”字,到了现在的知识阶级,混合着雅俗的一大群人的,却已经不常用了;不过那些“妙处”还多多少少的存在他们的心里,他们多多少少将这些“妙处”欧化,换上了“直觉”“神秘性”等等新名字。译名的“微妙”倒常用,却只用在实际事务上,还有也是一个译名的“妙”字,用来形容美国电影女明星的,也流行过一个时期。那其实近乎“风骚”,未免有点儿油腔滑调了。

(原载《朱自清古典文学论文集》,上册
上海古籍出版社,1980)

编者按

这篇文章考察"好"与"妙"这两个词的内涵的变化以及他们在中国文化发展过程中的地位和影响。作者先从日常生活中如何使用这两个词说起,接着从历史上(文献上)考察这两个词的内涵的变化和社会影响的变化。作者掌握的文献资料极为丰富,但他并不是堆砌资料,而是对这些资料进行细致的分析,提出了一系列原创性的论点。这是一篇在中国美学史、中国文学史的研究中具有重要价值的经典。

这篇文章的学术性极强,但是写得明白通畅,毫不晦涩,有如天际白云,舒卷自如。这是闻一多、朱自清这些前辈学者的文章的特点,非常值得我们年轻学者学习。

论逼真与如画

——关于传统的对于自然和艺术的态度的一个考察

朱自清

“逼真”与“如画”这两个常见的批评用语，给人一种矛盾感。“逼真”是近乎真，就是像真的。“如画”是像画，像画的。这两个语都是价值的批评，都说是“好”。那么，到底是真的好呢？还是画的好呢？更教人迷糊的，像清朝大画家王鉴说的：

> 人见佳山水，辄曰“如画”，见善丹青，辄曰“逼真”。（《染香庵跋画》）

丹青就是画。那么，到底是“如画”好呢，还是“逼真”好呢？照历来的用例，似乎两个都好，两个都好而不冲突，怎么会的呢？这两个语出现在我们的中古时代，沿用得很久，也很广，表现着这个民族对于自然和艺术的重要的态度。直到白话文通行之后，我们有了完备的成套的批评用语，这两个语才少见了，但是有时还用得着，有时也翻成白话用着。

这里得先看看这两个语的历史。照一般的秩序，总是先有“真”，后才有“画”，所以我们可以顺理成章的说“逼真与如画”——将“逼真”排在“如画”的前头。然而事实上似乎后汉就有了“如画”这个语，“逼真”却大概到南北朝才见。这两个先后的时代，限制着“画”和“真”两个词的意义，也就限制着这两个语的意义；不过这种用语的意义是会跟着时代改变的。《后汉书·马援传》里说他：

> 为人明须发，眉目如画。

唐朝李贤注引后汉的《东观记》说：

> 援长七尺五寸，色、理、发、肤、眉目、容貌如画。

可见"如画"这个语后汉已经有了,南朝范晔作《后汉书·马援传》,大概就根据这类记载;他沿用"如画"这个形容语,没有加字,似乎直到南朝这个语的意义还没有什么改变。但是"如画"到底是什么意义呢?

我们知道直到唐初,中国画是以故事和人物为主的,《东观记》里的"如画",显然指的是这种人物画。早期的人物画由于工具的简单和幼稚,只能做到形状匀称与线条分明的地步,看武梁祠的画像就可以知道。画得匀称分明是画得好;人的"色、理、发、肤、眉目、容貌如画",是相貌生得匀称分明,也就是生得好。但是色、理、发、肤似乎只能说分明,不能说匀称,范晔改为"明须发,眉目如画",是很有道理的。匀称分明是常识的评价标准,也可以说是自明的标准,到后来就成了古典的标准。类书里还举出三国时代诸葛亮的《黄陵庙记》,其中叙到"乃见江左大山壁立,林麓峰峦如画",上文还有"睹江山之胜"的话。清朝严可均编辑的《全三国文》里说"此文疑依托",大概是从文体或作风上看。笔者也觉得这篇记是后人所作。"江山之胜"这个意念到东晋才逐渐发展,三国时代是不会有的;而文体或作风又不像。文中"如画"一语,承接着"江山之胜",已经是变义,下文再论。

"如画"是像画,原义只是像画的局部的线条或形体,可并不说像一个画面;因为早期的画还只以个体为主,作画的人对于整个的画面还没有清楚的意念。这个意念似乎到南北朝才清楚的出现。南齐谢赫举出画的"六法",第五是"经营布置",正是意识到整个画面的存在的证据。就在这个时代,有了"逼真"这个语,"逼真"是指的整个形状。如《水经注·沔水篇》说:

> 上粉县……堵水之旁……有白马山,山石似马,望之逼真。

这里"逼真"是说像真的白马一般。但是山石像真的白马又有什么好呢?这就牵连到这个"真"字的意义了。这个"真"固然指实物,可是一方面也是《老子》、《庄子》里说的那个"真",就是自然;另一方面又包含谢赫的六法的第一项"气韵生动"的意思,唯其"气韵生动",才能自然,才是活的,不是死的。死的山石像活的白马,有生气,有生意,所以好。"逼真"等于俗语说的"活脱"或"活像",不但像是真的,并且活像是真的。如果这些话不错,"逼真"这个意念主要的还是跟着画法的发展来的。这时候画法已经从匀称分明进步到模仿整个儿实物了。"六法"第二"骨法用笔"似乎是指的匀称分明,第五“经营布置”是进一步的匀称分明。第三“应物象形”,第四“随类傅彩”,第六“传模移写”,大概都在说出如何模仿实物或自然;最重要的当然是“气韵生动”,所以放在第一。“逼真”也就是近于自然,像画一般的模仿着自然,多多少少是写实的。

唐朝张怀瑾的《书断》里说:

太宗……尤善临古帖,殆于逼真。

这是说唐太宗模仿古人的书法,差不多活像,活像那些古人。不过这似乎不是模仿自然。但是书法是人物的一种表现,模仿书法也就是模仿人物;而模仿人物,如前所论,也还是模仿自然。再说我国书画同源,基本的技术都在乎“用笔”,书法模仿书法,跟画的模仿自然也有相通的地方。不过从模仿书法到模仿自然,究竟得拐上个弯儿。老是拐弯儿就不免只看见那作品而忘掉了那整个儿的人,于是乎“貌同心异”,模仿就成了死板板的描头画角了。书法不免如此,画也不免如此。这就不成其为自然。郭绍虞先生曾经指出道家的自然有“神化”和“神遇”两种境界。而“气韵生动”的“气韵”,似乎原是音乐的术语借来论画的,这整个语一方面也接受了“神化”和“神遇”的意念,综合起来具体的说出,所以作为基本原则,排在“六法”的首位。但是模仿成了机械化,这个基本原则显然被忽视。为了强调它,唐朝人就重新提出那“神”的意念,这说是复古也未尝不可。于是张怀瓘开始将书家分为“神品”“妙品”“能品”,朱景元又用来论画,并加上了“逸品”。这神、妙、能、逸四品,后来成了艺术批评的通用标准,也是一种古典的标准。但是神、妙、逸三品都出于道家的思想,都出于玄心和达观,不出于常识,只有能品才是常识的标准。

重神当然就不重形,模仿不妨“貌异心同”;但是这只是就间接模仿自然而论。模仿别人的书画诗文,都是间接模仿自然,也可以说是艺术模仿艺术。直接模仿自然,如“山石似马”,可以说是自然模仿自然,就还得“逼真”才成。韩愈的《春雪间早梅》诗说:

那是俱疑似,须知两逼真!

春雪活像早梅,早梅活像春雪,也是自然模仿自然,不过也是像画一般模仿自然。至于韩偓的诗:

纵有才难咏，宁无画逼真！

说是虽然诗才薄弱，形容不出，难道不能画得活像！这指的是女子的美貌，又回到了人物画，可以说是艺术模仿自然。这也是直接模仿自然，要求“逼真”，跟“山石似马”那例子一样。

到了宋朝，苏轼才直截了当的否定了“形似”，他《书鄢陵王主簿所画折枝》的诗里说：

论画以形似，见与儿童邻。……

边鸾雀写生，赵昌花传神。……

“写生”是“气韵生动”的注脚。后来董逌的《广川画跋》卷三里更提出“生意”这个意念。他说：

世之评画者曰：妙于生意，能不失真如此矣，是为能尽其技。尝问如何是当处生意？曰：殆谓自然。其问自然，则曰：能不异真者斯得之矣。且观天地生物，特一气运化尔，其功用秘移，与物有宜，莫知为之者。故能成于自然。今画者信妙矣，方且晕形布色，求物比之，似而效之，序以成者，皆人力之后先也，岂能以合于自然者哉！

“生意”是真，是自然，是“一气运化”。“晕形布色”，比物求似，只是人工，不合自然。他也在否定“形似”，一面强调那气化或神化的“生意”。这些都见出道家“得意忘言”以及禅家“参活句”的影响。不求“形似”，当然就无所谓“逼真”；因为“真”既没有定形，逼近与否是很难说的。我们可以说“神似”，也就是“传神”，却和“逼真”有虚实之分。不过就画论画，人物、花鸟、草虫，到底以形为本，常识上还只要求这些画“逼真”。跟苏轼差不多同时的晁以道的诗说得好：

画写物外形，要于形不改。

就是这种意思，但是山水画另当别论。

东晋以来士大夫渐渐知道欣赏山水，这也就是风景，也就是“江山之胜”。但是在画里山水还只是人物的背景，《世说新语》记顾恺之画谢鲲在岩石里，就是一个例证。那时却有个宗炳，将自己游历过的山水，画在墙壁上，“卧以游之”。这是山水画独立的开始，但是这种画无疑的多多少少还是写实的。到了唐朝，山水画长足的发展，北派还走着近乎写实的路，南派的王维开创了文人画，却走上了象征的路。苏轼说他“诗中有画，画中有诗”，文人画的特色，就在“画中有诗”。因为要“有诗”，有时就出了常识常理之外。张彦远说：“王维画物，多不问四时，如画花，往往以桃、杏、芙蓉、莲花同画一景。”宋朝沈括的《梦溪笔谈》也说他家藏得有王氏的“《袁安卧雪图》，有雪中芭蕉”。但是沈氏却说：

> 此乃得心应手，意到便成，故造理入神，迥得天意。此难可与俗人论也。

这里提到了“神”、“天”就是自然，而“俗人”是对照着“文人”说的。沈氏在上文还说“书画之妙，当以神会”，“神会”可以说是象征化。桃、杏、芙蓉、莲花虽然不同时，放在同一个画面上，线条、形体、颜色却有一种特别的和谐，雪中芭蕉也如此。这种和谐就是诗。桃、杏、芙蓉、莲花等只当作线条、形体、颜色用着，只当作象征用着，所以就可以“不问四时”。这也可以说是装饰化、图案化、程式化。但是最容易程式化的最能够代表文人化的是山水画，苏轼的评语，正指王维的山水画而言。

桃、杏、芙蓉、莲花等等是个别的实物，形状和性质各自分明，“同画一景”，俗人或常人用常识的标准来看，马上觉得时令的矛盾，至于那矛盾里的和谐，原是在常识以外的，所以容易引起争辩。山水，文人欣赏的山水，却是一种境界，来点儿写实固然不妨，可是似乎更宜于象征化。山水里的草木鸟兽人物，都吸收在山水里，或者说和山水合为一气；兽与人简直可以没有，如元朝倪瓒的山水画，就常不画人，据说如此更高远，更虚静，更自然。这种境界是画，也是诗，画出来、写出来是的，不画出来、不写出来也是的。这当然说不上“像”，更说不上“活像”或“逼真”了。“如画”倒可以解作像这种山水画。但是唐人所谓“如画”，还带有写实的意味，例如李商隐的诗：

> 茂苑城如画，阊门瓦欲流。

皮日休的诗：

> 楼台如画倚霜空。

虽然所谓“如画”指的是整个画面，却似乎还是北派的山水画。上文《黄陵庙记》里的“如画”，也只是这个意思。到了宋朝，如林逋的诗：

白公睡阁幽如画。

这个“幽”就全然是境界，像的当然是南派的画了。“如画”可以说是属于自然模仿艺术一类。

上文引过王鉴的话，“人见佳山水，辄曰‘如画’”，这“如画”是说像南派的画。他又说“见善丹青，辄曰‘逼真’”，这“丹青”却该是人物、花鸟、草虫，不是山水画。王鉴没有弄清楚这个分别，觉得这两个语在字面上是矛盾的，要解决这个矛盾，他接着说：

则知形影无定法，真假无滞趣，唯在妙悟人得之；不尔，虽工未为上乘也。

形影无定，真假不拘，求“形似”也成，不求“形似”也成，只要妙悟，就能够恰到好处。但是“虽工未为上乘”，“形似”到底不够好。他这些话并不曾解决了他想象中的矛盾，反而越说越糊涂。照“真假无滞趣”那句话，似乎画是假的；可是既然不拘真假，假而合于自然，也未尝不可以说是真的。其实他所谓“假”，只是我们说的境界，与实物相对的境界。照我们看，境界固然与实物不同，却也不能说是假的。同是清朝大画家的王时敏在一处画跋里说过：

石谷所作雪卷，寒林积素，江村寥落，一一皆如真境，宛然辋川笔法。

辋川指的王维，“如真境”是说像自然的境界，所谓“得心应手，意到便成”，“莫知为之者”。自然的境界尽管与实物不同，却还不妨是真的。

“逼真”与“如画”这两个语借用到文学批评上，意义又有些变化。这因为文学不同于实物，也不同于书法的点画，也不同于画法的“用笔”“象形”“傅彩”。文学以文字为媒介，文字表示意义，意义构成想象；想象里有人物、花鸟、草虫及其他，也有山水——有实物，也有境界。但是这种实物只是想象中的实物；至于境界，原只存在于想象中，倒是只此一家，所以“诗中有画，画中有诗”。

向来评论诗文以及小说戏曲，常说“神态逼真”，“情景逼真”，指的是描写或描画。写神态、写情景，写得活像，并非诉诸直接的感觉，跟“山石似马，望之逼真”以及“宁无画逼真”的直接诉诸视觉不一样，这是诉诸想象中的视觉的。宋朝梅尧臣说过“状难写之景，如在目前”，“如”字很确；这种“逼真”只是使人如见。可是向来也常说“口吻逼真”，写口气写得活像，是使人如闻，如闻其声。这些可以说是属于艺术模仿自然一类。向来又常说某人的诗“逼真老杜”，某人的文“逼真昌黎”，这是说在语汇、句法、声调、用意上，都活像，也就是在作风与作意上都活像，活像在默读或朗诵两家的作品，或全篇，或断句。这儿说是“神似老杜”、“神似昌黎”也成，想象中的活像本来是可实可虚两面儿的。这是属于艺术模仿艺术一类。文学里的模仿，不论模仿的是自然或艺术，都和书画不相同；倒可以比建筑，经验是材料，想象是模仿的图样。

向来批评文学作品，还常说“神态如画”，“情景如画”，“口吻如画”，也指描写而言。上文“如画”的例句，都属于自然模仿艺术一类。这儿是说“写神态如画”，“写情景如画”，“写口吻如画”，可以说是属于艺术模仿自然一类。在这里“如画”的意义却简直和“逼真”是一样，想象的“逼真”和想象的“如画”在想象里合而为一了。这种“逼真”与“如画”都只是分明、具体、可感觉的意思，正是常识对于自然和艺术所要求的。可是说“景物如画”或“写景物如画”，却是例外。这儿“如画”的“画”，可以是北派山水，可以是南派山水，得看所评的诗文而定；若是北派，“如画”就只是匀称分明，若是南派，就是那诗的境界，都与“逼真”不能合一。不过传统的诗文里写景的地方并不很多，小说戏剧里尤其如此，写景而有境界的更少，因此王维的“诗中有画”才见得难能可贵，模仿起来不容易。他创始的“画中有诗”的文人画，却比那“诗中有画”的诗直接些，具体些，模仿的人很多，多到成为所谓南派。我们感到“如画”与“逼真”两个语好像矛盾，就由于这一派文人画的影响。不过这两个语，原来既然都只是常识的评价标准，后来意义虽有改变，而除了“如画”在作为一种境界解释的时候变为玄心妙赏以外，也都还是常识的标准。这就可见我们的传统的对于自然和艺术的态度，一般的还是以常识为体，雅俗共赏为用的。那些“难可与俗人论”的，恐怕到底不是天下之达道罢。

（原载《朱自清古典文学论文集》，上册
上海古籍出版社，1980）

编者按

这篇文章根据大量的历史资料，对“逼真”和“如画”这两个批评用语在历史上的变化进行了详细的考察，实际上是对传统的审美观念、审美趣味在一个重要方面的变化的考察，因此这篇文章在中国艺术史、中国美学史的研究上具有重要的价值。这样的学术论文，和那种空洞无物的文章完全不同，和那种剿袭旧说的文章完全不同，和那种信口开河的文章完全不同。

禅宗六祖传法偈之分析

陈寅恪[①]

神秀慧能传法偈坛经诸本及传灯录等书所载，其字句虽间有歧异之处，而意旨则皆相符会。兹依敦煌本坛经之文，分析说明之。

神秀偈曰：

身是菩提树。心如明镜台。时时勤拂拭。莫使有尘埃。

慧能偈曰：

菩提本无树。明镜亦非台。佛性常清净。何处有尘埃。

又偈曰：

心是菩提树。身为明镜台。明镜本清净。何处染尘埃。

敦煌本坛经偈文较通行本即后来所修改者，语句拙质，意义重复，尚略存原始形式。至慧能第二偈中"心"、"身"二字应须互易，当是传写之误。诸如此类，皆显而易见，不待赘言。兹所欲讨论者，即古今读此传法偈者众矣，似皆未甚注意二事：

(一)此偈之譬喻不适当。

(二)此偈之意义未完备。

请分别言之于下。

(一)

何谓譬喻不适当？考印度禅学，其观身之法，往往比人身于芭蕉等易于解

① 陈寅恪(1890－1969)，江西修水人。我国现代历史学家。

剥之植物，以说明阴蕴俱空，肉体可厌之意。此类教义为佛藏中所习见者，无取博征。请引一二佛典原文，以见其例：鸠摩罗什译摩诃般若波罗蜜经二四善达品第七九云：

行如芭蕉叶，除去不得坚实。

又玄奘译大般若波罗蜜多经四七二第二分善达品第七七之二（即前经同本异译）云：

如实知如芭蕉树，叶叶析除，实不可得。

又鸠摩罗什等译禅秘要法经中云：

先自观身，使皮皮相裹，犹如芭蕉，然后安心。

又沮渠京声译治禅病秘要经略云：

次观厚皮九十九重，犹如芭蕉。次复观肉，亦九十九重，如芭蕉叶。中间有虫，细于秋毫。虫各四头四口九十九尾。次当观骨，见骨皎白，如白瑠璃。九十八重，四百四脉入其骨间，流注上下犹如芭蕉。

据此，可知天竺禅学观身取譬之例。至于传法偈中所谓菩提树者，乃一树之专称，释迦牟尼曾坐其下，而成正觉者。依佛陀耶舍共佛念译长阿含经一第一分初大本缘经所载，先后七佛自毗婆尸至释迦牟尼，皆坐于一定之树下，成最正觉。其关于释迦牟尼之文句，兹迻录于下：

我今如来至真坐钵多树下，成最正觉。佛时颂曰：
我今释迦文。坐于钵多树。

玄奘西域记八摩揭陀国上云：

金刚坐上菩提树者，即毕钵罗之树也。昔佛在世，高数百尺。屡经残伐，犹高四五丈。佛坐其下，成等正觉，因而谓之菩提树焉。茎干黄白，枝叶青翠，冬夏不凋，光鲜无变。

据此，可知菩提树为永久坚牢之宝树，决不能取以比譬变灭无常之肉身，致反乎重心神而轻肉体之教义。此所谓譬喻不适当者也。

（二）

何谓意义未完备？细绎偈文，其意在身心对举。言身则如树，分析皆空。心则如镜，光明普照。今偈文关于心之一方面，已将譬喻及其本体作用叙说详尽，词显而意该。身之一方面，仅言及譬喻。无论其取譬不伦，即使比拟适当，亦缺少继续之下文，是仅得文意之一半。此所谓意义不完备者也。

然则此偈文义何以致如是之乖舛及不具足乎？应之曰：此盖袭用前人之旧文，集合为一偈，而作者艺术未精，空疏不学，遂令传心之语，成为半通之文。请略考禅家故事，以资说明。

此偈中关于心之部分，其比喻及其体用之说明，佛藏之文相与类似者不少。兹仅举其直接关系此偈者一事，即神秀弟子净觉所著楞伽师资记中宋朝三藏求那跋陀之安心法。其原文云：

> 亦如磨镜。镜面上尘落尽，心自明净。

寅恪案，此即宗密禅源诸诠集都序二叙禅宗之息妄修心宗，所谓：

> 故须依师言教，背境观心，息灭妄念，念尽即觉悟，无所不知。
>
> 如镜昏尘，须时时拂拭，尘尽明现，即无所不照。

者是也。凡教义之传播衍绎，必有其渐次变易之迹象，故可依据之，以推测其渊源之所从出，及其成立之所以然。考续高僧传二五习禅六昙伦传（江北刻经处本）略云：

> 释昙伦姓孙氏，汴州浚仪人。十三出家，住修福寺，依端禅师。然端学次第观，便诫伦曰，汝系心鼻端，可得静也。伦曰：若见有心，可系鼻端。本来不见心相，不知何所系也。异时［端禅师］告曰，令汝学坐，先净昏情。犹如剥葱，一一重重剥却，然后得净。伦曰，若见有葱，可有剥削。本来无葱，何所剥也。

据续高僧传，昙伦卒于武德末年，年八十余。则其生年必在魏末世。故以时代先后论，神秀慧能之偈必从此脱胎，可无疑义。芭蕉为南方繁茂之植物，而北地不恒见。端禅师因易以北地日常服食之葱。可谓能近取譬者也。若复易以“冬夏不凋,光鲜无变”之菩提宝树,则比拟不伦,失其本旨矣。

盖昙伦学禅故事原谓本来无葱,故无可剥,本来无心,故无可系,身心并举,比拟既切,语意亦完。**今神秀慧能之偈仅得关于心者之一半。其关于身之一半,以文法及文意言,俱不可通。然古今传诵,以为绝妙好词,更无有疑之者,岂不异哉!**予因分析偈文内容,证以禅门旧载,为之说明。**使参究禅那之人,得知今日所传唐世曹溪顿派,匪独其教义宗风溯源于先代,即文词故实亦莫不掇拾前修之绪余,而此半通半不通之偈文,是其一例也。**

(原载1932年《清华学报》第7卷第2期
后收入《金明馆丛稿二编》
上海古籍出版社,1980)

编者按

禅宗六祖慧能传法偈载于《坛经》,古今传诵,以为绝妙好词,未见有人提出异议。陈寅恪先生洞察幽微,发现此偈的两个问题:(一)譬喻不适当;(二)意义未完备。他根据普通的典籍,用精确的分析,简明的语言,指出“此盖袭用前人之旧文,集合为一偈,而作者艺术未精,空疏不学,遂令传心之语,成为半通之文”,进一步更指出“今日所传唐世曹溪顿派,匪独其教义宗风溯源于先代,即文词故实亦莫不掇拾前修之绪余”。这使我们想起季羡林先生的一个论断。季先生说,陈寅恪先生学贯中西,融铸今古。“他不用僻书,而是在人人能读,人人似能解的平常的典籍中,发现别人视而不见的问题,即他常说的‘发古人之覆’。他这种本领达到了极高明的地步,如燃犀烛照,洞察幽微。”这篇论文就是一个很好的例证。

论《世说新语》和晋人的美

宗白华[1]

汉末魏晋六朝是中国政治上最混乱、社会上最苦痛的时代，然而却是精神史上极自由、极解放，最富于智慧、最浓于热情的一个时代。因此也就是最富有艺术精神的一个时代。王羲之父子的字，顾恺之和陆探微的画，戴逵和戴颙的雕塑，嵇康的广陵散（琴曲），曹植、阮籍、陶潜、谢灵运、鲍照、谢朓的诗，郦道元、杨衒之的写景文，云岗、龙门壮伟的造像，洛阳和南朝的闳丽的寺院，无不是光芒万丈，前无古人，奠定了后代文学艺术的根基与趋向。

这时代以前——汉代——在艺术上过于质朴，在思想上定于一尊，统治于儒教；这时代以后——唐代——在艺术上过于成熟，在思想上又入于儒、佛、道三教的支配。只有这几百年间是精神上的大解放，人格上思想上的大自由。人心里面的美与丑、高贵与残忍、圣洁与恶魔，同样发挥到了极致。这也是中国周秦诸子以后第二度的哲学时代，一些卓超的哲学天才——佛教的大师，也是生在这个时代。

这是中国人生活史里点缀着最多的悲剧，富于命运的罗曼司的一个时期，八王之乱、五胡乱华、南北朝分裂，酿成社会秩序的大解体，旧礼教的总崩溃，思想和信仰的自由，艺术创造精神的勃发，使我们联想到西欧十六世纪的"文艺复兴"。**这是强烈、矛盾、热情、浓于生命彩色的一个时代。**

但是西洋"文艺复兴"的艺术（建筑、绘画、雕刻）所表现的美是浓郁的、华贵的、壮硕的；魏晋人则倾向简约玄澹、超然绝俗的哲学的美，晋人的书法是这美的最具体的表现。

这晋人的美，是这全时代的最高峰。《世说新语》一书记述得挺生动，能以简劲的笔墨画出它的精神面貌、若干人物的性格、时代的色彩和空气。文笔的

---

① 宗白华（1897－1986），我国现当代美学家。

简约玄澹尤能传神。撰述人刘义庆生于晋末，注释者刘孝标也是梁人。当时晋人的流风余韵犹未泯灭，所述的内容，至少在精神的传模方面，离真象不远（唐修晋书也多取材于它）。

要研究中国人的美感和艺术精神的特性，《世说新语》一书里有不少重要的资料和启示，是不可忽略的。今就个人读书札记粗略举出数点，以供读者参考，详细而有系统的发挥，则有待于将来。

（一）魏晋人生活上人格上的自然主义和个性主义，解脱了汉代儒教统治下的礼法束缚，在政治上先已表现于曹操那种超道德观念的用人标准。一般知识分子多半超脱礼法观点直接欣赏人格个性之美，尊重个性价值。桓温问殷浩曰："卿何如我？"殷答曰："我与我周旋久，宁作我！"这种自我价值的发现和肯定，在西洋是文艺复兴以来的事。而《世说新语》上第六篇《雅量》、第七篇《识鉴》、第八篇《赏誉》、第九篇《品藻》、第十篇《规箴》，都系鉴赏和形容"人格个性之美"的。而美学上的评赏，所谓"品藻"的对象乃在"人物"。**中国美学竟是出发于"人物品藻"之美学。美的概念、范畴、形容词，发源于人格美的评赏。**"君子比德于玉"，中国人对于人格美的爱赏渊源极早，而品藻人物的空气，已盛行于汉末。到"世说新语时代"则登峰造极了（《世说》载"温太真是过江第二流之高者。时名辈共说人物，第一将尽之间，温常失色。"即此可见当时人物品藻在社会上的势力）。

中国艺术和文学批评的名著，谢赫的《画品》，袁昂、庾肩吾的《画品》、钟嵘的《诗品》、刘勰的《文心雕龙》，都产生在这热闹的品藻人物的空气中。后来唐代司空图的《二十四品》，乃集我国美感范畴之大成。

（二）山水美的发现和晋人的艺术心灵。**《世说》载东晋画家顾恺之从会稽还，人问山水之美，顾云："千岩竞秀，万壑争流，草木蒙笼其上，若云兴霞蔚。"这几句话不是后来五代北宋荆（浩）、关（同）、董（源）、巨（然）等山水画境界的绝妙写照么？中国伟大的山水画的意境，已包具于晋人对自然美的发现中了！**而《世说》载简文帝入华林园，顾谓左右曰："会心处不必在远，翳然林水，便自有濠濮间想也。觉鸟兽禽鱼自来亲人。"这不又是元人山水花鸟小幅，黄大痴、倪云林、钱舜举、王若水的画境吗？**（中国南宗画派的精意在于表现一种潇洒胸襟，这也是晋人的流风余韵。）**

晋宋人欣赏山水，由实入虚，即实即虚，超入玄境。当时画家宗炳云："山水质有而趣灵。”诗人陶渊明的“采菊东篱下，悠然见南山”，“此中有真意，欲辨已忘言”；谢灵运的“溟涨无端倪，虚舟有超越”；以及袁彦伯的“江山辽落，居然有万里之势。”王右军与谢太傅共登冶城，谢悠然远想，有高世之志。荀中郎登北固望海云：“虽未睹三山，便自使人有凌云意。”晋宋人欣赏自然，有“目送归鸿，手挥五弦”，超然玄远的意趣。这使中国山水画自始即是一种“意境中的山水”。宗炳画所游山水悬于室中，对之云：“抚琴动操，欲令众山皆响！”郭景纯有诗句曰：“林无静树，川无停流”，阮孚评之云：“泓峥萧瑟，实不可言，每读此文，辄觉神超形越。”**这玄远幽深的哲学意味深透在当时人的美感和自然欣赏中。**

晋人以虚灵的胸襟、玄学的意味体会自然，乃能表里澄澈，一片空明，建立最高的晶莹的美的意境！司空图《诗品》里曾形容艺术心灵为“空潭写春，古镜照神”，此境晋人有之：

> 王羲之曰：“从山阴道上行，如在镜中游！”

心情的朗澄，使山川影映在光明净体中！

> 王司州（修龄）至吴兴印渚中看，叹曰：“非唯使人情开涤，亦觉日月清朗！”
>
> 司马太傅（道子）斋中夜坐，于时天月明净，都无纤翳，太傅叹以为佳。谢景重在坐，答曰：“意谓乃不如微云点缀。”太傅因戏谢曰：“卿居心不净，乃复强欲滓秽太清邪？”

这样高洁爱赏自然的胸襟，才能够在中国山水画的演进中产生元人倪云林那样“洗尽尘滓，独存孤迥”，“潜移造化而与天游”，“乘云御风，以游于尘壒之表”（皆恽南田评倪画语），创立一个玉洁冰清，宇宙般幽深的山水灵境。**晋人的美的理想，很可以注意的，是显著的追慕着光明鲜洁，晶莹发亮的意象。**他们赞赏人格美的形容词象：“濯濯如春月柳”，“轩轩如朝霞举”，“清风朗月”，“玉山”，“玉树”，“磊砢而英多”，“爽朗清举”，都是一片光亮意象。甚至于殷仲堪死后，殷仲文称他“虽不能休明一世，足以映彻九泉”。形容自然界的如：“清露晨流，新桐初引”。形容建筑的如：“遥望层城，丹楼如霞”。庄子的理想人格“藐姑射仙人，绰约若处子，肌肤若冰雪”，不是这晋人的美的意象的源泉么？桓温谓谢尚“企脚北窗下，弹琵琶，故自有天际真人想”。天际真人是晋人理想的人格，也是理想的美。

晋人风神潇洒，不滞于物，这优美的自由的心灵找到一种最适宜于表现他自己的艺术，这就是书法中的行草。行草艺术纯系一片神机，无法而有法，全在于下笔时点画自如，一点一拂皆有情趣，从头至尾，一气呵成，如天马行空，游行自在。又如庖丁之中肯綮，神行于虚。这种超妙的艺术，只有晋人萧散超脱的心灵，才能心手相应，登峰造极。魏晋书法的特色，是能尽各字的真态。“钟繇每点多异，羲之万字不同”。“晋人结字用理，用理则从心所欲不逾矩”。唐张怀瓘《书议》评王献之书云：“子敬之法，非草非行，流便于行草，又处于其中间，无藉因循，宁拘制则，挺然秀出，务于简易。情驰神纵，超逸优游，临事制宜，从意适便。有若风行雨散，润色开花，笔法体势之中，最为风流也！逸少秉真行之要，子敬执行草之权，父之灵和，子之神骏，皆古今之独绝也。”他这一段话不但传出行草艺术的真精神，且将晋人这自由潇洒的艺术人格形容尽致。中国独有的美术书法——这书法也是中国绘画艺术的灵魂——是从晋人的风韵中产生的。**魏晋的玄学使晋人得到空前绝后的精神解放，晋人的书法是这自由的精神人格最具体最适当的艺术表现。这抽象的音乐似的艺术才能表达出晋人的空灵的玄学精神和个性主义的自我价值。**欧阳修云：“余尝喜览魏晋以来笔墨遗迹，而想前人之高致也！所谓法帖者，其事率皆吊哀候病，叙睽离，通讯问，施于家人朋友之间，不过数行而已。盖其初非用意，而逸笔余兴，淋漓挥洒，或妍或丑，百态横生，披卷发函，烂然在目，使骤见惊绝，徐而视之，其意态如无穷尽，使后世得之，以为奇玩，而想见其为人也！”个性价值之发现，是“世说新语时代”的最大贡献，而晋人的书法是这个性主义的代表艺术。到了隋唐，晋人书艺中的“神理”凝成了“法”，于是“智永精熟过人，惜无奇态矣”。

（三）晋人艺术境界造诣的高，不仅是基于他们的意趣超越，深入玄境，尊重个性，生机活泼，更主要的还是他们的“一往情深”！无论对于自然，对探求哲理，对于友谊，都有可述：

王子敬云：“从山阴道上行，山川自相映发，使人应接不暇。若秋冬之际，尤难为怀！”

好一个“秋冬之际尤难为怀!”

> 卫玠总角时问乐令“梦”。乐云:“是想。”卫曰:“形神所不接而梦,岂是想邪?”乐云:“因也。未尝梦乘车入鼠穴,擣齑啖铁杵,皆无想无因故也。”卫思因经日不得,遂成病。乐闻,故命驾为剖析之。卫即小差。乐叹曰:“此儿胸中,当必无膏肓之疾!”

卫玠姿容极美,风度翩翩,而因思索玄理不得,竟至成病,这不是柏拉图所说的富有“爱智的热情”么?

晋人虽超,未能忘情,所谓“情之所钟,正在我辈”(王戎语)!是哀乐过人,不同流俗。尤以对于朋友之爱,里面富有人格美的倾慕。《世说》中《伤逝》一篇记述颇为动人。庾亮死,何扬州临葬云:“埋玉树著土中,使人情何能已已!”伤逝中犹具悼惜美之幻灭的意思。

> 顾长康拜桓宣武墓,作诗云:“山崩溟海竭,鱼鸟将何依?”人问之曰:“卿凭重桓乃尔,哭之状其可见乎?”顾曰:“鼻如广莫长风,眼如悬河决溜!”
>
> 顾彦先平生好琴,及丧,家人常以琴置灵床上,张季鹰往哭之,不胜其恸,遂径上床,鼓琴,作数曲竟,抚琴曰:“顾彦先颇复赏此否?”因又大恸,遂不执孝子手而出。
>
> 桓子野每闻清歌,辄唤奈何,谢公闻之,曰,“子野可谓一往有深情。”
>
> 王长史登茅山,大恸哭曰:“琅琊王伯舆,终当为情死!”
>
> 阮籍时率意独驾,不由路径,车迹所穷,辄痛哭而返。

深于情者,不仅对宇宙人生体会到至深的无名的哀感,扩而充之,可以成为耶稣、释迦的悲天悯人;就是快乐的体验也是深入肺腑,惊心动魄;浅俗薄情的人,不仅不能深哀,且不知所谓真乐:

> 王右军既去官,与东土人士营山水弋钓之乐。游名山,泛沧海,叹曰,“我卒当以乐死!”

晋人富于这种宇宙的深情,所以在艺术文学上有那样不可企及的成就。顾恺之有三绝:画绝、才绝、痴绝。共痴尤不可及!陶渊明的纯厚天真与侠情,也是后人不能到处。

晋人向外发现了自然，向内发现了自己的深情。山水虚灵化了，也情致化了。陶渊明、谢灵运这般人的山水诗那样的好，是由于他们对于自然有那一股新鲜发现时身入化境浓酣忘我的趣味；他们随手写来，都成妙谛，境与神会，真气扑人。谢灵运的“池塘生春草”也只是新鲜自然而已。然而扩而大之，体而深之，就能构成一种泛神论宇宙观，作为艺术文学的基础。孙绰《天台山赋》云：“恣语乐以终日，等寂默于不言，浑万象以冥观，兀同体于自然。”又云：“游览既周，体静心闲，害马已去，世事都捐，投刃皆虚，目牛无全，凝想幽岩，朗咏长川。”在这种深厚的自然体验下，产生了王羲之的《兰亭序》，鲍照《登大雷岸寄妹书》，陶宏景、吴均的《叙景短札》，郦道元的《水经注》；这些都是最优美的写景文学。

(四)**我说魏晋时代人的精神是最哲学的，因为是最解放的、最自由的。**支道林好鹤，往郯东岇山，有人遗其双鹤。少时翅长欲飞。支意惜之，乃铩其翮。鹤轩翥不复能飞，乃反顾翅垂头，视之如有懊丧之意。林曰：“既有凌霄之姿，何肯为人作耳目近玩！”养令翮成，置使飞去。晋人酷爱自己精神的自由，才能推己及物，有这意义伟大的动作。**这种精神上的真自由、真解放，才能把我们的胸襟象一朵花似地展开，接受宇宙和人生的全景，了解它的意义，体会它的深沉的境地。近代哲学上所谓“生命情调”、“宇宙意识”，遂在晋人这超脱的胸襟里萌芽起来**(使这时代容易接受和了解佛教大乘思想)。卫玠初欲过江，形神惨悴，语左右曰：“见此茫茫，不觉百端交集，苟未免有情，亦复谁能遣此？”后来初唐陈子昂《登幽州台歌》：“前不见古人，后不见来者。念天地之悠悠，独怆然而涕下！”不是从这里脱化出来？而卫玠的一往情深，更令人心恸神伤，寄慨无穷。(然而孔子在川上，曰：“逝者如斯夫，不舍昼夜！”则觉更哲学，更超然，气象更大。)

谢太傅与王右军曰：“中年伤于哀乐，与亲友别，辄作数日恶。”

人到中年才能深切的体会到人生的意义、责任和问题，反省到人生的究竟，所以哀乐之感得以深沉。但丁的《神曲》起始于中年的徘徊歧路，是具有深意的。

桓温北征，经金城，见前为琅琊时种柳皆已十围，慨然曰：“木犹如此，人何以堪？”攀条执枝，泫然流泪。

桓温武人，情致如此！庾子山著《枯树赋》，末尾引桓大司马曰：“昔年种柳，依依汉南；今逢摇落，凄怆江潭，树犹如此，人何以堪？”他深感到桓温这话的凄美，把它敷演成一首四言的抒情小诗了。

然而王羲之的《兰亭》诗：“仰视碧天际，俯瞰绿水滨。寥阒无涯观，寓目理自陈。大哉造化工，万殊莫不均。群籁虽参差，适我无非新。”真能代表晋人这纯净的胸襟和深厚的感觉所启示的宇宙观。“群籁虽参差，适我无非新”两句尤能写出晋人以新鲜活泼自由自在的心灵领悟这世界，使触着的一切呈露新的灵魂、新的生命。于是“寓目理自陈”，这理不是机械的陈腐的理，乃是活泼的宇宙生机中所含至深的理。王羲之另有两句诗云：“争先非吾事，静照在忘求。”“静照”是一切艺术及审美生活的起点。**这里，哲学彻悟的生活和审美生活，源头上是一致的。晋人的文学艺术都浸润着这新鲜活泼的“静照在忘求”和“适我无非新”的哲学精神。**大诗人陶渊明的“日暮天无云，春风扇微和”，“即事多所欣”，“良辰入奇怀”，写出这丰厚的心灵“触着每秒光阴都成了黄金”。

（五）晋人的“人格的唯美主义”和友谊的重视，培养成为一种高级社交文化如“竹林之游，兰亭禊集”等。玄理的辩论和人物的品藻是这社交的主要内容。因此谈吐措词的隽妙，空前绝后。晋人书札和小品文中隽句天成，俯拾即是。陶渊明的诗句和文句的隽妙，也是这“世说新语时代”的产物。陶渊明散文化的诗句又遥遥地影响着宋代散文化的诗派。苏、黄、米、蔡等人们的书法也力追晋人萧散的风致。但总嫌做作夸张，没有晋人的自然。

（六）晋人之美，美在神韵（人称王羲之的字韵高千古）。神韵可说是“事外有远致”，不沾滞于物的自由精神（目送归鸿，手挥五弦）。这是一种心灵的美，或哲学的美，这种事外有远致的力量，扩而大之可以使人超然于死生祸福之外，发挥出一种镇定的大无畏的精神来：

> 谢太傅盘桓东山，时与孙兴公诸人汎海戏。风起浪涌，孙（绰）王（羲之）诸人色并遽，便唱使还。太傅神情方王，吟啸不言。舟人以公貌闲意说，犹去不止。既风转急浪猛，诸人皆諠动不坐。公徐曰：“如此，将无归。”众人皆承响而回。于是审其量足以镇安朝野。

美之极，即雄强之极。王羲之书法人称其字势雄逸，如龙跳天门，虎卧凤阙。淝水的大捷植根于谢安这美的人格和风度中。谢灵运泛海诗“溟涨无端倪，虚舟有超越”，可以借来体会谢公此时的境界和胸襟。

枕戈待旦的刘琨，横江击楫的祖逖，雄武的桓温，勇于自新的周处、戴渊，都是千载下懔懔有生气的人物。桓温过王敦墓，叹曰：“可儿！可儿！”心焉向往那豪迈雄强的个性，不拘泥于世俗观念，而赞赏“力”，力就是美。

庾道季说：“廉颇、蔺相如虽千载上死人，懔懔如有生气。曹蜍、李志虽见在，厌厌如九泉下人。人皆如此，便可结绳而治。但恐狐狸猯狢啖尽！”这话何其豪迈、沉痛。晋人崇尚活泼生气，蔑视世俗社会中的伪君子、乡原、战国以后二千年来中国的“社会栋梁”。

（七）晋人的美学是“人物的品藻”，引例如下：

王武子、孙子荆各言其土地之美。王云：“其地坦而平，其水淡而清，其人廉且贞。”孙云：“其山崔巍以嵯峨，其水泙渫而扬波，其人磊砢而英多。”

桓大司马（温）病，谢公往省病，从东门入，桓公遥望叹曰：“吾门中久不见如此人！”

嵇康身长七尺八寸，风姿特秀，见者叹曰：“萧萧肃肃，爽朗清举。”或云：“萧萧如松下风，高而徐引。”山公云：“嵇叔夜之为人也，岩岩如孤松之独立，其醉也，傀俄若玉山之将崩！”

海西时，诸公每朝，朝堂犹暗，唯会稽王来，轩轩如朝霞举。

谢太傅问诸子侄：“子弟亦何预人事，而正欲其佳？”诸人莫有言者。车骑（谢玄）答曰：“譬如芝兰玉树，欲使其生于阶庭耳。”

人有叹王恭形茂者，曰：“濯濯如春月柳。”

刘尹云：“清风朗月，辄思玄度。”

拿自然界的美来形容人物品格的美，例子举不胜举。这两方面的美——自然美和人格美——同时被魏晋人发现。人格美的推重已滥觞于汉末，上溯至孔子及儒家的重视人格及其气象。“世说新语时代”尤沉醉于人物的容貌、器识、肉体与精神的美。所以“看杀卫玠”，而王羲之——他自己被时人目为“飘如游云，矫如惊龙”——见杜弘治叹曰：“面如凝脂，眼如点漆，此神仙中人也!”

而女子谢道韫亦神情散朗,奕奕有林下风。根本《世说》里面的女性多能矫矫脱俗,无脂粉气,

总而言之,这是中国历史上最有生气,活泼爱美,美的成就极高的一个时代。美的力量是不可抵抗的,见下一段故事:

> 桓宣武平蜀,以李势妹为妾,甚有宠,尝著斋后。主(温尚明帝女南康长公主)始不知,既闻,与数十婢拔白刃袭之。正值李梳头,发委藉地,肤色玉曜,不为动容,徐徐结发,敛手向主,神色闲正,辞甚凄惋,曰:“国破家亡,无心至此,今日若能见杀,乃是本怀!”主于是掷刀前抱之:“阿子,我见汝亦怜,何况老奴!”遂善之。

话虽如此,晋人的美感和艺术观,就大体而言,是以老庄哲学的宇宙观为基础,富于简淡、玄远的意味,因而奠定了一千五百年来中国美感——尤以表现于山水画、山水诗的基本趋向。

中国山水画的独立,起源于晋末。晋宋山水画的创作,自始即具有“澄怀观道”的意趣。画家宗炳好山水,凡所游历,皆图之于壁,坐卧向之,曰:“老病俱至,名山恐难遍游,惟当澄怀观道,卧以游之。”他又说:“圣人含道应物,贤者澄怀味像;人以神法道而贤者通,山水以形媚道而仁者乐。”他这所谓“道”,就是这宇宙里最幽深最玄远却又弥沦万物的生命本体。东晋大画家顾恺之也说绘画的手段和目的是“迁想妙得”。这“妙得”的对象也即是那深远的生命,那“道”。

中国绘画艺术的重心——山水画,开端就富于这玄学意味(晋人的书法也是这玄学精神的艺术),它影响着一千五百年,使中国绘画在世界上成一独立的体系。

他们的艺术的理想和美的条件是一味绝俗。庾道季见戴安道所画行像,谓之曰:“神明太俗,由卿世情未尽!”以戴安道之高,还说是世情未尽,无怪他气得回答说:“唯务光当免卿此语耳!”

然而也足见当时美的标准树立得很严格,这标准也就一直是后来中国文艺批评的标准:“雅”、“绝俗”。

这唯美的人生态度还表现于两点,一是把玩“观在”,在刹那的现量的

生活里求极量的丰富和充实,不为着将来或过去而放弃现在价值的体味和创造:

王子猷尝暂寄人空宅住,便令种竹。或问:“暂住何烦尔?”王啸咏良久,直指竹曰:“何可一日无此君!”

二则美的价值是寄予过程的本身,不在于外在的目的,所谓“无所为而为”的态度。

王子猷居山阴,夜大雪,眠觉开室命酌酒,四望皎然,因起彷徨,咏左思《招隐》诗。忽忆戴安道;时戴在剡,即便乘小船就之。经宿方至,造门不前而返。人问其故,王曰:“吾本乘兴而来,兴尽而返,何必见戴?”

这截然地寄兴趣于生活过程的本身价值而不拘泥于目的,显示了晋人唯美生活的典型。

(八)晋人的道德观与礼法观。孔子是中国二千年礼法社会和道德体系的建设者。创造一个道德体系的人,也就是真正能了解这道德的意义的人。孔子知道道德的精神在于诚,在于真性情,真血性,所谓赤子之心。扩而充之,就是所谓“仁”。一切的礼法,只是它托寄的外表。舍本执末,丧失了道德和礼法的真精神真意义,甚至于假借名义以便其私,那就是“乡原”,那就是“小人之儒”。这是孔子所深恶痛绝的。孔子曰:“乡原,德之贼也。”又曰:“女为君子儒,无为小人儒!”他更时常警告人们不要忘掉礼法的真精神真意义。他说:“人而不仁如礼何?人而不仁如乐何?”子于是日哭,则不歌。食于丧者之侧,未尝饱也。这伟大的真挚的同情心是他的道德的基础。他痛恶虚伪。他骂“巧言令色鲜矣仁!”他骂“礼云、礼云,玉帛云乎哉!”然而孔子死后,汉代以来,孔子所深恶痛绝的“乡原”支配着中国社会,成为“社会栋梁”,把孔子至大至刚、极高明的中庸之道化成弥漫社会的庸俗主义、妥协主义、折衷主义、苟安主义,孔子好像预感到这一点,他所以极力赞美狂狷而排斥乡原。他自己也能超然于礼法之表追寻活泼的真实的丰富的人生。他的生活不但“依于仁”,还要“游于艺”。他对于音乐有最深的了解并有过最美妙、最简洁而真切的形容。他说:

乐，其可知也！始作，翕如也。从之，纯如也。皦如也。绎如也。以成。

他欣赏自然的美，他说："仁者乐山，智者乐水。"

他有一天问他几个弟子的志趣。子路、冉有、公西华都说过了，轮到曾点，他问道：

"点，尔何如？"鼓瑟希，铿尔，舍瑟而作，对曰："异乎三子者之撰！"子曰："何伤乎？亦各言其志也。"曰："莫春者，春服既成，冠者五六人，童子六七人，浴乎沂，风乎舞雩，咏而归！"

夫子喟然叹曰："吾与点也！"

孔子这超然的、蔼然的、爱美爱自然的生活态度，我们在晋人王羲之的《兰亭序》和陶渊明的田园诗里见到遥遥嗣响的人。汉代的俗儒钻进利禄之途，乡原满天下。魏晋人以狂狷来反抗这乡原的社会，反抗这桎梏性灵的礼教和士大夫阶层的庸俗，向自己的真性情、真血性里掘发人生的真意义、真道德。他们不惜拿自己的生命、地位、名誉来冒犯统治阶级的奸雄假借礼教以维持权位的恶势力。曹操拿"败伦乱俗，讪谤惑众，大逆不道"的罪名杀孔融。司马昭拿"无益于今，有败于俗，乱群惑众"的罪名杀嵇康。阮籍佯狂了，刘伶纵酒了，他们内心的痛苦可想而知。这是真性情、真血性和这虚伪的礼法社会不肯妥协的悲壮剧。这是一班在文化衰堕时期替人类冒险争取真实人生真实道德的殉道者。他们殉道时何等的勇敢，从容而美丽：

嵇康临刑东市，神气不变，索琴弹之，奏广陵散，曲终曰："袁孝尼尝请学此散，吾靳固不与，广陵散于今绝矣！"

以维护伦理自命的曹操枉杀孔融，屠杀到孔融七岁的小女，九岁的小儿，谁是真的"大逆不道"者？

道德的真精神在于"仁"，在于"恕"，在于人格的优美。《世说》载：

阮光禄(裕)在剡，曾有好车，借者无不皆给。有人葬母，意欲借而不敢言。阮后闻之，叹曰："吾有车而使人不敢借，何以车为？"遂焚之。

这是何等严肃的责己精神！然而不是由于畏人言，畏于礼法的责备，而是由于对自己人格美的重视和伟大同情心的流露。

谢奕作剡令,有一老翁犯法,谢以醇酒罚之,乃至过醉,而犹未已。太傅(谢安)时年七八岁,著青布绔,在兄膝边坐,谏曰:"阿兄,老翁可念,何可作此!"奕于是改容,曰:"阿奴欲放去耶?"遂遣之。

谢安是东晋风流的主脑人物,然而这天真仁爱的赤子之心实是他伟大人格的根基,这使他忠诚谨慎地支持东晋的危局至于数十年。肥水之役,苻坚发戎卒六十余万、骑二十七万,大举入寇,东晋危在旦夕。谢安指挥若定,遣谢玄等以八万兵一举破之。苻坚风声鹤唳,草木皆兵,仅以身免。这是军事史上空前的战绩,诸葛亮在蜀没有过这样的胜利!

一代枭雄,不怕遗臭万年的桓温也不缺乏这英雄的博大的同情心:

桓公入蜀,至三峡中,部伍中有得猨子者,其母缘岸哀号,行百余里不去,遂跳上船,至便即绝。破视其腹中,肠皆寸寸断。公闻之,怒,命黜其人。

晋人既从性情的真率和胸襟的宽仁建立他的新生命,摆脱礼法的空虚和顽固,他们的道德教育途以人格的感化为主。我们看谢安这段动人的故事:

谢虎子尝上屋薰鼠。胡儿(虎子之子)既无由知父为此事,闻人道痴人有作此者,戏笑之。时道此非复一过。太傅既了己(指胡儿自己)之不知,因其言次语胡儿曰:"世人以此谤中郎(虎子),亦言我共作此。"胡儿懊热,一月,日闭斋不出。太傅虚托引己之过,必相开悟,可谓德教。

我们现代有这样精神伟大的教育家吗?所以:

谢公夫人教儿,问太傅:"那得初不见公教儿?"答曰:"我常自教儿!"

这正是象谢公称赞褚季野的话:"褚季野虽不言,而四时之气亦备!"

他确实在教,并不姑息,但他着重在体贴入微的潜移默化,不欲伤害小儿的羞耻心和自尊心:

谢玄少时好著紫罗香囊垂覆手。太傅患之,而不欲伤其意,乃谲与睹,得即烧之。

这态度多么慈祥,而用意又何其严格!谢玄为东晋立大功,救国家于垂危,足见这教育精神和方法的成绩。

当时文俗之士所最仇疾的阮籍,行动最为任诞,蔑视礼法也最为彻底。然而正在他身上我们看出这新道德运动的意义和目标。这目标就是要把道德的灵魂重新建筑在热情和率真之上,摆脱陈腐礼法的外形。因为这礼法已经丧失了它的真精神,变成阻碍生机的桎梏,被奸雄利用作政权工具,借以锄杀异己。(曹操杀孔融)

> 阮籍当葬母,蒸一肥豚,饮酒二斗,然后临诀。直言"穷矣!"举声一号,吐血数升,废顿良久。

他拿鲜血来灌溉道德的新生命!他是一个壮伟的丈夫。容貌瓌杰,志气宏放,傲然独得,任性不羁,当其得意,忽忘形骸,"时人多谓之痴"。这样的人,无怪他的诗"旨趣遥深,反覆零乱,兴寄无端,和愉哀怨,杂集于中"。他的咏怀诗是古诗十九首以后第一流的杰作。他的人格坦荡谆至,虽见嫉于士大夫,却能见谅于酒保:

> 阮公邻家妇有美色,当垆沽酒。阮与王安丰常从妇饮酒。阮醉便眠其妇侧。夫始殊疑之,伺察终无他意。

这样解放的自由的人格是洋溢着生命,神情超迈,举止历落,态度恢廓,胸襟潇洒:

> 王司州(修龄)在谢公坐,咏"入不言兮出不辞,乘回风兮载云旗!"(九歌句)语人云:"'当尔时'觉一坐无人!"

桓温读高士传,至于陵仲子,便掷去曰:"谁能作此溪刻自处。"这不是善恶之彼岸的超然的美和超然的道德吗?

"振衣千仞冈,濯足万里流!"晋人用这两句诗写下他的千古风流和不朽的豪情!

(原载《星期评论》1941 年第 10 期
后收入宗白华《艺境》
北京大学出版社,1987)

编者按

宗白华先生的这篇读书札记已经成为中国美学史研究的经典。文中提出的一系列原创性的思想,从心灵的创造作用阐释中国传统美学的精髓,帮助人们捕捉到中国美学思想的核心和亮点,多少年来一直启发学者们的思考。

为无为

冯友兰[①]

在中国哲学里,无为二字有许多意义。**照一个意义讲,无为即是少为或寡为。**如先秦的道家,在社会政治方面,主张“返朴还淳”,在个人生活方面,主张“少私寡欲”。此所谓无为均是这一意义的无为。人是动物,即“望文生义”,我们亦可知人不能免于动,动即是为。至少吃饭睡觉这一种的动,这一种的为,总是有的。人不能完全不动,即不能完全无为,所以这一意义的无为,即是少为或寡为。不曰少为或寡为而曰无为者,不过是有些人欲以这两字的字面的意义,表示少为或寡为之极端的说法而已。

照另一意义讲,无为即是率性而为,不有意地为。照道家的说法,万物皆有所可,有所不可,有所能,有所不能。人亦是如此。人若照着他所能去为,即是不有意地为,率性而为。不有意地为,率性而为,即是无为。这一意义的无为,魏晋道家讲得最清楚。照郭象《庄子注》的讲法,一个天才诗人,虽写千万首诗,亦是无为。因为他写诗是他的天才的自然发展,行乎其所不得不行,止乎其所不得不止,不是矫揉造作地要做诗。一个斗方名士,虽写一首诗,亦是有为。因为他写诗是矫揉造作地要写诗。他矫揉造作地要写诗,以求人家称他为诗人,赞他为风雅。魏晋道家仍沿用先秦道家所谓“返朴还淳”等语,不过他们所给与此等语的意义,则与先秦道家不同。一个天才诗人虽写千万首诗,亦是朴,不是文。一个斗方名士,虽只写一首诗,亦是文,不是朴。

照另外又一意义讲,无为即是因势而为。一个人或一个社会,能随着时势走的,即是无为;不随着或逆着时势走的,即是有为。用现在的话说,随着时代潮流走的是无为,不随着或反着时代潮流走的,是有为。我们常说“顺水推舟”及“水到渠成”。顺着时势走,如“顺水推舟”,推舟的人是不费力

① 冯友兰(1895－1990),河南唐河人。我国现当代哲学家、哲学史家。

的，所以是无为。不顺着时势或逆着时势走，如"逆水行舟"，行舟的人是费力的，所以是有为。顺着时势走，如水到而渠自成，不必特意费力于造渠，所以是无为。不顺着时势走或逆着时势走，如水已到而硬不让其成渠，硬不让是费力的，所以是有为。

照再另外的一意义讲，无为即是顺理而为。这一点《庄子·养生主》有很清楚的说法。《庄子·养生主》说，庖丁的刀，用了十九年，解了数千牛，"而刀刃若新发于硎"。牛身上有天然的腠理，即所谓天理。庖丁始学解牛的时候，他看不见这些天然的腠理，他只看见一个整个的牛。三年之后，他一见牛即见这些腠理，他所看见的是一个浑身都是漏洞的牛，而不是一个整个的牛。于是他解牛，即从这些漏洞处下手，所谓"依乎天理，因其固然"。所以他虽解许多牛，而刀刃不伤。因为漏洞的地方，是"有间"，而刀刃是"无厚"，以无厚入有间，不费丝毫之力。他这解牛，即是依理而为。如此的为，可以不费丝毫之力，所以是无为。普通的庖人，于解牛之时，并看不见牛身上的漏洞，只看见一个整个的牛。牛对于他是浑然一体，所以他于解牛时，简直不知如何下手。不知如何下手而又不得不下手，只得拿刀乱砍一阵，不是砍着骨，便是砍着筋，所以费力而刀亦吃亏。他解牛不是"依乎天理，因其固然"，即不是顺理而为。他因此费力而刀亦吃亏。就其费力而刀亦吃亏说，他的为是有为。《庄子·达生》篇说：吕梁丈人善游水，其方法是"从水之道而不为私焉"。这亦是说顺理而为。我们常说善游水者为精通水性。通水性则能顺水性而游。能顺水性者，不费力而游，其游是无为。不顺水性者，费力而或不能游，其费力是有为。推到别的人事上，亦常有这种情形。有些人办事，事一到手，即看出事的漏洞，不费力即将事解决。有些人办事，只看见一堆事，而看不见漏洞，只见事横在前，而无路可走。无路可走，而又不能不走，于是瞎闯乱撞，费尽气力而仍是走不动。俗语说："会者不难，难者不会。"会者不难，是无为而为；难者不会，是有为而为不成。

照再另外一意义讲，无为即是无为而无不为。先秦道家所讲道的无为，是此意义的无为。**道无为而任万物之自为，所以他虽无为而实无不为。**法家所说的无为，亦是此意义的无为。君无为而任臣下之自为，所以他亦虽无为而实无不为。

孔子虽说："无为而治者，其舜也欤？"但此后儒家不说无为。以后儒家说：

"正其谊不谋其利,明其道不计其功。"此话虽是董仲舒说的,比较晚出,但确可表示儒家对于"为"的态度。**儒家对于"为"的态度,不是"无为",而是"无所为而为"。如因一事是对于个人有利,或有功,而为之,则此为是有所为而为。利或功即是此为之所为。如因一事是应该为而为之,则此为是无所为而为。无所为而为,与无为不同。但一个人若真能无所为而为,则亦可以得到一种无为。宋明道学家所说的无为,即是属于这一类的无为。**宋明道学家中,陆王一派说无为,是就心说。程明道说:"天道无心而成化,圣人有心而无为。"又说:"君子之学,莫若廓然而大公,物来而顺应。"[①]孟子说:"今人乍见孺子将入于井,皆有怵惕恻隐之心,非所以纳交于孺子之父母也,非所以要誉于乡党朋友也,非恶其声而然也。"这一段话是宋明道学家所常引用的。用这一段所说的事作例。一个人乍见孺子将入于井,皆有怵惕恻隐之心。他所以如此,并不是要纳交于孺子之父母等,并不是有所为。于此时他的心是廓然大公的,他的廓然大公的心,感觉到怵惕恻隐,即向前救此孺子。此即所谓物来顺应。有恻隐之心,以及向前救此孺子,皆是无所为而为。如有所为而为,用宋明道学家的话,即是有私意,有私意,则此心即不是廓然大公的了。心不是廓然大公的,则其发出的行为,即不是"顺应",即有私意造作,有私意造作是有为,无私意造作是无为。

宋明道学家中,程朱一派说无为,是就理说。朱子说:"廓然大公,只是除却私意,事物之来,顺他道理应之。"又说:"至于圣人则顺理而已,复何为哉?"此无为是就理说。照朱子的说法,就道德方面说,对于每一种事都有一个最好的,最妥当的办法。此办法即是理,照着理去办是顺理,顺理是无为。若于顺理外另有所为,即是有私意,有私意造作是有为,无私意造作是无为。此所说无为,与道家所说顺理而为的无为,有相似处。

我们于本篇所要多讲者,是无所为而为的无为。道家所说率性而为的无为,实则亦是无所为而为的无为。不过道家所说率性而为的无为,注重在兴趣方面。而儒家,如宋明道学家,所说无所为而为的无为,则注重在道德方面。我们于以下讲无所为而为的无为,亦从两方面说,一方面从兴趣说,一方面从

① 冯友兰认为,程颢(明道)和程颐(伊川)二人分别开启了宋明道学中的心学和理学两派,所以这里讲陆王心学引程明道的话。

道德说。以下先从兴趣方面,说无所为而为的无为。

小孩子的游戏,最有无所为而为的精神。在游戏中,小孩子做某种事,完全由于他的兴趣。他可以写字,但他并非欲成一书家。他可以画画,但他并非欲成一画家。他更非欲以写字或画画,得到所谓"世间名利恭敬"。他写字或画画,完全是无所为而为。他做某种事,完全是乘兴,他兴来则做,兴尽则止。所谓"行乎其所不得不行,止乎其所不得不止"。他做某种事皆是顺其自然,没有矫揉造作,所以他做某种事,是无所为而为,亦即是无为。

当小孩子时候的游戏,是人的生活中的最快乐的一部分。道家的理想的生活,即是这一类的生活。道家以为成人所以不能得到这一类的生活者,乃因受社会中各种制度的束缚。我们若能打破此种束缚,则此种生活即可得到。我们亦以为这种生活,是快乐的,亦可以说是理想的生活,但社会各种制度的束缚,却并不是容易打破者。这些束缚,不容易打破,并不是因为人的革命的勇气不够,而是因为有些社会制度是任何种的社会的存在,所必需的。若打破这些,即取消了社会的存在。社会若不能存在,人亦不能存在。此即是说,若没有社会,人即不能生活,更说不到快乐的生活。道家以为,上所说无为的生活是快乐的,这是不错的。道家又以为,人在社会中,因受社会制度的束缚,以致人不能完全有这种生活,这亦是不错的。但道家因此即以为人可以完全不要社会制度,以求完全有这种生活,这是一种过于简单的办法,是不可行的。

照道家的说法,无论任何人总有他所感觉兴趣的事。我们看见有些人,于闲暇时,什么事都不做,而蒙头大睡,或坐在那里胡思乱想,似乎是对于什么事都不感觉兴趣。而实在是他对于蒙头大睡,或胡思乱想,感觉很大的兴趣。既然任何人对于有些事总感觉兴趣,如果任何人都照着他的兴趣去做,则任何人都过着最快乐的生活,"各得其所",真是再好没有的。或者可以问:如果人人都对于蒙头大睡感觉兴趣,如随其兴趣,则都蒙头大睡去了,又有谁去做事呢?人人都不做事,岂不大家都要饿死?道家于此可答:决不会如此的。有许多人对于蒙头大睡,不感觉兴趣,如叫他终日蒙头大睡,他不但不以为乐,而且以为苦。这些人如没有事做,反觉烦闷。所以有些人要"消闲"。所以要消闲者,即有些人有时感到闲得无聊不可耐,故须设法找点事做,将闲消去。忙人找闲,而闲人则找忙,所以虽任何人都随着他的兴趣去做，天下事仍都是有人做的。

这是一个极端的说法。照这个极端的说法，自然有行不通，不可行之处。有些事是显然不容易使人感觉兴趣的，如在矿井里做工等。然而这些事还不能不有人做。在社会里面，至少在有些时候，我们每人都须做些我们所不感觉兴趣的事。这些事大概都是社会所必需的，所以我们对于它虽不感觉兴趣，而亦必须做之。社会是我们的生存所必需的，所以我们对于社会，都有一种起码的责任。这种起码的责任，不见得是每个人所皆感觉兴趣的。所以主张人皆随其兴趣去做的极端说法，如道家所说者，是不可行的。

不过这种说法，如不是极端的，则是可行的。这种说法，在相当范围内，我们不能不说是真理。

在以前的社会制度里，尤其是在以前的教育制度里，人以为，人的兴趣，只有极少数是正当的。在以前的教育制度里，人所应读的所谓"正经书"，是很有限的。五经四书是大家所公认的"正经书"。除此之外，学举业者，再加读诗赋八股文，讲道学者，再加读宋明儒语录。此外所有小说词曲等，均以为是"闲书"。看闲书是没出息的事，至于作闲书更是没有出息的事了。在以前的社会制度里，尤其是在以前的教育制度里，人以为，人的兴趣，多数不是"正当的"。因此有多少人不能随着他的兴趣去做，以致他的才不能发展。因此不知压抑埋没了多少天才，这是不必讳言的。

说到此，我们须对于才有所说明。与才相对者是学。一个人无论在哪一方面的成就，都靠才与学两方面。才是天授，学是人力。比如一个能吃酒的人，能多吃而不醉。其所以能如此者，一方面是因为他的生理方面有一种特殊的情形，又一方面是因为他常常吃酒，在生理方面，养成一种习惯。前者是他的才，是天授；后者是他的学，是人力。一个在某方面没有才的人，压根不能在某方面有所成就，无论如何用力学，总是徒劳无功。反之，在某方面有才的人，则"一出手便不同"。他虽亦须加上学力，方能有所成就，但他于学时，是"一点即破"。他虽亦用力，但此用力对于他是有兴趣的。此用力对于他不是一种苦事，而是一种乐事。例如学做诗，旧说："酒有别肠"，"诗有别才"。此即是说，吃酒做诗，都靠天生的才，不是仅靠学的。我们看见有些人压根不能做诗。他可以写出许多五个字或七个字的句子，平仄韵脚都不错，他可以学新诗人写出许多短行，但这些句子或短行，可以一点诗味都没有。这些人即是没有诗才的人，他无论怎样学诗，我们可以武断地说，他是一定不能成功的。另外有些人，初学做诗，写出的句子，平仄韵脚都不合，而却诗味盎然。这些人是有诗才的人，他有希望可以成为诗人。

一个人必须在某方面有才，然后他在某方面的学，方不至于白费。一个人在某方面的学，只能完成他在某方面的才，而不能于他原有的才上，有所增加。一个有诗才的人，初学做诗时，即有些好句，这是他的才的表现。普通以为于此人学成的时候，他必可以做更好的句。其实这是不对的。他学成时，实亦只能做这样的好句。所差别的是：在他初学的时候，他所做的诗，有好句，却亦有极不好，或极不通的句。在他学成的时候，他所做的好句，虽亦不过是那么好，但却无极不好，或极不通的句。他所做的所有的句，虽不能是都好，但与好句放在一起，却都可以过得去。有好句是他的才的表现，好句以外的别的句，都可以过得去，是他的学的表现。他的学可以使他的所有句子都过得去，这是他的学能完成他的才；他的学不能使他的好句更好，这是他的学不能使他的才有所增益。所谓神童，不见得以后皆能有所成就者，即因他的以后的学，不能使其才有所增加。他于童时所表现的才，与童子比，虽可称为高，但以后若不能增益，则与成人比，或即是普通不足为奇的。

一个人在某方面的才，有大小的不同。“世间才有一石，曹子建独得八斗”，此是说，曹子建在文学方面，有很大的才。在某方面有很大的才者，我们称之为某方面的天才，如文学的天才，音乐的天才，军事的天才等。

道家重视人的才，以为只要人在某方面有才，即可以不必学，而自然能在某方面有所成就。不学而自能，即所谓无为。道家这种看法，是不对的。我们承认，人必在某方面有才，始能于某方面有成就。但不承认，人只在某方面有才，即可在某方面有成就。人在某方面有才，是他在某方面有成就的必要条件，而不是其充足条件。例如一个在做诗方面质美而未学的人，虽可以写出些好句，但他所写的别的句，却有极不好或极不通的。他仍是不能成为诗人。凡能在某方面有成就的人，都是在某方面有才又有学的人。其成就愈大，其所需的才愈大，学愈深。

在某方面有才的人，对于某方面的事必感觉兴趣。因此他的学是随着他的兴趣而有的。他的学是随着他的兴趣而有，所以他求学是无所为而为的。他对于他的学，虽用力而可只觉其乐，不觉其苦，所以他虽用力地学，

而亦可说是无为。

才是天生的，所以亦可谓之为性。人的兴趣之所在，即其才之所在，亦即普通所谓“性之所近”。人随他的兴趣去做，即是发展其才，亦即是道家所谓率性而行。若一个人对于某方面的事，本不感觉兴趣，或甚感觉无兴趣，但因别的原因，而偏要做此方面的事，此即不是率性而行，是矫揉造作。例如一个人做诗，本不感觉兴趣，或甚感觉无兴趣，但因羡慕别人因做诗而得名誉或富贵，所以亦欲学做诗，要当诗人。其学诗即不是率性而行，是矫揉造作。他因羡慕诗人之可得名誉或富贵而做诗，所以他做诗是有所为而为。他做诗是矫揉造作，所以他做诗是有为。

或可问：一个人对于某一事虽有兴趣，虽有才，而其才若不甚高，所以他虽随着他的兴趣去做，而不能有很大的成就，不能成一什么家，则将如何？于此，我们可以说，凡做一某事，而必期其一定有大成就，必期其成一什么家者，仍是有所为而为也。一个人若真是专随其兴趣去做，则只感觉其所做者有兴趣，而并不计其他。他做到哪里算哪里，至于其所做如何始为很大的成就，如何始可成为什么家，他是不暇问的。譬如我们吃饭，直是不得不吃耳，至于饭之吃下去如何于身体有益，则吃饭时不暇问也。我们常看见有许多什么“迷”，如“棋迷”“戏迷”等。棋迷为下棋而下棋，戏迷为唱戏而唱戏，他们对于下棋或唱戏，并不预存一为国手或名角的心；他们的下棋或唱戏，是随着他们的兴趣去做的。他们的下棋或唱戏，是无所为而为。他们对于下棋或唱戏，虽刻苦用功，然亦只觉其乐，不觉其苦，故亦是无为。凡人真能随其兴趣去做者，皆是如此。他们随着他们的兴趣做下去，固然可以有成就，可以成为什么家，但这些对于他们只是一种副产；他们并不是为这些而始做某种事的。

所谓什么家的尊号，是表示社会对于一人在某方面的成就的承认。例如一个人在化学方面做了些工作，如社会认其为有成就，则称之为化学家。所以凡必期为什么家者，推其故，仍是欲求社会上的荣誉。为求社会上的荣誉而做某种事者，其初心即不是从兴趣出发，其做某种事即是有所为而为，其对于某种事所用的工夫，对于他即是苦痛，即是有为。

或可问：一个人的兴趣，可以与他的成就不一致。例如一个大政治家，可以好音乐图画等。就其成为大政治家说，他的才是在政治方面见长的。但他的兴趣,又在于音乐图画,是其兴趣与其才,并不是一致,关于这一点,我们可以说,有些人的才是一方面的,有些人的才,则是多方面的。一个人是大政治家而又好音乐图画,此可见,他在政治方面及艺术方面均有才。因为有些人的才是多方面的,所以他一生所好的事物,可以随时不同,如一人于幼年时好音乐图画,及壮年又好政治。盖人在各方面的才,有些于其一生中某一时期表现,有些于其一生中另一时期表现。他在某一方面的才,在其一生中某一时期表现,他即于某一时期,对于某种事物,感觉兴趣。

或可问:如果一个人的兴趣,可以随时变动,如果他又专做他所感觉兴趣的事,则他所做的事,岂非需要常变?如果他所做的事需要常变,则他对于他所做的事,恐怕都不能有所成就。于此点,我们说:凡做什么而期其必有成就者,即是有所为而为,即不是率性而行。率性而行者,对于其所做之事,虽可有成就,但不期其有成就,更不期其必有成就。此点我们于上文已说。

在道家所说的理想的生活中,一个人只做他所感觉有兴趣的事。在道家所说的理想的社会里,所有的人都只做他所感觉有兴趣的事。如果这种生活,这种社会,事实上可以得到,这诚然是最理想的。不过这种生活,这种社会,事实上不是可以完全得到的。其理由有几点可说。就第一点说,在一个人的生活中,有些事在根本上只是一种工具,为人所用以达到某种目的者,其本身是不能使人感觉兴趣的。人做这些事,只能是有所为而为,不能是无所为而为。例如吃药。没有人无所为而吃药,但吃药亦是人生中所不能免者。就第二点说,每一社会中的人,必对于其社会负相当的责任,必于相当范围内,分担社会的事,至少亦应该于相当范围内,分担社会的事。没有人能生存于社会之外。所以没有人能不,或应该不,于相当范围内,分担社会的事。对于此等事,有些人固亦感觉兴趣,但亦有些人不感觉兴趣,或甚感觉无兴趣。不过对于这些事,有些人虽不感觉兴趣,或甚感觉无兴趣,而亦不能不做,亦不应该不做。就第三点说,有些人所感觉兴趣的事,有些是为社会所不能不加以限制的。社会对于这些事,若不加以限制,则必与别人发生冲突。因此有些人对于这些事,虽有很大的兴趣,而不能做,或不能充分随意地做。因以上诸点,所以道家的理想的生活,理想的社会,事实是不能完全得到的,至少是很不容易完全得到的。

这种生活,这种社会,虽不能完全得到,或不容易完全得到,但我们却不能不承认这是合乎我们的理想的。在我们生活中,我们所做的事,其无所为而为者越多,我们的生活即越近乎理想。在我们的社会中,一般人所做的事,其无所为而为者越多,则其社会即越近乎理想。

以上所说由无所为而为而得的无为,是就兴趣方面说,所说大部分是道家的意思。以下再就道德方面说,由无所为而为而得的无为,所说大部分是儒家的意思。

道家与儒家都说,人做事要无所为而为。这一点是道家与儒家之所同。不过道家说无所为而为,是就兴趣方面说,儒家则是就道德方面说。此是道家与儒家之所异。《论语》载有子路与隐者荷蓧丈人一段谈话。荷蓧丈人为什么要隐,我们虽不清楚,不过他很可以说,因为他对于政治不发生兴趣,所以他不"仕"。子路却完全不从兴趣方面讲。他说:"君子之仕也,行其义也;道之不行,已知之矣。"他说:君子要仕,因为他以为君臣大伦是不可废的,所以应该仕,并不是因为他的兴趣在于仕,亦不是因为他以为仕了一定有什么成功。我们现在亦有些所谓消极分子者,他们常说,他们对于社会上政治上的事,不发生兴趣,所以不管社会上政治上的事。但所谓积极分子者则可说:我们对于社会上政治上的事,亦不见得有兴趣,不过因为我们以为这是我们应该管的,所以我们不能不管。这种说法,即是儒家的说法。因应该为而为某事,此为亦是无所为而为。此为亦是一直做去,只管应该为不应该为,而不计其他。所谓"正其谊不谋其利,明其道不计其功",正说此义。

说到此,我们必须注意,一个个人及一个国家,是不在一个层次之内的,所以无所为而为,只可对于个人说,而不可对于国家说。国家并不是一个生物,对于任何事物,我们并不能真正地,严格地,说它感觉兴趣或不感觉兴趣。它不能随其兴趣而无所为而为。在国家以上,并没有更高的社会组织,它对于什么事,亦无所谓应该为或不应该为。所以它亦不能在道德方面无所为而为。国家的行为,都是有所为而为,在这一方面说,它的行为都是有为。虽然在别的方面说,它的行为亦可是无为,如它可少为或寡为,可因势而为,顺理而为等。

因为有如此的分别,所以一个人的谋国,与他的自谋,必须用完全不相同的看法,用完全不相同的精神。一个人做事,可以只问事应该做或不应该做,应该做即做,不应该做即不做,不必计较他自己是将因做此事或不做此事而得利或受害。他只问应该做不应该做,不计较利害,此即是无所为而为。但一个人谋国,对于一个关系国家的事,却须要问此事是于国家有利或有害。关系国家的事,所谓应该做不应该做,实即是有利或有害的别一种说法。一国的行为,完全是趋利避害,完全计较利害,所以其为皆是有所为而为。诸葛亮《出师表》说:“汉贼不两立,王业不偏安。”所以要伐魏,至于其结果,则“成败利钝,非所逆睹”。他的谋国,似乎是只问应该不应该,不计较利害。但他所以冒此险者,乃因他看清偏安是没有出路的。战亦亡,不战亦亡,所谓与其“坐而待亡,孰与伐之”。所以他的谋国,亦是纯从利害方面着眼的。

这一点人常弄不清,所以常有些混乱的言论。例如关于现在的战争,有些人常说人有人格,国有“国格”,我们受了侮辱,不抵抗即失了“国格”。我们抵抗为的是争国格。又有些人常用“宁为玉碎,不为瓦全”等话,说我们应该抗战。其实这些话,都只对于个人可以说,而对于国家不可以说。我们的抗战,实在是我们权衡利害的结果,并不是为争什么“国格”。我们宁愿玉碎,实在因为我们知道,没有可以瓦全之道。

关于所谓义利之辨,昔人常有些不必要的辩论。这亦是由于他们对于这一点弄不清楚之故。例如:“孟子见梁惠王,王曰:‘叟,不远千里而来,亦将有以利吾国乎?’孟子曰:‘王何必曰利,亦有仁义而已矣。’”孟子与梁惠王讲了许多仁政,其中有一大部分是关于现在所谓经济方面者。有些人说,这不是讲利吗?为什么孟子只许他自己讲利,而不许梁惠王讲利呢?于此点我们说:孟子所以不许梁惠王讲利者,因为梁惠王讲利是自谋。孟子说:“王曰:‘何以利吾国。’大夫曰:‘何以利吾家。’士庶人曰:‘何以利吾身’。上下交征利,而国危矣。”这样的讲利是自谋。至于孟子讲利,则是谋国。一个人专求国家的利,他的行为是义的行为。求国家的利,对于国家是利,但对于个人,则是义不是利。专就这一方面说,墨家“义,利也”之说,儒家是亦承认的。《易·文言》说:“利者,义之和也。”亦是就利的此方面说。

就一个人说,他做事应该只问其是否应该做,而不计较其个人的利害,亦不必计较其事的可能的成败。此即是无所为而为。若做事常计较个人的利害,计较其事的可能的成败,即是有所为而为。有所为而为者,于其所为未得到之时,常恐怕其得不到,恐怕是痛苦的;于其所为决定不能得到之时,他感觉失望,失望是痛苦的;于其所为既得到之后,他又常忧虑其失去,忧虑亦是痛苦的;所谓患得患失,正是说这种痛苦。但对于事无所为而为者,则可免去这种痛苦。孔子说:"君子坦荡荡,小人常戚戚。"君子对于事无所为而为,没有患得患失的痛苦,所以坦荡荡;小人有所为而为,有患得患失的痛苦,所以常戚戚。

坦荡荡有直率空阔的意味。君子做事,乃因其应该做而做之,成败利害,均所不计较。所以他的气概是一往直前的,他的心境是空阔无沾滞的。所谓胸怀洒落者,即是指此种心境说。就其一往直前及其心境空阔无沾滞说,他的为是无为。戚戚有畏缩,勉强,委曲不舒展的意味。小人做事,专注意于计较成败利害,所以他的气概是畏缩勉强的,他的心境是委曲不舒展的。就其畏缩勉强及其心境委曲不舒展说,他的为是有为。

我们说:一个人对于做某事不必计较成败,并不包含说,一个人对于做某事,不必细心计划,认真去做。对于做某事,一个人仍须细心计划,认真去做,不过对于成功,不必预为期望,对于失败,不必预为忧虑而已。事实上对于成功预期过甚者,往往反不能成功;对于失败忧虑过甚者,往往反致失败。不常写字的人,若送一把扇子叫他写,他写得一定比平常坏。这就是因为预期成功、忧虑失败过甚的缘故。《庄子·达生》篇说:"以瓦注者巧,以钩注者惮,以黄金注者惛。其巧一也,而有所矜,则重外也。凡外重者内拙。"有所为而为者,所重正是在外。无所为而为者,所重正是在内。

一个人一生中所做的事,大概可以分为两部分。一部分是他所愿意做者,一部分是他所应该做者。合乎他的兴趣者,是他所愿意做者;由于他的义务者,是他所应该做者。道家讲无所为而为,是就一个人所愿意做的事说。儒家讲无所为而为,是就一个人所应该做的事说。道家以为,人只须做他所愿意做的事,这在事实上是不可能的。儒家以为,人只应该做他所应该做的事,这在心理上是过于严肃的。我们必须将道家在这一方面所讲的道理,及儒家在这一方面所讲的道理,合而行之,然后可以得一个整个的无所为而为的人生,一个在这方面是无为的人生。

(原载冯友兰《新世训——生活方法新论》
后收入《三松堂全集》第四卷
河南人民出版社,2000)

编者按

冯友兰先生此文是他的著作《新世训》中的一章。当年朱自清先生曾向大学生和高中生推荐冯先生的这本书。朱先生说,冯先生的这本书的特点是分析意义。如这篇文章讨论的"无为"共有六义,作者一一剖解,精彻圆通,毫无遗蕴,极见分析的功夫。在分析的基础上,才有严谨的立论。朱先生又说,要具有这种功夫,极不容易,"这需要多读书,多见事,有理解力,有逻辑和语文的训练,四样缺一不可"。朱先生的教诲,在今天依然值得我们记取。

论命运

冯友兰

世上有许多所谓“大哲学家”也谈命运，不过他们所谈的命运是指“先定”，既有“先定”，就有人要“先知”它，以便从中获利。例如预先知道某种物品将要涨价，就大量买进，便可赚钱；知道某种物品将要跌价，就要卖出，便不亏本。因此得大发其财，无怪“大哲学家”们都生意兴隆了。

其实“先定”是没有的，即使有，也无用先知。如果有先定的命，命中注定你将来要发财，到时自然会发财；命定你要做官，将来自然做官；命定了将来要讨饭，自然要讨饭。先知了也不能更改，不能转变，又何必预先知道呢！

我说的“命运”和他们所说的不同。古人孔子、孟子等也谈命，如孔子说：“知天命。”庄子说：“知其不可奈何而安之若命。”孟子说：“莫之为而为者，天也。莫之致而至者，命也。”荀子说：“节遇之谓命。”我说的“命”就是他们所说的“命”。“莫之致而至”是不想他来而来；“节遇”是无意中的遭遇，这才是“命运”的真意。**所以“命运”的定义就可以说是一个人无意中的遭遇。**遭遇只有幸和不幸，没有理由可说。譬如说现今的时代是伟大的，我“幸”而生在这时代；也有人说现今的时代是受罪的，我“不幸”而生在这时代。我们生在这时代可以说是幸或不幸，但我们为什么生在这时代，便没有理由可说。

命和运不同：运是一个人在某一时期的遭遇，命是一个人在一生中的遭遇，某人今年中了特种奖券，是他今年的“运”好，但是他的“命”好不好，还不一定，因为他将来如何尚不得而知。在一时期中幸的遭遇比不幸的遭遇多，是运好。在一生中，幸的遭遇比不幸的遭遇多，是命好。

普通所谓努力能战胜“命运”，我以为这个“命运”是指环境而言。环境是努力可以战胜的，至于“命运”，照定义讲，人力不能战胜，否则就不成其为“命运”。孟子说：“知命者不立于岩墙之下。”如果一座墙快要倒了，你还以为命好，立在下面，因而压死，那是活该，不能算是知命。又如逃警报，有人躲在一个不甚安全的地方，不意炸死了，这是他的“命”不好，也是他的遭遇不幸。努力而不能战胜的遭遇才是命运。

人生所能有的成就有三：学问，事功，道德，即古人所谓立言、立功、立德。而所以成功的要素亦有三：才、命、力，即天资，命运，努力。学问的成就需要才的成分大，事功的成就需要命运的成分大，道德的成就需要努力的成分大。

要成大学问家，必须要有天资，即才。俗话说：“酒有别肠，诗有别才。”一个人在身体机构上有了能喝酒的底子，再加上练习，就能成为一个会喝酒的人。如果身体机构上没有喝酒的底子，一喝就吐，怎样练习得会呢？做诗也是一样，有的人未学过做诗，但是他做起诗来，形式上虽然不好，却有几个字很好，或有几句很好，那种人是可以学做诗的，因为他有做诗的才。有的人写起诗来，形式整整齐齐，平仄合韵，可是一读之后，毫无诗味，这种人就不必做诗。一个人的才的分量是一定的，有几分就有几分，学力不能加以增减。譬如写字，你能有几笔写得好，就只能有几笔写得好。学力只不过将原来不好的稍加润饰，使可陪衬你的好的，它只能增加量不能提高质。不过诸位不要灰心，以为自己没有才，便不努力。你有才没有才，现在还不晓得，到时自能表现出来，所谓“自有仙才自不知”，或许你大器晚成呢！既有天才，再加学力，就能在学问上有成就。

至于事功的建立，则是“命运”的成分多，历史上最成功的人是历朝的太祖高皇帝，刘邦因为项羽的不行而成功。如果项羽比他更行，他决不会成功。学问是个人之事，成功则与他人有关。康德成为大哲学家，并不因为英国没有大哲学家。而希特勒的能够横行，却是英国的纵容和法国的疏忽所致。历史上有些人实在配称英雄，可是碰到比他更厉害的人，却失败了。有的人原很不行，可是碰着比他更不行的人，反能成功，所谓“世无英雄，遂令竖子成名”，所以事功方面的成就靠命运的成分大。“卫青不败由天幸，李广无功缘数奇”，我们不应以成败论英雄。

道德方面的成就则需要努力，和天资命运的关系小，因为完成道德，不必做与众不同的事，只要就其所居之位，做自己应该做的事，尽伦尽职即可。人伦是社会中人与人之间的关系，一个人在社会上必须和别人发生关系，而且必须做事。能尽自己和别人的关系，做自己应该做的事，就是道德，和自己的地位高下事业大小都没关系。不论何人,只要尽心竭力,对社会的价值是没有分别的。正如唱戏好的人,和所扮演的角色无关,梅兰芳登台,不一定饰皇后。地位很阔的人,不能尽伦尽职,是不道德。村夫野老能尽伦尽职,就是有道德。命运的好坏对于道德的完成,也没有关系。文天祥和史可法都兵败身死,可算不幸,但是即使他们能存宋救明,他们在道德方面的成就也不会再增加一些。他们虽然失败,道德的成就也不因之减少一些。不但如此,有的道德反要在不幸的遭遇下才能表现,如疾风劲草,乱世忠臣。孟子说:"富贵不能淫,贫贱不能移。"终身富贵的人,最多能做到前者。做官发财是"求之有道,得之有命",唯有道德是"求则得之,舍则失之",做不做的权全在自己。

有人常常说我立志要做大学问家,或立志要做大政治家,这种人是可以失望的。因为如果才不够,不能成为大学问家,命运欠好,不能成为大政治家。唯立志为圣贤,则只要自己努力,一定可以成功。圣贤是道德的最完成者。普通人以为圣贤需要特别的在事功文学方面的天才,那是错误的。孔子和孟子的成为圣贤,和他们的才干没有关系。王阳明并不因为他能带兵而成贤人。**所以学问的成就需要才,事功的成就需要幸运的遭遇,道德的成就只要努力。**

(原载昆明《中央日报·星期专论》1942年11月29日
后收入《三松堂全集》第十一卷
河南人民出版社,2000)

编者按

文章从"命运"的定义开始谈,接下去讨论人生所能有的三方面的成就,再接下去讨论这三方面成功的要素,举了许多有趣的例子,最后的结论是:学问的成就需要才华,事功的成就需要幸运的遭遇,道德的成就只要努力。所以这篇讨论命运的文章的主题,并非是鼓励人们去战胜命运(命运照定义讲是人力不能战胜的),而是鼓励人们追求道德的完善("人皆可以为尧舜")。文字干净,说理清晰,这是冯友兰先生文章一贯的特点。

什么叫做古典的?

傅雷①

Classic(古典的)一字在古代文法学家笔下是指第一流的诗人,从字源上说就是从 class(等级)衍化出来的,古人说 classic(古典的),等于今人说 first class(头等);在近代文法学家则是指可以作为典范的作家或作品,因此古代希腊拉丁的文学被称为 classic(古典的)。我们译为"古典的",实际即包括"古代的"与"典范的"两个意思。可是从文艺复兴以来,所谓古典的精神、古典的作品,其内容与涵义远较原义为广大、具体。兹先引一段 Cecil Gray(塞西尔·格雷)②批评勃拉姆斯的话:

> 我们很难举出一个比勃拉姆斯的思想感情与古典精神距离更远的作曲家。勃拉姆斯对古典精神的实质抱着完全错误的见解,对于如何获得古典精神这一点当然也是见解错误的。古典艺术并不古板(或者说严峻,原文是 austere);古典艺术的精神主要是重视感官③,对事物的外表采取欣然享受的态度。莫扎特在整个音乐史中也许是唯一真正的古典作家(classicist),他就是一个与禁欲主义者截然相反的人。没有一个作曲家像他那样为了声音而关心声音的,就是说追求纯粹属于声音的美。但一切伟大的古典艺术都是这样。现在许多自命为崇拜'希腊精神'的人假定能看到当年巴德农神庙的真面目,染着绚烂的色彩的雕像(注意:当时希腊建筑与雕像都涂彩色,有如佛教的庙宇与神像),用象牙与黄金镶嵌的巨神(按:雅典娜女神(相传为菲狄阿斯作)就是最显赫的代表作),或者在酒神庆祝大会的时候置身于雅典,

① 傅雷(1908 - 1966),我国当代艺术家、翻译家。

② 塞西尔·格雷(1895 - 1951),英国评论家和作曲家。

③ 译者按:sensual 一字很难译,我译作"重视感官"也不妥。

一定会骇而却走。然而在勃拉姆斯的交响乐中,我们偏偏不断地听到所谓真正‘古典的严肃’和‘对于单纯 sensual beauty(感官美)的轻蔑’。固然他的作品中具备这些优点(或者说特点,原文是 qualities),但这些优点与古典精神正好背道而驰。指第四交响乐中的勃拉姆斯为古典主义者,无异把生活在荒野中的隐士称为希腊精神的崇拜者。勃拉姆斯的某些特别古板和严格的情绪 mood,往往令人想起阿那托·法朗士的名著《塔伊丝》(*Thaïs*)中的修士:那修士竭力与肉的诱惑作英勇的斗争,自以为就是与魔鬼斗争;殊不知上帝给他肉的诱惑,正是希望他回到一个更合理的精神状态中去,过一种更自然的生活。反之,修士认为虔诚苦修的行为,例如几天几夜坐在柱子顶上等等,倒是魔鬼引诱他做的荒唐勾当。勃拉姆斯始终努力压制自己,不让自己流露出刺激感官的美,殊不知他所压制的东西绝对不是魔道,而恰恰是古典精神。(*Heritage of Music*[《音乐的遗产》],p.185–186)

在此主要牵涉到"感官的"一词。近代人与古人(特别是希腊人)对这个名词所指的境界,观点大不相同。**古希腊人(还有近代意大利文艺复兴时代的人)以为取悦感官是正当的、健康的,因此是人人需要的。欣赏一幅美丽的图画,一座美丽的雕像或建筑物,在他们正如面对着高山大海,春花秋月,呼吸到新鲜的空气,吹拂着纯净的海风一样身心舒畅,一样陶然欲醉,一样欢欣鼓舞。**自从基督教的禁欲主义深入人心以后,二千年来,除了短时期的例外,一切取悦感官的东西都被认为危险的。(佛教强调色即是空,也是给人同样的警告,不过方式比较和缓,比较明智而已。我们中国人虽几千年受到礼教束缚,但礼教毕竟不同于宗教,所以后果不像西方严重。)其实真正的危险是在于近代人(从中古时代已经开始,但到了近代换了一个方向)身心发展的畸形,而并不在于 sensual(感官的)本身:先有了不正常的、庸俗的,以至于危险的刺激感官的心理要求,才会有这种刺激感官的(即不正常的、庸俗的、危险的)东西产生。换言之,凡是悦目、悦耳的东西可能是低级的,甚至是危险的;也可能是高尚的,有益身心的。关键在于维持一个人的平衡,既不让肉压倒灵而沦于兽性,也不让灵压倒肉而老是趋于出神入定,甚至视肉体为赘疣,为不洁。这种偏向只能导人于病态而并不能使人圣洁。只有一个其大无比的头脑而四肢萎缩的人,和只知道饮酒食肉,贪欢纵欲,没有半点文化生活的人同样是怪物,同样对集体有害。避免灵肉任何一方的过度发展,原是古希腊人的理想,而他们在人类发展史上也正处于一个平衡的阶段,一切希腊盛期的艺术都可证明。那阶段为期极短,所以希腊黄金时代的艺术也只限于纪元前五世纪至四世纪。

也许等新的社会制度完全巩固,人与人间完全出现一种新关系,思想完全改变,真正享到"乐生"的生活的时候,历史上会再出现一次新的更高级的精神平衡。

正因为希腊艺术所追求而实现的是健全的感官享受,所以整个希腊精神所包含的是乐观主义,所爱好的是健康,自然,活泼,安闲,恬静,清明,典雅,中庸,条理,秩序. 包括孔子所谓乐而不淫,哀而不怨的一切属性。后世追求古典精神最成功的艺术家(例如拉斐尔,也例如莫扎特)所达到的也就是这些境界。误解古典精神为古板,严厉,纯理智的人,实际是中了宗教与礼教的毒,中了禁欲主义与消极悲观的毒,无形中使古典主义变为一种清教徒主义,或是迂腐的学究气,即所谓学院派。真正的古典精神是富有朝气的、快乐的、天真的、活生生的,像行云流水一般自由自在,像清冽的空气一般新鲜;学院派却是枯索的,僵硬的,矫揉造作,空洞无物,停滞不前,纯属形式主义的,死气沉沉,闭塞不堪的。分不清这种区别,对任何艺术的领会与欣赏都要入于歧途,更不必说表达或创作了。

不辨明古典精神的实际,自以为走古典路子的艺术家很可能成为迂腐的学院派。不辨明"感官的"一字在希腊人心目中代表什么,艺术家也会堕入另外一个陷阱:小而言之是甜俗、平庸;更进一步便是颓废,法国十八世纪的一部分文学与绘画,英国同时代的文艺,都是这方面的例子。由此可见,艺术家要提防两个方面:一是僵死的学院主义,一是低级趣味的刺激感官。为了防第一个危险,需要开拓精神视野,保持对事物的新鲜感:为了预防第二个危险,需要不断培养、更新、提高鉴别力(taste),而两者都要靠多方面的修养和持续的警惕。而且只有真正纯洁的心灵才能保证艺术的纯洁。因为我上面忘记提到,纯洁也是古典精神的理想之一。

(原载《傅雷家书》

三联书店,1990)

编者按

作者对古典精神做了准确的、清晰的说明,指出真正的古典精神是富有朝气的、快乐的、天真的、活生生的,像行云流水一样自由自在,像清冽的空气一般新鲜,也就是拉斐尔、莫扎特所达到的境界。他提出要防止两种偏向:一种是僵死的矫揉造作的学院主义,一种是低级趣味的刺激感官。文章不长,但已经成为艺术学和艺术教育领域的一篇经典文献。

我们怎么假装

——介绍奥斯汀的论文 *Pretending*

陈嘉映[1]

这篇文章不是我的,是转述奥斯汀的一篇题为 *Pretending* 的论文。我不知道要不要为此道歉。在我的印象里,读到一篇好生介绍前贤思想的文章,通常都比读到一篇唠叨自己的无思想的文章有趣。这篇文章是转述,不是翻译,兴致所至,我自己还添加了一两句,有时还加个评注,这些评注有些是参与华东师大"心智哲学"课程讨论的听众启发的。此外还应说明,我尽量把 pretending 译作假装,以便表明原文始终用的是同一个词,虽然在汉语行文中,有时说成假扮、伪装之类更加顺口。

Errol Bedford 在一篇论文中说,假装和实际所是之间是有个界限的,你假装生气时可以跺脚怒吼双拳乱舞,但如果你竟然砸毁家具殴打旁人,那就超过限度了,即使你自己这时不觉得生气,你还是在生气。是真在生气还是在假装生气,这是可以靠公共可观察的证据来判定的。

奥斯汀从这篇论文起论,他先道歉说,他针对 Errol Bedford 立论,这不大公平,因为 Bedford 的论文本来不是专门谈假装的。实际上,奥斯汀虽然在自己的论文中时不时对 Bedford 的论点提出批评,但总体上 Bedford 只是个由头,奥斯汀是在对假装这个课题做自己的研究。

奥斯汀首先指出,真生气和假装生气不能从表现的剧烈程度来划分,一个真生气的人,举止可能相当克制,而一个假装生气的人可以做得很极端,他完全有可能砸毁自己的家具——如果导致他装假到这种程度的原因足够重大。辨别真生气还是假生气,不能只依赖表现本身,至少还要把周边情况考虑进来。

---

① 陈嘉映(1952 -),上海人。我国当代学者。主要研究西方哲学。

假装的确是有限度的,但那不是假装和真实之间的限度。郊游时你假装(这时候中国人多半会说假扮)一条鬣狗逗乐,你可以四脚落地连声狂吠,但你若扑到一条小牛身上当真咬下一大块皮肉来,你显然超过了假装的限度。凡事有个限度这说法太过老生常谈,多半没什么意思。在这里,界限并不在于一边是假装,一边是真的。你当真咬一大块牛肉下来,你也不是一条真实的鬣狗。真实与假装之间,不是划一条界限就可以了事的。一般说来,假装装过了头是指超出了社会在这个场合所承认的假装的界限,而不是超出了假装,成了真的。

并非假装并不等于真的是。我们还可以加上说,并非真是也不一定等于假装。我们须得留意不被太过简单的两分法框定。

我们有时假装是某种东西,例如是一条鬣狗,有时则是假装做一件事情,例如,我假装咬下小牛身上的一块皮肉。这时候,似乎无论我怎么假装都有一个限度,那就是,我不能真咬下一块皮肉来。

正因此,有些事情很难假装做,例如在高尔夫球场在洞口把球轻击入洞,球就在洞口,你怎么假装一击,球都会真的落到洞里。如果有个桌子挡在前面,你可以不坐而假装坐在椅子上,但若没东西挡在前面,你就很难假装坐着。

还有一类事情很难假装,那就是你没有能力那样去做。你很难假装像大象那样把长鼻子卷起来,除非你先假装某样东西是一个象鼻子。小男孩骑在摇椅上假装在驾驶跑车,他首先假装那把摇椅是辆跑车。

但我们真能确定,凡假装做一件事情就不能真做这件事情?我们来看看下面三个例子:

1. 在一个木料加工厂,两个罪犯忽然见到警察来了,急忙装作在锯一根木头,为了装得像,他们显然必须当真在锯那根木头,锯齿要真正吃到木头里头。

2. 魔术师假装在锯一个少女。锯齿要真的吃进身体,那就不大像是假装了。

3. 一个小偷假装在擦玻璃窗,实际上却在窥探对面房间里的珠宝。

要分析这几个例子,我们最好先看看 pretending 这个词的拉丁词源,prae-tendere。这个拉丁词的意思是把一样东西撑开来遮挡另一样东西,借以保护它或伪装它。即使在奥维德的形象用法 Praetendens culpae splendida verba tuae(用如簧之舌伪饰恶毒心肠)中,praetendens 的原义仍然分明可见。

因此，在假装之中，一般有以下两个成分：1. 借以进行伪装的活动；2. 被遮掩的实际情形。黑夜里，我在羊群里偷羊，牧羊人走过来，我假装一只豹子，一窜窜进树丛里跑了；或者我假装豹子，低声吼叫着在羊群里窜来窜去。这两种做法中，显然是后一种更合于假装的本义，因为假装要求我自己仍然在场，被遮蔽的东西也仍然在场，只是被另一种东西遮蔽起来了。假装和误导别人以为如此并不同义，我有很多办法可以让你以为我生气了，不一定非要假装生气。例如，我可以让中间人骗你说我生气了。此外，在假装的时候，假装者不但必须在现场，而且他是用当前的行为误引观众，让观众把它误认为当下的事实。我假装发怒，叫骂着冲出会议室，这是标准的假装；但若我把会议室假造成我刚才曾经发怒的样子，椅子翻倒在地，杯子打碎，无论我假造得多成功，我们都不说这是假装。

在郊游中假装鬣狗，以及一般说来模仿某种不是自己真实所是的东西，是要遮掩什么呢？这种做法，从前只能说是模仿，我们今天把这也说成 pretend，这是一种相当晚近的用法。总的说来，pretend 这个词越用越宽。

我们平常在说到假装的时候，是拿假装的行为和被遮掩的实际情形相对照，例如他生气的样子和他实际上并不生气的实际情况。可是哲学家说到假装的时候，通常是拿假装的行为和本真的行为相对照，例如假装生气的样子和真正生气的样子对照。在我们平常说到假装的时候，假装的动机是连带考虑进来的，而哲学家的说法却把动机排除在外了，说起来，我们平常的说法要比哲学家的说法更有意义。

其实，我们很少能够十分肯定假装出来的行为和发自真心的行为在行为层面上是不是一模一样，因为行为和心态通常是连在一起描述的，我们说到某人假装发怒的样子，我们已经在行为层面上把假装的发怒和真正发怒说成是一回事了，除非在有的情况下，我们可以只在外部行为的层面上描述一件事情，例如“锯一个少女”。

回到上面三个例子，在第 2 例中，魔术师假装做的事情不是他真做的事情，他也不能弄假成真。在第 1 例中呢？我们可以增加一些考虑，例如时间的长短——警察走了以后，罪犯就扔下锯子，去干他们真正要干的事情了。但若警察疑心很重，踟蹰不走开呢？这就把我们引导第 3 例上了。在这一例中，小偷实际上是在擦窗户，然而他仍然是在假装擦窗户，是在用一种东西遮掩另一种东西。在英语里多半是这么区分的,he is only pretending to clean the windows,意指他没有在好好擦窗户,he is only pretending to be cleaning the windows则意指无论他是不是在好好擦窗户,他都别有意图,他真正在做的是另一件事情。(汉语里有没有简单的语法区分来表示这种区别?汉语的假装,因为没有进行时,似乎兼含二者。但装模作样和别有用心这两个成语约略表达出了二者的区别。这也提示,别有用心真是所谓诛心之论,着实可怕,因为只从你正在做的事情看不出你是不是别有用心。)

总的说来,第3例表明,我假装做一件事情在一个层面上可以是真在做那件事情。关键只在于我的行为是用来遮蔽另外一件事情。

这里还显示出pretence和pretext(托词、借口)的相似之处,托词所陈述的理由很可能在客观上是成立的,但它仍然是托词,不是真实的原因、动机。

哲学家在讨论假装时所采用的模式太过简单了。他们要么单在外部表现上寻找假装生气和真正生气的差别,要么认为两者在外部表现上是重合的,差别只在于当事人心里并没有感觉到生气。我们看到,这两条进路都未必合适。放开此点不论,我们还注意到在很多情况下,尽管我的外表像是在生气而我并不觉得生气,我也不一定是在假装。例如我长的那个样子老让人觉得我在生气,再例如我是在模仿生气(前面说过,如今人们用词不大讲究,往往把模仿也说成假装)。再说一遍,假装的要点在于用一样东西遮蔽另一样东西。

最后,奥斯汀自问:这些分析有多重要?他的回答成了名言:我不知道重要有多重要,重要的是求真。(不要一个无所不是者,也不要一个结束一切者。)我可以补充说,奥斯汀的分析不一定每一点都有重大的哲学意义,但他的分析总都是他自己的创见。这也部分解释了为什么奥斯汀的文章少且短——绝大多数论文,就像眼下这篇文章一样,都是转抄,即使自己以为独创,其实别人早说过,而且说得好得多,如维特根斯坦所言,一个人真正属于他自己的可说的东西不多。此外,即使奥斯汀的一段分析没有直接的建设性意义,往往还是有防卫性的意义,警示我们在论述这一问题时不要急于跳上过度概括的草率结论。

关于假装,还有很多可探讨之点。奥斯汀提到了几点,我们自己还可以增加几点。

一、假装有没有时限?你可以一时假装慷慨,一辈子假装慷慨还是假装吗？然而假装似乎也能持续很久，电影里不是常见到这样的场景吗——太太冲到起居室门口，无法自制地喊道：我们要永远这样互相假装下去吗？

二、要是张三假装关怀李四，装得很像，还没来得及被李四看穿，突发心脏病死了，那岂不应了“若使当时身便死，一生真伪有谁知”这话？

三、如果真能假装很长时间，会不会弄假成真？张三假装爱一个女人，时间长了，还真爱上她了。奥维德在《爱经》里说：“装作爱的男人往往真的爱起来，他常常变成他当初是假装的那个样子。”在这种情况下，似乎应当说假装爱是一个机缘，并不是假装爱导致了真爱。

四、假装生气，装着装着还真气起来，假装伤心，装着装着还真伤心起来，这样的弄假成真的确不鲜见。假装睡觉，则更容易弄假成真。但詹姆士—朗格的情绪理论把所有的情绪发生都描述为从外到内，就似乎走得太远了一点儿。

五、我们不仅会假装，而且会假装假装，我假装打你一拳，可这一拳打得那么重，你不禁怀疑我心怀怨恨，假装打你是一种伪装。据说拍电影时就发生过这样的事情，演员张三对演员李四怀恨在心，于是借拍摄之机狠扇李四的耳光，镜头不成功，于是再扇。不一定只有怨恨有时需要双重的伪装，我也可能假装是在假装向你表达爱慕。尼采说，要掩饰自己个子太高，最好的伪装是踩着高跷走路。可是，我们也能假装假装假装吗？为什么不能？

六、假装还可以涉及自己以外的东西，例如小男孩骑在摇椅上的那个例子，孩子嘴里发出疾驰的响动，眼睛专注盯着前方，他假装开车，同时假装那把摇椅是辆跑车。又例如我假装钥匙昨天是放在书架上的，在那里乱找一通。但细想起来，至少在后一例中，假装所涉及的仍然是自己，这可以说是意识层面上的假装，假装自己的意识是某种样子，假装自己以为钥匙曾放在书架上。假装不记得她，假装爱她，应该都属于这一类。说到这里，我们难免还会想到——

七、人还可以对他自己假装，即对自己遮蔽自己的真实意识。

八、假装我在山顶与想像我在山顶很不一样。假装总涉及到行为，假装我是在山顶是一些动作的前奏，想像则不必。我被关在牢房里，可以成天想像监狱的墙不存在，但若假装它不存在，我就会让自己吃好多额外的苦头。

关于假装，还有更大的问题要问。例如，礼貌和伪装有没有区别？有什么区别？也许，如荀子所说，“善者伪也”？（荀子的“伪”在这里没多少道德谴责的涵义，尽管如此，伪与诚毕竟不同。）有朋友说，也许区别在于假装是为了自己，礼貌是为了别人。我觉得这是一条有前景的思路。要展开这条思路，我们接下去也许要先看一看在动物世界里，伪装、假装是怎么开始的。

（原载陈嘉映《无法还原的象》
华夏出版社，2005）

编者按

这篇学术札记对“假装”这个语词进行分析。在我们一般的印象中，“假装”的意义很简单，“假装”就不是真的。但是实际情况比我们想的要复杂得多。文章对这些复杂情况一一进行了讨论。例如：假装做一件事就不能真做这件事吗？魔术师假装在锯一个少女，他不能真的锯这个少女，但是小偷为了偷大楼里的珠宝，假装擦大楼的玻璃窗，他可以真的在擦玻璃窗，这仍然是在假装。又如，假装有没有时间限度？一个人一辈子假装做好事，他的做好事还是假装吗？还有弄假成真。假装伤心，谁知真的伤心了。假装睡觉，谁知真的睡着了。这还是假装吗？又如，是否可以假装假装？张三假装打李四一拳，但他对李四心怀怨恨，他狠狠打了这一拳，这样一来，假装本身就成了一种假装。如此等等。这篇文章使我们看到，语词的分析可以很有趣，而且可以锻炼我们的思维，使我们在面对事物的复杂性时，思想不要过于简单化。这篇文章还使我们看到，语词的意义的复杂性，最后根源是在于实际生活的复杂性。所以，语言的分析，最终不能脱离生活，不能脱离历史。

上帝之死

程炼[1]

上帝之死是一个现代文化现象，解释这种现象的成因不是这里的任务。我也无意去详细评价这种现象是积极的还是消极的。我将要关注的是一种概念上的工作，即，上帝之死是否意味着伦理学是没有希望的。利己主义和决定论对伦理学的挑战体现在我们无从选择的想法上。利己主义者说，由于我们的本性，我们不可能选择去做道德的事情；某些决定论者说，由于世界的本性，我们所做的一切都是在我们的控制之外的。**上帝之死对于伦理学的挑战则来自另外一个角度：即使我们有选择，即使我们也许不是完全自私的，但我们面临一个道德困境，那就是，我们失去了道德标准（如果曾经有的话），失去了道德指引，甚至对许多人而言，失去了道德信心。**这个挑战认为，没有这些标准、指引和信心，我们无法知道什么在道德上是对的、什么是错的，无法按照是非对错办事，也无法保证善有善报、恶有恶报。造成这个困境的原因是道德标准的根基崩溃了——在西方，人们说上帝死了，或者说，越来越多的人意识到，上帝这种东西从来就没有存在过；**从更一般的角度看，实际上是那些人们曾经认为是维持道德秩序的、超人类的绝对权威退出了舞台。**

世界上除了信徒之外，还有不信神的人即无神论者，还有未置可否的人即存疑论者（agonistics）。随着世俗化和科学化的拓展和加深，后两类人群的数量越来越大。这个文化现象是否反映了上帝不存在的事实，是另外一个话题。当尼采发出“上帝死了”的宣言的时候，他是在吁求人类在生活和价值上的一个转换。他并不想去证明上帝的不存在。证明或否证上帝的存在是形而上学家的工作，而这种工作正是尼采不屑一顾和想要超越的。

---

① 程炼（1965－），湖北武汉人。我国当代学者，主要研究心灵哲学、伦理学、政治哲学、形而上学。

当然,并不是每个在思考道德的前景的人都会面临上帝之死的挑战。例如,许多无神论者和存疑论者就不承认有这个挑战。从社会和文化的角度看,不信神的人们跟信徒们相比,并不缺少道德感,在道德实践上并不逊一筹,缺少宗教信仰的人并不必然缺少道德信念,因此,道德跟宗教信仰没有直接的关系。不过,这种反应可能过于简单。或许你生长在无神论的环境中,朴素地接受了某些道德信条。如果你有足够深刻的反思,情况可能不一样。例如,有神论者可能说,你接受的道德是表面的,你并没有触及道德的真正根基;他们甚至说,道德存在的事实,恰好证明了某个超人类的实体的存在,正是这个实体为人类生活制定了道德价值和义务。另一方面,无神论也可能滋生道德怀疑论和虚无论。这一点与我们讨论决定论对道德责任的威胁时看到的情况有类似的结构。刚性决定论者和意动论者都认为决定论与道德责任不相容,两者的差别是,意动论者相信一个反事实条件句:设若世界是决定论的,那么道德责任不存在;而刚性决定论者相信一个实质条件句:因为决定论为真,所以道德责任不存在。在道德与上帝的关系上,某些无神论者,跟刚性决定论者相像,接受一个实质条件句:因为不存在一个超自然的、为人类行为"立法"的实体,因而道德法则是不存在的;还有一些无神论者认为道德是某种"错误意识"带来的错觉,是统治阶级欺骗人民的手段;更有一些科学主义者认为自然界中根本就不存在道德价值这种东西,或者说,道德的存在与我们对世界的最好的理解是不相容的。

因此,弄清上帝之死对于伦理学的意义是一项清理伦理学基础的工作,人们对这个议题的关注在伦理学中历久不衰。

1. 卡拉马佐夫论题

宗教对人类生活的影响是显而易见的。世界上大大小小的宗教在数量上超过千种,几乎所有的宗教都对道德生活提供了理解。人们要互惠地、和平地和繁荣地生活在一起,需要各种明确或隐含的对相互行为的限定。在许多宗教的教义中,除了某些仪式上的管理外,还有一些禁令。希伯来的《圣经》中包含上帝为人类行为建立的规范,在著名的"摩西十诫"中,我们看到孝敬父母(第五条)、不可杀人(第六条)、不可奸淫(第七条)、不可偷盗(第八条)、不可作假监证来陷害他人(第九条)、不可贪恋他人的财产(第十条)这些诫命。东方宗教也有许多富含道德内容的条款,如佛教的“五戒十善”中的五戒分别是:不杀生、不偷盗、不邪淫、不妄语、不饮酒。这些戒条所规范的都涉及人类生活最基本的方面,如生命、性、财产、家庭、社会交往。许多学者干脆把伦理和道德植入对宗教的定义之中。英国诗人、社会批评家马修·阿诺德(Mathew Arnold)说,“宗教是被感情所拔高、所激发、所陶醉的伦理”。法国社会学家涂尔干(Emile Durkheim)是这样定义宗教的:“宗教是一个与神圣事物相关的信仰和实践的统一系统,神圣事物是超然物外的和冒犯不得的,这些信仰和实践将其所有信奉者结合成一个单独的、名曰教会的道德共同体。”英国哲学家布拉德雷(F. H. Bradley)说,“宗教是通过我们存在的每个方面来表达善的全部实在的企图”。

宗教的影响通常不仅是通过各种经文和注疏展现出来的。各大宗教传统中都流传着大量的信徒、圣徒和典型人物的事迹,他们中有许多成为其传统的道德样板。基督徒的道德推理经常采用这样的形式,“如果耶稣处在你的位置,他会怎么做?”对一个社会、尤其是一个宗教势力很强的社会来说,宗教的力量是不可忽视的,甚至在很多方面还是决定性的。无论是从经济、文化还是生活的层面,常人在做事情的时候,是不必作复杂的道德推理的,因为那些生动的典型,为他们的思考和行动提供了快捷的参考方式。

在许多人看来,伦理学有一个宗教的基础,是非常自然的。他们为上帝之死忧心忡忡。在他们看来,上帝之死摧毁了对道德生活而言必不可少的东西。在宗教社会里,人们供奉他们的神,按照神的意愿去生活,成为他们生活最基本、最强大的约束。对许多人来说,他们的神是他们所遵守的道德法则的唯一来源,他们的宗教教义完全覆盖了他们的道德义务。**信仰带给信徒两种信心。首先,信仰让他们相信对错的标准是客观的存在,他们的行为被置于这些绝对的标准的检测之下。**人类历史上的许多战争是由宗教引起的,参战的人们抛头颅、洒热血,不惜牺牲生命,都是由于他们坚信自己是为真理而战,自己的事业符合神的旨意,因而是绝对正义的、值得冒死犯难的;而他们的敌人则是堕落的、邪恶的、应该被消灭的。**第二,由于他们相信绝对权威的存在,他们也相信绝对权威设计的奖惩机制。**按照神的意愿去生活,按照神的教条去行动,就可以上天堂、得享永福;反之,地狱和无尽的折磨就是一个人的归宿。是上天堂还是下地狱，审判那天一切都会兑现。这两种信心才是道德的保证。除此之外，信徒们对道德的尊崇还体现在对上帝的感激之上，感激他的仁慈和赐福，以服从和服务作为回报。

上帝之死对于伦理学的威胁正好在于这两种信心的丧失。第一，道德被看做是一套规则系统，这套系统必须有一个立法者。如果没有这样一位立法者，那意味着没有任何行为是不道德的。或许帝王、圣贤都可以立法，但这样的人间法则不具有普遍性和客观性，更不具有至高无上的权威性。第二，如果人们不相信有一个超自然的力量在行使他的道德权威，那么他们就可以无所顾忌地为非作歹。基督教的教义中有末日审判之说，它让好人上天堂，坏人下地狱。佛教中有业报之言、轮回之论。这些威慑力的存在体现在完美无缺的奖惩机制中，维持这个机制的，正是那些神圣事物。其实，这两种信心之间存在着一种张力。第一点说上帝之死使得道德与不道德之间没有界线了，然而，如果世界上不存在道德与不道德之分，怎么可能会有人为非作歹呢？

有神论的道德观也可以对无神论者发生影响。中国传统中的知识分子大体而言是不信教的，但是在迷信权威上不逊于宗教信徒。除了有人倡导成立儒教外，更有把先哲、政治领袖神化之风，将某些学说定于一尊，供人们引经据典。无论是有神论者还是无神论者，他们都以各种方式为社会确立权威，这些权威通常成为政治和道德领域的指南。

为方便计，在下面的讨论中，我们把注意力集中在西方主要的一神论传统的宗教上，即犹太教、基督教和伊斯兰教。尽管三者有许多差异，它们的确在一些重要的核心学说上是相同的。它们都断言一个真神的存在。在这些学说中，上帝是一个超自然的存在者；他像人但无肉身；他是永恒的、自由的、全能的、全知的、全爱的；他是包括人类在内的宇宙的创造者；他是人类服从和崇拜的唯一对象。我们特别关注这些宗教，是因为许多信徒认为，他们的宗教是人类的道德规范的唯一来源。

将道德建立在宗教的基础之上的伦理学理论常常被冠以“神令论”(Divine Command Theory)之名。哲学家一般把伦理学的内容分为两个领域：一个是价值论的，一个是义务论的。前者是关于善和恶的说明，使用善、恶、无所谓等概念；后者是关于义务的说明，要求、允许和禁止是基本的概念。神令论的伦理学几乎只关注后一个领域。根据神令论，一个行为(类型或个例)A是被要求的，而且仅当上帝命令 A；一个行为是禁止的，而且仅当上帝命令非 A；一个行为 A 是允许的，而且仅当上帝没有命令非 A。一个统揽性的表述是，神令论主张，一切人类义务排他性地出自上帝的命令。在神令论中，上帝与道德的关系可以被理解为立法者与法律的关系。立法者使得某些事情是合法的、非法的，在同样的意义上，上帝使得某些行为是必须做的、允许做的或禁止做的。

说到这里，我们自然可以得出一个结论。神令论意味着，假如没有上帝，一切都是允许的。美国宗教哲学家菲利浦·昆因（Philip Quinn）把这个断言称为"卡拉马佐夫论题"，因为它出自陀思妥耶夫斯基的小说《卡拉马佐夫兄弟》的主人公之口。

2. 神令论的几个明显困难

神令论声称为人类道德提供了一个毋庸置疑的基础，因为每个行为的道德特点都可以通过上帝的旨意来确定。但是，它的可靠性有待进一步的检验，验证的标准取决于它如何面对一些明显的困难。

在许多实践问题上神令论无能为力。神令论说，上帝的意志就是道德法则。但是，即使在有神论者之中，也存在着大量的关于这些法则的内容的分歧。例如，在上帝如何对待离婚、非婚性行为、同性恋、人工流产、自杀、死刑、军备竞赛、环境保护、动物权利等问题上，信徒们意见不一。他们似乎也找不到合适的方法来确定上帝允许或禁止哪些事情。这些分歧反映出一个问题——上帝的命令无法可靠地用来指导实际行动。

神令论者的一个常见答复是这样的：人们从多种途径获取关于上帝的命令的知识，有人阅读《圣经》，有人听从教会，有人做祷告。这些不同来源的知识在很多问题上常常有冲突。但是，人们可以运用自己的理性去推断，一个仁爱、具有超级智慧和公正的存在者将会在那些实践问题上释放什么命令。

这个答复的缺点是，它要么原地踏步，要么让神令论变得无关紧要。原地踏步，是因为人们使用了理性的手段之后，仍没有达成关于上帝的命令的一致意见。神令论变得无关紧要，是因为一旦人们通过理性就能达到真正的道德知识，上帝的命令变得多余.

《圣经》中的道德缺陷。在人们的社会实践中，道德探究和宗教探究经常纠缠在一起。在许多情况下,人们的道德判断直接地出自宗教语境,“天杀的”、“下地狱的”、“菩萨心肠”、“上帝保佑”等等是最常见的道德谓词。根据神令论,上帝的告诫是唯一的、终极的道德资源。当然,这并不是说,在每个具体情况下,人们都要先参考上帝的告诫再行动。领会上帝的旨意有一些但并不太多的途径:宗教体验、阅读圣经、咨询教会等。我不准备讨论所有这些形式的神启,只把注意力集中在《圣经》文本的解读上。

希伯来圣经《旧约》被西方三大一神论宗教奉为权威经书。如果它的记载是绝对正确的,我们会发现,大量我们认为在道德上恶的东西,《圣经》是允许的甚至要求那么做。这里略举几条。上帝要求的事情有:杀死通奸者、同性恋者、安息日工作的人,驱逐皮肤病患者,让以色列人搞种族清洗,砸死渎神者,等等。他允许的事情有:奴隶制、父亲卖女为奴、强奸女俘虏或将其霸占为妻、虐待儿童、以儿童为祭品以求得他帮助战事,等等。从上帝的品格和作为看:他嫉妒心极强,要独占人们的膜拜;为一些人的过错而惩罚其他人,如男人为亚当之错注定劳作,女人为夏娃之失而忍受分娩之苦;蓄意屠杀无辜者,如为威胁法老而杀死埃及的所有初生儿,等等。

仅有这些并不足以击败神令论的支持者们,他们会用各种技巧,甚至非常高深的哲学和神学思辨技巧,来调和并重新解释经文,使之与目前的道德感相协调。但是,这仍旧留下一个问题。不管《圣经》是写实的还是寓意的,我们对它的阅读本身就是一个道德思考的过程。我们在研究一个文本的道德内容时,不可能是完全被动的受体,许多时候要使用自己的道德感和理性,这些又从何而来呢?显然不是文本给予的。更有一些护教论者,试图捍卫他们的教义,声明《圣经》上说的没错,是我们的理解有错,才对它产生怀疑。但是我们在评价这些解释性的尝试的时候,我们的头脑不是在做相关文本的备份工作。我们常常从文本中抽身出来把文本作研究对象,站在足够远处审阅文本,询问某个文本是否代表了一种可以接受的道德。所以,当我们去阅读文本、领会天意的时候,我们是在进行自己的道德思考,进行道德论证和推理。

恶的问题。恶的问题并不是对神令论的直接反驳,它针对的是神令论所依赖的一个全知、全能、全善的上帝的观念。这样一个上帝如果存在的话,他也应该预计到人类面临的可能的灾难,并且有能力和有理由防止灾难的发生。现实中存在难以数计的灾难或者恶,像野蛮的人类大屠杀,夺去无数生灵的瘟疫,可怕的洪水和干旱,无论是人为的还是自然的,都让我们有理由怀疑这个上帝的存在。

有神论者对恶的问题有多种回应,其中最有力的当属一种被称为“自由意志防卫”(free will defense)的辩护。其核心想法是,如果人类的行为不是出自他们的自由意志,那么道德上的善就不可能。这里的自由意志是意动论式的自由意志,亦即,它是反决定论的。为了创造出道德善,上帝必须创造出具有自由意志的造物。由于自由意志是反决定论的,因而上帝不可能造出既具有自由意志、同时又只行善不作恶的造物来。上帝的这种无能无损于他的无所不能,因为上帝也无法违反形而上学的必然性。由于人类具有作恶的自由,因此上帝无法造出一个全善无恶的世界——这是可能的。自然的恶可以类似地处理,只不过作恶者是同样具有自由意志的撒旦及其同伙。

“自由意志防卫”的吸引力,一方面要借助一种意动论的形而上学,另一方面依赖于我们极其看重自由行动。即使把意动论的形而上学的问题放在一边,我们也需要重新审视自由意志之善。假设作为一个旁观者,当你看到纳粹的集中营、看到南京大屠杀时,你会如何着想?你是宁愿这些事情发生并且类似的事情将来还要发生,也要让人类的行为自由,还是反过来,为了制止这些恶,宁愿他们没有这种自由意志?

另外一个相关的问题是神之恶的问题。上面谈到的恶只是上帝没有制止的恶。神之恶说的是,如果基督教的经文是纪实的,那么基督教的上帝自己犯了难以计量的恶行。单以上帝的惩罚之一为例。根据正统的教义,不信上帝的人将永堕地狱,受尽折磨。这种惩罚的性质可以从质(折磨的强度)和量(折磨的持续期)上来刻画。在质和量两个方面,下地狱的惩罚都是任何人间的酷刑所无法比拟的,这种惩罚甚至是无法想象的。但是,惩罚的理由却是卑微的,被惩罚者不过是缺少某种信仰。**惩罚的理由与惩罚的尺度之间的这种巨大的不相称,超出了俗世间任何不正义的判决所能达致的程度。**

3. 游叙弗伦两难

以宗教为基础的伦理学在哲学史上受到的最强冲击,很早就出现在柏拉图的对话《游叙弗伦》中。游叙弗伦的父亲涉嫌杀人。作为一个自认为明是非、懂虔敬的青年，游叙弗伦准备去法庭告发他的父亲。在法庭入口处，他与苏格拉底有一段著名的对话。他告诉苏格拉底，他相信他所做的事情是虔敬的。苏格拉底问他什么是虔敬，他的回答是，凡是让诸神喜欢的，就是虔敬的，凡是让诸神厌恶的，就是不虔敬的。苏格拉底接下来提出了一个流传后世的问题：

> 诸神喜欢虔敬之举为是因为它是虔敬的，还是说，它是虔敬的是因为诸神喜欢它？

这个问题史称“游叙弗伦两难”（Euthyphro's Dilemma）。

用一神论的上帝替换柏拉图多神论背景中的诸神，用命令替换喜欢，用更一般的道德概念，如正确，替换虔敬，我们就可以得到一个针对神令论的“游叙弗伦两难”：

> 上帝命令正确的行动是因为它是正确的，还是说，一个行动是正确的是因为上帝命令了它？

为什么这是一个两难呢？这是因为，上面的两个选项，(1)上帝命令正确的行动是因为它是正确的，和(2)一个行动是正确的是因为上帝命令了它，似乎是互相排斥的。这两个选项的区别可以用一种形象的比喻来说明。第一个选项的意思是，上帝扮演着道德标准的发言人的角色，或许是一个完美的发言人。第二个选项的意思是，上帝是道德标准的制造者。想象一个政府的新闻发言人。如果他是一个完美的新闻发言人，那么他的每一个新闻报告都反映了一个业已存在的事实，他的报告的真实性依赖于事实如何，但他决不能创造事实。苏格拉底的提问对神令论而言是一个两难，是因为采纳任何一个都会导致神令论者难以接受的后果。

我们先看第一个选项。它意味着上帝的命令受制于上帝之外的道德标准，就像新闻发言人的报告受制于外部的事实真相一样；也就是说，在上帝的命令之外独立地存在着道德标准。上帝发布什么命令，要看这些命令是否体现了道德标准。这意味着，上帝不是道德标准的制定者。另一个方面，如果道德标准独立于上帝而存在，那么人们可以直接去探索或求助他，上帝作为道德创造者的角色就失去了意义。无论如何，这是神令论者无法接受的。

那第二个选项呢？它似乎是神令论者仅有的选择，也是神令论者乐于接受的，他们不是正像游叙弗伦那样声称神之所好即吾之义务吗？按照这个选项，上帝的喜欢或者命令，使得一个行为正确。如果上帝喜欢诚实，那么诚实的行为就是正确的；上帝憎恨偷窃，那么偷窃的行为就是错误的。总而言之，无论上帝喜欢或命令什么，它们都是正确的。在这样一种对伦理学基础的理解中，上帝不再是道德事实的报告者，而是创造者；换句话说，上帝不是选择正确的事情来发布命令，而是他的任何命令都直接成为人类的义务。上帝凭自己的力量，就能使得一个行为成为正确的。这个选项的一个后果是，伦理学的基础建立在上帝的专断之上：上帝怎么说，人类就应该怎么做；用人们熟悉的话讲，强权即公理（Might is right）。道德法则如果出自上帝的肆意命令或偏好，伦理学反而失去了基础。神学中有一个人们长久讨论的问题。上帝命令亚伯拉罕杀死自己无辜的儿子以撒作为献祭，亚伯拉罕应允下来。尽管使者的出现戏剧性地免除了可怕的结局，人们依旧怀疑下达这个命令的上帝是否值得崇拜和服从，以及如果值得的话，理由是什么。如果是因为他无比的力量，那么崇拜是出于奴性；如果是因为他那美妙的奖赏或可怕的惩罚，那么服从是出于自私自利。这些都不是我们所理解的积极的道德条件。

如果上帝的力量不足以创造道德法则，那么我们要问，上帝命令或喜爱某些事情，是否是基于某些理由？如果上帝的好恶没有任何理由的话，他的命令当然是任意专断的；如果他喜欢欺骗、偷盗、残忍，那么欺骗、偷盗、残忍都是善。这样的命令不足以为伦理学奠基。如果上帝基于某种理由命令或喜爱某件事，比如诚实，那么是这种理由，而不是上帝的命令，最终解释了为什么诚实是我们的义务。在后一种意义上，上帝的命令并没有把诚实变成一件好事。

许多神令论者并不为这个两难所动，他们提出，上帝除了全能之外，还是全善的。这样一位上帝，依其固有的全善本性，不可能喜欢欺骗、偷盗、残忍，因而那些任意专断的指责是不能成立的。但是，我们在什么意义上说上帝是全善的？根据神令论，如果没有上帝，就没有善恶之分，因此一个东西是善的意味着它是上帝喜欢的。这样，说上帝是善的，只不过是说上帝是上帝喜欢的，即上帝是自爱的。但是，仅从上帝是自爱的，我们推不出上帝不可能喜欢欺骗、偷盗、残忍。说上帝依其本性是善的，说的是上帝的所喜所好是依据道德规则的，不是说他的所喜所好创造了道德规则。对照前面的新闻发言人的例子。一个完美的新闻发言人是一位遵守职业规则的人，就像一位指哪儿打哪儿的神枪手一样。一个新闻发言人不是通过制造新闻发言规则来成为一位完美的发言人的,就像一位枪手不是靠打哪儿指哪儿成为神枪手一样。上帝的情况是类似的,他的至善体现在他知道所有的道德规则并且总是严格执行这些规则,而不是体现在他创造了这些规则。

神令论者说上帝不可能命令或允许欺骗、偷盗、残忍。为什么?假定你是一位神令论者,你相信上帝是仁爱的。一天你得到某种神启,说上帝要求你每天去偷窃一件财物。几乎每个人都会说,一位仁爱的上帝绝对不会下这样的命令。人们这么说的原因不是因为他们认为上帝是仁爱的,而是因为他们认为,正因为偷窃是恶,所以仁爱的上帝不会命令偷窃。上帝作为全善、全爱、全知者,看得清这些道德事实。充其量,这只能说明上帝比人类更有能力认识道德真理,而不能说明上帝创造了道德真理。

4. 总结

如果上帝不是伦理学的基础,那么上帝之死对伦理学而言并非一个灾难。我本人不相信任何超自然的位格或力量的存在,更不相信,伦理学必须有一个超自然的基础。但是,对各种宗教教义的怀疑并不意味着对它们的道德功能的轻视甚至否认。或许,我们需要的是一个更健全的对宗教和道德之间的关系的理解。

如果前面的分析成立的话,**那么宗教或许在某种程度上、对于某些人而言可以成为道德的心理基础,但绝不是它的逻辑基础。宗教为人类的许多情感提供了栖所、温床和慰藉,对许多人来说,它是许多深刻的人类诉求的依据,这些诉求包括对自身有限性的超越、对宇宙秩序的敬畏、对终极性和绝对性的体认、对生命意义的追寻。**在宗教的语境中,恐惧和希冀并举,欲望与禁忌共生。宗教所要求的虔诚心和奉献感,是一类非常独特的人类心理现象。它们与各种教义中蕴藏的丰富道德戒条一起,为信徒们的行为动机增添了极为复杂的道德因素。除了动机上的作用之外,宗教还常常为信徒们提供了方便的道德推理途径。每一种宗教传统都是一个道德样本的大橱窗,展示着历史中生动的道德事例。先知圣徒、高僧大德的言行常常是后来者习惯使用的快捷的行动指南。值得注意的是,这些道德典型的影响并不局限于信徒的范围之内，通常扩散到整个社会，成为整个共同体共享的道德资源。

虽然宗教提供了道德思考上的便利，强化了道德行为的动机，但前面的分析表明，**宗教对于道德生活而言，在动机上不具有排他性（即唯有宗教考虑驱动人们的道德行为），在推理上不具有确定性（即教义产生确定的道德结论），在内容上不具有权威性（即教义提供正确的道德原则）。虔诚的信仰和深沉的奉献感，在实践的层面上既可以为善，也可以作恶。宗教迫害、各种形式的圣战、宗教裁判所、恐怖袭击无不是人类道德实践中最触目惊心的场面。**

道德领域与人类生活的其他领域并不是泾渭分明的，事实正好相反。在任何一个成熟、丰富的文化中，与道德思考相互影响的，除宗教之外，还有神话、文学、艺术等等。

以神话为例。神话是人类的虚构。人类用神话来构造一个想象的世界，而不是用它来描述现实的世界，在这个意义上，它不同于哲学和科学。神话中的人物、角色多是不存在的，神话中的事件多是反自然规律的。《宝莲灯》中沉香“劈山救母”对于我们的物理世界不可能为真，但它传递了一个道德信息——孝是美德。它以独特的方式与我们进行对话，让我们获得生动、亲切和直观的触动。它所传递的道德信息在我们中间代代相传，在每个时代得到重新的审视和解释。这种虚构的道德样品所行使的道德功能，并不逊色于冗长的说教和浩繁的经典。从这个角度看，神话只是已有道德的一种形象的表达。宗教的道德功能可以类比于神话。在无神论者看来，宗教像神话一样，也是一种人类虚构，人们通过宗教来表达和强化他们的伦理信念。与神话扮演的角色近似，宗教只是伦理信念的象征，而不是基础。

或许，上帝之死不应该被看做是一件值得惋惜的事情。当一个神话不再给我们传递信息了，这说明我们不再为它所触动。上帝之死意味着我们脱离了先前深信的神圣秩序，或者说让虚构与现实脱钩了。**失去了确定性，我们可能赢得了自由。或许人类可以有道德法则，但道德法则不需要一个超级立法者。或许道德是我们为自己立的法。**

建议阅读文献：

1. 当代神令论伦理学的一个代表性版本见 Philip Quinn, *Divine Commands*

and Moral Requirements(Oxford: Clarendon Press,1978)。

2. 休谟在他的《自然宗教对话录》给出了对恶的问题的经典表述。

3. 用自由意志防卫来对付恶的问题的挑战,见 Alvin Plantinga, *God and Other Minds: A Study of the Rational Justification of Belief in God*(Ithaca and London: Cornell University Press,1990)。

4. 对神之恶的讨论见 David Lewis,"Divine Evil", *in Philosophers without Gods: Meditations on Atheism and the Secular Life*, *ed. Louise Antony*(Oxford & New York: Oxford University Press,2007)。

5. 游叙弗伦两难出现在柏拉图的《游叙弗伦》中,见 Plato, *Euthyphro*, *in Complete Works*, ed. John Cooper (Indianapolis: Hackett Publishing Company, 1997)。

(原载程炼《伦理学导论》
北京大学出版社,2008)

编者按

这篇文章讨论的问题是:上帝之死是否摧毁了伦理学的基础?作者经过分析得出的结论是:宗教对于道德生活而言,在动机上不具有排他性,在推理上不具有确定性,在内容上不具有权威性。人类可以为自己确定道德法则,而不需要一个超级立法者。文章的概念清晰,论证周密,语言简洁,平心静气。没有一句武断,没有一句卖弄,没有一句废话。可以看作是学术论文的一个范本。

生活的意义

程炼

伦理学涉及生活的意义吗？答案似乎是肯定的。或许，实质性的伦理学是关于价值的和关于正确行动的，这两个方面都不直接提出生活的意义的问题。但是，当伦理学宣称告诉人们怎么行动、如何生活时，一个反思性的问题似乎无法避免：我们应该如何生活的问题显然要求我们活着是有所谓的，如果我们的生活归根结底是没有意义的，那么价值观、道德规范对我们有何意义呢？

1.“生活的意义”的意义

哲学中大概没有什么比这个标题更为含糊不清的问题，但有意思的是，许多哲学家认为“生活的意义是什么”的问题是一切哲学中最深刻、最基本的问题。要探索这个问题，我们首先需要以恰当的方式将它表述出来。因此，我们先考察一下问题中的两个关键词“生活”和“意义”的意义。

生活是什么？关于生活，我们似乎有许多事情可说。对于每一个个体，他的生活的内容是由他的行为、活动、经历和思想构成的。生活的内容涉及三个方面，生理的、心理的和精神的。这三个方面的特点有好坏高低之分。就生理方面而言，丰衣足食、健康强壮比缺衣少食、体弱多病要好；就心理方面而言，愉悦、开朗、满足胜过痛苦、压抑、沮丧；在精神层面上，有睿智、深刻、审美等特点的生活好过缺少这些特点的生活。一个正常的人同时还是一个道德主体，能够为他的行为负起道德责任。一个人生代表一个有意识的、有历史的存在。这个存在既包含着对过去的记录和反思，也包含着以未来为指向的规划和憧憬。一个丧失对过去的全部或部分记忆的人，与一个不能规划或想象未来的人一样，充其量只能过一种非常不完整的生活。与一个更充实的人生相联系的是一个人生计划，它是一个人的一组连贯的、系统的目标和意向，包含着一个人持久的价值承诺。当然，这个计划不必是完全指定和一成不变的，人们在生活中能够不停地调整、补充、修正自己人生计划。一个人的生活同时还关涉到其他的人，特别是那些重要的他人。人们常常将自己至爱的人们纳入自己的存在之中，并把他们的消失看做自己的某一部分的消失。还有一些人将自己投入某些范围更大的事业或事务中。

一种好的生活至少可以体现在两个基本方面，尽管有些人可能要求得更多：愉快的感受和重要目标的实现。也有人总结为主观的满足和客观价值的实现。缺少任何一方面，都使得一个人生留下不满或遗憾。**人生的美好，很大程度上依赖于这两个方面的圆满，而促进这种圆满的事物，就是人类的善。**丰衣足食、良好的人际关系、美丽的家园、公正的社会和政治环境等等，都属于人类善。对于日常人们而言，身心的健康是最基本的善，因为它们是其他一切善得以实现和起作用的前提条件。健康的身体承担着丰富的感知和正常的活动，健康的心智则能保持一种统一的精神生活。依赖于这些前提条件，人们才能形成体现人生价值的各种活动和（与世界和他人的）关系。

"生活的意义"是什么意思呢？在英语中，"生活的意义"是用"the meaning of life"这个短语来表示的。但是，"meaning"和汉语中的"意义"有些区别，尽管它们大部分成分都相同。"意义"或"meaning"有两种最常见、最基本的使用。第一，意义是语言交流中所传递的东西。当我写下或说出"地球绕着太阳转"时，这个语言片断传递了某种意义给接收者。第二，意义是一种表达或象征。例如，考古现场发掘的一块头骨化石的意义，是表示从前某个时候这里有一种生物生活过；我们也类似地说一幅画的意义、一个乐章的意义等。不过，"意义"有一种用法在汉语中是典型的，例如，汉语中常出现"这个发明有重大的意义"这样的用法，而在英语中，这个"意义"或许有用"meaning"来表示的，但"significance"是更自然的表达。无论如何，不像前两种情况，生活既不是一个语言片断，也不是化石、图画或乐段等表达或象征的东西。也许只是在第三种使用中，我们才可以抓住"生活的意义"的意义。**生活的意义的问题，多是以这样的方式来表述的：我们活着是为了什么？什么使得一个生活是值得过的？生活指向一个什么目的？这样的目的或目标存在吗？如果不存在，我们是应该继续活着还是应该另寻他途？**

有些人觉得，前面关于生活所说的那些事情大体上回答这些问题，尽管许多细节的补充是必要的。我们的生活中不是充满了各种各样的价值、目的、追求和奋斗？我们的多数行为不是为了实现这些目标和价值吗？挣钱为了养活自己和供养家人；锻炼为了健身长寿；阅读为了求知解惑；从政为了治国平天下；等等。只要我们能够行动、能够实现这些目标或至少实现一部分，我们就感到生活是有意义的、是值得过的。或许有些人遭受挫折便想这想那，萌生了生活无意义的想法。这虽然是一种常见的现象，但对普通人而言，大都不是支配性的和不可扭转的。另一些人则认为种种这些说法是表面的和未经反思的，经不起进一步的推敲。他们说，反思将摧毁我们关于生活的意义的某些日常信念。一个推理是这样的：你的每一个有意识的行为或许都是指向某个目的或价值的，但你的全部意向和行为合起来作为一个整体，却不能指向任何一个价值或目的，因此你的生活，作为一个整体，是没有意义的。你所做的这一切却是为了什么？有这样一个东西，你的全部存在都是为了它，它是你一切行为和整个人生的目的吗？

这个推理是，你可以为你做的每件事提出辩护和解释，可是，所有局部的解释加在一起，却无法作为你的整体生活的解释。一个类比是，一个整体的所有部分都具有的属性，这个整体不一定具有。将一个人生看做一个整体，并从外部看待这个整体，的确产生一些让人困惑的问题。你的存在对于某些其他人，你的家庭、你的朋友、你的同志、你的具有更大关怀的事业、甚至你的敌人，可以是有意义的、有所谓的。这些他人和你对他们的承诺给予你的生活以意义吗？至少你们的共同存在会让你感到你的存在是有意义的。这似乎是一个肯定生活的意义的方式，即，你们相互托起彼此的存在的意义。但这留下一个问题：什么是托起你们全体的存在的意义或目的？你如何寻找这个意义或目的？这个问题又会引向一个更大的问题："存在的一切、整个宇宙的目的或意义何在？"有人认为，全部的哲学问题，都可以归结为这个问题。

2. 反思摧毁意义？

从外部反思生活，有来自三个方面的论证给生活的有意义性提出了挑战。

第一个论证是许多哲学家都注意到了的，那就是，死亡既从内部也从外部摧毁了生活的意义。我们每个人都要面对自己总有一死的事实，差别只在早晚。“死去原知万事空”，百年之后，我们都会死去，我们现在所做的一切似乎都是无所谓的。也许有人会反驳说，我们百年之后都将死去的事实，并不意味着我们现在所做的事情都是无所谓的。这些事情中的某些，一项重大的科学发现、一部伟大的文学作品、一座为建立殊功的人树立的雕像，都可能在我们死后流传后世，留下它们的创作者生活的痕迹。这是一种常见的、受到人们推崇的不死或不朽，某个能给现在活着的人的生命以意义的东西。屈原和牛顿的不朽，是因为在阅读他们的作品时，我们感到他们仿佛在跟我们对话。可是，我们禁不住进一步想，这种不朽同样是脆弱的，因为亿万年之后，我们的后世可能灭绝、地球可能毁灭、太阳系可能冷却、宇宙可能塌缩，我们整个人类及其历史，在自然事物的秩序中微不足道。我们现在孜孜以求的，终将灰飞烟灭。宇宙并不温情脉脉，它既不在乎人类是否存在过，也不在乎人类继续存在的欲望有多强烈。如果把人类生活的世界比作一艘邮轮，比如说泰坦尼克号。你可以想象这样一个场景，在宽敞豪华的餐厅中，游客们在美妙的音乐中一边享受佳肴，一边谈论荷马、牛顿、《公羊传》、巴赫、梵高，侍者们来往穿梭，把每一件物品摆得整整齐齐、擦得干干净净。而整艘船正在不知不觉地撞上巨大冰山的一角，半小时后，一切沉入海底。我们的世界不正像这艘邮轮一样吗？无论其中的居民创造了多少有意义的事物，最终将烟消云散。

第二个论证是来自荒谬性的论证。阿尔伯特·加缪和托马斯·内格尔分别提出了这种类型的论证，为我们的某种荒谬感提供了说明。在哲学文献中，他们常被称为“荒谬主义者”(absurdist)。荒谬感产生于一种不匹配、对立和矛盾。在加缪看来，一方面，人类有自己的热情追求，可是现实世界对人类的热情不做任何反应，它不在乎人类是如何选择的。用加缪的话说，“荒谬产生于这种人的呼唤与世界不合理的沉默之间的对抗”。内格尔认为，人类有一种自我超越的内在意识，这种意识让我们的思想越过我们所占据的特殊立场，从纯粹外部的角度审视我们的种种承诺和价值。从内部看，我们将自己看做是有意义的目标和价值的追求者，我们觉得应该看重自己，我们的生活有严肃性，不是无所谓的。但从外部的角度看，我们又无法为这

些目标和价值找到稳固的根据,我们的生活在宇宙的尺度上是不重要的、无所谓的。内格尔说:

……荒谬是我们身上最人性的事情之一:是我们的最高级和最有趣的特点的表现。像认识论中的怀疑论那样,荒谬是可能的,只是因为我们具有某种洞察力——在思想中超越自身的能力。

如果荒谬感是一种感知我们的真实处境的方式(即使这个处境在感知发生之前并不荒谬),那么我们有什么理由憎恶或逃避它呢?就像引起认识论的怀疑论的能力一样,荒谬是由理解我们人类局限性的能力产生的。它不必是一件苦恼的事情,除非我们把它弄成这样。它也不必唤起一种让我们感到勇敢或自豪的、对命运的挑衅式的蔑视。这些戏剧性的表演,即使在私下做,也露出了鉴识不出这种处境在宇宙中并不重要的马脚。如果从永恒的角度看,我们没有任何理由相信任何事情是有所谓的,那么这也是无所谓的,而我们可以讽刺性地而不是英勇地或绝望地去过我们的荒谬生活。[①]

第三个论证是来自科学的世界观的论证。这个论证的一种形式出现在俄国文豪列夫·托尔斯泰的《我的忏悔》中。托尔斯泰中年时期有过一场精神危机,他发现自己的生活是没有意义的。他试图从几个资源中去寻找生活的意义,科学是它搜寻的领域之一。但是,他发现,科学知识告诉我们,生命不过是一些微粒的暂时聚合,一旦聚合分解,生命就结束了。这样,他总结说,科学不仅不能解答生命的意义问题,而且摧毁了所有可能的意义。托尔斯泰是这样论证的:

知识领域里对我的生活意义问题的回答总是:"你就是你称为你的生命的那个东西;你是一些微粒的暂时的、偶然的聚合物。这些微粒的相互关系和变化,在你身上产生了你称为生命的东西。这个堆积体将会持续一段时间;然后微粒的相互关系将会消失,你称为生命的东西和你的所有问题将会了结……"

---

① Thomas Nagel, "The Absurd", in *Mortal Questions* (Cambridge: Cambridge University Press, 1979), pp. 22 – 23.

然而，这个答案不是对问题的回答。我需要知道我生命的意义，但它是一个巨大的粒子这个事实，不仅不给予它意义，而且还摧毁任何可能的意义。①

3. 拯救意义

生活的意义是否是一个空洞的概念，在很大程度上取决于人们怎么面对这三个论证。一个常见的回应是有神论的。有些人认为，有某个存在者，它的存在能够解释其他一切存在者的存在，而它自身的存在是无须解释的。有些人甚至说，如果世界上有东西存在，那么一个使得这些东西存在的东西的存在是必然的结论，而最终有某个东西自己使得自己存在。这些观点大量地出现在西方宗教的语境中。相信这些宗教的人们宣称，世界上的一切是这个样子，是因为一个超级设计师使然，他就是上帝；人们存在的目的是服务于上帝的目标和计划，正是在服务上帝的过程中，人的生命获得了意义。对于信仰者来说，对上帝的信仰为生命意义的问题提供了最好的解答：在此生，有一个全能、至善的造世主的眷顾，人们的行为和目标作为至高的计划的一部分，不再是无意义的，他们的存在是富含目的和意义的，不是荒谬的。对于来自死亡的论证，有神论者会说，由于有来生，某些人可以得享永福。有神论的图景也可以对付来自科学的世界观的论证。信仰者们相信，尽管人类与自然中的其他部分一样，都是上帝的造物，但人类占据了万物之灵的地位，构成我们身体的那些微粒可能消散，但我们的灵魂是不灭的。

许多人满足于这个对生活意义的解释，也有许多人发现它是完全不可接受的。为什么我们不能对这个超级设计师的存在提出同样的问题：什么是他的目标和意义？为什么对人生意义的最终解释必须落在他身上而不是别处？为什么上帝的目标一定要成为他的造物的目标？我们许多人不能理解和怀疑他的存在，也是出于他的设计和目标吗？对于没有这种宗教信仰的人来说，他们必须在一种无神论的世界观下来说明生活的意义。不过，我们看到，前面提

① Leo Tolstoy, *A Confession and Other Religious Writings*, Jane Kentish (trans.) (Penguin Books, 1987), pp. 29 - 30.

出的几个论证和观点，都包含一个假设，那就是，生活要有意义，必须有一个绝对牢固的客观基础，如果没有这种基础的话，我们只能要么承认生活是荒谬的，要么是无意义的。这样，像叔本华这样的悲观主义者认为死亡使得生活无意义；荒谬主义者则认为，由于人与世界或人类的两种视角是不可调和的，荒谬感是必然的；而托尔斯泰在科学和日常人们的实践中找不到绝对的生命意义之后，转向有神论。

还有一种常见的回应是极端现实主义的，持有这种观点的人拒绝为生活的意义提供绝对的外部基础。他们认为，人生的意义不在生活之外，而在生活之中。这样看问题的人说，无休止地从外部追问生活的意义是毫无意义的，无意义的问题不是问题，也就没有答案。他们接着说，我只需知道要上班挣钱、锻炼身体、读书娱乐就足够了，我的生活中充满了足够多的这类目的，我只关心我能否实现它们，除此之外我不需要更多的解释。这个非常现实的态度，在某种意义上是一种可欣赏的态度，虽然并非所有的人都能够采纳它。一个明显的事实对这个现实的态度提出了疑问。人们很难完全将眼光局限在自己的生活内部，他们有一种自然的倾向想从外部赋予自己的生活某种重要性。一旦你从外部考察你的生活，你的现实态度就可能变得不稳定。**一个善于思考的人，不但能够和应该反思自己的具体行为，而且能够和应该反思支撑自己生活的基本价值以及这些价值的来源。**

4. 自然秩序中的人类生活

如果一个人觉得有神论的思路是难以接受的，他又不是一个十足的现实主义者，他如何回答生活意义的问题呢？尤其是，如何回应上面的三个挑战呢？

第一个是死亡的挑战。一个值得思考的问题是，生命的有限性和生命的意义到底存在什么关系？有限的生命特别是过早死去是令人惋惜的，但是，一个人如果万寿无疆，他的生活将是什么样的呢？威廉姆斯给出了一个关于长生不死的不可欲性的论证，他认为，一个长生不死的人不可能既保持自身的同一性，又过着一种有意义的生活。万寿无疆的人不会看重时间，因为他永远不缺。他可以随意推迟任何事情，不在乎他的计划什么时候完成。他对周围的事物和关系将感到厌倦，因为这些对于他而言不过是一次一次的重复。有死的人则不同，他必须利用他有限的生命和机会去实现其目标，因此，死亡一方面限制了他的生命和机会，另一方面促进了他对生命的利用。在这一点上，哲学家卡尔·波普的评论非常有力，"有些人认为，生命是没有价值的，因为它会结束。他们没有看到相反的论证也可以提出来：**如果生命没个完，它将是没有价值的；正是经常存在失去它的危险，部分地给我们带来生命的价值**"。[①]

对于不死的人来说，有一点可以肯定，他们的生活永远不具有完整性，我们无法说明他们在过着某种生活。

第二个挑战荒谬主义的论证来自于一个非常特殊的和抽象的立场。要看到加缪指出的荒谬，我们需要把自己从现实境况中抽离出来，仿佛我们从整个宇宙的外部来观察人与自然的对抗。荒谬既不存在于热情的人类生活的一方，也不存在于冷漠的宇宙自然那一方，而是存在于两者的对立中。但是，这种超然的观察并不是全面的，我们也能看到世界的合作的一面：我们需要粮食，自然提供了大地与和风细雨；我们要航海和上天，自然提供了各种矿产；等等。因此，这个超然的立场有其本身的局限性。或许我们的思想并不是如此分裂的，或许人类与自然秩序并不是如此对立的。我们还有其他的思想资源来理解两者的关系，这要求我们将自身看做是自然的一部分。**人类对生活意义的寻求本身是自然演化的结果。或许，生活的意义不是、也不需要是预先给定的，而是我们作为自然的一部分所创造的。**自然提供了生命演化的舞台，提供了让生命走向高级和精致的条件，我们有什么理由认为它先验地否决了有意义的人类生活的可能性呢？**我们每个人都生活在自己的生活中，从外部看待自己的生活常常是为了规导和调整自己的生活，使之变得更有意义，因此，外部的观点并不总是带来摧毁性的结果。**

内格尔的论证依赖于一个这样的想法：从内部观点中可以得到辩护的那

① Karl Popper, "How I See Philosophy", in E. D. Klemke (ed.), *The Meaning of Life* (New York & Oxford: Oxford University Press, 1981) p.6.

些我们看重的价值，在宇宙的秩序中是不重要的。但是，**我们对宇宙意义上的重要性真的有那么强烈的需要吗？我们一定要认为某种东西在宇宙尺度上有所谓（上帝？）才会消除荒谬感吗？一个人在贫困地区捐建一座小学，他不一定要考虑地球过几十亿年会毁灭，甚至也不必考虑几十年后该地区可能有一场大地震。**一位雄心勃勃的想攻克黎曼猜想的数学家也不必认为他一旦取得成功，他的结论就具有宇宙尺度上的意义。人类的内在意识虽然具有难以估量的反思和超越能力，但任何现实的"从外部看"总有一个限度。绝对的客观视角，一个从宇宙之外观察整个宇宙的角度，在我看来，是一种错觉，至少是一个虚构。

第三个来自科学世界观的论证，它也不是结论性的。尽管人们尊重科学的世界观，但托尔斯泰关于科学知识摧毁生活意义的论断是不正确的。不错，世界上的任何东西（包括我们自己）都是微粒的短暂聚合体，但这并不意味着一切东西在各个方面都等量齐观。**一个人和一棵树、一块石头展现出完全不同的性质，尽管它们都是由微小的粒子构成的。**科学的世界观中并不排除事物在性质上的差别，反而要求说明这些不同的性质。人类作为最复杂的生命体，在自然事物的链条上占据显著的位置。与其他粒子聚合体相比，我们拥有极其突出的性能，能够辨别、认识、探索和创造价值；我们还能够认识到，这些性能是自然过程的产物，尽管这个过程的细节还远远未被我们全部弄清楚。许多人甚至认为，对自然的过程的探索，可能是一切人类活动中最有意义的，是最有特色的人类行为。

至此，我们已看到，在无神论的框架下，为生活的意义提供哲学的说明并非不可能，科学的世界观也并不必然与有意义的人类生活相冲突。

建议阅读文献：

E. D. Klemke(ed.), *The Meaning of Life*(New York & Oxford: Oxford University Press, 1981), p. 6.

（原载程炼《伦理学导论》

北京大学出版社，2008）

编者按

这是一篇讨论“生活的意义”的论文。有三个方面对生活的有意义性提出了挑战,一是死亡的论证,二是荒谬性的论证,三是科学世界观的论证。对这三个方面的论证有各种回应,文章对这些回应进行了极其周密的考察,语言简洁,平心静气,没有武断,没有卖弄,没有废话。同样可以看作是学术论文的一个范本。

舒伯特与贝多芬的比较研究

保尔·朗陶尔米[①]

要了解舒伯特,不能以他平易的外表为准。在妩媚的帷幕之下,往往包裹着非常深刻的烙印。那个儿童般的心灵藏着可惊可怖的内容,骇人而怪异的幻象,无边无际的悲哀,心碎肠断的沉痛。

我们必须深入这个伟大的浪漫派作家的心坎,把他一刻不能去怀的梦境亲自体验一番。在他的梦里,多少阴森森的魅影同温柔可爱的形象混和在一起。

*　　　*　　　*

舒伯特首先是快乐,风雅,感伤的维也纳人。——但不仅仅是这样。

舒伯特虽则温婉亲切,但很胆小,不容易倾吐真情。在他的快活与机智中间始终保留一部分心事,那就是他不断追求的幻梦,不大肯告诉人的,除非在音乐中。

他心灵深处有抑郁的念头,有悲哀,有绝望,甚至有种悲剧的成分。这颗高尚、纯洁、富于理想的灵魂不能以现世的幸福为满足;就因为此,他有一种想望“他世界”的惆怅(nostalgy),使他所有的感情都染上特殊的色调。

他对于人间的幸福所抱的洒脱(detached)的态度,的确有悲剧意味,可并非贝多芬式的悲剧意味。

贝多芬首先在尘世追求幸福,而且只追求幸福。他相信只要有朝一日天下为一家,幸福就会在世界上实现。相反,舒伯特首先预感到另外一个世界,这个神秘的幻象立即使他不相信他的深切的要求能在这个生命(按:这是按西方基督徒的观点与死后的另一生命对立的眼前的生命)中获得满足。他只是一个过客:他知道对旅途上所遇到的一切都不能十分当真。——就因为此,舒

① 保尔·朗陶尔米,法国学者,生平不详。

伯特一生没有强烈的热情。

这又是他与贝多芬不同的地方。因为贝多芬在现世的生活中渴望把所有人间的幸福来充实生活,因为他真正爱过好几个女子,为了得不到她们的爱而感到剧烈的痛苦,他在自己的内心生活中有充分的养料培养他的灵感。他不需要借别人的诗歌作为写作的依傍。他的朔拿大和交响乐的心理内容就具备在他自己身上。舒伯特的现实生活那么空虚,不能常常给他以引起音乐情绪的机会。他必须向诗人借取意境(images),使他不断做梦的需要能有一个更明确的形式。舒伯特不是天生能适应纯粹音乐(pure music)的,而是天生来写歌(lied)的。——他一共写了六百支以上。

舒伯特在歌曲中和贝多芬同样有力同样伟大,但是有区别,舒伯特的心灵更细腻,因为更富于诗的气质,或者说更善于捕捉诗人的思想。贝多芬主要表达一首诗的凸出的感情(dominant sentiment)。这是把诗表达得正确而完全的基本条件。舒伯特除了达到这个条件之外,还用各式各种不同的印象和中心情绪结合。他的更灵活的头脑更留恋细节,能烘托出每个意境的作用(value of every image)。

另一方面,贝多芬非惨淡经营写不成作品,他反复修改,删削,必要时还重起炉灶,总而言之他没有一挥而就的才具。相反,舒伯特最擅长即兴,他几乎从不修改。有些即兴确是完美无疵的神品。这一种才具确定了他的命运:像"歌"那样短小的曲子本来最宜于即兴。可是你不能用即兴的方法写朔拿大或交响乐。舒伯特写室内乐或交响乐往往信笔所之,一口气完成。因此那些作品即使很好,仍不免冗长拖沓,充满了重复与废话。无聊的段落与出神入化的段落杂然并存。也有两三件兴往神来的杰作无懈可击,那是例外。——所以要认识舒伯特首先要认识他的歌。

贝多芬的一生是不断更新的努力,他完成了一件作品,急于摆脱那件作品,唯恐受那件作品束缚。他不愿意重复:一朝克服了某种方法,就不愿再被那个方法限制,他不能让习惯控制他。他始终在摸索新路,钻研新的技巧,实现新的理想。——在舒伯特身上绝对没有更新,没有演变(evolution)。从第一天起舒伯特就是舒伯特,死的时候和十七岁的时候(写《玛葛丽德纺纱》的时代)一样。在他最后的作品中也感觉不到他经历过更长期的痛苦。但在《玛葛丽德》中所流露的已经是何等样的痛苦!

在他短短的生涯中，他来不及把他自然倾泻出来的丰富的宝藏尽量泄露；而且即使他老是那几个面目，我们也不觉得厌倦。他大力从事于歌曲制作正是用其所长。舒伯特单单取材于自己内心的音乐，表情不免单调；以诗歌为蓝本，诗人供给的材料使他能避免那种单调。

* * *

舒伯特的浪漫气息不减于贝多芬，但不完全相同。贝多芬的浪漫气息，从感情出发的远过于从想象出发的。在舒伯特的心灵中，形象(image)占的地位不亚于感情。因此，舒伯特的画家成分千百倍于贝多芬。当然谁都会提到田园交响乐，但未必能举出更多的例子。

贝多芬有对大自然的感情，否则也不成其为真正的浪漫派了。但他的爱田野特别是为了能够孤独，也为了在田野中他觉得有一种生理方面的快感；他觉得自由自在，呼吸通畅。他对万物之爱是有一些空泛的(a little vague)，他并不能辨别每个地方的特殊的美。舒伯特的感受却更细致。海洋，河流，山丘，在他作品中有不同的表现，不但如此，还表现出是平静的海还是汹涌的海，是波涛澎湃的大江还是喁喁细语的小溪，是雄伟的高山还是妩媚的岗峦。在他歌曲的旋律之下，有生动如画的伴奏作为一个框子或者散布一股微妙的气氛。

贝多芬并不超越自然界：浩瀚的天地对他已经足够。可是舒伯特还嫌狭小。他要逃到一些光怪陆离的领域(fantastic regions)中去：他具有最高度的超自然的感觉(He possesses in the highest degree the supernatural sense)。

贝多芬留下一支*Erl-king*(歌)的草稿，我们用来和舒伯特的*Erl-king*①作比较极有意思。贝多芬只关心其中的戏剧成分(dramatic elements)，而且表现得极动人；但歌德描绘幻象的全部诗意，贝多芬都不曾感觉到。舒伯特的戏剧成分不减贝多芬，还更着重原诗所描写的细节：马的奔驰，树林中的风声，狂风暴雨，一切背景与一切行动在他的音乐中都有表现。此外，他的歌的口吻(vocal accent)与伴奏的音色还有一种神秘意味，有他世界的暗示，在贝多芬的作品中那是完全没有的。舒伯特的音乐的确把我们送进一个神鬼出现的世界，其中有仙女，有恶煞，就像那个病中的儿童在恶梦里所见到的幻象一样。

---

① 译者注：Erl－king在日耳曼传说中是个狡猾的妖怪，矮鬼之王，常在黑森林中诱拐人，尤其是儿童。歌德以此为题材写过一首诗。舒伯特又用歌德的诗谱为歌曲。（黑森林是德国有名的大森林，在莱茵河以东。）

贝多芬的艺术不论如何动人,对这一类的境界是完全无缘的。

*　　*　　*

倘使只从音乐着眼,只从技术着眼,贝多芬与舒伯特虽有许多相似之处,也有极大的差别!同样的有力,同样的激动人心,同样的悲壮,但用的是不同的方法,有时竟近于相反的方法。

贝多芬的不同凡响与独一无二的特点在于动的力量(dynamic power)和节奏。旋律本身往往不大吸引人;和声往往贫弱,或者说贝多芬不认为和声有其独特的表现价值(expressive value)。在他手中,和声只用以支持旋律,从主调音到第五度音(from tonic to dominant)的不断来回主要是为了节奏。

在舒伯特的作品中,节奏往往疲软无力,旋律却极其丰富、丰美,和声具有特殊的表情,预告舒曼,李斯特,瓦格纳与法朗克的音乐。他为了和弦而追求和弦,——还不是像德彪西那样为了和弦的风味,——而是为了和弦在旋律之外另有一种动人的内容。此外,舒伯特的转调又何等大胆!已经有多么强烈的不协和音(弦)!多么强烈的明暗的对比!

在贝多芬身上我们还只发现古典作家的浪漫气息。——纯粹的浪漫气息是从舒伯特开始的,比如渴求梦境,逃避现实世界,遁入另一个能安慰我们拯救我们的天地:这种种需要是一切伟大的浪漫派所共有的,可不是贝多芬的。贝多芬根牢固实的置身于现实中,决不走出现实。他在现实中受尽他的一切苦楚,建造他的一切欢乐。但贝多芬永远不会写《流浪者》那样的曲子。我们不妨重复说一遍:**贝多芬缺少某种诗意,某种烦恼,某种惆怅。一切情感方面的伟大,贝多芬应有尽有,但另有一种想象方面的伟大,或者说一种幻想的特质(a quality of fantasy),使舒伯特超过贝多芬。**

*　　*　　*

在舒伯特身上,所谓领悟(intelligence)几乎纯是想象(imagination)。贝多芬虽非哲学家,却有思想家气质。他喜欢观念(ideas)。他有坚决的主张,肯定的信念。他常常独自考虑道德与政治问题。他相信共和是最纯洁的政治体制,能保证人类幸福。他相信德行。便是形而上学的问题也引起他的兴趣。他对待那些问题固然是头脑简单了一些,但只要有人帮助,他不难了解,可惜当时没有那样的人。舒伯特比他更有修养,却不及他胸襟阔大。他不像贝多芬对事物取批判态度。他不喜欢作抽象的思考。他对诗人的作品表达得更好，但纯用情感与想象去表达。纯粹的观念（pure ideas）使他害怕。世界的和平，人类的幸福，与他有什么相干呢？政治与他有什么相干呢？对于德行，他也难得关心。在他心目中，人生只是一连串情绪的波动（a series of emotions），一连串的形象（images），他只希望那些情绪那些形象尽可能的愉快。他的全部优点在于他的温厚，在于他有一颗亲切的，能爱人的心，也在于他有丰富的幻想。

在贝多芬身上充沛无比而为舒伯特所绝无的，是意志。**贝多芬既是英雄精神的显赫的歌手，在他与命运的斗争中自己也就是一个英雄。舒伯特的天性中可绝无英雄气息。**他主要是女性性格。他缺乏刚强，浑身都是情感。他不知道深思熟虑，样样只凭本能。他的成功是出于偶然。[①] 他并不主动支配自己的行为，只是被支配。[②] 他的音乐很少显出思想，或者只发表一些低级的思想，就是情感与想像。在生活中像在艺术中一样，他不作主张，不论对待快乐还是对待痛苦，都是如此，——他只忍受痛苦，而非控制痛苦，克服痛苦。命运对他不公平的时候，你不能希望他挺身而起，在幸福的废墟之上凭着高于一切的意志自己造出一种极乐的境界来。但他忍受痛苦的能耐其大无比。对一切痛苦，他都能领会，都能分担。他从极年轻的时候起已经体验到那些痛苦，例如那支精彩的歌《玛葛丽德纺纱》。他尽情流露，他对一切都寄与同情，对一切都推心置腹。他无穷无尽的需要宣泄感情。他的心隐隐约约的与一切心灵密切相连。他不能缺少人与人间的交接。这一点正与贝多芬相反：**贝多芬是个伟大的孤独者，只看着自己的内心，绝对不愿受社会约束，他要摆脱肉体的连系，摆脱痛苦，摆脱个人，以便上升到思考中去，到宇宙中去，进入无挂无碍的自由境界。舒伯特却不断地向自然[③]屈服，而不会建造"观念"[④]来拯救自己。他的牺牲自有一种动人肺腑的肉的伟大，而非予人以信仰与勇气的灵的伟大，那是贫穷的伟大，宽恕的伟大，怜悯的伟大。**他是堕入浩劫

---

① 译者注：这句话未免过分，舒伯特其实是很用功的。

② 译者注：就是说随波逐流，在人生中处处被动。

③ 译者注：这里的自然包括整个客观世界，连自己的肉体与性格在内。

④ 原文是大写的 idea。

的可怜的阿特拉斯(Atlas)①。阿特拉斯背着一个世界,痛苦的世界。阿特拉斯是战败者,只能哀哭而不会反抗的战败者,丢不掉肩上的重负的战败者,忍受刑罚的战败者,而那刑罚正是罚他的软弱。我们尽可责备他不够坚强,责备他只有背负世界的力量而没有把世界老远丢开去的力量。可是我们仍不能不同情他的苦难,不能不佩服他浪费于无用之地的巨大的力量。

不幸的舒伯特就是这样。我们因为看到自己的肉体与精神的软弱而同情他,我们和他一同洒着辛酸之泪,因为他堕入了人间苦难的深渊而没有爬起来。

(原载《傅雷家书》,译者:傅雷
三联书店,1990)

编者按

作者对舒伯特与贝多芬二人的心灵、音乐、性格,作了极深入、极细致、极准确的比较。独到见解化作一篇异样神采的文字,可以说是比较研究中难得看见的好文章。

---

① 译者注:阿特拉斯是古希腊传说中的国王,因为与巨人一同反抗宙斯,宙斯罚他永远作一个擎天之柱。雕塑把他表现为肩负大球(象征天体)的大力士。

寓言　随笔
短论　杂感　杂说

师　说

韩愈[1]

古之学者必有师[2]。**师者，所以传道授业解惑也。**人非生而知之者，孰能无惑？惑而不从师，其为惑也，终不解矣。

生乎吾前，其闻道也固先乎吾[3]，吾从而师之；生乎吾后，其闻道也亦先乎吾，吾从而师之。吾师道也，夫庸知其年之先后生于吾乎？**是故无贵无贱，无长无少，道之所存，师之所存也。**

嗟乎！师道之不传也久矣，欲人之无惑也难矣。古之圣人，其出人也远矣[4]，犹且从师而问焉；今之众人，其下圣人也亦远矣，而耻学于师。是故圣益圣，愚益愚。圣人之所以为圣，愚人之所以为愚，其皆出于此乎？

爱其子，择师而教之；于其身也，则耻师焉，惑矣。彼童子之师，授之书而习其句读者也[5]，非吾所谓传其道解其惑者也。句读之不知，惑之不解，或师焉，或不焉[6]，小学而大遗[7]，吾未见其明也。

巫医乐师百工之人，不耻相师。士大夫之族，曰师曰弟子云者，则群聚而笑之。问之，则曰："彼与彼年相若也，道相似也。位卑则足羞，官盛则近谀。"呜呼！师道之不复，可知矣。巫医乐师百工之人，君子不齿，今其智乃反不能及，其可怪也欤！

---

① 韩愈（763－824），唐代文学家。字退之，河南河阳（今河南孟县西）人。唐代古文运动的倡导者，列为唐宋八大家之首。

② 学者：指求学的人。

③ 闻：听到，获得。固：本来。

④ 出人：超出一般人。

⑤ 句读（dòu）：古人读书，语意已完足处称"句"，语意未足而语气需略停处称"读"（通逗）。

⑥ 不（fǒu）。

⑦ 小学而大遗：此处"小"指句读之不知，"大"指惑之不解。

圣人无常师。孔子师郯子、苌弘、师襄、老聃[①]；郯子之徒，其贤不及孔子。孔子曰：三人行，则必有我师。**是故弟子不必不如师，师不必贤于弟子，闻道有先后，术业有专攻，如是而已。**

李氏子蟠，年十七，好古文，六艺经传，皆通习之，不拘于时，学于余。余嘉其能行古道，作《师说》以贻之[②]。

（原载《韩昌黎文集》）

编者按

理论文章，无论是短论，还是长篇大论，都必定要有理论支柱。没有理论支柱，文章就立不起来。“道之所存，师之所存”，这八个字就是这篇短论的理论支柱。文章中其他论点，如“古之学者必有师”、“圣人无常师”、“弟子不必不如师，师不必贤于弟子”等，在逻辑上都是由这八个字支撑的。所以这八个字是这篇短论的灵魂。我们现在的一些理论文章，缺乏理论支柱。缺乏理论支柱，也就是缺乏灵魂。从这一点说，韩愈这篇《师说》对我们也极有教益。这就是为什么差不多人人都早已读过这篇文章（因为它已被收进中学语文教材），我们仍然把它选进这本《文章选读》的一个重要原因。

---

① 郯（tán）子：春秋郯国国君，孔子曾向他请教古代官名的事。苌（cháng）弘：东周大夫，孔子曾向他问乐。师襄：鲁国的乐官。孔子曾向他学琴。老聃（dān）：即老子，曾任周史官，孔子曾向他问礼。

② 贻：赠送。

敌 戒

柳宗元[①]

皆知敌之仇，而不知为益之尤[②]；皆知敌之害，而不知为利之大。秦有六国，兢兢以强[③]；六国既除，訑訑乃亡[④]。晋败楚鄢，范文为患[⑤]；厉之不图，举国造怨[⑥]。孟孙恶臧，孟死臧恤：药石去矣，吾亡无日[⑦]。智能知之，犹卒以危[⑧]，矧今之人，曾不是思[⑨]。敌存而惧，敌去而舞，废备自盈，只益为痡[⑩]。**敌存灭祸，敌去召过。**有能知此，道大名播。惩病克寿，矜壮死暴[⑪]，纵欲不戒，匪愚伊耄[⑫]。我作戒诗，思者无咎[⑬]。

（原载《柳河东文集》）

---

① 柳宗元(773－819)：唐代哲学家、文学家。字子厚，河东解(今山西运城解州)人。任柳州刺史，所以后人称柳柳州，也称柳河东。与韩愈等人被称为“唐宋八大家”。

② 尤：甚、非常。

③ 兢兢(jīng)：小心谨慎的样子。以：而。

④ 訑訑(yí)：自满的样子。

⑤ 鄢(yān)：鄢陵(春秋郑国的地名，在今河南鄢陵县西北)。据《左传》，晋军在鄢陵打败楚军，晋国的大夫范文子认为“外宁必有内忧”，为此忧虑。

⑥ 厉：指晋国国君晋厉公。他不听范文子劝告，骄傲自满，内乱被杀。

⑦ 孟孙、臧(zāng)孙：都是春秋时期鲁国的大夫。恤(xu)：忧虑。药石：古代药物的总称。据《左传》，孟孙平时很憎恨臧孙。但是孟孙死后，臧孙却很忧虑。他说，我失去了治病的良药，活着的日子不会长了。

⑧ 卒：终于。这二句意为：聪明的人认识到这点，还免不了危难。

⑨ 矧(shěn)：何况。曾：竟。是：这、此。这二句意为：何况现在的人，根本想不到这点。

⑩ 盈：满。益：更加。痡(yù)：疾病，引申为过失，祸患。这二句意为：解除戒备，骄傲自满，更容易带来祸患。

⑪ 惩：警戒。克：能。矜(jīn)：自负。暴：突然。这二句意为：对疾病有警惕就能够长寿，如果因为身体健壮而自满，却可能突然死亡。

⑫ 匪：同“非”。伊：是。耄(mào)：年老，指八、九十岁的老年。这句意为：不是愚蠢就是老糊涂。

⑬ 咎(jiù)：过失，灾祸。这句意为：懂得这一点，可以避免灾祸。

编者按

一开头劈空而起："皆知敌之仇，而不知为益之尤；皆知敌之害，而不知为利之大。"批判的锋芒指向常人头脑根深蒂固的习惯观念。接下去用历史经验反复论说"敌存灭祸，敌去召过"的真理。通篇不到二百字，从头到尾闪耀着辩证法的光辉。是古人所谓"大手笔"。

说高俅

金圣叹①

《水浒传》第五十一回描写高俅叔伯兄弟高廉倚仗高俅权势无所不为，而高廉妻舅殷天锡又倚仗高廉权势无所不为。金圣叹在这一回中写了以下两段批语：

夫一高俅乃有百高廉，而一高廉各有百殷直阁，然则少亦不下千殷直阁矣。是千殷直阁也者，每一人又各自养其狐群狗党二三百人，然则普天之下，其又复有宁宇乎哉！（第五十一回回首总评）

高俅无所不为犹可限也，高俅之伯叔兄弟无所不为胡可限也；高俅之伯叔兄弟无所不为犹可限也，高俅之伯叔兄弟又有亲戚又复无所不为胡可限也；高俅之伯叔兄弟又有亲戚又复无所不为犹可限也，高俅伯叔兄弟之亲戚又当各有其狐狗奔走之徒又当各各无所不为胡可限也。嗟夫，天下者朝廷之天下也，百姓者朝廷之赤子也，今也纵不可限之虎狼，张不可限之馋吻，夺不可限之几肉，填不可限之溪壑，而欲民之不畔②国之不亡，胡可得也。（第五十一回夹批）

（原载《第五才子书施耐庵水浒传》）

编者按

金圣叹眼光锐利，他认识到，高俅并不是一个孤立的个人，而是一种社会集团和社会势力的代表。正是这个利益集团为非作歹，无恶不作，造成百姓的苦难，引起社会的动乱。

你看他“犹可限也”、“胡可限也”这两个短语何等用得好，通过重复交

① 金圣叹（1608－1661），清初文学批评家，因评点《水浒传》、《西厢记》而著名。

② 畔：同“叛”。

错使用，逐步加强文章的逻辑力量，最后把文章的气势推到一个最高点，引出一个结论：“今也纵不可限之虎狼，张不可限之馋吻，夺不可限之几肉，填不可限之溪壑，而欲民之不畔国之不亡，胡可得也。”斩钉截铁，真有千钧之力。

无功即有罪

纪昀[1]

北村郑苏仙,一日梦至冥府,见阎罗王方录囚。有一官公服昂然入,自称所至但饮一杯水,今无愧鬼神。王哂曰[2]:"设官以治民,下至驿丞闸官[3],皆有利弊之当理。但不要钱即为好官,植木偶于堂,并水不饮,不更胜公乎?"官又辩曰:"某虽无功,亦无罪。"王曰:"公一生处处求自全,某狱某狱,避嫌疑而不言,非负民乎?某事某事,畏烦重而不举,非负国乎?三载考绩之谓何[4]?无功即有罪矣。"官大踧踖[5],锋棱顿减[6]。

(原载纪昀《阅微草堂笔记》
上海古籍出版社,1980)

编者按

在这则寓言中,作者借阎罗王的口,驳斥了许多人头脑中"不要钱即为好官"的糊涂观念,以及一些官员的"某虽无功,亦无罪"的诡辩,指出那种"一生处处求自全"的官员,其实是在那里负国负民,结论是:"无功即有罪。"

"无功即有罪。"五个字掷地有声,至今对我们仍极有教益,值得各级官员列为自己的座右铭。

---

① 纪昀(1724-1805),清代学者、文学家。字晓岚,一字春帆。直隶献县(今属河北)人。乾隆时修《四库全书》,纪昀为总纂官。有笔记小说集《阅微草堂笔记》。

② 哂(shěn):微笑,讥笑。

③ 驿丞闸官:管理驿站、水闸的小官。驿站为古代供传递政府文书的人中途更换马匹或休息、住宿的地方。

④ 三载考绩:每三年对官员的功过进行考查。

⑤ 踧踖(cù jí):惊惧不安的样子。

⑥ 锋棱:锋芒、棱角。

河中石兽

纪昀

沧州南一寺临河干[①]，山门圮于河[②]，二石兽并沉焉。阅十馀岁[③]，僧募金重修，求二石兽于水中，竟不可得，以为顺流下矣。棹数小舟[④]，曳铁钯，寻十馀里无迹。

一讲学家设帐寺中[⑤]，闻之笑曰："尔辈不能究物理。是非木柹[⑥]，岂能为暴涨携之去？乃石性坚重，沙性松浮，湮于沙上，渐沉渐深耳。沿河求之，不亦颠乎？"众服为确论。

一老河兵闻之，又笑曰："凡河中失石，当求之于上流。盖石性坚重，沙性松浮，水不能冲石，其反激之力，必于石下迎水处啮沙为坎穴[⑦]。渐激渐深，至石之半，石必倒掷坎穴中。如是再啮，石又再转。转转不已，遂反溯流逆上矣。求之下流，固颠；求之地中，不更颠乎？"如其言，果得于数里外。然则天下之事，但知其一，不知其二者多矣，可据理臆断欤！

（原载纪昀《阅微草堂笔记》
上海古籍出版社，1980）

---

① 河干：河岸。

② 圮（pǐ）：塌毁。

③ 阅：经历。

④ 棹：船桨，这里作动词用，意为"摇"。

⑤ 设帐：办私塾教书。

⑥ 木柹（fèi）：木片。

⑦ 啮：咬，这里指冲刷、侵蚀。

编者按

这是一篇哲理性短文,非常精彩。作者借河中石兽的故事,指出人们对于事物之间的复杂联系如果缺乏全面的把握,仅仅抓住其中某个侧面就下结论,“只知其一,不知其二”,往往会做出错误的判断。晚清学者俞樾说纪昀的《阅微草堂笔记》“叙事简,说理透,不屑屑于描头画角”(《春在堂随笔》),我们从这篇《河中石兽》可以看到纪昀文章的这种特色。

私　访

陈四益[①]

建武帝夜起更衣，闻二宫人私语：

“河东飞蝗蔽日，民将无食矣。”

“昨日梁公言，荆楚去岁绝粒，人相食。”武帝微嗽，宫人寂然。

次日，帝问梁云：“河东如之何？”梁曰：“国泰民安。”帝又问：“荆楚如之何？”梁曰：“日新月异。”帝心知其隐，曰：“明日随朕行。”梁唯唯诺诺。

帝至河东，州县迓迎[②]，吏役云从，驿馆华美。席间歌舞侑觞[③]，水陆杂陈。**帝心甚悦。**

询飞蝗，官吏皆奏“圣世无灾”，“飞蝗敛迹”。入民家，囤满衣足，庭悬獾特[④]。**帝心甚慰，以为得民情。**

帝行，州县吏皆拜梁，曰：“微梁公[⑤]，吾等无噍类矣[⑥]。”盖梁夜命人告州县迎驾，是以所到之处，歌舞升平。其囤中米黍，悬庭獾特，皆由官中借得。**帝行，复追还矣。**

史氏曰：**“深宫之锁，百官之围，能得真情者百无一焉。而犹自以为得民情、知民瘼者，愚之极也。”**

（原载陈四益《绘图新百喻》

湖南文艺出版社，1992）

---

① 陈四益（1939－），上海嘉定人，生于四川成都。我国当代作家。

② 迓（yà）：迎接。

③ 侑（yòu）：劝人（吃喝）。觞（shāng）：古代称酒杯。侑觞：劝人饮酒。

④ 獾特（huān tè）：这里泛指食用的牲畜。獾为鼬科动物，特为公牛或祭祀、食用的家畜。

⑤ 微：无。

⑥ 噍（jiào）：嚼，吃东西。噍类：指活着的人。

编者按

这篇短文分六个层次:第一层,建武帝夜闻宫人私语,知飞蝗蔽日,民将无食,更严重的地方甚至人相食。第二层,建武帝问大臣地方情况如何,大臣回答“国泰民安”,建武帝知道大臣说假话,决定私访。第三层,建武帝下到州县,形势一片大好,建武帝内心十分喜悦。第四层,建武帝入民家,更见形势大好,建武帝内心不仅喜悦,而且得到安慰,以为自己掌握了老百姓的真实情况。第五层,指出州县早有准备,建武帝所见全是假象。第六层,从这件事得出一个一般性的结论。文章一层一层往前推进,用词极其简洁,无一闲笔。

蛙　喻

陈四益

何子真少年登科,志得意满,眼高于顶。王太史思有以醒之。

一日,太史招饮于逊园。夏荷如盖,朝露如珠,花铺锦绣,叶垂丝绦,子真叹为神仙境也。酒再巡①,一蛙踞荷盖,鼓噪而鸣。太史举箸指曰:**“是蛙也,踞一荷盖,顾盼自如,必以为天下仅此一席之地也。其鸣也,声雄一池,必以为天地间唯此黄钟大吕也。其鹰视腾跃,吞蚊食虫,必以为万方宾服,惟我独尊也。是蛙也,不知池外有园,园外有天,亦妄人耳。妄人而不自知,岌岌乎殆哉②!”**

言未毕,一鹰倏然而下③,一蛇潜至蛙后。蛙方自鸣高,不及走避,充鹰蛇之荒腹矣④。

子真怵然惊起⑤,叉手谢太史曰:“谨受教。”

(原载陈四益《绘图新百喻》
湖南文艺出版社,1992)

编者按

一个人少年得志,往往眼高于顶,这篇短文用一只鼓噪而鸣的青蛙为他们敲了警钟。文字浅显易晓,却又句句入妙。

---

① 巡(xún):量词,遍(用于给全座斟酒)。
② 岌岌(jí jí):形容十分危险,快要倾覆或灭亡。殆(dài):危险。
③ 倏(shū):极快地。倏然:形容极快,忽然。
④ 荒(huāng):严重的缺乏。荒腹:空肚子。
⑤ 怵(chù):害怕,恐惧。

爱斯基摩人捕狼

王悦[①]

爱斯基摩人捕猎狼的办法世代相传，很特别，也很有效。

严冬季节，他们在锋利的刀刃上涂上一层新鲜的动物血；等血冻住后，他们再往上涂第二层血；再让血冻住，然后再涂……如此反复，很快刀刃就被冻血坨藏得严严实实了。

下一步，爱斯基摩人把血包裹住的尖刀反插在地上，刀把结实地扎在地里，刀尖朝上。当狼顺着血腥味找到这样的尖刀时，它们会兴奋地舔食刀上新鲜的冻血，融化的血液散发出强烈的气味，在血腥味的刺激下，它们会越舔越快，越舔越用力，直到所有的血被舔干净，锋利的刀刃暴露出来。但狼们这时已经嗜血如狂，它们猛舔刀锋，在血腥味的诱惑下，根本感觉不到舌头被刀锋划开的疼痛。

在北极寒冷的夜晚里，狼完全不知道它正在舔食的其实是自己的鲜血。它只是变得更加贪婪，舌头抽动得更快，血流得也更多，直到最后精疲力竭地倒在雪地上。

令人失去理智的，是外界的诱惑；而最终毁掉一个人的，则是他自己的贪欲。

（原载《环球时报》2005年2月23日）

编者按

爱斯基摩人捕狼的方法，十分特别，显示出一种智慧，这种智慧是来源于对狼的贪欲本性的认识。在血腥味的诱惑下，狼完全不知道自己舔食的其实是自己的鲜血。正是这种贪欲的本性，最终毁掉了它。这篇短文的文字极为干净，但是给读者留下的印象极其深刻，和那种空话连篇、义瘠辞肥的文风完全不同。

---

① 王悦，我国当代学者。

蔡太师是如何走到尽头的

李国文

宋人罗大经《鹤林玉露》丙编卷之六载："有士大夫于京师买一妾，自言是蔡太师府包子厨中人。一日，令其作包子，辞以不能。诘之曰：'既是包子厨中人，何为不能做包子？'对曰：'妾乃包子厨中缕葱丝者也。'"

如果厨娘所言为实，可想而知，太师府的厨房里，有缕葱丝者，那也必有剥蒜头者，摘韭菜者，切生姜者的各色人等，是毫无疑问的了。连料理佐料这般粗活，都如此专业化分工，以此类推，红案白案，酒水小吃，锅碗瓢勺，油盐酱醋，更不知该有多少厨师、帮手、采买、杂工，在围着他的这张嘴转。可见，这位中国历史上数得着的权奸，也是中国历史上数得着的巨贪，在其当朝柄政，权倾天下，为非作恶，丧心病狂之际，那腐败堕落、淫奢糜烂的程度，到了何等猖狂的地步。

蔡京(1047－1126)，福建仙游人，字元长，为徽宗朝"六贼"之首。"元祐更化"时，他力挺保守派司马光废除免役法，获重用，绍圣初，又力挺变法派章惇变行免役法，继续获重用。首鼠两端，投机倒把，是个被人不耻的机会主义分子。徽宗即位，因其名声太臭，被劾削位，居杭州。适宦官童贯搜寻书画珍奇南下，蔡京变着法儿笼络这位内廷供奉，得以重新入相。从此，赵佶像吃了他的迷魂药一样，无论蔡京如何打击异己，排斥忠良，窃弄权柄，恣为奸利，宋徽宗总是宠信有加，不以为疑。

所以，朝廷中每一次的反蔡风潮掀起，宋徽宗虽然迫于情势，不得不降黜一下，外放一下，以抚平民意，但总是很快地官复原职。从他登基的崇宁元年(1102)，任蔡为尚书右仆射兼中书侍郎起，到靖康元年(1126)罢其官爵止，二十多年里，赵佶四次罢免了他，又四次起用了他。最后，蔡京年已八十，耳背目昏，步履蹒跚，赵佶仍要倚重他，直到自己退位。

一个好皇帝，碰上一个不好的宰相，国家也许不会出问题，一个不好的皇帝，碰上一个好宰相，国家也许同样不会出问题；但一个不好的皇帝，碰上了一个不好的宰相,那这个国家就必出问题不可。北宋之亡,固然亡在不好的皇帝赵佶手里,也是亡在这个不好的宰相手里。北宋完了的同时,蔡京终于走到头了,老百姓等到看他垮台失败的这一天。据《宋史》:“钦宗即位,徙(蔡京)韶、儋二州,行至潭州死,年八十。”“虽谴死道路,天下犹以不正典刑为恨。”

人们虽然没看到蔡京被明正典刑,深以为憾,但要给他一点颜色看看,以泄心头之恨,也以此煞一煞小人得志不可一世的威风。人们忽然悟到,有一条收拾他的绝妙主意,是人人可以不用费力,不需张罗即能做到的,那就是在其充军发配的一路之上,不卖给蔡京一粒粮,一滴油,一叶菜,更甭说,一块烙饼,一个馒头,一个包子了。没有发通知,没有贴布告,更没有下命令,发文件,街乡市井,城镇村社,驿站旅店,庄户人家,所有人表现出从来没有过的齐心——让他活生生地饿死!

饥肠饿肚的蔡京,回想当年,那山珍海味,那珍肴奇馐,现在连一口家常便饭,也吃不着了。那时候,他爱吃一种腌制食品“黄雀酢”,堆满三大间厅堂,他转世投胎一千次,也吃不完,现在想闻闻那扑鼻香味,也不可能了。那时候,他想吃一个包子,得若干人为之忙前忙后,现在,即使那个缕葱丝的妇女碰上他,也绝不肯将缕下的废物——一堆烂葱皮,给这个饿得两眼翻白的前蔡太师。

中国人对于贪官污吏的憎恨之心,惩罚之意,是绝对一致的,过街老鼠,人人喊打的坚定坚决,也是从不动摇的。因此,再也没有比这种饿死蔡京的死法,更让人们开心的了。

王明清《挥尘后录》:“初,元长之窜也,道中市食饮之物,皆不肯售,至于辱骂,无所不至。乃叹曰:‘京失人心,一至于此。’”蔡京虽然饿死了,但不等于所有蔡京式的人物都饿死,因此,这个陈旧的故事,或许能让有些人,读出一点震慑的新意来。

(原载《北京晚报》2010年8月4日)

编者按

蔡京太师府包子厨中的佣人不能做包子,因为她乃包子厨中缕葱丝者。不需罗列更多的材料,仅仅这一个典型事例,就足以说明蔡京这位权奸何等淫奢糜烂,同时也说明蔡京之失人心何以会到这等地步,当时老百姓对这位权奸何以这等愤恨,在蔡京充军发配的路上,不卖给蔡京一粒粮,一叶菜,让他活活饿死。古人说,“民心不可侮”,这是一个证明。

尤二姐的死

韩羽[1]

“这里尤二姐心中自思:‘病已成势,日无所养,反有所伤,料定必不能好。况胎已经打下,无甚悬心,何必受这些零气?不如一死,倒还干净!常听见人说:金子可以坠死人。岂不比上吊自刎又干净?’想毕,扎挣起来,打开箱子,便找出一块金,也不知多重。哭了一回,外边将近五更天气,那二姐咬牙狠命便吞入口中,几次直脖,方咽了下去。于是赶忙将衣裳首饰穿戴齐整,上炕躺下……”

尤二姐并没有给我以太好的印象,可是当她生命行将结束的最后时刻,闪现出了一丝亮光。看她“金子可以坠死人。岂不比上吊自刎又干净”?看她“赶忙将衣裳首饰穿戴齐整”,别人作何想?不得而知,反正打动了我,且使我想起了一位老太太。

我家县城西北角有条偏僻小街,一个同学住在这街上,家里喂着一只大狗,每当找这同学,总要事先想法对付这狗。他家对面是高坡,高坡上的院子里住着个孤身老太太。这高坡颇符合兵家之说的“地利”。拿上两块砖头,居高临下,进可以攻,退可以守(退到老太太的院子里)。

“地利”却不“人和”。

“你是谁家的孩子?闲不住,逗狗干吗?”

“它咬我。”

“你砸它,它怎不咬你?!”

“它咬我,我就砸它。”

“你少往俺院子里躲,惹得鸡飞猫跳的,去!去!”

1942 年灾荒年,有一天早饭后我去找那同学。依旧是老招数,捡起两块砖

---

① 韩羽(1931 -),山东聊城人。我国当代画家,杂文家。

头，爬上高坡。傍着院门口的墙里有棵洋槐树，恰好遮太阳。我背靠墙坐下，呼喊了几声，等那同学出来。

等得烦躁了，有一搭没一搭地扭转身往院子里瞅了瞅，半人高的蒿草，只差没长到屋子里去了。我喊了一声："喂，有人吗？"我想那老太太该出来了，可是没有声息。又似乎觉着身后的洋槐树上挂着件衣服。定神一瞧，立马吓得滚下了高坡。

大人们围拢了来，奔进院子，我再也不敢往前凑了，只听到院子里断断续续的说话声：

"前天还见她在门口坐着哩。"

"像是今早儿死的。"

"这老太太仁义，用衣裳襟蒙着脸上的吊，怕吓着人。"

……

尤二姐想到的是"干净"。

老太太想到的是"怕吓着人"。

一簪缨世家，一草野小民，一小一老，却想到一起来了。

仅是"干净"，仅是"怕吓着人"？未必全是。更确切些说，应该是，纵使人世遗弃了她们，她们直到最后仍没有忘记：人的尊严。

（原载《韩羽文集1》
文化艺术出版社，2003）

编者按

作者用尤二姐和县城一位孤身老太太的故事说明，世界上有一些不幸的人们，尽管人世遗弃了他们，但他们最后仍然保持着自己作为一个人的尊严。读后令人心酸。

游记　风俗画

与宋元思书

吴均[1]

风烟俱净,天山共色,从流飘荡,任意东西。自富阳至桐庐,一百许里,奇山异水,天下独绝。水皆缥碧,千丈见底;游鱼细石,直视无碍。急湍甚箭,猛浪若奔。夹岸高山,皆生寒树。负势竞上,互相轩邈[2],争高直指[3],千百成峰。泉水激石,泠泠作响。好鸟相鸣,嘤嘤成韵。蝉则千转不穷,猿则百叫无绝。鸢飞戾天者[4],望峰息心;经纶世务者,窥谷忘返。横柯上蔽,在昼犹昏;疏条交映,有时见日。

(原载《艺文类聚》卷七)

编者按

宗白华先生说,魏晋六朝人以虚灵的胸襟体会自然,乃能表里澄澈,一片空明,创造晶莹鲜洁的意象。吴均这篇文章所写,"风烟俱净,天山共色","水皆缥碧,千丈见底",正是这样一个表里澄澈、一片空明、晶莹鲜洁的意象世界。

---

① 吴均(469－520),南朝梁文学家,字叔庠,吴兴故鄣(今浙江安吉)人。

② 轩:高。邈:远。轩邈:指山峰之间高远相望。

③ 直指:山峰直指青天。

④ 鸢飞戾天者:进取心很强的人。

西湖七月半

张岱①

西湖七月半，一无可看，止可看看七月半之人。看七月半之人，以五类看之。其一，楼船箫鼓，峨冠盛筵，灯火优傒②，声光相乱，名为看月而实不见月者，看之；其一，亦船亦楼，名娃闺秀，携及童娈③，笑啼杂之，环坐露台，左右盼望，身在月下而实不看月者，看之；其一，亦船亦声歌，名妓闲僧，浅斟低唱，弱管轻丝，竹肉相发④，亦在月下，亦看月而欲人看其看月者，看之；其一，不舟不车，不衫不帻⑤，酒醉饭饱，呼群三五，跻入人丛，昭庆、断桥，嚣呼嘈杂⑥，装假醉，唱无腔曲，月亦看，看月者亦看，不看月者亦看，而实无一看者，看之；其一，小船轻幌，净几暖炉，茶铛旋煮⑦，素瓷静递，好友佳人，邀月同坐，或匿影树下，或逃嚣里湖，看月而人不见其看月之态，亦不作意看月者，看之。

杭人游湖，巳出酉归⑧，避月如仇。是夕好名，逐队争出，多犒门军酒钱，轿夫擎燎，列俟岸上⑨。一入舟，速舟子急放断桥，赶入胜会。以故二鼓以前⑩，人声鼓吹，如沸如撼，如魇如呓，如聋如哑，大船小船，一齐凑岸，一无所见，止见篙击篙，舟触舟，肩摩肩，面看面而已。少刻兴尽，官府席散，皂隶喝道去。轿夫叫船上人，怖以关门，灯笼火把如列星，一一簇拥而去。岸上人亦逐队赶

---

① 张岱（1597－1689），明末清初文学家。字宗子，一字石公，号陶庵。山阴（今浙江绍兴）人。明亡后写了许多回忆明代末年江南一带民俗风情的散文，集为《陶庵梦忆》、《西湖梦寻》、《琅嬛文集》等散文集。

② 优傒（xī）：优游，从容，这里用作形容灯火。

③ 童娈（luán）：美貌儿童。

④ 竹：萧、笛。肉：歌喉。

⑤ 帻：头巾。

⑥ 嚣（xiāo）呼：狂呼乱叫。

⑦ 茶铛（chēng）：煮茶小锅。旋：指短时间。

⑧ 巳：上午9时到11时。酉：下午5时到7时。

⑨ 擎燎：举火把。俟：等候。

⑩ 二鼓：二更。

门,渐稀渐薄,顷刻散尽矣。

吾辈始舣舟近岸。断桥石磴始凉,席其上,呼客纵饮。此时月如镜新磨,山复整妆,湖复颒面[①]。向之浅斟低唱者出,匿影树下者亦出,吾辈往通声气,拉与同坐。韵友来,名妓至,杯箸安,竹肉发。月色苍凉,东方将白,客方散去。吾辈纵舟酣睡于十里荷花之中,香气拍人,清梦甚惬。

(原载《陶庵梦忆》)

编者按

七月十五日夜晚杭州人涌到西湖边赏月,张岱描绘了五种不同阶层的人的享乐方式和审美情趣,是当时西湖民俗风情的一幅极好的图画。张岱的文字简洁、生动、传神,如文中描绘的市井游民"装假醉,唱无腔曲,月亦看,看月者亦看,不看月者亦看,而实无一看者",又如描绘当晚西湖边上的热闹嘈杂:"如沸如撼,如魇如呓,如聋如哑","一无所见,止见篙击篙,舟触舟,肩摩肩,面看面而已",都是白描入骨的文字。

---

① 颒(huì)面:洗面。

口　技

林嗣环[1]

京中有善口技者。会宾客大宴[2]，于厅事之东北角，施八尺屏障[3]，口技人坐屏障中，一桌、一椅、一扇、一抚尺而已[4]。众宾团坐。少顷，但闻屏障中抚尺二下，满堂寂然，无敢哗者。

遥遥闻深巷犬吠声，便有妇人惊觉欠伸，摇其夫，语猥亵事[5]。夫呓语[6]，初不甚应。妇摇之不止，则二人语渐间杂，床又从中戛戛。既而儿醒，大啼。夫令妇抚儿乳，儿含乳啼，妇拍而呜之。夫起溺[7]，妇亦抱儿起溺。床上又一大儿醒，狺狺不止[8]。当是时，妇手拍儿声，口中呜声，儿含乳啼声，大儿初醒声，床声，夫叱大儿声，溺瓶中声，溺桶中声，一齐凑发，众妙毕备。满座宾客，无不伸颈侧目，微笑默叹，以为妙绝也。

既而夫上床寝。妇又呼大儿溺，毕，都上床寝。小儿亦渐欲睡。夫齁声起[9]，妇拍儿亦渐拍渐止。微闻有鼠作作索索[10]，盆器倾侧，妇梦中咳嗽之声。宾客意少舒，稍稍正坐。

忽一人大呼"火起"，夫起大呼，妇亦起大呼，两儿齐哭。俄而百千人大呼[11]，百千儿哭，百千犬吠。中间力拉崩倒之声[12]，火爆声，呼呼风声，百

---

① 林嗣环（生卒不详，顺治六年进士），清代文学家。字铁崖，晋江（今属福建）人。
② 会：正遇上。
③ 施：安放。
④ 抚尺：醒木，表演时拍案引起听众注意。
⑤ 猥亵（wěi xiè）：男女床事。
⑥ 呓语：说梦话。
⑦ 溺：尿，小便。
⑧ 狺狺（yín）：狗叫声，这里用来指含糊说话声。
⑨ 齁（hōu），睡觉打呼噜声。
⑩ 作作索索：老鼠走动声。
⑪ 俄而：一会儿。
⑫ 力拉：象声词，形容大火声。

千齐作；又夹女子求救声，曳屋许许声①，抢夺声，泼水声：凡所应有，无所不有。虽人有百手，手有百指，不能指其一端；人有百口，口有百舌，不能名其一处也。于是宾客无不变色离席，奋袖出臂，两股战战②，几欲先走。而忽然抚尺一下，众响毕绝。撤屏视之，一人、一桌、一椅、一扇、一抚尺而已。

（原载《虞初新志》，文章原题目《秋声诗自序》
这里删去序的首尾而节取记述口技的部分）

编者按

读这篇文章，读者一般都看到"口技人"表演技巧的奇妙，可能没有注意"口技人"表演技巧的奇妙正是由作者奇妙的描写技巧显现出来的。用清代文学家张潮的话说，这种"绝世奇技"是因为这篇"奇文"把它照亮，才使世人皆知的。

这篇文章的描写技巧的奇妙，至少有以下两点：第一，完全用音响的描绘构建夜晚深巷中一户人家的情景世界。一开头，"遥遥闻深巷犬吠声"。接下去，"妇手拍儿声，口中呜声，儿含乳啼声，大儿初醒声，床声，夫叱大儿声，溺瓶中声，溺桶中声"，众响齐发，众妙毕备。这是第一段。第二段，"微闻有鼠作作索索，盆器倾倒，妇梦中咳嗽之声"，这是夜深人静时分。第三段，"忽一人大呼'火起'，夫起大呼，妇亦起大呼，两儿齐哭。俄而百千人大呼，百千儿哭，百千犬吠。中间力拉崩倒之声，火爆声，呼呼风声，百千齐作；又夹女子求救声，曳屋许许声，抢夺声，泼水声；凡所应有，无所不有。虽人有百手，手有百指，不能指其一端；人有百口，口有百舌，不能名其一处也。"这是进入大高潮。这一切都是音响。音响正是口技的特点。第二，描绘听众的反应，用以营造表演场地浓厚的气氛，强化演出的效果。先是"满堂寂然，无敢哗者"，再是"满座宾客，无不伸颈侧目，微笑默叹，以为妙绝也"，再是"宾客意少舒，稍稍正坐"，最后是"宾客无不变色离席，奋袖出臂，两股战战，几欲先走"，使读者如同身

---

① 曳（yè）屋：众人合力拉塌烧坏的房屋。许许（hǔ）：众人用力时发出的喊声。

② 两股战战：两条腿发抖。

在现场，亲身体验。

文章开头交代口技表演的场地道具："施八尺屏障，口技人坐屏障中，一桌、一椅、一扇、一抚尺而已。"文章结尾回到开头："忽然抚尺一下，众响毕绝。撤屏视之，一人、一桌、一椅、一扇、一抚尺而已。"首尾呼应，摇曳有姿，韵味无穷。

月夜在青州西门上

顾随[1]

夜间十二点钟左右，我登在青州城西门上；也没有鸡叫，也没有狗咬；西南方那些山，好像是睡在月光里；城内的屋宇，浸在月光里更看不见一星灯亮。

天上牛乳一般的月光，城下琴瑟一般的流水，中间的我，听水看月，我的肉体和精神都溶解在月光水声里。

月里水里都有我么？我不知道。

然而我里面却装满了水声和月光，月亮和流水也未必知道。

侧着耳朵听水，抬起头来看月，我心此时水一样的清，月一样的亮。

渐渐的听不见流水，渐渐的看不见月光，渐渐的忘记了我。

天使在天上，用神圣的眼光，看见肉体的我，块然立在西城门上，在流水声中，和明月光里。

一九二〇年十二月九日

（原载顾随《诗书生活》

北京大学出版社，2008）

编者按

这篇文章写得极其短小、洁净。作者说："我心此时水一样的清，月一样的亮。"我们（读者）要补充说：这篇短文也像是溶解在夜晚的月光水声里，水一样的清，月一样的亮，夜一样的静。

---

① 顾随（1897－1960），我国现当代作家，古典文学专家。

茶在英国

萧乾①

北方人常说,好吃不如饺子,舒服不如躺着。英国人在生活上最大的享受,莫如在起床前倚枕喝上一杯热茶。四十年代在英国去朋友家度周末,入寝前,主人有时会问一声:早晨要不要给你送杯茶去?

那时,我有位澳大利亚朋友——著名男高音纳尔逊·伊灵沃茨。退休后,他在斯坦因斯镇买了一幢临泰晤士河的别墅。他平生有两大嗜好:一是游泳,二是饮茶。游泳,河就在他窗下。为了清早一睁眼就喝上热茶,他在床头设有一套茶具,墙上安装了插座。每晚睡前他总在小茶壶里放好适量茶叶,小电锅里放上水。一睁眼,只消插上电,顷刻间就沏上茶了。他非常得意这套设备。他总一边啜着,一边哼起什么咏叹调。

从二次大战的配给,最能看出茶在英国人生活中的重要性。英国一向依仗有庞大帝国,生活物资大都靠船队运进。1939 年 9 月宣战后,纳粹潜艇猖獗,英国商船在海上要冒很大风险,时常被鱼雷击沉。因此,只有绝对必需品才准运输(头六年,我就没见过一只香蕉)。然而在如此艰难的情况下,居民每月的配给还包括茶叶一包。在法国,咖啡的位置相当于英国的茶。那里的战时配给品中,短不了咖啡。1944 年巴黎解放后,我在钱能欣兄家中喝过那种"战时咖啡",实在难以下咽。据说是用炒橡皮籽磨成的!

然而那时英国政府发给市民的并不是榆树叶,而是真正在锡兰(今斯里兰卡)生产的红茶。只是数量少得可怜,每个月每人只有二两。

我虽是蒙古族人,一辈子过的却是汉人生活。初抵英伦,我对于茶里放牛奶和糖,很不习惯。茶会上,女主人倒茶时,总要问一声:"几块方糖?"开头,我

---

① 萧乾(1910 - 1999),中国现当代作家、记者。

总说:“不要,谢谢。”但是很快我就发现,喝锡兰红茶,非加点糖奶不可。不然的话端起来,那茶是绛紫色的,仿佛是鸡血。喝到嘴里则苦涩得像是吃未熟的柿子。所以锡兰茶亦有“黑茶”之称。

那些年想喝杯地道的红茶(大多是“大红袍”),就只有去广东人开的中国餐馆。至于龙井、香片,那就仅仅在梦境中或到哪位汉学家府上去串门,偶尔可以尝到。那绿茶平时他们舍不得喝。待来了东方客人,才从橱柜的什么角落里掏出。边呷着茶边谈论李白和白居易。刹那间,那清香的茶水不知不觉把人带回到唐代的中国。

作为一种社交方式,我觉得茶会不但比宴会节约,也实惠并且文雅多了。首先是那气氛。朋友相聚,主要还是为叙叙旧,谈谈心,交换一下意见。宴会坐下来,满满一桌子名酒佳馔往往压倒一切。尤其吃鱼,为了怕小刺扎入喉间,只能埋头细嚼慢咽。这时,如果太讲礼节,只顾了同主人应对,一不当心,后果真非同小可!我曾多次在宴会上遇到很想与之深谈的人,而且彼此也大有可聊的。怎奈桌上杯盘交错,热气腾腾,即便是邻座,也不大谈得起来。倘若中间再隔了数人,就除了频频相互举杯,遥遥表示友好之情外,实在谈不上几句话。我尤其怕赴闹酒的宴会:出来一位打通关的勇将,摆起擂台,那就把宴请变成了灌醉。

茶会则不然。赴茶会的没有埋头大吃点心或捧怀牛饮的,谈话成为活动的中心。主持茶会真可说是一种灵巧的艺术。要既能引出大家共同关心的题目,又不让桌面胶着在一个话题上。待一个问题谈得差不多时,主人会很巧妙地转换到另一个似是相关而又别一天地的话料儿上, 自始至终能让场上保持着热烈融洽的气氛。茶会结束后,人人仿佛都更聪明了些,相互间似乎也变得更为透明。在茶会上,既要能表现机智风趣,又忌讳说教卖弄。茶会最能使人觉得风流倜傥,也是训练外交官的极好场地。

英国人请人赴茶会时发的帖子最为别致含蓄。通常只写:

某某先生暨夫人

将于某年某月某日下午某时

在家

既不注明“恭候”,更不提茶会。萧伯纳曾开过一次玩笑。当他收到这样一张

请帖时,他回了个明信片,上书:

萧伯纳暨夫人

将于某年某月某日下午某时

也在家

英国茶会上有个规定:面包点心可以自取,但茶壶却始终由女主人掌握(正如男主人对壁炉的火具有专用权)。讲究的,除了茶壶之外,还备有一罐开水。女主人给每位客人倒茶时,都先问一下"浓还是淡"。如答以后者,她就在倒茶时,兑上点水。放糖之前,也先问一声:"您要几块?"初时,我感到太啰嗦。殊不知这里包含着对客人的尊重之意。

我在英国还常赴一种很实惠的茶会,叫作"高茶"。实际上是把茶会同晚餐连在一起。茶会一般在四点至四点半之间开始,高茶则多在五点开始。最初,桌上摆的和茶会一样,到六点以后,就陆续端上一些冷肉或炸食。客人原座不动,谈话也不间断。我说高茶"很实惠",不但指吃的样多量大,更是指这样连续四五个小时的相聚,大可以海阔天空地足聊一通。

茶会也是剑桥大学师生及同学之间交往的主要场合,甚至还可以说它是一种教学方式。每个学生都各有自己的导师,当年我那位导师是戴迪·瑞兰兹,他就经常约我去他寓所用茶。我们一边饮茶,一边就讨论起维吉尼亚·吴尔夫或戴维·赫·劳伦斯了。那些年,除了同学互请茶会外,我还不时地赴一些教授的茶会。其中有经济大师凯恩斯的高足罗宾逊夫人和当时正在研究中国科学史的李约瑟,以及20年代到中国讲过学的罗素。在这样的茶会,还常常遇到其他教授。他们记下我所在的学院后,也会来约请。人际关系就这么打开了。然而当时糖和茶的配给,每人每月就那么一丁点儿,还能举行茶会吗?

这里就表现出英国国民性的两个方面。一是顽强:尽管四下里丢着卐字号炸弹,茶会照样举行不误;正如位于伦敦市中心的国家绘画馆也在大轰炸中照常举行"午餐音乐会"一样。这是在精神上顶住希特勒淫威的表现。另一方面是人际关系中讲求公道。每人的茶与糖配给既然少得那么可怜,赴茶会的客人大多从自己的配给中捏出一撮茶叶和一点糖,分别包起,走进客厅,一面寒暄,一面不露声色地把自己带来的小包包放在桌角。女主人会瞟上一眼,微笑着说:“您太费心啦!”

关于中国对世界的贡献,经常被列举的是火药和造纸。然而在中西交通史上,茶叶理应占有它的位置。

茶叶似乎是17世纪初由葡萄牙人最早引到欧洲的。1600年英国茶商托马斯·加尔威写过《茶叶和种植、质量与品德》一书。英国的茶叶起初是东印度公司从厦门引进的。1677年,共进口了5000磅。17世纪40年代,英人在印度殖民地开始试种茶叶。那时可能就养成了在茶中加糖的习惯。1767年,一个叫作阿瑟·扬的人,在《农夫书简》中抱怨说,英国花在茶与糖上的钱太多了,“足够为四百万人提供面包”。当时茶与酒的消耗量已并驾齐驱。1800那年,英国人消耗了15万吨糖,其中很大一部分是用在饮茶上的。

17世纪中叶,英国上流社会已有了饮茶的习惯。以日记写作载入英国文学史的撒姆尔·佩皮斯在1660年9月25日的日记中做了饮茶的描述。当时上等茶叶每磅可售到十英镑——合成现在的英镑,不知要乘上几十几百倍了。所以只有王公贵族才喝得起。随着进口量的增加,茶变得普及了。1799年,一位伊顿爵士写道:“任何人只消走进米德尔塞克斯或萨里郡(按:均在伦敦西南)随便哪家贫民住的茅舍,都会发现他们不但从早到晚喝茶,而且晚餐桌上也大量豪饮。”(见特里维林《英国社会史》)

茶叶还成了美国人抗英的独立战争的导火线。这就是历史上有名的“波士顿事件”。1773年12月16日,美国市民愤于英国殖民当局的苛捐杂税,就装扮成印第安人,登上开进波士顿港的英轮,将船上一箱箱的茶叶投入海中,从而点燃起独立运动的火炬。

咱们中国人大概很在乎口福,所以说起合不合自己的兴趣时,就用“口味”来形容。英国人更习惯用茶来表示。当一个英国人不喜欢什么的时候,他就说:“这不是我那杯茶。”

18世纪以《训子家书》闻名的柴斯特顿勋爵(1694—1773)曾写道:“尽管茶来自东方,它毕竟是绅士气味的。而可可则是个痞子,懦夫,一头粗野的猛兽。”这里,自然表现出他对非洲的轻蔑,但也看得出茶在那时是代表中国文明的。以英国为精神故乡的美国小说家亨利·杰姆士(1843—1916)在名著《仕女画像》一书中写道:“人生最舒畅莫如饮下午茶的时刻。”湖畔诗人柯勒律治

(1875－1912)则慨叹道:“为了喝到茶而感谢上帝！没有茶的世界真难以想象——那可怎么活啊！我幸而生在有了茶之后的世界。”

(原载香港《大公报》1990年1月3日－4日
这里依据萧乾《往事三瞥》
江苏文艺出版社,2010)

编者按

这篇文章,使我们这些没有在英国生活过的人看到了茶在英国人生活中的重要性,同时还看到了和饮茶联系在一起的英国人的生活习惯、社交方式和国民性格。这就比一般的风俗介绍更有意思了。

遗落的笑靥

孟晖①

意象的营造,好像和“时尚”这种日常生活中的流行拉不上关系。其实也不尽然。韦庄有一首《叹落花》,感叹落英缤纷,“飘红堕白堪惆怅”,使用了一个对我们来说很新鲜的比喻:“西子去时遗笑靥,谢娥行处落金钿。”他说,那满地的落花,就像西施的身影已经远去了,但是她的笑涡儿却遗落在了地上。如果不了解唐代女性的化妆术的话,我们也许会奇怪他怎么能灵光一闪想出这么个奇特的比喻,以为这是凭空想象的结果。

其实,诗人在这里并不是指女性双颊上天生的靥涡,而是指一种人造的、贴在女性脸上的假靥。从南北朝到唐代,有一种很特别的化妆风气非常盛行,女性喜欢在脸上贴各种小花片作为装饰,当时叫做“花子”、“花钿”等名目。实际上,在脸上贴花钿的风气,一直延续到明代都没有完全消失,只不过在宋代以后,这一风气不如以前那么普遍而已。人工假靥,正是花子中的一种。“注口樱桃小,添眉桂叶浓。晓奁妆秀靥,夜帐减香筒”(李贺《恼公》),这里是在描写唐代女性早晨化妆的情景,很显然的,在脸上制造一对假靥,与涂口红、描眉一样,在当时都是化妆步骤中很日常的一环。通常,这是一对小小的圆花钿,贴在嘴唇两侧的面颊上,人工地模仿出,或者也可以说,指点出女性微笑时的靥涡。元稹在《恨妆成》中描写一位女性打扮好之后的形象,就是:“满头行小梳,当面施圆靥。”在新疆阿斯塔那唐墓中出土的彩绘女俑,就最好地体现了这一化妆方式——在嘴角两旁约略相当于靥窝的地方,各有一个深色的圆圆的花钿,非常醒目。到了晚唐五代,女人脸上的花钿越来越多,样式也越来越奇特,于是,原本是模仿天然笑涡儿的“圆靥”,也被做出了小鸟之类的造型,敦煌第61窟中五代女供养人的面庞上就是这样的一派风光。同时代的花蕊夫

① 孟晖(1968－),女,我国当代学者、作家。

人《宫词》中有句云："翠钿贴靥轻如笑"，说明了好几层的情况：首先，这种人工的假靥，有时是翠钿，也就是绿色的花子。这种绿花子曾经是非常的流行，敦煌第61窟一干贵夫人的脸庞，就是花儿、鸟儿形状的翠钿们的天地。因此，假如真有时光机器把我们带回唐朝，那我们可得做好思想准备，一旦撞见一个个桃红双腮上带有一对翠绿酒窝儿的美女，可不要少见多怪，而是要惊艳，情迷，像张生那样茶饭不思，神魂颠倒。

当然，假靥不仅可以是翠钿，还可以是其他多种颜色，比如阿斯塔那出土女俑的靥钿就接近黑色。在宋初，京城的女性还流行用一种黑光纸剪成"团靥"来装饰面庞。不过，在花钿中，最流行、最受青目的是用金箔做成的"金钿"，这在靥钿一项中也不例外。《花间集》的时代，就是金箔做的假靥风行的时代，于是词人们眼中的美女，双腮上往往有金色的酒窝儿闪闪烁烁："腻粉半沾金靥子"（孙光宪《浣溪沙》），"时将纤手匀红脸，笑拈金靥"（毛熙震《后庭花》）。金色的假靥，干脆被叫成"金靥"了。金靥相对于翠钿等其他颜色花子的优势，是它耀人眼目，而且随着女性面庞的转动以及表情变化，它会时时闪烁金光，就像女性嘴角挂着一对明亮的、忽现忽灭的星星。和凝《山花子》中一句"星靥笑偎霞脸畔"就传达了这样的假靥的妙处，一对星星亲昵地偎依在人的唇边，不管那本人如何，这两点星光兀自地向着人眨眼，仿佛倒是有情有意的，是在故意地模仿着撩人的、淘气的笑影。

值得注意的是，诗人们提到假靥，往往指出它暗示了女性的微笑这一效果，说翠钿贴出的假靥"轻如笑"，说如星的金靥仿佛是"笑偎"在粉腮上。显然，这正是当时女性们贴假靥的追求所在，倒好像笑涡不懂人的心情，总是不自禁地非要显现在双腮上，仿佛甜美的笑影不甘心寂寞，时时地要从内心处浮起，温暖女性的脸颊。"暗娇妆靥笑，私语口脂香"（白居易《江南喜逢萧九彻因话长安旧游戏赠五十韵》），这两句诗最好地道出了假靥的风情，人不笑时，妆靥却使得人儿似乎在笑；人笑了，妆靥又来助笑，为女性的微笑更增添一番情态，就像这里这位女性"暗娇"时的模样。也正因为有了这样的情态，才有宋人吕胜己《虞美人》中描写菊花的词句："尊前笑靥粲金钿"，形容怒放的黄色菊花，就像女性脸颊上人工的笑靥，流射着金钿的光华，形成熠熠的金色的微笑。这是一个灿烂的意象，也是一个意蕴微妙的意象，我们都应该看过黄菊花，不妨去体味这一比喻的妙意。

“翠钿贴靥轻如笑”，还写明了女性把人工假靥安置到脸上的方式：贴。王实甫《西厢记》第二本第三折中提到崔莺莺晨妆的情景，是：“则将指尖儿，轻轻的贴了钿窝。”“钿窝”是元代对假靥的叫法，因此，在这里同样也写明了“贴”假靥的这一具体方式。从一些记载中可以知道，唐代女性使用花钿，与今天使用邮票的方法差不多，在其背面刷上特制的胶液，然后把它们贴到脸上去。问题是，人是要活动的，而且是有表情的，于是，在人的活动中，在表情变化里，那贴上去的花钿不一定能很牢靠地依附在面庞上、鬓发上，有时不免就会剥落下来。于是，在当时的生活中就会出现这样的情景，在女性停留过的地方，会有她面上、发上的花钿不经意间掉落下来，四处飘坠。一旦人离去了，她的一点两点花钿却会被遗留在原处，真像是女人有了大自然中花朵一样的本领，也会凋落下片片花瓣。“不知红药阑干曲，日暮何人落翠钿”，就是利用这一生活中可以见到的现象，创造了一个工笔重彩画般浓丽，却又暗含怅惘的意境：黄昏的红芍药花栏前，不知哪一个宫女的翠钿遗落到了泥地上，在五代西蜀的宫苑中，在喧闹过后渐渐降临的寂寥里。实际上，从女性身上飘落的花钿，给予唐代男女诗人强烈的印象，使得他们屡屡将之作为一种意象入诗，“谢娥行处落金钿”就是对这一意象运用的一个例子。作为花钿的一种，笑靥无论多么亲昵地依偎在女性唇边，有时也不免无声掉落，随风飘坠，遭到捐弃遗忘的命运。因此，韦庄用“西子去时遗笑靥”来形容落花，并不是出于凭空而来的灵感，而是得自于现实的真实。如果生活在唐代，就真的会看到，一位女性已经离去，不知归向哪里，却在身后遗落下了她的笑靥，遗落下了关于她的笑容的暗示，或者说，遗落下了微笑的蝉蜕。

（原载孟晖《潘金莲的发型》
南京大学出版社，2010）

编者按

孟晖的文章的特色，是通过对古代文献、实物、图像的考察和考证，把早已湮没的古人的生活场景和生活情趣加以复活，同时又和唐诗宋词联系起来，使唐诗宋词中那些今人陌生的词句，如“笑拈金靥”、“斜倚熏笼”之类，恢复生气，恢复生命，感动当代人的心灵。孟晖文章中常常征引古代文献，但并不呆滞、沉闷，她的文字清润流畅，有春水方生气象，给读者带来一种愉悦。

喊　街

韩羽

父亲和祖母拌嘴，火气越来越大，嗓门越来越高。祖母突然甩出一句："我喊街去了！"父亲蔫了。这话真管劲，像文化大革命中贴大字报，谁敢不怕？

喊街，不知是不是我家乡的独有乡风，反正我小时候见过。老汉或是老太太在街上边走边喊："大伙听着，我家小子打爹骂娘哩！忤逆不孝哩……"按家乡人的说法，是让那小子"光腚推磨——转着圈丢人"。于是从家家户户门里探出头来，惊诧地你瞧我我瞧你，"怎么回事？""怎么回事？"小孩子算是来了精气神，紧紧尾随在后，像正月十五元宵节看灯会一样兴奋得难捺。而"忤逆不孝"的儿子则蜷缩在家里畏之如猬，尴尬着脸，一时再也不敢露头。

人说：人生世事皆如戏。可唱戏人的嘴有时也真不听使唤，本想唱个一二三，一开口却成了四五六。

就拿这"喊街"说吧，为求个不平则鸣，为出口气，喊上一条半条街，嗓子哑了，气也消了，回到家里该怎么过日子还怎么过日子去，"民不告，官不究"。云散烟消，天下太平。如若破釜沉舟铁了心，那就一直喊到衙门口去。

我家东城门里的天齐庙就是个衙门（警察局的分局子）。一天傍晚，一个喊街的老太太直冲那里走了去，看来是铁了心了。街上看热闹的立即蜂拥蚁聚。

"这不是西街上的二愣他娘吗！怎么回事？"

"这不，她喊哩，说二愣撒泼哩，打娘哩。"

"这个王八羔子！抓了他来。"

看热闹的义愤填膺，衙门里的人也义愤填膺。雷厉风行，说抓就抓。城圈不大，街巷不长，像戏台上走过场，不一会儿抓来了，推推搡搡进了衙门。

这时看热闹的，一双耳朵往两下里使劲，一是衙门口外，一是衙门口里。

衙门口外的老太太冲着衙门口里："长官，他是畜类，不是人，还不如当初一生下来就掐死他哩。”

里边没有动静。

老太太躁急了：“长官，为俺做主啊，替俺管教管教啊！”

里边乒乓响了两下板子。

“对，对。打！可不能轻饶了他啊。”

里边杀猪般地叫起来。

“狠打，狠打，往死里打！”

里边的嚎声更凄厉了。

“活该，活该。这是报应哩。”

里边惨声叫起娘来。

“别叫娘，你没娘，你是石头缝里蹦出来的。打……狠狠……咳哟咳哟……打……打死才活该哩……咳哟咳……我我……打……我的……儿啊……我的儿啊！！！”突然，那老太太瘫坐在了地上。突然，看热闹的哄声齐笑起来。

谁也没有想到，老太太也没想到，“喊街”竟是如此收场。

戏，唱砸了。

（原载《韩羽文集 1》
文化艺术出版社，2007）

编者按

“喊街”的风俗带有闹剧的色彩。作者把这个闹剧写得活灵活现，在看热闹的哄笑声中写出了割不断的亲子之情，在闹剧中传达出某种悲剧的意蕴。

社会观察　人间万象

胡椒八百石

李国文

公元 777 年(唐大历十二年)3 月,宰相元载伏诛。

他被押往万年县行刑,刽子手开刀问斩之前,循例要问,相公,可有什么遗言和要求,且说无妨。元载说他只求一事,唯求速死。刽子手说,那倒不难,不过要委屈相公。于是,剥下他的臭袜子,塞进他的口中。然后,刀光一闪,人头落地。同时,他的妻子、他的两个儿子、他的主书、随员、门人和亲信,以及他安插在宫廷里面的内线,统统完蛋。或交出脑袋,或关进牢房,或逐出长安,或削职为民。一位跺跺脚,长安城就晃动不已的大人物,树倒猢狲散,连替他收尸的人都没有。

唐之元载,宋之蔡京,明之严嵩,清之和珅,应该算得上是中国历史上数得着的权奸兼巨贪。但蔡、严、和三位,再猖狂作恶,再为非作歹,至少还在乎他们的主子。而元载,根本不买皇帝的账,相反,皇帝还要看他的脸色行事。所以,当大刀片子朝那口衔臭袜的元载杀去之时,长安城里最高兴,最开心之人,莫过于唐代宗李豫。所以,万年县砍头的同时,长安城开始抄家,在元载所居的大宁、安仁二坊,以及他祖庙的长寿坊,抄出来的珍贵物品,堆积如山,搜出来的金银财宝,满坑满谷。李豫当然恨不能亲自参与这次小秋收的捞肥活动,可念及天子身份,哪能像后来红卫兵那般穷凶极恶呢? 遂派出一拨一拨小太监,来回传递消息。从元载家起出来的赃物之中,最骇人听闻,最蔚为奇观,最难以想象,最莫名其妙的是那八百石胡椒,摆满了大理寺(最高法院)偌大一个院子,李豫听了连眼睛都直了。

按唐时一石的重量,为七万九千三百二十克计,那么,八百石胡椒,总重应为六千三百四十五万六千克,也就是六万三千四百五十六公斤,将近六十四吨。三个集装箱都装不完,不仅够长安百万市民敞开吃用一辈子,即便像沃尔玛、家乐福这样全球杂货供应商,一个会计年度里的胡椒采购量,也未必有我们中国唐代这位权奸收藏的赃物多。

元载更有一种癖好，热衷于大兴土木，建房盖屋，这也是所有贪污犯的三部曲（票子、房子、女子）少不了的一环。他所建的屋宅，竟占了大宁、安仁、长寿三坊，唐代长安都城有坊一百零九个，元载就占其三，可见规模之大，建筑之多。据《唐书》载，“膏腴别业，轸域相望”，“名殊异乐，内廷不及”。他倒台后，没收其宅舍，足够分配给数百户有品级的官员居住使用。他在东都洛阳，还专门营建一座园林式私宅，充公之后，竟能改成一座皇家花园。

装满三集装箱的赃物胡椒，称得上是世界贪污史的一个极具黑色幽默意味的纪录。清人丁耀亢在其所著的《天史》一书中，这样疑问：“人生中寿六十，除去老少不堪之年，能快乐者四十多年耳。即极意温饱，亦不至食用胡椒八百石也。惟愚生贪，贪转生愚。黄金虽积，不救燃脐之祸，三窟徒营，难解排墙之危，事于此侪，亦大生怜悯矣。”

其实，无须怜悯，**“惟愚生贪，贪转生愚”，那按捺不住小农心理的占有欲，是这班官员犯罪之本。**这个元载，家本寒微，当初，能有一碗岐山臊子面吃，就谢天谢地了。现在成为相国，“志气骄溢，每众中大言，自谓有文武才略，古今莫及，弄权舞智，政以贿成，僭侈无度。”而获得绝对权力之后，连李豫都无可奈何他，自然肆无忌惮，无恶不作了。你可以说他白痴，你也可以骂他傻叉，**这六十吨胡椒，他知道吃不了，他也知道卖不了，但对元载而言，绝对的权力，便是绝对的占有，绝对的占有，便是绝对的快乐。因其占有，他就充实，他就满足，他就享受，他就进入人生最高境界，这也是中外古今所有贪污犯至死不肯收手的动力。**

直到臭袜子塞进嘴里，直到刽子手举起刀来，元载这时才明白，那八百石胡椒，敢情他是一粒也带不走的。

（原载李国文《李国文千字文》

人民文学出版社，2010）

编者按

唐朝宰相元载伏诛，从他家里抄出来的金银财宝堆积如山，这且不说，最骇人听闻，最蔚为奇观，最难以想象，最莫名其妙的是居然抄出八百石胡椒。

八百石胡椒,相当于六十四吨,够长安百万市民吃用一辈子。元载要这么多胡椒干什么呢?本文作者由此出发对元载(以及一切贪污犯)的犯罪心理进行分析,结论是:“绝对的权力,便是绝对的占有,绝对的占有,便是绝对的快乐。因其占有,他就充实,他就满足,他就享受,他就进入人生最高境界,这也是中外古今所有贪污犯至死不肯收手的动力。”作者抓住世界贪污史上绝无仅有的这八百石胡椒写出了一篇具有深刻思想内涵的杂文。

俄罗斯十个富人和十个穷人

俄罗斯《论据与事实》周报

十个富人

石油业:霍多尔科夫斯基,41岁,1998年财产为13亿美元(以下均以美元为计量单位),2002年37亿,2004年152亿。现在狱中。

冶金业:波塔宁,43岁,2002年财产为18亿,2004年54亿。现为俄罗斯国际公司总裁。

银行业:弗里德曼,40岁,2002年财产为22亿,2004年52亿。阿尔法集团董事长。

计算机业:布林(美籍俄罗斯人),30岁,2004年财产为40亿。Google公司技术总裁。

通信业:叶夫图申科夫,56岁,2003年财产为15亿,2004年21亿。"系统"公司总裁。

酿酒业:舍夫列尔,37岁,2004年财产为8.5亿。因被追究刑事责任逃亡国外,拥有一系列俄罗斯伏特加酒品牌。

政界:索夫明,67岁,2004年财产为4.2亿。阿迪格共和国总统。

娱乐界:克鲁托伊,50岁,2004年财产为5000万。拥有俄罗斯音乐电视频道。

女作家:东佐娃,52岁,2004年财产为130万。2004年她的小说在国内发行3500万册。

体育界:基里连科,23岁,2002年财产为87万,2004年89万。国家篮球队队员。

十个穷人

前世界艺术体操全能冠军卡尔布欣娜,53 岁,退休金 1000 卢布(28 卢布合 1 美元,2004 年第三季度俄罗斯"贫困线"为月收入 2396 卢布),靠亲友接济。

女邮递员阿尔捷梅诺克,负责 6 个村子信件和报刊的投递,每天骑自行车 20 公里,春季化冻和冬季积雪时全靠步行。她以种菜、养奶牛和养猪补贴开支,与丈夫、两岁女儿和父母挤在一套两居室里。

前苏联航天飞机项目工程师斯特列利佐夫,退休金 2500 卢布。"暴风雪"号航天飞机原定预算 120 亿卢布,后仅用 10 亿卢布完成,但工程师们并未因此而得到物质奖励。

锅炉工谢苗欣,月薪 1300 卢布,子女补助 770 卢布(国家对每个亲生子女补助 70 卢布,对每个养子补助 1600 卢布)。他与妻子共同抚养 11 名子女,大的 18 岁,小的 2 岁。他们家养 2 头奶牛和 10 口猪,有一辆面包车和一台拖拉机(每年要交强制保险费 1600 卢布)作为全家交通工具,住房面积 44 平方米。

助产士帕尔费奥诺娃,76 岁,五十年内共接生 1.5 万名婴儿,奖励为 80 张奖状和不排队买一块地毯,拥有劳动英雄、荣誉献血者和一级医师称号。她的退休金为 2418 卢布,家里没有值钱的东西,8 年前遭劫时丈夫被杀,匪徒只抢到两顶皮帽。为葬丈夫,她把家里两张"私有化证券"(1991 年官方宣布每张价值两辆小汽车)卖了 80 卢布。为补贴日用,帕尔费奥诺娃仍在医院工作,月薪 1500 卢布。

矿工布尔米斯特罗夫,在罗斯托夫州煤矿工作 35 年,1975 年获社会主义劳动英雄称号,因此退休金为 3700 卢布。他和退休的妻子、残疾的女儿一起住在两居室里。儿子是军人,在安哥拉和哈萨克斯坦服过役,后来失踪,至今下落不明。他有一辆 34 年前买的最老型号的日古里小汽车。他说:"我因为发明了一套新采煤法而获得社会主义劳动英雄称号,用这个方法,每人能完成好几个定额,超过苏联任何其他采煤队。现在我们老两口生活很简单,但说实话,国家对我的贡献给的报酬过低。"

托木斯克国立大学学生吉洪诺夫，无收入。他在小学六年级就为父亲的工厂编了几个计算机程序，赚了人生的第一笔钱，十年级时写了一个保护信息的程序，得了全国一等奖，有个大公司邀请他到美国去，旅费要 5000 美元，但商人和官员都不愿资助。莫斯科名校鲍曼高等工学院愿意直接录取他，但考虑到莫斯科生活费太高，他谢绝了。他说："我已进一步完善了自己的程序，但在获得专利前，我不会向任何人透露细节。"

图书管理员索罗金娜，任俄罗斯国家图书馆（前列宁图书馆）一号阅览室主任 22 年，曾为总理、部长、院士和教授提供书目。70 年代月薪 220 卢布（当时职工平均月薪约为 150 卢布），因业务关系到过巴黎和维也纳，存了 5000 卢布准备买别墅。90 年代初俄罗斯全面放开物价，本来可以买别墅的钱很快成了一堆废纸。现在他的退休金 3000 卢布，工资 1700 卢布，一半钱用于买药治疗心脏病和腿病。

外交官韦杰尔尼科夫，无收入。他曾任部长会议副主席、苏联和俄罗斯最高苏维埃代表、苏联驻丹麦大使。苏联后期，他觉得越来越难以适应外交部的新形势，不幸妻子和女儿又同时死于车祸，所以辞职后就失踪了。**后来有人发现，前驻丹麦大使在赤塔州与一群流浪汉住在一起，唯一的不同之处是他服装整洁，从不骂娘，懂好几门外语。**他几年前曾想到赤塔大学教外语或历史，但由于没有任何身份证明，被婉言谢绝，想到赤塔州政府工作，也因没有证件而失败。外交部知道这事，但后来也就淡忘了。

演员科罗利科夫，退休金 3000 卢布。他是国家奖金获得者，全国唯一的俄罗斯联邦、阿布哈兹共和国和马里共和国三地的功勋演员，出演过《影子在正午消失》、《国界》和《渡口不换马》等影片。他说："前不久，冰箱、电视和电话都坏了，修理花了 1400 卢布，是向人借的。电话月租金 190 卢布，对我来说不是小数目。**我主要靠土豆和方便面充饥。**养了只猫，猫粮 50 卢布一公斤，有时没钱买，靠动物商店的朋友接济。有人请我拍广告片，我想，我是国家功勋演员，拍广告不好，就拒绝了。后来才知道，现在哪个名演员不拍广告捞钱啊！等我明白过来后，也没人找我了。后悔啊！"

（原载俄罗斯《论据与事实》周报

译文载《参考消息》2005 年 2 月 16 日）

编者按

这篇文章从当时(2005年)俄罗斯生活中选取了十个富人和十个穷人,对他们的生活遭遇做了简要的报导。十个富人且按下不说,十个穷人令人触目惊心,其中有前世界艺术体操全能冠军,前苏联航空飞机项目工程师,前苏联驻丹麦大使,联邦功勋演员,以及助产士、矿工等获得社会主义劳动英雄称号的劳动者,这些为国家和人民长期做出重大贡献的人,都生活在"贫困线"之下,有的靠亲友接济,有的靠吃土豆和方便面充饥。作者对这个社会未加任何评论,但是看了这些报导,人们必然会得出结论,这个社会的机制肯定在某些方面有重大缺陷或出了重大问题。

知识小品

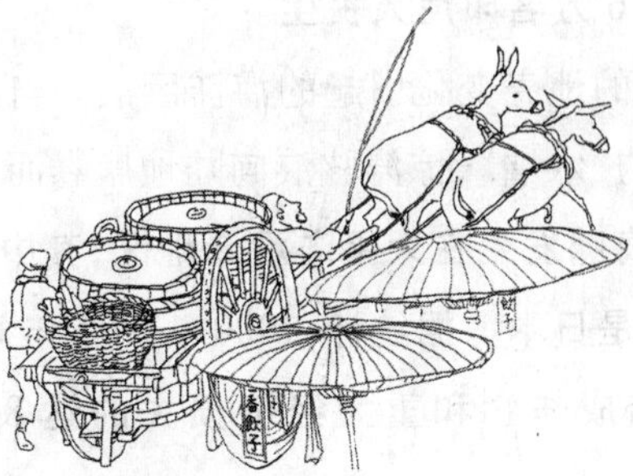

天灾,一直威胁人类安全

吴传华[①]

翻开人类的历史,不难发现,灾难总是和人类相伴,姑且不论战争等人祸,单是地震等天灾给人类带来的灾难便触目惊心。地壳会随时移动和裂开,引起地震、火山爆发、海啸、山崩和泥石流等,给人类带来毁灭性的灾难。飓风和洪水肆虐,会给人类带来突如其来的破坏性灾难。疫病这一恶魔,更是一刻也没有停止对人类的侵害。若是被来自宇宙空间其他天体的流星和小行星撞上,后果更是不堪设想。

海啸:太平洋四周发生最多

最近发生的印度洋地震、海啸至少已造成受灾国15万人死亡,被联合国称为“近几个世纪以来最严重的自然灾害”。**人类在不得不面对这一残酷现实的同时,也增加了对海啸这一自然灾难的关注。其实早在1883年8月,印尼就发生过由喀拉喀托火山爆发而引发的大海啸,海啸横扫苏门答腊岛和爪哇岛海岸,造成3.6万名印尼人丧生。**

海啸是由海底激烈的地壳变化引起的海洋巨浪。当海啸发生时,海水陡涨,突然形成几十米高的“水墙”,惊涛骇浪向陆地席卷而来,所到之处一片废墟。**世界上近80%的海啸发生在太平洋沿岸地区,其中遭受海啸袭击最多的是夏威夷群岛,其次是日本。据统计,1900~1983年间,太平洋地区共发生405次海啸,其中造成伤亡和重大经济损失的达84次,大约有18万人死亡。**

20世纪以来发生的重大海啸灾难有:1908年12月,意大利墨西拿地震引

① 吴传华,当代作家。

发海啸，死亡8.3万人，是20世纪导致死亡人数最多的一次地震海啸。1933年3月，日本三陆近海地震引发海啸，死亡3000多人。1960年5月，智利西海岸大地震引发海啸，造成5700多人丧生，海啸还以每小时700公里的速度横扫太平洋，越过夏威夷，冲向日本，造成日本800多人死亡，15万人无家可归。1976年8月，菲律宾莫罗湾海啸，造成8000多人死亡。1998年7月，巴布亚新几内亚海底地震引发海啸，巨浪高达49米，致使2200多人死亡。

地震：每年发生500多万次

作为地壳的一种“正常”震动，地震在全球每年都要发生500多万次，其中人类能感觉到的有5万多次，能造成破坏的5级以上地震约1000次，而能造成巨大灾害的7级以上地震约十几次。强烈的地震可以在几十秒甚至几秒的短暂时间内造成巨大的破坏，顷刻之间就可使一座城市变成废墟。地震还会引发海啸、火山爆发等灾害，是破坏性最大、威胁人类最严重的自然灾难。

20世纪以来发生的最严重的大地震有：1906年4月，美国旧金山发生8.3级大地震，造成6万人丧生。1920年12月，中国宁夏海原发生8.5级大地震，海原等4座县城全部被毁，23.4万人死亡。1923年9月，日本关东发生8.3级大地震，京都、横滨、横须贺三大城市被毁，14.3万人丧生。1976年7月，中国唐山发生7.8级大地震，有百万人口的唐山市被彻底摧毁，24万多人死亡，创20世纪地震死亡人数最高纪录。1990年6月，伊朗发生7.7级大地震，5万多人死亡。1995年1月，日本阪神地带发生7.2级大地震，造成5400余人死亡，经济损失达1000亿美元，创20世纪地震损失的最高纪录。1999年8月，土耳其发生7.8级大地震，1.7万人死亡，经济损失200亿美元。2003年12月，伊朗克尔曼发生6.8级地震，造成3万多人死亡，位于古丝绸之路的巴姆古城有70%的住宅被夷为平地。

火山：已摧毁20座城市

全球每年都有50多次火山爆发。火山爆发时，喷涌的炽热岩浆会吞噬地面上的一切，并会引发一系列其他灾害——海啸、泥石流和洪水等；不仅给人类的生命财产带来严重危害,而且对人类的生存环境产生极大的影响。全世界至少已有 20 座城市被爆发的火山瞬间毁灭。其中最早的记载是约公元前 1450 年的古希腊,当时繁华的克诺索斯古城被突如其来的桑托林岛火山爆发夷为平地。

历史上其他一些严重的火山爆发灾难有:公元 79 年维苏威火山爆发,将当时极为繁华的拥有 2 万多人口的庞贝古城掩埋,其他几个有名的海滨城市如赫库兰尼姆、斯塔比亚等也遭到严重破坏。直到 18 世纪中叶,考古学家才把庞贝古城从数米厚的火山灰中挖掘出来,那些古老的建筑和姿态各异的尸体都完好地保存着。1669 年,意大利埃特纳火山喷发,死亡人数估计达 10 万人之多。1781 年,冰岛拉基火山喷发,使冰岛人口减少了 1/5。1815 年 4 月,印尼坦博拉火山喷发,9.2 万人死亡,此次火山爆发还严重影响当时全球的气候,以致这一年被称为“没有夏季的一年”。

泥石流:威胁 50 多个国家

泥石流是一股泥石洪流,在瞬间暴发,多发生在峡谷地区和地震、火山多发区。世界上有 50 多个国家存在泥石流的潜在威胁。由于生态环境日益遭到破坏,进入 20 世纪后全球泥石流暴发频率急剧增加,发生逾百次。

近几十年发生的严重泥石流灾难有:1970 年 5 月,秘鲁发生 7.8 级大地震,引发迄今世界上罕见的瓦斯卡兰山特大泥石流,使秘鲁容加依城全部被毁,近 7 万人丧生,灾难景象惨不忍睹。1998 年 5 月,意大利那不勒斯等地突然遭遇罕见的泥石流灾难,造成 100 多人死亡,2000 多人无家可归。这两次泥石流灾难是突如其来、难以预料的,而 1985 年 11 月哥伦比亚鲁伊斯火山泥流早有先兆,但人类仍难逃脱厄运,留下了无尽的遗憾和无比惨痛的教训。早在鲁伊斯火山喷发 1 年前,当地就已出现异常现象,一些专家指出火山可能喷发,当地报纸也曾对此进行过报道。但遗憾的是,人们未能对此做出及时反应,当火山喷发夹带着碎屑、火山泥流奔腾而下时,在 50 公里外的阿美罗镇还没有接到疏散命令,一切都太晚了,鲁伊斯火山泥流在瞬间将它吞没,造成 2.3 万人死亡,13 万人无家可归。第二天早晨,在阿美罗镇上空飞行的救援人员报告说,仿佛这个城镇从来就没有存在过似的。这就是著名的“阿美罗的毁灭”。

飓风:常常一刮数千公里

飓风又称台风或龙卷风,是形成于赤道海洋附近的热带气旋。飓风常常行进数千公里,横扫多个国家和地区,给所到之处带来巨大损失。地球上风灾最严重的是加勒比海地区、孟加拉湾、东南亚、中国等,其次是中美洲、美国、日本、印度,南大西洋影响最小。据统计,全球每年至少产生 80 多个风力达 8 级以上的热带气旋,历史上造成死亡人数达 10 万以上的飓风灾难就有 8 次。

历史上重大的飓风灾难有:1737 年印度加尔各答飓风,死亡总人数估计为 30 万人。1900 年 9 月美国加尔维斯顿飓风,整座城市被毁,6000 多人丧生,是美国历史上危害最大的飓风侵袭。1970 年 11 月孟加拉飓风,席卷孟加拉,30 多万人死亡,经济损失无法计量,是 20 世纪世界最大的飓风灾难。1974 年 12 月澳大利亚达尔文飓风,整个城市化为一大堆凌乱的瓦砾,值得庆幸的是,只有 49 人丧生。1974 年 9 月洪都拉斯法夫飓风,造成 1.1 万人丧生,60 万人无家可归。

洪水:对我国危害很大

洪水灾害是人类面临的主要自然灾害之一。洪水会吞噬生命,冲毁建筑、道路和桥梁,淹没农田和村镇,造成人们流离失所。全世界每年均有一些国家和地区遭受洪水灾害之苦。据统计,在各种自然灾难中,洪水造成死亡的人数占全部因自然灾难死亡人口的 75%,经济损失占到 40%。在孟加拉,1944 年发生特大洪水,淹没了孟加拉一半以上的土地,淹死、饿死 300 万人,震惊世界。1988 年孟加拉国又发生特大洪水,淹没 1/3 以上的国土,3000 万人无家可归。

我国是世界上遭受洪灾危害最严重的国家之一。黄河在历史上曾决口 1500 多次,重大改道 26 次,最严重的黄河水灾事件有:1887 年水灾,200 多万人死亡;1931 年水灾,约 300 万人丧生;1938 年决口,89 万人被淹死。人们至今记忆犹新的 1998 年长江、松花江、嫩江等江河的“世纪洪水”,在中国大地到处肆虐,受灾人口 2.23 亿人,死亡 3000 多人。

在欧洲,1953年1月北海洪水,造成比利时和荷兰1800多人死亡。2002年8月,欧洲又遭遇罕见的洪水,洪水袭击许多国家,造成近百人死亡,财产损失150多亿美元。

传染病:像幽灵一样难以对付

疾病,尤其是传染性疫病始终是危害人类的凶残杀手,而人类也始终与传染病进行着顽强斗争。当传染病的起因和传播途径还未被弄清楚时,这些传染病常常会延续数年,夺去无数生命,进而带来经济和社会动荡等灾难。如今世界上大部分地区,鼠疫和霍乱之类的传染病已经被消灭或控制,但新的传染病,如艾滋病、非典等又幽灵般地出现,似乎注定人类与传染病的斗争是没完没了的。

历史上严重危害人类的传染病灾害有:公元542年,东罗马帝国君士坦丁堡发生鼠疫(俗称黑死病),这次鼠疫肆虐了4个月,高峰时每天有1万人死于该病。1348~1350年鼠疫迅速传遍欧洲,此后又多次爆发,整个14世纪黑死病共夺去了2500多万欧洲人的生命,约占当时全欧洲人口的1/4。1817~1832年,霍乱大爆发,先是在印度加尔各答地区突然流行,后又传到欧洲和美洲,英国有7.8万人丧生,每20个俄罗斯人、每30个波兰人中就有一人死于该病。1519~1540年,美洲爆发天花疫情,西班牙军队入侵墨西哥时带去了天花这种致命的疾病,致使两三百万墨西哥印第安人死亡,后来该病又传入南美。

"生于忧患,死于安乐"

一串串触目惊心的数字,在告诉我们一次次灾难对人类的打击和毁灭,大自然的威力是多么势不可挡。而且,灾难还将继续,人类还得承受和面对。每一次灾难都是对人类神经的一次敲打。面对灾难,人类应该做什么,该怎样做?是积极应对,还是听之任之,甚或很快便置之脑后?印尼等国绝不是第一次遭受海啸袭击,但至今尚未建立起海啸预警机制。也许建立这样的机制需要花很大的代价,不如投资于房地产、旅游业之类可以赚大钱,但是,这样的代价难道比人类为发生灾难所付出的代价还要高吗?

“吃一堑，长一智”是对人类智慧的最通俗的描述，但有时候人类并不能真正做到这一点，从而导致灾难的重复发生。如在印度，西隆和阿萨姆位于印度东北部地震多发地带，这两个地区的人们都曾经经历过地震。西隆在 1897 年发生 8.6 级大地震，造成 1500 人死亡；阿萨姆在 1950 年发生过 8.3 级地震，死亡 1542 人。随着时间推移，如今这两个地区的人口迅速增加，分别比地震时增长了 2 倍和 7 倍。但这两个地区的人们似乎并没有从地震中得到多少教训，建设规划极不科学合理，导致现在的道路、建筑等状况非常糟糕混乱。专家估计，如果这两个城市再发生同样的地震，造成的死亡人数会大大增加，西隆会死亡 4.3 万人，比上次多 26 倍；阿萨姆死亡人数会达 9 万人，比上次高出 57 倍。但愿这仅仅是一种假设，这样的悲剧不会发生。

灾难也许不可避免，人类要做的是如何预防灾难，如何减少灾难损失。对此人类应该每时每刻都有灾难危机意识，否则到大祸临头就悔之晚矣。“生于忧患，死于安乐”这句老话永远是真理。

（原载《环球时报》2005 年 1 月 7 日）

编者按

这篇文章，用大量的统计数字和典型事例说明天灾对人类的严重威胁。1920 年我国宁夏发生大地震，摧毁四座县城，23 万多人死亡。1976 年我国唐山发生大地震，唐山市被彻底摧毁，24 万多人死亡。1887 年我国黄河水灾，200 多万人死亡。1931 年我国黄河水灾，约 300 万人死亡。整个 14 世纪鼠疫（俗称黑死病）传遍欧洲，夺去了 2500 万欧洲人的生命，约占当时全欧洲人口的 1/4。这些统计数字和典型事例，一般人可能不知道，所以这样的知识小品很有价值。增强灾难意识，建立预防和应对的机制，是整个人类面临的课题。

从科学的角度看“世界末日”

迭戈·卡萨多[①]

曾有一个美国人预言2011年10月21日将是世界末日。但是今天已是2011年10月23日了,我们还活着。我们不如从科学角度来看看,所谓的“世界末日”,到底为什么会到来,什么时候会到来。

地球毁灭导致的世界末日

1. **宇宙毁灭(37亿年内)** 加利福尼亚大学一个科研小组向被广泛接受的宇宙膨胀论发起挑战,认为宇宙也有终结的时刻。这些科学家在最近公布的一份科研报告中指出,宇宙在未来37亿年内毁灭的可能性高达50%。

2. **太阳变成红巨星(50亿~60亿年内)** 在未来50亿至60亿年内,太阳的氢氦聚变将结束,它也将膨胀为一颗“红巨星”,再过约6亿年后,“红巨星”周围的氦核蒸发,坍缩为一颗白矮星,可能会吞噬掉离其最近的水星、金星和地球。

3. **行星撞击(时间不定)** 每天都有无数星体在靠近地球,但其中大部分都因为体积太小,还没来得及碰撞地球就在和大气层的接触中灰飞烟灭了。不过,科学界部分理论认为,地球5个生物大灭绝事件皆因大陨石撞地球。其中包括6500万年前的恐龙灭绝和不太为人们所熟知的二叠纪生物大灭绝,2.5亿年前有超过90%的生物在二叠纪时期灭绝。

彗星的碰撞尽管几率很小,却更为致命。最近一颗靠近地球的彗星是2010年10月发现的“叶列宁”。2011年10月16日它以3500万公里的距离与地球“擦肩而过”。目前还无法预知任何星体碰撞地球的具体时间,但美国

---

① 迭戈·卡萨多,生平不详。

航天局已经列出了一张存在这种可能的彗星清单,并对其中最不"安分"的一些彗星进行着实时追踪和状态更新。

生命消失导致的世界末日

4. 气候变化(据联合国预测,冰川可能在2350年消失) 一些研究警告称,由人类活动或自然环境引发的气候突变或将打破地球的微妙平衡,使大气中的有毒气体浓度提高,直至人类无法呼吸的水平。包括詹姆斯·汉森在内的一些专家更进一步认为,因大量有毒有害气体排放导致的"温室效应"将使地球变成一个像金星那样死气沉沉的星球。

5. 外来攻击(时间不定) 卡尔·萨根和斯蒂芬·霍金等认为地球终将遭遇外来星球生物的理论为很多人津津乐道,尽管这种可能性目前来看遥不可及。而这些外来生物出于敌意,利用其技术优势掌控地球的说法更是无从考证,但这却是文学和影视作品里最受青睐的末日可能之一。

6. 超级火山爆发(每10万年一次) 约7.3万年前,苏门答腊多巴岛一座超级火山爆发形成的大量火山灰摧毁了距其数千公里的森林,随之而来的还有一个遮天蔽日的冰河时代,整个地球的温度降低了约16摄氏度。

科学家帕特丽夏·格雷格在近日公布的一项有关超级火山成因的研究中指出:"除了陨石撞击外,这些超级火山的喷发或将成为地球面临的最为严峻的环境威胁。"

7. 机器人进攻(时间不定) 人类研发能够自主思考、比人类更具智慧并有能力自我复制的机器人或将导致机器人反客为主、掀起革命。"国际人工智能促进协会"组织还试图就机器人自主能力限制的问题召开研讨会。

小型机器人同样也存在威胁,纳米技术的运用将使其能力更强且难以控制或更具"免疫力",因此杀伤力也变得更强。很多纳米技术研究组织对人工智能技术的发展控制深表担忧,而针对这类技术的相关法规也在不断变化。

人类消失导致的世界末日

8. 在战争中自我毁灭(根据"末日之钟",我们离毁灭还有6分钟) 在冷战期间，根据“相互确保摧毁”学说，一场核大战绝对能够消灭所有人类。当今世界很多强国都拥有足够毁灭人类文明的核武器，或至少导致“核冬天”的到来，多数人都难以幸存。

尽管目前全球各国都在裁军，但也有不计其数的国家试图通过获得核武器来保障其政权稳固。芝加哥大学在 1947 年打造了“末日之钟”，当午夜的钟声敲响时，世界末日就来临了。“末日之钟”从 23 点 53 分开始计时，1991 年曾拨慢至 23 点 43 分，目前停在 23 点 54 分。

9. 全球性流行病大暴发（时间不定） 人类曾经在 6 世纪和 14 世纪经历过大瘟疫，导致人口锐减。某种常见疾病出现的特强毒株或变异导致的病毒或细菌大量传播也许将对人类的存在构成重大威胁，甚至带来灭绝。

近年来，还出现了有关来自外太空的病毒影响地球的猜测，美国甚至曾立法推动达成应对这一可能的协议。不过这一法令已被废除，也不再有人关注这一威胁。

10. 超级大海啸（时间不定） 流星的撞击或地壳运动都可能在地球引发一场浪高数千米的超级大海啸。8000 年前埃特纳火山喷发曾导致了较小规模的“超级海啸”，地中海沿岸的所有文明都毁于一旦。

尽管超级大海啸将掀起巨浪，但结束人类文明的可能性较小，因为其影响取决于在地球各处海洋扩张的程度。有专家将这类大海啸的初始波定在西班牙大加那利岛拉斯帕尔马斯，初始浪高为 1000 米左右，到达美国沿海将会降至 50 米。

（原载西班牙《阿贝赛报》2011 年 10 月 23 日
原文章题目《10 种从科学角度最靠谱的世界末日》
译文载《参考消息》，2011 年 10 月 26 日）

编者按

“世界末日”是一个引人兴趣的话题，有很多有关这方面的神话传说和宗教预言，也出现了一些以此为主题的电影作品。这篇文章从科学的角度提出了一些可供参考的看法和资料，有助于人们消除末日将临的恐慌，以一种理性的态度来看待这个问题。

人物悼念　人物素描　人物回忆

记梁任公先生的一次演讲

梁实秋[1]

梁任公[2]先生晚年不谈政治，专心学术。大约在1921年左右，清华学校请他作第一次的演讲，题目是《中国韵文里表现的情感》。我很幸运地有机会听到这一篇动人的演讲。那时候的青年学子，对梁任公先生怀着无限的景仰，倒不是因为他是戊戌政变的主角，也不是因为他是云南起义的策划者，实在是因为他的学术文章对于青年确有启迪领导的作用。过去也有不少显宦，以及叱咤风云的人物莅校讲话。但是他们没有能留下深刻的印象。

任公先生的这一篇讲演稿，后来收在《饮冰室合集》里。他的讲演是预先写好的，整整齐齐地写在宽大的宣纸制的稿纸上面，他的书法很是秀丽，用浓墨写在宣纸上，十分美观。但是读他这篇文章和听他这篇讲演，那趣味相差很多，犹之乎读剧本与看戏之迥乎不同。

我记得清清楚楚，在一个风和日丽的下午，高等科楼上大教堂里坐满了听众，随后走进了一位短小精悍秃头顶宽下巴的人物，穿着肥大的长袍，步履稳健，风神潇洒，左右顾盼，光芒四射，这就是梁任公先生。

他走上讲台，打开他的讲稿，眼光向下面一扫，然后是他的极简短的开场白，一共只有两句，头一句是："启超没有什么学问——，"眼睛向上一翻，轻轻点一下头："可是也有一点喽！"这样谦逊同时又这样自负的话是很难得听到的。他的广东官话是很够标准的，距离国语甚远，但是他的声音沉着而有力，有时又是宏亮而激亢，所以我们还是能听懂他的每一字，我们甚至想如果他说标准国语其效果可能反要差一些。

我记得他开头讲一首古诗《箜篌引》：

---

① 梁实秋(1902－1988)，原名梁治华，字实秋。浙江省杭县人。我国现当代作家、翻译家。

② 梁启超号任公，所以当时学者常称他为梁任公先生。

公无渡河。

公竟渡河！

渡河而死，

其奈公何！

这四句十六字，经他一朗诵，再经他一解释，活画出一出悲剧，其中有起承转合，有情节，有背景，有人物，有情感。我在听先生这篇讲演后约20余年，偶然获得机缘在茅津渡候船渡河。但见黄沙弥漫，黄流滚滚，景象苍茫，不禁哀从衷来，顿时忆起先生讲的这首古诗。

先生博闻强记，在笔写的讲稿之外，随时引证许多作品，大部分他都能背诵得出。有时候，他背诵到酣畅处，忽然记不起下文，他便用手指敲打他的秃头，敲几下之后，记忆力便又畅通，成本大套地背诵下去了。他敲头的时候，我们屏息以待，他记起来的时候，我们也跟着他欢喜。

先生的讲演，到紧张处，便成为表演。他真是手之舞足之蹈，有时掩面，有时顿足，有时狂笑，有时叹息。听他讲到他最喜爱的《桃花扇》，讲到"高皇帝，在九天，不管……"那一段，他悲从衷来，竟痛哭流涕而不能自已。他掏出手巾拭泪，听讲的人不知有几多也泪下沾巾了！又听他讲杜氏讲到"剑外忽传收蓟北，初闻涕泪满衣裳……"，先生又真是于涕泗交流之中张口大笑了。

这一篇讲演分三次讲完，每次讲过，先生大汗淋漓，状极愉快。听过这讲演的人，除了当时所受的感动之外，不少人从此对于中国文学发生了强烈的爱好。先生尝自谓"笔锋常带情感"，其实先生在言谈讲演之中所带的情感不知要更强烈多少倍！

有学问，有文采，有热心肠的学者，求之当世能有几人？于是我想起了从前的一段经历，笔而记之。

（原载《文人画像》

上海三联书店，1996）

编者按

这篇回忆，写出了梁启超作为一位大学者的风姿，风采，风神，写出了梁启超的容貌、器识、身体和精神的美，光明鲜洁，晶莹发亮，真有魏晋人的"飘如游云，矫若惊龙"，"濯濯如春月柳"，"轩轩如朝霞举"的意象。

追悼志摩

胡适[1]

悄悄的我走了，
正如我悄悄的来；
我挥一挥衣袖，
不带走一片云彩。
——《再别康桥》

志摩这一回真走了！可不是悄悄的走。在那淋漓的大雨里，在那迷蒙的大雾里，一个猛烈的大震动，三百匹马力的飞机碰在一座终古不动的山上，我们的朋友额上受了一下致命的撞伤，大概立刻失去了知觉，半空中起了一团大火，像天上陨了一颗大星似的直掉下地去。我们的志摩和他的两个同伴就死在那烈焰里了！

我们初得着他的死信，都不肯相信，都不信志摩这样一个可爱的人会死的这么惨酷。但在那几天的精神大震撼稍稍过去之后，我们忍不住要想，那么的死法也许只有志摩最配。我们不相信志摩会"悄悄的走了"，也不忍想志摩会有一个"平凡的死"，**死在天空之中，大雨淋着，大雾笼罩着，大火焚烧着，那撞不倒的山头在旁边冷眼瞧着，我们新时代的新诗人，就是要自己挑一种死法，也挑不出更合适，更悲壮的了。**

志摩走了，我们这个世界里被他带走了不少的云彩。**他在我们这些朋友之中，真是一片最可爱的云彩，永远是温暖的颜色，永远是美的花样，永远是可爱。**他常说：

我不知道风

---

① 胡适（1891—1962），安徽徽州绩溪县人。中国现当代学者，诗人。

是在那一个方向吹——

我们也不知道风是在那一个方向吹，可是狂风过去之后，我们的天空变惨淡了，变寂寞了，**我们才感觉我们的天上的一片最可爱的云彩被狂风卷去了，永远不回来了！**

这十几天里，常有朋友到家里来谈志摩，谈起来常常有人痛哭。在别处痛哭他的，一定还不少。志摩所以能使朋友这样哀念他，**只是因为他的为人整个的只是一团同情心，只是一团爱。**叶公超先生说：

他对于任何人，任何事，从未有过绝对的怨恨，甚至于无意中都没有表示过一些憎嫉的神气。

陈通伯先生说：

尤其朋友里缺不了他。他是我们的连索，他是粘着性的，发酵性的。在这七八年中，国内文艺界里起了不少的风波，吵了不少的架，许多很熟的朋友往往弄的不能见面。但我没有听见有人怨恨过志摩。谁也不能抵抗志摩的同情心，谁也不能避开他的粘着性。他才是和事老，使我们怀着无穷的同情，他总是朋友中间的"连索"。他从没有疑心，他从不会妒忌。他使这些多疑善妒的人们十分惭愧，又十分羡慕。

他的一生真是爱的象征。爱是他的宗教，他的上帝。

我攀登了万仞的高冈，
荆棘扎烂了我的衣裳，
我向飘渺的云天外望——
上帝，我望不见你！

…………

我在道旁见一个小孩，
活泼，秀丽，褴褛的衣衫，
他叫声"妈"，眼里亮着爱——
上帝，他眼里有你！

——《他眼里有你》

志摩今年在他的《猛虎集·自序》里曾说他的心境是“一个曾经有单纯信仰的流入怀疑的颓废”。这句话是他最好的自述。**他的人生观真是一种“单纯信仰”,这里面只有三个大字:一个是爱,一个是自由,一个是美。他梦想这三个理想的条件能够会合在一个人生里,这是他的“单纯信仰”。他的一生的历史,只是他追求这个单纯信仰的实现的历史。**

社会上对于他的行为,往往有不能谅解的地方,都只因为社会上批评他的人不曾懂得志摩的“单纯信仰”的人生观。他的离婚和他的第二次结婚,是他一生最受社会严厉批评的两件事。现在志摩的棺已盖了,而社会上的议论还未定。但我们知道这两件事的人,都能明白,至少在志摩的方面,这两件事最可以代表志摩的单纯理想的追求。他万分诚恳的相信那两件事都是实现他那“美与爱与自由”的人生的正当步骤。这两件事的结果,在别人看来,似乎都不曾能够实现志摩的理想生活。但到了今日,我们还忍用成败来议论他吗?

我忍不住我的历史癖,今天我要引用一点神圣的历史材料,来说明志摩决心离婚时的心理。民国十一年三月,他正式向他的夫人提议离婚,他告诉她,他们不应该继续他们的没有爱情没有自由的结婚生活了,他提议“自由之偿还自由”,他认为这是“彼此重见生命之曙光,不世之荣业”。他说:

> 故转夜为日,转地狱为天堂,直指顾间事矣。……真生命必自奋斗自求得来,真幸福亦必自奋斗自求得来,真恋爱亦必自奋斗自求得来!彼此前途无限,……彼此有改良社会之心,彼此有造福人类之心,其先自作榜样,勇决智断,彼此尊重人格,自由离婚,止绝苦痛,始兆幸福,皆在此矣。

这信里完全是青年的志摩的单纯的理想主义,他觉得那没有爱又没有自由的家庭是可以摧毁他们的人格的,所以他下了决心,要把自由偿还自由,要从自由求得他们的真生命,真幸福,真恋爱。

后来他回国了,婚是离了,而家庭和社会都不能谅解他。最奇怪的是他和他已离婚的夫人通信更勤,感情更好。社会上的人更不明白了。志摩是梁任公先生最爱护的学生,所以民国十二年任公先生曾写一封很长很恳切的信去劝他。在这信里,任公提出两点:

> 其一,万不容以他人之苦痛,易自己之快乐。弟之此举,其于弟将

来之快乐能得与否，殆茫如捕风，然先已予多数人以无量之苦痛。

其二，恋爱神圣为今之少年所乐道。……兹事盖可遇而不可求。……况多情多感之人，其幻象起落鹘突，而得满足得宁帖也极难。所梦想之神圣境界恐终不可得，徒以烦恼终其身已耳。

任公又说：

鸣呼志摩！天下岂有圆满之宇宙？……当知吾侪以不求圆满为生活态度，斯可以领略生活之妙味矣。……若沉迷于不可必得之梦境，挫折数次，生意尽矣，郁悒侘傺以死，死为无名。死犹可也，最可畏者，不死不生而堕落至不复能自拔。鸣呼志摩，可无惧耶！可无惧耶！（十二年一月二日信）

任公一眼看透了志摩的行为是追求一种“梦想的神圣境界”，他料到他必要失望，又怕他少年人受不起几次挫折，就会死，就会堕落。所以他以老师的资格警告他：“天下岂有圆满之宇宙？”

但这种反理想主义是志摩所不能承认的。他答复任公的信，第一不承认他是把他人的苦痛来换自己的快乐。他说：

我之甘冒世之不韪，竭全力以斗者，非特求免凶惨之苦痛，实求良心之安顿，求人格之确立，求灵魂之救度耳。

人谁不求庸德？人谁不安现成？人谁不畏艰险？然且有突围而出者，夫岂得已而然哉？

第二，他也承认恋爱是可遇而不可求的，但他不能不去追求。他说：

我将于茫茫人海中访我唯一灵魂之伴侣；得之，我幸；不得，我命，如此而已。

他又相信他的理想是可以创造培养出来的。他对任公说：

嗟夫吾师！我尝奋我灵魂之精髓，以凝成一理想之明珠，涵之以热满之心血，朗照我深奥之灵府。而庸俗忌之嫉之，辄欲麻木其灵魂，捣碎其理想，杀灭其希望，污毁其纯洁！我之不流入堕落，流入庸懦，流入卑污，其几亦微矣！

我今天发表这三封不曾发表过的信，因为这几封信最能表现那个单纯的理想主义者徐志摩。**他深信理想的人生必须有爱，必须有自由，必须有美；他深信这种三位一体的人生是可以追求的，至少是可以用纯洁的心血培养出来的。**——我们若从这个观点来观察志摩的一生，他这十年中的一切行为就全可以了解了。我还可以说，只有从这个观点上才可以了解志摩的行为；我们必须先认清了他的单纯信仰的人生观，方才认得清志摩的为人。

志摩最近几年的生活，他承认是失败。他有一首"生活"的诗，诗的暗惨的可怕：

阴沉，黑暗，毒蛇似的蜿蜒，
生活逼成了一条甬道：
一度陷入，你只可向前，
手扪索着冷壁的粘潮。
在妖魔的脏腑内挣扎，
头顶不见一线的天光，
这魂魄，在恐怖的压迫下，
除了消灭更有什么愿望？

（十九年五月二十九日）

他的失败是一个单纯的理想主义者的失败。他的追求，使我们惭愧，因为我们的信心太小了，从不敢梦想他的梦想。他的失败，也应该使我们对他表示更深厚的恭敬与同情，因为偌大的世界之中，只有他有这信心，冒了绝大的危险，费了无数的麻烦，牺牲了一切平凡的安逸，牺牲了家庭的亲谊和人间的名誉，去追求，去试验一个"梦想之神圣境界"，而终于免不了惨酷的失败，也不完全是他的人生观的失败。他的失败是因为他的信仰太单纯了，而这个现实世界太复杂了，他的单纯的信仰禁不起这个现实世界的摧毁；正如易卜生的诗剧Brand里的那个理想主义者，抱着他的理想，在人间处处碰钉子，碰的焦头烂额，失败而死。

然而我们的志摩"在这恐怖的压迫下"，从不叫一声"我投降了"！他从不曾完全绝望，他从不曾绝对怨恨谁。他对我们说：

你们不能更多的责备。我觉得我已经是满头的血水，能不低头已

算是好的。(《猛虎集·自序》)

是的,他不曾低头。他仍旧昂起头来做人;他仍旧是他那一团的同情心,一团的爱。我们看他替朋友做事,替团体做事,他总是仍旧那样热心,仍旧那样高兴。几年的挫折,失败,苦痛,似乎使他更成熟了,更可爱了。

他在苦痛之中,仍旧继续他的歌唱。他的诗作风也更成熟了。他所谓"初期的汹涌性"固然是没有了,作品也减少了;但是他的意境变深厚了,笔致变淡远了,技术和风格都更进步了。这是读《猛虎集》的人都能感觉到的。

志摩自己希望今年是他的"一个真的复活的机会"。他说:

抬起头居然又见到了天。眼睛睁开了,心也跟着开始了跳动。

我们一班朋友都替他高兴。他这几年来想用心血浇灌的花树也许是枯萎的了;但他的同情,他的鼓舞,早又在别的园地里种出了无数的可爱的小树,开出了无数可爱的鲜花。他自己的歌唱有一个时代是几乎消沉了;但他的歌声引起了他的园地外无数的歌喉,嘹亮的唱,哀怨的唱,美丽的唱。这都是他的安慰,都使他高兴。

谁也想不到在这个最有希望的复活时代,他竟丢了我们走了!他的《猛虎集》里有一首咏一只黄鹂的诗,现在重读了,好像他在那里描写他自己的死,和我们对他的死的悲哀:

等候他唱,我们静着望,
怕惊了他。但他一展翅,
冲破浓密,化一朵彩云:
他飞了,不见了,没了——
像是春光,火焰,像是热情。

志摩这样一个可爱的人,真是一片春光,一团火焰,一腔热情。现在难道都完了?

决不!决不!志摩最爱他自己的一首小诗,题目叫做《偶然》,在他的《卞昆冈》剧本里,在那个可爱的孩子阿明临死时,那个瞎子弹着三弦,唱着这首诗:

我是天空里的一片云,

偶尔投影在你的波心——
你不必讶异,
更无须欢喜——
在转瞬间消灭了踪影。

你我相逢在黑夜的海上,
你有你的,我有我的,方向。
你记得也好,
最好你忘掉,
在这交会时互放的光亮!

朋友们,志摩是走了,但他投的影子会永远留在我们心里,他放的光亮也会永远留在人间,他不曾白来了一世。我们有了他做朋友,也可以安慰自己说不曾白来了一世。我们忘不了,和我们

在那交会时互放的光亮!

一九三一年十二月

(原载《新月》4卷1号
这里据《胡适文集》第七册
北京大学出版社,1998年11月)

编者按

作者先写徐志摩的死:他不是悄悄的走,而是“死在天空之中,大雨淋着,大雾笼罩着,大火焚烧着”,“像天上陨了一颗大星似的直掉下地去”。再写徐志摩的人生观:“这里面只有三个字:一个是爱,一个是自由,一个是美。他梦想这三个理想的条件能够会合在一个人生里,这是他的‘单纯信仰’。他的一生的历史,只是他追求这个单纯信仰的实现的历史。”为了说明这种人生观,作者发表了三封不曾发表过的信,因为这三封信最能表现那个单纯的理想主义者徐志摩。最后,作者写徐志摩的为人,写徐志摩的整个人生:“他的为人整个的只是一团同情心,只是一团爱。”“志摩这样一个可爱的人,真是一片春光,一团火焰,一腔热情。”

现在，天上这一片最可爱的云彩被狂风卷走了，永远不回来了。

悼念文章写得这么好真的很少见，这是因为作者本人是位诗人，他心中对徐志摩饱含着无限的友情，无限的爱。他的这篇悼念文章也有如一片春光，一团火焰，一腔热情，写出了朋友们对徐志摩的死那么深的悲哀。

吻 火

梁遇春[1]

回想起志摩先生,我记得最清楚的是他那双银灰色的眸子。其实他的眸子当然不是银灰色的,可是我每次看见他那种惊奇的眼神,好像正在猜人生的谜,又好像正在一叶一叶揭开宇宙的神秘,我就觉得他的眼睛真带了一些银灰色。他的眼睛又有点像希腊雕像那两片光滑的,仿佛含有无穷情调的眼睛,我所说银灰色的感觉也就是这个意思罢。

他好像时时刻刻都在惊奇着。人世的悲欢,自然的美景,以及日常的琐事,他都觉得是很古怪的,从来没有看见过的,完全出乎意料之外的。所以他天天都那么有兴致(Custo),就是说出悲哀的话时候,也不是垂头丧气,厌倦于一切了,却是发现了一朵“恶之花”,在那儿惊奇着。

三年前,在上海的时候,有一天晚上,他拿着一根纸烟向一位朋友点燃的纸烟取火,他说道:“kissing the fire(吻火)”。这句话真可以代表他对于人生的态度。人世的经验好比是一团火,许多人都是敬鬼神而远之,隔江观火,拿出冷酷的心境去估量一切,不敢投身到轰轰烈烈的火焰里去,因此过个暗淡的生活,简直没有一点的光辉,数十年的光阴就在计算怎么样才会不上当里面消逝去了,结果上了个大当。他却肯亲自吻着这团生龙活虎般的烈火,火光一照,化腐臭为神奇,遍地开满了春花。难怪他天天惊异着,难怪他的眼睛跟希腊雕像的眼睛相似,希腊人的生活就是像他这样吻着人生的火,歌唱出人生的神奇。

---

① 梁遇春(1906-1932),福建闽侯人。我国现代散文家、翻译家。1928年毕业于北京大学英文系,留校任教。1932年夏因染急性猩红热去世,年仅27岁。冯至说,梁遇春“像是稀有的彗星忽然出现在天边,放射异样的光芒,不久便消逝。”他仿佛预感自己将不久于人世,思想格外活跃,感触格外锐敏,生活格外灿烂,“在短暂的时期内可以说是春花怒放”。冯至又说,“他从英国的散文学习到如何观察人生,从中国的诗尤其是宋人的诗词学习到如何吟味人生,从俄罗斯的小说学习到如何挖掘人生”。(《谈梁遇春》)

这一回在半空中他对于人世的火焰作最后的一吻了。

（原载梁遇春《泪与笑》

开明书店，1934）

编者按

前一篇文章是悼念徐志摩的，这一篇文章也是悼念徐志摩的，两篇文章都写得极好，但是神理气色迥然不同。

梁遇春这篇回忆徐志摩的文章只有六百字，共四段。第一段写徐志摩的银灰色的眸子。其实徐志摩的眸子并不是银灰色的，只是因为他那种惊奇的眼神，象希腊雕像那样含有无穷的情调，所以给人银灰色的感觉。第二段进一步写徐志摩的惊奇。徐志摩是时时刻刻都在惊奇，世间的一切对他都是那么新鲜，似乎都是第一次出现的，所以他天天都是那么有兴致。第三段写三年前在上海，有一天晚上，徐志摩拿着一根纸烟向一位朋友点燃的纸烟取火，他说道"kissing the fire（吻火）"。这个生活中的细节，一个小动作，一句英语，有如熊熊大火，刹那间把徐志摩的整个灵魂、整个生命全部照亮。作者说，这句话真可以代表徐志摩对于人生的态度。人生好比一团火，许多人都隔江观火，不敢投身到轰轰烈烈的火焰里去，所以他们只能过暗淡的生活，没有一点光辉，而徐志摩却要"亲自吻着这团生龙活虎般的烈火，火光一照，化腐臭为神奇，遍地开满了春花"。由此作者回到了文章前面说的徐志摩的惊奇的眼神，"难怪他天天惊异着，难怪他的眼睛跟希腊雕像的眼睛相似，希腊人的生活就是像他这样吻着人生的火，歌唱出人生的神奇"。

这是徐志摩整个人生的浓缩、提炼和升华：吻着人生的火，歌唱出人生的神奇。

但是作者还要把徐志摩的吻火的人生再提升一步，这就是文章的第四段，也就是文章的最后一句话："这一回在半空中他对于人世的火焰作最后的一吻了。"作者把徐志摩的人生的最后一幕融入他的吻火的人生，从而把徐志摩的吻火的人生提升到了一个超越生死的境界。整篇文章在此就戛然而止，把读者留在"何处是归程"的惆怅之中。

在回忆悼念徐志摩的文章中，这篇六百字的短文勾魂摄魄，神采飘逸，称为极品似不为过。

怀念熊十力先生

冯友兰

熊十力先生一生治学所走的道路，就是宋明道学家们所走的道路。大多数道学家的传记中往往都有这几句话："泛滥于佛老者数十年，返求于六经，而后得之。"这个"之"字指的就是他们所认为的真理。

熊先生正是这样。但是，他比宋明道学家们又多做了一件事。他于返回六经之后，又回到佛学，清算了佛学中的一笔老帐，澄清了佛学中的一个问题。

我认为，在中国佛教和佛学发展过程中，有一场大辩论，有一个根本问题。那一场大辩论，就是"神灭"或"神不灭"的大辩论。这是佛教内和佛教外的人的大辩论。那一个根本问题是客观唯心主义和主观唯心主义之间的问题。这是佛教和佛学内部的问题。一切诸法唯心所现，这是佛教和佛学的各派所公认的。但是，这个心是个体的心或宇宙的心，各派的见解则有不同。主张个体的心的是主观唯心主义，主张宇宙的心的是客观唯心主义。这是一个根本问题，贯穿于中国佛教和佛学的整个发展过程中。禅宗也是围绕这个问题而发生争论，分为派别的。

那个根本问题就是中国佛学中的那笔老帐。熊先生的《新唯识论》就是一部清算那笔老帐、澄清那个问题的著作。隋唐之际，佛教中的客观唯心主义比较占优势，这是不合佛教原来的教义的。在这个根本问题上，佛教内部有点混乱，玄奘往印度留学，一观究竟，回来之后，作《成唯识论》，主张主观唯心主义。法藏与他不和，退出他的班子。熊先生的《新唯识论》直接向《成唯识论》提出批评，这同法藏退出玄奘的班子有同样的意义。

熊先生的《新唯识论》，主张没有离识之境，这是他和《成唯识论》相同的地方，但他又认为"取境之识，亦是妄心"。就是说，所谓识是个体的心，对于宇宙的心来说，这个识也是妄心，宇宙的心才是真心。这个论断就是《新唯识论》之所以为新的地方。

熊先生的《新唯识论》一出来，就受到旧唯识者的围攻。他们发表了《破新唯识论》，熊先生答之以《破破新唯识论》。他是自己确有所见，所以能够坚持不移。

熊先生在世时，他的哲学思想不甚为世人所了解，晚年生活尤为不快。但在五十年代他还能发表几部稿子。在他送我的书中，有一部的扉页上写道："如不要时，烦交一可靠之图书馆。"由今思之，何其言之悲耶！

现在了解熊先生的人逐渐多了，他的哲学思想逐渐为世人所了解。我也恰好在这个时候，完成了《中国哲学史新编》中的隋唐佛学的那一段，对于熊先生在中国佛学中的地位，有进一步的了解，如上所说者。《新编》的下一段是宋明道学。在完成那一段的时候，当能对熊先生所得于六经者，有进一步的了解。

凡此诸了解，恨不能起熊先生于地下而就正也！

（原载《玄圃论学集》
后收入《三松堂全集》第十三卷
河南人民出版社，2000）

编者按

冯友兰先生仅仅用了这么短的一篇文章，就对熊十力先生一生的治学道路，做出了高度的提炼和概括，即从佛老返求于六经，之后又回到佛学，澄清了佛学中的一个问题。冯先生此时已是九十一岁的高龄，但他的思想依然那么敏捷，那么锋利，那么清晰，令人惊叹。

邓稼先

杨振宁[1]

从“任人宰割”到“站起来了”

100年以前,甲午战争和八国联军的时代,恐怕是中华民族5000年历史上最黑暗最悲惨的时代。只举1898年为例:

德国强占山东胶州湾,“租借”99年。

俄国强占辽宁旅顺大连,“租借”25年。

法国强占广东广州湾,“租借”99年。

英国强占山东威海卫与香港新界。前者“租借”25年,后者“租借”99年。

那是任人宰割的时代,是有亡国灭种的危险的时代。

今天,一个世纪以后,中国人站起来了。

这是千千万万人努力的结果,是许许多多可歌可泣的英雄人物创造出来的,在20世纪人类历史上可能是最重要的、影响最深远的巨大转变。

对这巨大转变作出了巨大贡献的有一位长期以来鲜为人知的科学家:邓稼先。

两弹元勋

邓稼先于1924年出生在安徽省怀宁县。在北平上小学和中学以后,于1945年自昆明西南联大毕业。1948年到1950年在美国普渡大学(Purdue University)读理论物理,得到博士学位后立即乘船回国,1950年10月到中国科

---

① 杨振宁(1922-),当代物理学家。美籍华人,生于安徽省合肥市。1957年与李政道共同获得诺贝尔物理学奖。

学院工作。1958 年 8 月被任命带领几十个大学毕业生开始研究原子弹制造的理论。

这以后 28 年间邓稼先始终站在中国原子武器设计制造和研究的第一线，领导许多学者和技术人员，成功地设计了中国的原子弹和氢弹，把中华民族国防自卫武器引导到了世界先进水平：

1964 年 10 月 16 日中国爆炸了第一颗原子弹①。

1967 年 6 月 17 日中国爆炸了第一颗氢弹②。

这些日子是中华民族 5000 年历史上的重要日子，是中华民族完全摆脱任人宰割时代的新生日子！

1967 年以后邓稼先继续他的工作，至死不懈，对国防武器作出了许多新的巨大贡献。

1985 年 8 月邓稼先做了切除直肠癌的手术。次年 3 月又做了第二次手术。在这期间他和于敏联合署名写了一份关于中华人民共和国核武器发展的建议书。1986 年 5 月邓稼先再做了第三次手术。7 月 29 日因全身大出血而逝世③。

“鞠躬尽瘁，死而后已”，正好准确地描述了他的一生。

邓稼先是中华民族核武器事业的奠基人和开拓者。张爱萍将军称他为“两弹元勋”，他是当之无愧的。

邓稼先与奥本海默

抗战开始以前的一年，1936 年到 1937 年，稼先和我在北平崇德中学同学一年。后来抗战时期在西南联大我们又是同学。以后他在美国留学的两年期间我们曾住同屋，50 年的友谊，亲如兄弟。

1949 年到 1966 年我在普林斯顿高等学术研究所工作，前后 17 年的时间

①② 关于中国原子弹与氢弹研制工作描述得最详尽的是 J. W. Lewis and L. Xue：*China Builds the Bomb*（Stanford University Press，1988）。此书（201 页）把中国的氢弹设计称为“邓于方案”。邓是邓稼先，于是于敏。国际上称美国的氢弹设计为“Teller－Ulam 方案”，苏联的为“Sakharov 方案”。

③ 邓稼先的医生和他的夫人都认为他的疾病与他工作期间曾受到的大量辐射可能有关。

里所长都是物理学家奥本海默(J. R. Oppenheimer,1904 - 1967)。当时他是美国家喻户晓的人物,因为他曾成功地领导战时美国的原子弹制造工作。高等学术研究所是一个很小的研究所,包括奥本海默在内,物理教授最多的时候只有 5 个人,所以他和我很熟识。

奥本海默和邓稼先分别是美国和中国原子弹设计的领导人,各是两国的功臣,可是他们的性格和为人截然不同——甚至可以说他们走向了两个相反的极端。

奥本海默是一个拔尖的人物,锋芒毕露。他 20 多岁的时候在德国哥廷根镇(Göttingen)做玻恩(M. Born,1882 - 1970)的研究生。玻恩在他晚年所写的自传①中说,研究生奥本海默常常在别人作学术报告时(包括玻恩作学术报告时),打断报告,走上讲台拿起粉笔说"这可以用底下的办法做得更好,……"。我认识奥本海默时他已 40 多岁了,已经是家喻户晓的人物了,打断别人的报告,使演讲者难堪的事仍然不时出现,不过比起以前要较少出现一些。

奥本海默的演讲十分吸引人。他善于辞令,听者往往会着迷。1964 年为了庆祝他 60 岁的生日,三位同事和我编辑了一期《近代物理评论》,在前言中我们写道:

> 他的文章不可以速读。它们包容了优雅的风格和节奏。它们描述了近世科学时代人类所面临的多种复杂的问题,详尽而奥妙。

像他的文章一样,奥本海默是一个复杂的人。佩服他,仰慕他的人很多。不喜欢他的人也不少。

邓稼先则是一个最不引人注目的人物。和他谈话几分钟就看出他是忠厚平实的人。他诚真坦白,从不骄人。他没有小心眼儿,一生喜欢"纯"字所代表的品格。在我所认识的知识分子当中,包括中国人和外国人,他是最有中国农民的朴实气质的人。

我想邓稼先的气质和品格是他所以能成功地领导许许多多各阶层工作者为中华民族作了历史性贡献的原因:**人们知道他没有私心,人们绝对相信他。**

文革初期他所在的研究院(九院)成立了两派群众组织,对吵对打,和当时

---

① Max Born: *My Life*(Scribners,1975)。

全国其他单位一样。而邓稼先竟有能力说服两派，继续工作，于 1967 年 6 月成功地制成了氢弹。

1971 年，在他和他的同事们被四人帮批判围攻的时候，如果你和我去和工宣队军宣队讲理，恐怕要出惨案。邓稼先去了，竟能说服工宣队军宣队的队员。这是真正的奇迹。

邓稼先是中国几千年传统文化所孕育出来的有最高奉献精神的儿子。

邓稼先是中国共产党的理想党员。

我以为邓稼先如果是美国人，不可能成功地领导美国原子弹工程；奥本海默如果是中国人，也不可能成功地领导中国原子弹工程。当初选聘他们的人，钱三强（1913 – 1992）和格若夫斯（L. R. Groves，1896 – 1970），可谓真正有知人之明，而且对中国社会、美国社会各有深入的认识。

民族感情？友情？

1971 年我第一次访问中华人民共和国。在北京见到阔别了 22 年的稼先。在那以前，于 1964 年中国原子弹试爆以后，美国报章上就已经再三提到稼先是此事业的重要领导人。与此同时还有一些谣言说 1948 年 3 月去了中国的寒春（中文名字，原名 Joan Hinton）曾参与中国原子弹工程。［寒春[1]曾于 40 年代初在洛斯阿拉莫斯 Los Alamos 武器试验室做费米（E. Fermi，1901 – 1954）的助手，参加了美国原子弹的制造，那时她是年轻的研究生。］

1971 年 8 月在北京我看到稼先时避免问他的工作地点。他自己说“在外地工作”。我就没有再问。但我曾问他，是不是寒春曾参加中国原子弹工作，像美国谣言所说的那样。他说他觉得没有，他会再去证实一下，然后告诉我。

1971 年 8 月 16 日，在我离开上海经巴黎回美国的前夕，上海市领导人在上海大厦请我吃饭。席中有人送了一封信给我，是稼先写的，说他已证实了，中国原子武器工程中除了最早于 1959 年底以前曾得到苏联的极少“援助”以外，没有任何外国人参加。

---

① 寒春和我在 1946 到 1948 年间在芝加哥大学物理系同为研究生，且同一实验室。她 1948 年以后在中国居住。近年来时常访问美国。我多次劝她写她的自传，希望她有一天会写出来。

此封短短的信给了我极大的感情震荡。一时热泪满眶，不得不起身去洗手间整容。事后我追想为什么会有那样大的感情震荡，为了民族的自豪？为了稼先而感到骄傲？——我始终想不清楚。

“我不能走”

青海、新疆、神秘的古罗布泊、马革裹尸的战场。不知道稼先有没有想起我们在昆明时一起背诵的吊古战场文：

浩浩乎！平沙无垠，夐不见人。
河水萦带，群山纠纷。
黯兮惨悴，风悲日曛。蓬断草枯，凛若霜晨。
鸟飞不下，兽铤亡群。亭长告余曰：
“此古战场也！常覆三军。往往鬼哭，天阴则闻！”

稼先在蓬断草枯的沙漠中埋葬同事，埋葬下属的时候不知是什么心情？

“粗估”参数的时候，要有物理直觉；筹划昼夜不断的计算时，要有数学见地；决定方案时，要有勇进的胆识，又要有稳健的判断。可是理论是否够准确永远是一个问题。不知稼先在关键性的方案上签字的时候，手有没有颤抖？

戈壁滩上常常风沙呼啸，气温往往在零下30多度。核武器试验时大大小小临时的问题必层出不穷。稼先虽有“福将”之称，意外总是不能免的。1982年，他做了核武器研究院院长以后，一次井下突然有一个信号测不到了，大家十分焦虑，人们劝他回去。他只说了一句话：

我不能走。

假如有一天哪位导演要摄制邓稼先传，我要向他建议背景音乐采用五四时代的一首歌，我儿时从父亲口中学到的：

中国男儿　中国男儿
要将只手撑天空
长江大河　亚洲之东　峨峨昆仑

……

古今多少奇丈夫

碎首黄尘　燕然勒功　至今热血犹殷红

我父亲诞生于1896年，那是中华民族仍陷于任人宰割的时代。他一生都喜欢这首歌曲。

永恒的骄傲

稼先逝世以后，在我写给他夫人许鹿希的电报与书信中有下面几段话：

——稼先为人忠诚纯正，是我最敬爱的挚友。他的无私的精神与巨大的贡献是你的也是我的永恒的骄傲。

——稼先去世的消息使我想起了他和我半个世纪的友情。我知道我将永远珍惜这些记忆。希望你在此沉痛的日子里**多从长远的历史角度去看稼先和你的一生，只有真正永恒的才是有价值的。**

——邓稼先的一生是有方向、有意识地前进的。没有彷徨，没有矛盾。

——是的，如果稼先再次选择他的途径的话，他仍会走他已走过的道路。这是他的性格与品质。**能这样估价自己一生的人不多，我们应为稼先庆幸！**

（原载《二十一世纪》双月刊，1993年6月号
后收入《杨振宁文集》下册
华东师范大学出版社，1998）

编者按

读杨振宁这篇文章，只觉得眼前一片光华灿烂。

文章告诉我们，要从长远的历史角度去看一个人的一生，只有真正永恒的才是有价值的。

20世纪是中华民族从任人宰割的灾难、屈辱中站起来的时代。杨振宁用白描的手法描绘的邓稼先是一位对此做出巨大贡献的人物。杨振宁写

出了处于特定历史背景中的邓稼先的美。邓稼先的美是一个包含有极其丰富的历史的内涵和人生的意蕴的意象世界。邓稼先给杨振宁的那封信和杨振宁的感情震荡、蓬断草枯的戈壁大沙漠、李华的《吊古战场文》、邓稼先在关键性方案上签字的手、邓稼先在生死关头说的“我不能走”,以及五四时代的“中国男儿”“至今热血犹殷红”的歌曲,都是这个意象世界的组成部分。这个光华灿烂的意象世界引发了读者难以言说的历史感和人生感。

艺术鉴赏　艺术批评

《红楼梦》写晴雯与袭人

俞平伯[1]

本书写晴雯和袭人都很出色，批判之意也很明确。尤其是晴雯，她于第七十七回上死得很惨，在大观园中是个最不幸的人，同时在《红楼梦》里也是最幸运的人。她何幸得我们的艺术巨匠在他生花之笔下，塑造出这样完整的形象来，永远活在人心里，使得千千万万人为之堕泪，还赢得一篇情文相生的《芙蓉诔》。

首先要提到第五回的册子。册子预言十二钗的结局各为一幅画，下面有些说明，就书中所有、我们所知道的说，全部是相合的，只有一个例外：晴雯。"晴雯"两字的意思是晴天的云彩，画上却"不过是水墨滃染的满纸乌云浊雾而已"。究竟什么取义，我从前只认为反笔，也依然不明白。晴雯之名取义于她的性格生平，册中所谓"霁月难逢，彩云易散"是也。然而却画了乌云浊雾，指她的遭遇，那些乌烟瘴气的环境而言，诔文所谓"诼谣謑诟"等是也。这是十二钗册子唯一的特笔。

晴雯在这富有危险性的第五回上曾留下她的芳名，排入四丫鬟之列，好在只是一现，没有下文。到第八回上方才飘然而来，和宝玉一段对话，如闻其声，如见其人。那时还未有怡红院，她的地位比袭人还差得很多。后来到了怡红院的时代，就渐渐重要起来，她的地位也渐渐提高了，不仅超过了麝月、秋纹等，并且在宝玉的心中居于第一位。然而她这样的地位，是由于和宝玉情投意合，却非由巧取豪夺，亦非由排挤倾轧而来。她已成为怡红院中第一个红人了，然而她的身世书中却不曾提到，直到第七十七回她被撵出去时，才声叙她的家属只有一个死吃酒的姑舅哥哥，名叫多浑虫。

---

① 俞平伯(1900－1990)，浙江德清人。我国现当代学者、散文家、诗人，以研究《红楼梦》及唐宋词而著名。

作者喜欢像晴雯这样的人,又同情她,这些倾向都是显明的;他却并不曾隐瞒她有什么缺点,且似乎也很不小。如她狂傲、尖酸、目空一切,对小丫头们十分利害。第五十二回写她用"一丈青"(一种长耳挖子)戳坠儿,坠儿痛的乱哭乱喊。这在封建家庭里原是常有的事,坠儿又做了小偷,晴雯嫉恶,而非由于妒忌,但毕竟是狠心辣手。这都不必讳言。在七十七回叙她的身世,"有千伶百俐,嘴尖性大",然而作者在那句下边又一转,"却倒还不忘旧",这可见晴雯表面上虽甚尖刻而骨子里是忠厚的。

暂撇晴雯,提起袭人来。袭人在本书里每与晴雯相反,如一个尖酸,一个温和;一个世故,一个天真等等。作者对她们的态度也恰好相反。写袭人表面上虽是褒,骨子里净是贬,真正的褒甚少。如第三回称为"心地纯良,肯尽职任",看起来也是对的。第五回称为"温柔和顺,似桂如兰",这八个字也是好考语;可是这上面却各加上两个字"枉自"、"空云",立刻化褒为贬了。其贬多于褒,褒亦是贬,都非常清楚。再说袭人之名,本书有两次交代,一见于第三回,一见于第二十三回。在二十三回上,贾政特别不喜欢袭人这个名字:"丫头不管叫个什么罢了,是谁这样刁钻,起这样的名字?"既称为"刁钻",似非佳名,因此后人对它有种种的瞎猜,有谐音称为"贱人"者,有拆字称为"龙衣人"者,这都不谈。即册子所画也关合这"袭"字。书中云:"画着一束鲜花,一床破席。""席"者"袭"也,席也罢了,为什么偏偏画个破席呢?此"袭人"一名如何解释固不可知,总之非好名字也。再说又副册中她名列第二,恐也有褒贬之意。看她在书中的地位,本应该列第一名的。

袭人的故事,在本书里特别的多。她引诱、包围、挟制宝玉,排挤、隐害同伴,附和、讨好家庭的统治者王夫人,这些都不去一一说它了。她的性格最突出的一点是得新忘旧,甚而至于负心薄幸,这一线索作者丝毫不曾放过,从开始直贯篇终她嫁了蒋玉菡,所谓"花袭人有始有终"①者是也。于她出场时就写道:

> 这袭人亦有些痴处,伏侍贾母时,心中眼中只有一个贾母;今与了宝玉,心中眼中又只有一个宝玉。

① 庚辰本第二十回眉批引"正文标目"。

像这样的性格称为“有些痴处”,含蓄得妙。我们再下转语,未免大杀风景了。在第三十二回借史湘云口中又微微的一逗:

> 史湘云笑道:“你还说呢,那会子咱们那么好,后来我们太太没了,我家去住了一程子,怎么就把你派了跟二哥哥。我来了,你就不像先待我了。”

再看袭人怎样回答:

> 袭人笑道:“你还说呢,先姐姐长,姐姐短,哄着我替你梳头洗脸,作这个,弄那个;如今大了,就拿出小姐的款儿来了。我怎么敢亲近呢。”史湘云道:“阿弥陀佛!冤枉冤哉!我要这样,就立刻死了。……”

袭人未免强词夺理,湘云说的是老实话。若拿出小姐的款儿来,就不是《红楼梦》里的史湘云了。

袭人这种性格正和晴雯的“却倒还不忘旧”相反,作者虽的确不曾放过这条线索,却写得非常含蓄,即当时的脂砚斋对此似也不甚了解,每每极口称赞,甚至于说“晴卿不及袭卿远矣”[①]。他说袭人嫁后还“供奉玉兄宝卿得同终始”[②],后回事无法详知,脂砚斋了解自然比我们今日为多,但其言亦未可全信,我从前已经说过了[③]。

作者对她阳褒阴贬,虽措辞含蓄而意实分明。这里再说到晴雯和她的关系。我看,袭人本质上是非常忌刻的,所谓“心地纯良,温柔和顺”,等等,真正不过说说而已,事实上完全不是那样。她的忌刻固不限于晴雯,对于他人也不肯轻易放过,但她的主要矛头指向晴雯。晴雯的遭忌自有她的招忌之处,册子所谓“风流灵巧招人怨,寿夭多因诽谤生”,便是一句总评,不能专怪袭人;但袭人的妒忌陷害晴雯却是事实。

袭人和晴雯的斗争,以三十一回“撕扇子作千金一笑”为起点,以五十二回“勇晴雯病补雀金裘”为中峰,以七十七回“俏丫鬟抱屈夭风流”为收场。袭人

---

① 甲戌本卷八,十二页。

② 甲戌本、戚本第二十八回总评。

③ 见《红楼梦研究》。

妒忌晴雯，蓄意要除去她，原因很复杂，不妨归纳为几点：

一、袭人与宝玉的叛逆的性格本不相合，袭人认为宝玉乖僻，屡谏不听（第三回）。袭人虽是宝玉忠诚的侍妾，却非宝玉的闺中知己；而晴雯之于宝玉，主要是性分上的投合。

二、在第六回上袭人已与宝玉有性的关系，描写的笔墨相当的猥亵，把袭人写得很不堪（第六回）；而晴雯始终清白。

三、因为如此，袭人便有视宝玉为"禁脔"不许他人染指之意；而晴雯不但不买这笔账，且当面揭发她："我倒不知你们是谁，别叫我替你们害臊了。便是你们鬼鬼祟祟干的那事儿，也瞒不过我去，那里就称起'我们'来了。"（三十一回）袭人之切齿于晴雯自不足怪。

四、再就晴雯方面看，她自己说并没有私情密意，当是真话，但她的确赢得了宝玉的心。以斗争开始的三十一回说，宝玉和晴雯，本不过小口角，袭人表面上做好人来劝解，遂引起晴袭间的大战来。斗争的结果以"撕扇子作千金一笑"了之，实是袭人大大的失败。在撕扇的尾声，借了袭人的党羽麝月微示不悦，袭人根本没有出场，直到宝玉叫她，才换了衣服走出来。书中不提袭人有任何表示，而袭人从此深忌晴雯，不言而喻矣。

略说了以上四点，再看所谓"中峰"的第五十二回。这回袭人以母丧不在家，不曾有什么冲突，怡红院里却发生了两件事。一为晴雯发现坠儿偷窃，把她打发走：

> 宋嬷嬷听了，心下便知镯子事发，因笑道："虽如此说，也等花姑娘回来知道了，再打发他。"晴雯道："宝二爷今儿千叮咛万嘱咐的，什么花姑娘草姑娘的，我们自然有道理。你只依我的话，快叫他家的人来领他出去。"麝月道："这也罢了，早也是去，晚也是去，带了去早清静一日。"（第五十二回）

便不等什么花姑娘草姑娘来，径自处理了。其二当然是补裘。等袭人来家，看她怎么样？

> 麝月便将平儿所说宋妈坠儿一事并晴雯撵逐坠儿出去也曾回过宝玉等话，一一的告诉了袭人。袭人也没别说，只说太性急了些。（第五十三回）

言外之意,“为什么不等我来呢?”补袭一事,书中只字未提。但撵逐坠儿之事小,补袭之事大。晴雯颇有诸葛丞相“鞠躬尽瘁”之风,在袭人方面看来真心腹之大患,叫她如何能够放得下,再看下文如何。等隔了十回,第六十二回道:

> 袭人笑道:“我们都去了使得,你却去不得。”晴雯道:“惟我是第一个要去,又懒,又笨,性子又不好,又没用。”袭人笑道:“倘或那孔雀褂子再烧个窟窿,你去了,谁可会补呢!你倒别和我拿三撇四的。我烦你做个什么,把你懒的横针不拈,竖线不动。一般也不是我的私活烦你,横竖都是他的,你就都不肯做。怎么我去了几天,你病的七死八活,一夜连命也不顾,给他做了出来?这又是什么原故?你到底说话,别只佯憨和我笑,也当不了什么。”

这里明点袭人对这一事耿耿于心,若再用暗场就不够明白了。当然,咱们都同情晴雯,但晴雯既深中袭人之忌,则袭人自不免有“宋太祖灭南唐之意”,“卧榻之侧岂容人酣睡之心”,如第七十九回金桂之于香菱也;遂决杀晴雯矣。杀者,深文之词。像晴雯这样心高性大的人,在众目昭彰之下被撵出去,自然一口气便气死了,则撵之与杀亦只相去一间耳。若袭人说“他便比别人娇些,也不至这样起来”,真宝玉所谓“虚宽我的心”也(俱见七十七回)。

王夫人向怡红院总攻击,实际上是院中的内线策动的。书到八十回止,对于袭人始终还她一个“沈重知礼、大方老实”(俱七十八回王夫人语)的面子,故暗笔极多。书上并无袭人向王夫人谗毁晴雯事,只在第三十四回载袭人与王夫人的长篇谈话,名为“小见识”,实系大道理,名为大道理,实系工巧的谗言;名义上双提“林姑娘宝姑娘”,实际上专攻黛玉,以后便不再见类似的记载了,直等这定时炸弹的爆发。所谓不叙之叙。既然不叙,何以知之?从两端知之。王夫人于三十四回最后这样郑重叮咛,大有托孤寄子之风:

> 只是还有一句话:你如今既说了这样的话,我就把他交给你了,好歹留心。保全了他,就是保全了我。我自然不辜负你。(第三十四回)

袭人岂有不暗中密报之理。她已成为王夫人在怡红院的“第五纵队”了。

这就开端说,再看爆发的结果,证实了她绝不止一次进言,早已埋下的火线。这不待今日我们说,宝玉先已说了:

如今且说宝玉,只当王夫人不过来搜检搜检,无甚大事,谁知竟这样雷嗔电怒的来了。所责之事皆系平日之语,一字不爽……宝玉哭道:"我究竟不知晴雯犯了何等滔天大罪!"袭人道:"太太只嫌他生的太好了,未免轻佻些。在太太是深知这样美人似的人,必不安静,所以很嫌他。像我们这粗粗笨笨的倒好。"宝玉道:"这也罢了。咱们私自顽话,怎么也知道了?又没外人走风的,这可奇怪。"袭人道:"你有甚忌讳的,一时高兴了,你就不管有人无人了。我也曾使过眼色,也曾递过暗号,被那人已知道了,你还不觉。"宝玉道:"怎么人人的不是太太都知道,单不挑出你和麝月秋纹来?"袭人听了这话,心内一动,低头半日,无可回答,因便笑道:"正是呢。若论我们也有顽笑不留心的孟浪去处,怎么太太竟忘了?想是还有别的事,等完了再发放我们,也未可知。"宝玉笑道:"你是头一个出了名的至善至贤之人,他两个又是你陶冶教育的,焉得还有孟浪该罚之处!只是芳官尚小,过于伶俐些,未免倚强压倒了人,惹人厌。四儿是我误了他,还是那年我和你拌嘴的那日起叫上来作些细活,未免夺占了地位,故有今日。只是晴雯也是和你一样,从小儿在老太太屋里过来的,虽然他生得比人强,也没甚妨碍去处,就只他的性情爽利,口角锋芒些,究竟也不曾得罪你们。想是他过于生得好了,反被这好所误。"说毕,复又哭起来。袭人细揣此话,好似宝玉有疑他之意,竟不好再劝,因叹道:"天知道罢了。此时也查不出人来,白哭一会子也无益。倒是养着精神,等老太太喜欢时,回明白了再要他进来是正理。"宝玉冷笑道:"你不必虚宽我的心。……"

宝玉可谓明察秋毫,丝毫不糊涂。本来么,他也难得糊涂。又没外人走风,究竟谁说的呢?袭人。其证据有二:一、此次放逐,凡反对袭人的都有份,袭人的党羽均不在内。二、四儿在内。显然是袭人干的,怡红院内除了她还有谁?其实这话也多余,宝玉都已经说了。若书中的明文,却那样说:

原来王夫人自那日着恼之后,王善保家的去趁势告倒了晴雯,本处有人和园中不睦的,也就随机趁便,下了些话。王夫人皆记在心里。

其实邢夫人的陪房,王夫人又岂肯深信。这些不过官方发布的消息而已。

说起四儿来，暴露袭人的阴暗面尤为深刻。她忌晴雯，两美难兼，两难不并，犹可说也。她连这无足轻重的小女孩子，为了一点小小的过节儿，就毫不放松，使我们为之诧叹。作者褒贬之意如此深刻，如此严冷！很早的第二十一回写宝玉和袭人赌气，不叫她们做事，叫四儿倒了杯茶，为了这么芝麻大一点事，想不到袭人已记下这笔账。妒忌这样深，气量这样窄，还说什么"温柔和顺，似桂如兰"。而且四儿之事由于密报，王夫人自己就这样说："可知道我身子虽不大来，我的心耳神意时时都在这里。"她难道真有天眼通、天耳通么！

袭人为什么要、怎样害晴雯，大致已说明了。我们再看晴雯怎样死的，这是一般所谓"宝玉探晴雯"。叙这段故事，主要表示她的贞洁。众人颠倒贞淫，混淆黑白，说她是狐狸精，她临死表示最严重的抗议。这里用两事来说明这一点。其第一事为她直接对宝玉提出的，引原文就够了。

> 只是一件，我死也不甘心的：我虽生的比人略好些，并没有私情密意，勾引你怎样，如何一口死咬定了我是狐狸精！我太不服。

以理直而气壮，故言简而意明。其第二事，宝、晴二人话未说完，晴雯的嫂子灯姑娘进来了。多浑虫之妻灯姑娘这一段故事，脂本皆有，似乎也不太好，不知作者何以要这么写。也有两个问题：（一）他为什么要把这一对宝贝写作晴雯仅有的一门亲戚？（二）为什么宝晴诀别要用灯姑娘来搅局？这必然有深意；我以为写多浑虫夫妇，以贞淫作对文，而晴雯之出身不仅如芝草无根，而且如青莲出于淤泥之中也，则灯姑娘何足以为晴雯病。再说上文所引晴雯向宝玉自叙的话固字字是泪，点点是血，然而谁曾听之，谁曾闻之，好则好矣，了犹未了，故作者特意请出这一位以邪淫著称于《红楼梦》的灯姑娘来，让她听见他俩的密谈，作为一个硬证。于是她说：

> 就比如方才我们姑娘下来，我也料定你们素日偷鸡盗狗的；我进来一会在窗外细听，屋里只你二人，若有偷鸡盗狗的事，岂有不谈及的，谁知你两个竟还是各不相扰。可知天下委屈事也不少。

灯姑娘先进来粗暴地调戏宝玉，后来忽然转变了，这段话的全文，看来也颇勉强，显出于有意的安排。所以要她出场，就为了要她说这一段见证的话，于是晴雯的沉冤大白矣。作者虽有粲花之妙舌，铁钺之史笔，而用心忠厚若此，固不可仅以文章论也。

再看她和宝玉换袄的情形。她说：

> 快把你的袄儿脱下来我穿。我将来在棺材内独自躺着，也就像还在怡红院的一样了。论理不该如此，只是担了虚名，我可也是无可如何了。

这已是惨极之笔了，死人想静静地躺在棺材里，这样的要求还算过奢，总可以达到了罢？哪里知道王夫人说："即刻送到外头焚化了罢。女儿痨死的，断不可留。"她到底不曾如愿，难怪宝玉在《芙蓉诔》中说："及闻槥棺被燹，惭违共穴之盟；石椁成灾，愧迨同灰之诮。"

于是晴雯死矣。诔文中更提到三点，皆特笔也。一、以鲧为比，其词曰："高标见嫉，闺帏恨比长沙；直烈遭危，巾帼惨于羽野。"后人殆以女儿比鲧为不通，故改"羽野"为"雁塞"。其实"雁塞"更不通，晴雯之死岂宜比昭君和番？况昭君又何尝直烈。《离骚》："曰鲧婞直以亡身兮，终然夭乎羽之野。"这里断章取义，取其"直"也。虽仿佛拟人不切，而寓意甚深。"直烈"二字足传晴雯矣。二、指奸斥佞语挟风霜，其词曰："呜呼！固鬼蜮之为灾，岂神灵而亦妒。箝诐奴之口，讨岂从宽；剖悍妇之心，忿犹未释。"悍妇或者指王善保家的等人。"诐奴"指谁呢？三、作诔之因缘，其词曰："始知上帝垂旌，花宫待诏，生侪兰蕙，死辖芙蓉。听小婢之言，似涉无稽；以浊玉之思，则深为有据。"小丫头信口胡诌，宝玉何尝不知，只是假话真说，话虽假而情理不全假，而宝玉也就当真的听了[①]。

晴雯之生平颇合于《离骚》的"众女嫉余之蛾眉兮，谣诼谓余以善淫"，诔文之模拟骚体，诚哀切矣。却有一点，晴雯以丫鬟的身份而宝玉写了这样的"长篇大论"，未免稍过其分。今日诔晴雯尚且如此，他日诔黛玉又将如何？事在后回，固不可知。我以为黛玉死后，宝玉未必再有诔文，所谓至亲无文、至哀无文者是也。本回之末于焚帛奠茗以后：

> 忽听山石之后有一人笑道："且请留步。"二人听了，不免一惊。那小鬟回头一看，却是个人影从芙蓉花中走出来，他便大叫："不好，有

① 本书这段写法有点像《孟子·万章篇》叙校人烹鱼欺子产事，事伪而情真，君子可欺以其方也。

鬼！晴雯真来显魂了。”吓得宝玉也忙看时，——且听下回分解。

次回说这人就是林黛玉。无怪后来评家都说晴雯为黛玉的影子了。

第七十九回宝黛二人相遇，谈论这篇文字，黛玉先以“红绡帐里”为庸俗，拟改为“茜纱窗下”，这本是改得对的。宝玉深以“如影纱事”（此文只见《红楼梦稿》）为妙，却认为此乃潇湘之窗，不能借用，唐突闺阁，万万不可，说了许多个“不敢当”，于是改“公子”为“小姐”，易“女儿”为“丫鬟”，骈文里如何能有“小姐”、“丫鬟”等字样呢，这就是瞎改。改来改去都不妥，自然地迸出了一句：

> 宝玉道：“我又有了，这一改可妥当了。莫若说：茜纱窗下，我本无缘；黄土陇中，卿何薄命。”黛玉听了，忡然变色，心中虽有无限的狐疑乱拟，外面却不肯露出，反连忙笑着点头称妙……

“公子女儿”本不完全平列，“小姐丫鬟”更是上下的关系了，改为“卿”对我，敌体之辞，那就不切合宝玉、晴雯，反而更切合于宝玉、黛玉。故庚辰本脂批曰：“一篇诔文总因此二句而有；又当知虽诔晴雯，而又实诔黛玉也。”于“忡然变色”句，脂批又曰：“睹此句，便知诔文实不为晴雯而作也。”照这样说来，后来黛玉死后，即宝玉无文，固亦在意中也。

《芙蓉诔》既然两用，芙蓉花又系双指。第六十三回黛玉掣签为芙蓉花，晴雯却没有掣，只把骰子盛在盒内摇了一摇，我曾说过：“且晴雯的签实在无法抓的。她要抓，一定是芙蓉。那么，叫黛玉抓什么呢。”又说：“晴雯为芙蓉无疑，而黛玉又是芙蓉。……晴雯不抽签者，是无签可抽也。”[①]且她俩不仅在芙蓉花上纠缠不清。书中也曾实写她们容态的相似。

> 王夫人听了这话，猛然触动往事，便问凤姐道：“上次我们跟了老太太进园逛去，有一个水蛇腰，削肩膀，眉眼又有些像你林妹妹的，正在那里骂小丫头。我的心里很看不上那狂样子……”（第七十四回）

这里明骂晴雯，暗贬黛玉，近则关系晴雯之死，远则牵连黛玉之终，真是“项庄舞剑，意在沛公”也。

---

① 《红楼梦研究》。

这传统"红学"上的晴为黛影之说,也有些道理。但晴虽为黛影,却非黛副;虽是一个类型的人,晴雯却非黛玉的党羽,也举例子来谈。如上面谈到的七十九回,黛玉只和宝玉谈文,并无一语赞美或追悼晴雯。如宝玉说:"竟算是你诔他(晴雯)的倒妙。"黛玉笑道:"他又不是我的丫头,何用作此语。"照我们俗人想来,黛玉随口说两句悼念晴雯、慰唁宝玉的话,似为题中应有之义,即在世故方面也不可少,她偏偏不说。又如上引三十一回叙怡红院中吵嘴,晴雯正哭着,黛玉进来,她就出去了,她们不交一语。我也不记得在书中别的地方有什么黛晴相契之处。相反的例倒有的,其证有二:

一、宝玉以晴雯为密使,使于黛玉,而晴雯对这项任务似乎并不了解。第三十四回曰:

> 因心下记挂着黛玉,满心里要打发人去,只是怕袭人,便设一法,先使袭人往宝钗那里去借书。袭人只得去了[①]。宝玉便命晴雯来,吩咐道:"你到林姑娘那里看看他做什么呢。他要问我,只说我好了。"晴雯道:"白眉赤眼,做什么去呢?到底说一句话儿,也像一件事。"宝玉道:"没有什么可说的。"晴雯道:"若不然,或是送件东西,或是取件东西。不然,我去了怎么搭讪呢?"宝玉想了一想,便伸手拿了两条手帕子撂与晴雯,笑道:"也罢,就说我叫你送这个给他去了。"晴雯道:"这又奇了。他要这半新不旧的两条手帕子!他又要恼了,说你打趣他。"宝玉笑道:"你放心,他自然知道。"……晴雯走进来,满屋魆黑,并未点灯。黛玉已睡在床上,问是谁。晴雯忙答道:"晴雯。"黛玉道:"做什么?"晴雯道:"二爷送手帕子来给姑娘。"黛玉听了,心中发闷:做什么送手帕子来给我?因问:"这帕子是谁送他的?必定是上好的。叫他留着送别人罢,我这会子不用这个。"晴雯笑道:"不是新的,就是家常旧的。"林黛玉听见,越发闷住,着实细心搜求,思忖一时,方大悟过来,连忙说:"放下,去罢。"晴雯听了,只得放下,抽身回去。一路盘算,不解何意。(第三十四回)

这段文字似不很出名,而实在写得出色。把宝玉的惧怕怀疑袭人,信任晴雯,

① "去了"上有"只得"两字,见《红楼梦稿》。

宝黛二人的情爱缠绵固结,晴雯的纯朴天真(此后文众口说她妖媚,所以为千古沉冤也),都恰如其分地写出了。

二、黛玉要进怡红院,却被晴雯拒绝了。第二十六回:

……黛玉便以手扣门,谁知晴雯和碧痕正拌了嘴,没好气,忽见宝钗来了,那晴雯把气移在宝钗身上,正在院内抱怨说:"有事没事,跑了来坐着,叫我们三更半夜的不得睡觉。"忽听又有人叫门,晴雯越发动了气,也并不问是谁,便说道:"都睡下了,明儿再来罢。"林黛玉素知丫头们的情性,他们彼此玩耍惯了,恐怕院内的丫头没听真是他的声音,只当是别的丫头们了,所以不开门。因而又高声说道:"是我,还不开么?"晴雯偏生还没听出来,便使性子说道:"凭你是谁,二爷吩咐的,一概不许放人进来呢。"林黛玉听了,不觉气怔在门外。

晴雯当然没有听出叫门的是黛玉的声气来,就算如此,这样写法也是我们想不到的。若移作袭人、麝月,不但性情不合,且亦庸俗。——评家以为这是贬斥宝钗,又当别论。盖黛、晴二子,虽在"红楼"皆为绝艳,而相处洒然,自属畸人行径,纵有性格上的类似,正不妨其特立独行;且不相因袭,亦不相摹拟。若拉拢勾结,互为朋比,便不成其为黛玉、晴雯矣。

袭人、宝钗之间又怎样呢?《红楼梦》对于钗袭、黛晴这两组人物用对称平行的写法,细节上却同中有异,平中有侧。上文已表,晴为黛影,却非黛副;到这里似不妨说,袭为钗副,却非钗影。袭为钗副是很显明的。在很早的二十一回上:

宝钗听了,心中暗忖道:"倒别看错了这个丫头,听他说话,倒有些识见。"宝钗便在炕上坐了,慢慢的闲言中套问他年纪家乡等语,留神窥察其言语志量,深可敬爱。

这里宝钗以袭人为"深可敬爱"。其另一处在第三十二回记袭人对湘云的话:

提起这些话来,真真宝姑娘教人敬重,自己趔了一会子去了。我倒过不去,只当他恼了。谁知道后来还是照旧一样,真真有涵养,心地宽大。

袭人又以宝钗为"教人敬重"。像这样的互相佩服,也不好就说她们互相勾结,但显明和黛玉、晴雯间相处不同，且袭人这样喜欢宝钗，可能和后文钗、玉的婚姻有些关系。

至于袭非钗影，虽不那么清楚，也可略知一二。就一方面说，袭人既与宝钗性格相类似，和晴雯性格与黛玉相类似这一点相同，不妨用“类推”之法。但细看本书的描写，却在同异之间，所以不宜说煞了。像芙蓉诔芙蓉花这样的纠缠不清的情形，钗、袭之间绝对没有。例如第六十三回宝钗掣的是牡丹，袭人掣了桃花，以花的品格而言差得很远。袭人抽着的签题曰“武陵别景”，诗曰“桃红又见一年春”，暗示她将来的改嫁，难道宝钗也改嫁么？后来的评家在这里以“景”为“影”，而谓袭为钗影，我一向不赞成，认为未免深文周内[①]。

本书确有借袭人来贬宝钗处，却写得很有分寸。如第三十六回：“绣鸳鸯梦兆绛云轩”，写宝玉在午睡，袭人在旁绣红莲绿叶五色鸳鸯的兜肚；后来袭人走开，宝钗替她代刺，从林黛玉眼中看来：

> 只见宝玉穿着银红纱衫子，随便睡着在床上，宝钗坐在身旁作针线，旁边放着蝇帚子。

这样的描写，使黛玉手握着嘴不敢笑出来，当然是深贬宝钗。后来黛玉走了，又听得宝玉在梦中喊骂说：“什么是金玉姻缘，我偏说是木石姻缘。”给了宝钗一个很大的打击，所以她也不觉怔了。但是上文写宝钗代袭人刺绣时却这样说：

> 宝钗只顾看着活计，便不留心一蹲身，刚刚的也坐在袭人方才坐的所在；因又见那活计实在可爱，由不得拿起针来，替他代刺。

宝钗竟坐在袭人的原位上去，上面却用了“不留心”三字；宝钗竟拿起针来替她代刺，上面却用了“由不得”三字，且说“活计实在可爱”似为宝钗留有余地，为她开脱，在严冷之中毕竟有含蓄也。

作者虽不断的贬斥宝钗和袭人，却非以一骂了之；而对于宝钗比对袭人尤为委婉。即对袭人后来改嫁，脂砚斋说回目上有“有始有终”，虽其内容可能还有讽刺，却总不是明显地糟蹋她。对于袭人的负心薄幸，尚且如此，则

---

① 见《红楼梦研究》。

于宝钗可知矣。后来续书人补写十二钗似乎全不理解此等尺寸，对黛玉或宝钗、袭人来说都是很大的不幸，此本节开首所以称晴雯为《红楼梦》中最幸运的女儿也。

（原载《俞平伯全集》第六卷
花山文艺出版社，1997
本文原题《〈红楼梦〉中关于"十二钗"的描写》，这里选录其中第三节）

编者按

俞平伯从艺术的层面对《红楼梦》的分析，精深微妙，至今无人能及。我们看《红楼梦》都知道《红楼梦》写得好，读了俞平伯的文章，我们才知道《红楼梦》好到何等的地步。即如这一篇，我们看到，晴雯如何深中袭人之忌，于是袭人决杀晴雯；表面上"温柔和顺，似桂如兰"的袭人内心何等阴暗，她充当内线，策动王夫人向怡红院总攻击，不仅指向晴雯，就连四儿这个无足轻重的女孩子也不放过，不过是因为宝玉那年和她赌气时叫四儿倒了杯茶，作者褒贬之意如此深刻，如此严冷！我们还看到，晴雯临死之前提出和宝玉换袄，她说："快把你的袄儿脱下来我穿。我将来在棺材内独自躺着，也就像还在怡红院的一样了。论理不该如此，只是担了虚名，我可也是无可如何了。"这已是惨极之笔，哪里知道王夫人下令把她尸体即刻送到外头焚化。连这点要求也不能如愿。所以《芙蓉诔》说："及闻槥棺被燹，惭违共穴之盟；石椁成灾，愧迨同灰之诮。"一篇《芙蓉诔》，真的句句是泪，字字是血。曹雪芹"文心"的细微神妙处，都被俞平伯先生一一照亮。

帘影玲珑

孟晖

原来一直以为,“水晶帘下看梳头”中的“水晶帘”,不过是对帘的一种美称,用今天注家们爱用的说法就是:“喻指华美的帘子。”就好像说“来了一位天仙”,但大家都知道这是一种夸张的比喻,来的并不真的是天仙,只是个美丽的女人。但是,偶然看到《花间集》中“水精帘影露珠悬”(毛熙震《浣溪沙》)一句,不由吃了一惊,因为,揣摩这一句的意思,分明是形容水晶(精)帘上悬挂着颗颗像露珠一样的珠子。随即查到温庭筠《春愁曲》中有更具体的描写:“红丝穿露珠帘冷,百尺哑哑下纤绠。”这里说的是珠帘,但它同样是用红丝穿着露珠一般的珠子制成的,颇为长大,在诗中,正在轧轧声中被舒放下来。

如此形象、具体的描写,看来更像是写实,是直接指向实际生活中的真实对象。显然的,水晶帘与珠帘是一回事,都是用像露珠一样有透明感的珠子穿成的。诗词中还常常提到“珍珠帘”,其与珠帘、水晶帘,究竟都是何物?用天然珍珠做帘子,实在不是任何人的财力所能承担的,即使尊贵如皇家,除非遇上了暴君、昏君,一般也不会暴殄天物到这个地步。另外,如果说“水晶帘”上都是用天然水晶磨成的珠子,也同样不可能,天然水晶一直被认为是珍贵的宝石,用水晶磨成的一串念珠,都被看做是珍物,谁能拿那么多的水晶珠去做帘子?南宋周密有一首《珍珠帘》词,作者注云:“琉璃帘。”显然是揭开了谜底。词中有“是鲛人织就,冰绡清泪”之句,显然是化用鲛人泣泪成珠的典故,清泪,自然是珠滴的形状,也可见,所谓琉璃帘,就是用颗颗“清泪”般的琉璃珠串成的,而其效果就像一幅明滑的冰绡。古代的所谓琉璃,一般是指玻璃,包括外来的玻璃制品,也包括以中国特有的技术烧制成的玻璃(明清以后常称为料器)。“鲛人织就,冰绡清泪”的描写,与“红丝穿露”、“水精帘影露珠悬”在形态上何其相似,可以推测,“珍珠帘”、珠帘、水晶帘,其实都是琉璃帘,“红丝穿露”、“冰绡清泪”,就是长串的玻璃珠,成排地悬在一起,形成一道晶莹的玻璃帘幕。元人马祖常还有《咏琉璃帘》诗,说是"吴侬巧制玉玲珑","万缕横陈银色界,一尘不入水晶宫",把琉璃帘的形态,用诗意的方式说得很清楚,玲珑如玉的珠子,一条条连排在一起,明亮如银,澄澈如水晶。

今天的人大多不注意中国古代玻璃器发展的历史,因此,听说过去的生活中曾经有玻璃珠帘的存在,会感到意外。其实,玻璃,是中国文化史中一个相当复杂的角色,实实在在地属于古代中国与世界文明相交缠的部分,本是很有意思的现象。至于玻璃珠,在古代世界中,曾经被当作珍贵的物品极受重视。古代中国对于玻璃珠的热情,在汉代通西域之后,渐渐形成了一个新的热潮,也达到了一个新的高度,其标志之一,正是玻璃珠所做的"珠帘"的出现。这里所要说的是,随着玻璃制造技术在本土的发展和传播,到了唐宋时代,中国特色的玻璃器——琉璃——的生产已经达到了相当的规模,土造的玻璃制品,是一点都不稀奇的。明显的材料,如《新唐书》"舆服志":"庶人女嫁有花钗,以金银琉璃涂饰之。"其"五行志"则记:"唐末……又世俗尚以琉璃为钗钏。"著名的《簪花仕女图》中,手持蝴蝶与轻撩起披衫衣领的两位仕女,在各自的双腕上,都戴着长长一串透明的手镯,这些手镯澄莹无色,让女性的腕臂轮廓清晰地透过手镯映现出来。这样的描绘,应该是印证了史书所记唐末流行琉璃首饰的风气,簪花仕女们腕上的透明手镯,就是琉璃钏,当时流行的琉璃首饰之一种。《宋史》"五行志"亦云:"绍熙元年,里巷妇女以琉璃为首饰。"琉璃首饰可以成为流行时尚,而且流行到市民阶层的"里巷妇女"都戴得起,说明琉璃制品在当时并不是贵重的东西,这也正见出琉璃生产的普遍。在出土的唐宋文物中,外来和土造的玻璃器都有发现,其中就包括琉璃首饰、琉璃珠。

本土生产琉璃能力的提高,当然是珠帘得以流行的前提。《簪花仕女图》中的琉璃手镯,看去完全是无色透明的,有如水晶,很接近于近世西方发明的"水晶玻璃"。从法门寺地宫出土物中,也确实出土了几颗完全无色透明、效果如同水晶的"琉璃水晶珠"。不过,像这样毫无杂质、如水晶般澄澈的琉璃制品,以当时的技术条件来看,应该并不多见。也正因如此,几颗"琉璃水晶珠"才得以视同七宝,跻身于李唐皇室供奉舍利的诸般珍品之中。当时一般的琉璃制品,由于原料中含有少量杂质,所以都带有淡青色、淡绿色,如法门寺地宫出土的一套琉璃茶杯与茶托就是透明而微含黄绿色,而这套玻璃茶具,被认为是中国本土的产品。这种微带杂色的透明琉璃,在当时并不少见,如韦应物

《咏琉璃》："有色同寒冰，无物隔纤尘。象筵看不见，堪将对玉人。"揣其首句之意，当时的透明琉璃带有青色，在诗人的眼里，恰恰让它具有了寒冰一般的效果。当然，如果加入其他成分，琉璃还可以呈现多种艳丽的色彩，即所谓"五色琉璃"，而且还可以有不透明与半透明两种样式。不过，从诗人们的描写来看，既然称为"水晶帘"，既然是如"露珠"、"清泪"，那么珠帘一定是以微含青绿的透明珠为主。

弄清楚了珍珠帘、珠帘、水晶帘的具体形态，对于理解相关诗词的意境，是大有帮助的。比如，关于"却下水精帘，玲珑望秋月"（李白《玉阶怨》），我原来一直觉得是：卷起帘子，以便眺望月亮。其实，在唐人诗词中，"下"帘的意思，从来都是指把帘子放下，让帘子悬垂。与"下"相对的是"上"，才是卷起帘子的意思。可这就与我们的经验相矛盾了，在我们的现实生活中，以及我们相对更为熟悉的明清以来的文学世界里，常见的是竹帘绸缎帘子，它们都是不透明的，只有被高高卷起来，才可能望见外边的景色。但是，在我们经验范围之外的是，唐人有基本上为透明状态的水晶帘，一个"却"字，就说明此时放帘子，是故意的，就是要隔着透明的珠子来欣赏秋天明月的朦胧美。这种晶莹珠帘映月光的效果，温庭筠《菩萨蛮》中也写到了："竹风轻动庭除冷，珠帘月上玲珑影。"刘宪《夜宴安乐公主新宅》中则有句云："珠帘隐映月华窥。"染上了一层心理感受的色彩，说是月光好像在透过珠帘向内窥看。

当然，珠帘不仅可以映月，还可以透映其他对象，比如烛光："珠帘烛焰动，绣柱月光浮"（李世民《冬宵各为四韵》）。元人马祖常《咏琉璃帘》则说："灯影斜穿细细红"。如果恰好有人站到被灯光照亮的珠帘内，乘夜色从外看去，就像是"人在明河影里"（周密《珍珠帘》）。——珠帘也可以映照或者说泄露出帘中人的影迹，而这才是最能引发诗人兴致的。唐人马逢有两首《宫词》（一作顾况诗）都涉及到了水晶帘，其一云："金吾持戟护轩檐，天乐传教万姓瞻。楼上美人相倚看，红妆透出水晶帘。"诗中描写一次皇家出面组织的大型娱乐活动，由宫廷乐工们当街表演，供老百姓欣赏。难得的，人们借这个机会隐约望见了宫妃、宫女们的身影，这些遥远似乎如同天人的人儿，其实对宫外的世界也是充满好奇和向往的，此刻虽然是隔着帘子在观看街上的热闹，但那水晶帘泄露了她们的行迹。推测起来，珠帘与整片的平滑的玻璃窗不同，颗颗玻璃珠连缀在一起，时时晃动不定，大概更接近今日花纹玻璃的效果，所透映的影像不会百分百的清晰,而是比较朦胧,女人的身影一旦出现在珠帘上,那效果是"可怜疏复密,隐映当窗人"(隋·卢思道《咏珠帘》)。这也许有助于我们真正理解元稹那首著名的《离思》:"山泉散漫绕阶流,万树桃花映小楼。闲读道书慵未起,水晶帘下看梳头。"很难用语言清楚分析这首诗的美感,清澈的山泉,烂漫的桃花,莹光不定的珠帘上映出朦胧的女人身影,映出她梳理头发的沉默动作,形成了一个亮晶晶的世界,找不到一丝的阴影,但是安静,并且安逸。

如果说元稹的诗写出了与春天桃花相衬映的珠帘,刘禹锡《刘驸马水亭避暑》则如同一幅重彩的设色画,浓绘了唐代贵族夏日避暑生活的奢侈和闲适:"千竿竹翠数莲红,水阁虚凉玉簟空。琥珀盏红疑漏酒,水晶帘莹更通风。赐冰满碗沉朱实,法馔盈盘覆碧笼。尽日逍遥避烦暑,再三珍重主人翁。"翠竹、红莲围绕的水上建筑,开敞通风,让铺设的竹席自然生凉。陈设、器具也都有清目之感,盛酒的是红琥珀杯,挂的是晶莹的水晶帘。还有天子赏赐的冰块在冰镇着水果,御厨里出来的精美食品用碧纱罩遮盖着。这也是一个没有阴影的世界,但是,带着夏日的浓郁氛围与大贵族的富贵气象,那铺排阵仗,让人联想起怡红院里的势头。

然而,运用水晶帘最奇妙的,大概还要算毛熙震《浣溪沙》:

> 春暮黄莺下砌前,水精帘影露珠悬,绮霞低映晚晴天。
> 弱柳万条垂翠带,残红满地碎香钿,蕙风飘荡散轻烟。

完全像是电影中的空镜头,这里不加评论地展示了一处庭院小景,一个非常灿烂的黄昏时刻。因为是雨后,散霞成绮,压得很低,浮在临近傍晚却忽然彻底放晴的天空中。夕阳里的水晶帘自然是晶莹闪烁的,一颗颗珠子都像悬在半空的露珠一样,帘前,有黄莺飞落到台阶下,掩映着长垂的翠柳条,地上是细碎的、残香犹存的落花,花丛中过来的轻风,则把从帘中飘出的香烟吹得袅荡四散。这个镜头中的颜色和形象都很丰富,但是,如果没有一幅璀璨澄澈的透明玻璃珠帘,以它闪烁、反光的质感在其中压阵,画面的视觉效果就会大大削弱。这里也是中国文学中少有的异常明亮的场面,其中一切因素都是悦目的、光色生动的,没有一丝阴影。可是,词人同时运用了"春暮"、"晚晴"、"弱柳"、"残红"、"碎"、"飘荡"、"散"这一系列形容,让这个明媚得毫无杂质的场面笼罩上了娇弱无力的气质，显得脆弱不堪。诗人就是这样巧妙运用了一系列矛盾的修辞，创造了一个非常奇特的境界，道尽了暮春黄昏、雨后黄昏所予人的特有感受：有着一切象征生命力的因素，似乎也是生机勃勃，但却处处暗含着颓亡的迹象，生命力在这个时刻，恰恰显得格外脆弱，不堪时间消磨。

毛文锡一首《虞美人》的下半阕表现了非常相近的意境：

> 玉炉香暖频添炷，满地飘轻絮。珠帘不卷度沉烟，庭前闲立画秋千，艳阳天。

静垂在夕阳下的珠帘，有缕缕细弱的香烟从长长的珠串间飘出，这种物质之间在质地与形态等多方面形成的对比，一定给当时词人深刻的印象。如果说，以上所谈到的作品，都是利用玻璃珠帘的介入，形成一个个明亮到照眼的场景，那么，与之相对的另一种倾向，则是围绕着珠帘，营造一种异常清寒的夜的情境。如白居易《空闺怨》："寒月沉沉洞房静，真珠帘外梧桐影。秋霜欲下手先知，灯底裁缝剪刀冷。"如李白使用了"白露"一样，白居易在这里引入了"秋霜"，此外还有珠帘上的梧桐映影，以及涩手的铁剪刀，无非在于突出"冷"与"孤寂"之感。温庭筠是珠帘的眷恋者，也是营造这一类意境的高手，如他著名的《菩萨蛮》的上阕："水精帘里颇黎枕，暖香惹梦鸳鸯锦。江上柳如烟，雁飞残月天。"这是一个何等晶莹透明的夜啊，真是像水晶一般纯净，纤尘不染。他似乎喜欢把当时贵族卧室里各种透明或半透明的、质地滑亮坚硬的器具，与丝绸、女人头花等柔软绮艳之物，乃至对女人的体温与体香、气息的暗示，交融在一起，因而别有特色。最典型的还是《春愁曲》，在写了轧轧而下的珠帘之后，是："远翠愁山入卧屏，两重云母空烘影。凉簪坠发春眠重，玉兔煴香柳如梦。锦叠空床委堕红，飔飔扫尾双金凤。"围绕着睡床的屏风绘有山水，画意清远；地上的熏炉中，双层的云母隔火板上朦胧映出炭火的红光。接着出现了睡梦中的女人的形象，在春寒中，发簪也带着凉意，但床角的兔形小薰炉里香料暗燃，皱叠如浪的红锦被上是拖着长尾、展翅对飞的金凤纹样。温庭筠是质感的大师，是物质世界的敏锐者，华丽但并无生命的日常物品，经他笔触一点，便魔幻般地有了生气，一个个都变成了暗夜中的精灵，随着夜的节奏轻轻呼吸。

（原载孟晖《潘金莲的发型》
南京大学出版社，2010）

编者按

作者首先对古代诗词中写到的珍珠帘、珠帘、水晶帘做了一番考证，弄清楚这些名词都是指琉璃帘，也就是玻璃帘幕。在此基础上，再读这些我们熟悉的诗词，如“却下水精帘，玲珑望秋月”，如“竹风轻动庭除冷，珠帘月上玲珑影”，如“红妆透出水晶帘”，如“水精帘里颇黎枕，暖香惹梦鸳鸯锦”，如“春暮黄莺下砌前，水精帘影露珠悬，绮霞低映晚晴天”，等等，视觉的效果就增强了，这些诗句中的璀璨闪烁的玻璃珠帘所形成的亮晶晶的意象世界就在我们眼前复活了。

看蒙娜丽莎看

熊秉明[①]

一

面对一幅画,我们说“看画”。

画是客体,挂在那里。我们背了手凑近、退远、审视、端详、联想、冥想、玩味、评价。大自然的山水、鸟兽、草木,人间的英雄与圣徒、妇女与孩童、爱情与劳动、战争与游戏、欢喜与悲痛,都定影在那里,化为我们“看”的对象。连上想象里的鬼怪与神祇、天堂与地狱、创世纪和最后审判;连上非想象里的抽象的形、纯粹的色、理性摆布的结构、潜意识底层泛起的幻觉,这一切都不再对我们有什么实际的威胁或蛊惑。无论它们怎样神奇诡谲,终是以“画”的身份显示在那里,作为“欣赏”的对象,听凭我们下“好”或者“不好”的评语。

欣赏者——欣赏对象。

这是我们和画的关系。我们处一种安全而优越的地位,享受着观赏之主体的愉快、骄傲和踌躇满志。

然而走到蒙娜丽莎之前,情形有些不同了。我们的静观受到意外的干扰。画中的主题并不是安安稳稳地在那里“被看”、“被欣赏”、“被品鉴”。相反,她也在“看”,在凝眸谛视,在探测。侧了头,从眼角上射过来的目光,比我们的更专注、更锋锐、更持久、更具密度、更蕴深意。她争取着主体的地位,她简直要把我们看成一幅画、一幅静物,任她的眼光去分析、去解剖,而且估价。她简直动摇了我们作为“欣赏者”的存在的权利和自信。

① 熊秉明(1922－2002),云南人。我国现当代雕塑家、书法家、文学家。

二

也并非没有在画里向我们注视的人物。

像安格尔(Ingres 1780 - 1867)的那些贵妇与绅士,端坐着,像制成标本的兽,眼窝里嵌着瓷球,晶亮、发光,很能乱真,定定地瞅过来,然而终于只是冰冷的晶亮的瓷球。这样的空虚失神的凝视当然不给我们什么威胁。

像提香(Titian 1490 - 1576)的威尼斯贵族男子肖像,眼瞳里闪烁着文艺复兴时代贵族们的阴鸷的狡诈,目光像浸了毒鸩的剑锋,向你挑战。他们娴于幕前和幕后的争权夺利,明枪暗箭,在瞥视你的顷间,已估计了你的身世、才智、毅力、野心以及成败的机会率。

像伦勃朗(Rembrandt 1606 - 1669)的人物,无论是老人、妇人、壮者以及孩子,他们往往也是看向观赏者的。他们的眼光像壁炉里的烈焰,要照红观者的手、面庞、眼睛、胸膛,照出观者腑脏里潜藏着的悲苦与欢喜。把辛酸燃烧起来,把欢乐燃烧起来,把观者的苍白烘照成赤金色……

这样的画和我们的关系,也不仅只是"欣赏者——欣赏对象"的关系。它们也有意要把我们驱逐到欣赏领域以外去,强迫我们退到存在的层次,在那里被摆布、被究诘、被拷问、被裁判、被怜悯、被扶持、被拥抱。

三

而蒙娜丽莎的眼光是另一样的,在存在的层次,对我们作另一种要求。

她看向你,她注视你,她的注视要诱导出你的注视。那眼光像迷路后,在暮色苍茫里,远远地闪起的一粒火光,耀熠着,在叫唤你,引诱你向她去。而你也猝然具有了鸱枭的视力,野猫子的轻步,老水手观测晚云的敏觉。

四

有少女的诱惑和少妇的诱惑。

少女的。在她的机体发育到一定的时刻,便泛起饱和的滋润和鲜美。皮肤的色泽，匀净纯一之至，从红红到白白之间的转化，自然而微妙，你找不到分界的迹象。肢胴的圆浑，匀净纯一之至，你不能判定哪是弧线，哪是直线，辨不出哪里是颈的开始，哪里是肩的消失。你想努力去辨析，而终不能，而你终于在这努力里技穷，瞠然、哑然、被征服。少女自己未必自觉吧。一旦自觉，也要为这奇异的诱惑力感到吃惊，而羞涩、不安、含着歉意，但每一颗细胞，每一条发光的青丝并不顾虑这些，直放射着无忌惮的芬香。

有少妇的诱惑。她在心灵成熟到一定的时刻，便孕怀着爱和智慧，宽容与认真，温柔与刚毅，对生命的洞识和执著。她的躯体仍有美，然而锋芒已稍稍收敛了。活力仍然充沛饱满，然而表面的波沦已稍稍平静了。皮下的脂肪已经聚集，肌肤水分已经储备，到处的曲线模拟果实的浑满。她懂得爱了，而且爱过，曾经因爱快乐过，也痛苦过，血流过，腹部战栗过，腰酸痛过。她如果诱惑，她能意识到那诱惑的强度，和所可能导致的风险。她是那诱惑的主人。她是谨慎的，她得掌握住自己的命运，以及这个世界的命运。虽然诱惑，她的生命不轻易交付出来，她也不许你把生命轻易拿出交换。如果她看向你，她的眼睛里有着探测和估量。

蒙娜丽莎的眼睛是少妇的。

五

她知道她在做什么。她向你睇视，守候着。她在观察。像那一双优美的叠合的手，耐心地期待。

她睇向你，等你看向她。她诱惑你的诱惑，等待你的诱惑。

假使你不敢回答，她也只有缄默。假使你轻率地回答，她将莞尔报以轻蔑的微笑。假使你不能毅然走向她，她决不会来迎向你。她在探测你的存在的广度、高度、深度、密度，她在测探你的存在的决心和信心。

她的眼睛里果有什么秘密么？你想窥探进去，寻觅，然而没有。欠身临视那里，像一眼井，你看见自己的影子。那里只有为她所观测、所剖析你自己的形象。像一面忠实的明镜，她的眼光不否定，也不肯定，可能否定，也可能肯定，但看我们自己的抉择和态度。她的眼光像一束透射线，要把我们内部存在的样式映在毛玻璃上，使骨骼内脏都历历在目。她的眼光是一口陷阱，将我们的过去、现在和未来都一并活活地捕获。如果那眼光里有秘密可寻,那就正是我们的彷徨、惶悚、紧张、狼狈。爱么?不爱么?To be or not to be?

她终不置可否,只静待你的声音。她似乎已经料到你的回答,似乎已经猜透你的浮夸、轻薄、怯懦,似乎已经察觉你的不安、觉醒,以及奋起,以及隐秘暗藏的抱负——于是嘴角上隐然泛起微笑。

六

神秘的笑。因为是一种未确定的两可的笑。并无暗示,也非拒绝。不含情也非严峻的矜持。她似关切,而又淡然。在一段模棱不定的距离里,冷眼窥测你的行止。

她超然于有情和无情之上,然而她也并未能超然于有情无情之上。她的命运也正是你的决定所造就。她的凝视,正是凝视她自己命运的形成。她看自己命运似乎看得十分真切,以致她可以完全平静地、泰然地去接受。而此刻,她在有情与无情之上,将有情,而却尚未有情。

尚未有情的眼光是最苛求的。如果真是爱了,那爱的顾盼有宽容、溺爱。它将容忍我们的缺陷,慰藉我们的尚未坚强,扎裹我们的创伤。而尚未有爱的顾盼则毫无纵容的余地,它瞄准我们,对我们的要求绝对严、无限大。它在无穷远的距离,向我们盯视、召唤,我们只能是一个无穷极的追求,无休止的奔驰。

七

芬奇是置身于这可怕的眼光中的第一个。而他就是创造这眼光的人。他在这可怕的眼光中一点一点塑造这眼光的可怕。

世界上的一切,对芬奇来说,都一样是吸引,激起他的惊异,挑起他的探索,是对他的能力的测验、挑战。

向高空飞升,自高空而降的陨落;水的浮,水的流;火的燃烧,火的爆炸力;跨过齿轮,穿过杠杆,变大、缩小,栖在强弩的弦上。他制造了飞翼、飞厢、潜水衣、踩水履。他已恍然感到凌空凭虚的晕眩,听长风在翼缘上吹哨,预感到翼底大气的阻力系数。像描绘波状的柔发，他描绘奇妙的流体力学的图式。他使水爬过山脊到山的那一边；他使水在理想都市的下水道里听从地流泻。他制造的火花飞到夜空的星丛之间；他用凹面镜收聚太阳的光线；他计算从地球到月球的路程……

云的形状，山峰的形状，迷路在山顶的海贝，野花瓣萼的编制，兽体的比例，从狮子的吼声到苍蝇翅膀的嗡嗡……都引起他的讶异、探问、试验。他从此刻的山、云、海的性质样态，幻想造山时代巉岩怪石的迸飞，世界末日的气、水、火、风的大旋舞。他剖开人体，看血管密网的株式分布，白骨的黄金分割，头颅脑床的凹形，心脏的密室。他画过婴孩的圆润，老人的棱角嶙峋，少男少女的俊秀，从千变万化的面貌中演绎出圣者智者以及臃肿戆蠢的丑怪。从面貌的千变万化中捕捉心灵的阴晴风雨，幸福与悲剧。生的微笑，死的恐怖，犹大的凶险惶惑，其余十一个门徒的惊骇、悲伤、无助、绝望，人之子大爱的坦然，圣母的温慈，圣母之母的安详。

他画过尚在子宫里沉睡的胎儿，画过浑圆的孕妇的躯体，画过被吊毙的囚犯，在酣战中号叫的斗士。他守候过生命在百龄老人的躯体里如何渐渐撤退。他买回笼鸟，为了放生，却又精心地设计屠杀的武器。而冷钢的白刃却又具有最优美的线条，一如少女的乳峰。设计刺穿一切胸膛以及一切盾的矛，并设计抵御一切暴力和一切矛的盾……真正是矛盾的人物。神与魔、光与影、美和丑、物和心都给他同等研究、探索、描绘的欲求和兴致，不仅没有神，也没有魔鬼。没有恐惧，也没有崇拜，一切都必须看个明白、透彻。浮士德式的人物。

他的宇宙论里没有神，只有神秘；没有恶魔，然而充满诱惑。

八

但是，女人，这一切诱惑中的诱惑，他平生没有接近过。他不但不曾结婚，而且似乎没有恋爱过。翻完那许多手稿几乎找不到一点关于女人在他真实生活里的记录。他不是没有召见于当时的绝色而富有才华的伊莎伯代思特，受到其他贵族奇女子的赏识和宠遇，他何尝不动心于异性的妩媚和风采？他不是精微地描绘过她们的容貌的么？他不是一再画过神话里的丽达的裸体的么？但是他的智慧要他冷眼观察这诱惑的性质、作用。

像一个冷静的科学家，他对于那诱惑进行带着距离的观测。他要从自己激动的心理状态中蝉蜕出来，把自己化为两个个体，精神分裂开来，反观自己，认识诱惑现象。

他像一个炼金术的法师，企图把“诱惑”这元素从这个世界里提炼出来，变成一小撮金粉，储藏在曲颈瓶底给人看。

又像一个羞涩、畏怯的男孩，他只窃窃地躲在窗子后面，远望街角上她的身影。不吻、不抱。他满足于观察她的傲然、矜持而又脉脉的善意的流盼。他一生就逗留在这青春的年纪，少年维特的危险的年纪。

芬奇和蒙娜丽莎，也就是芬奇和女性的关系。而芬奇和女性的关系，也就是芬奇和这个世界一切事物的关系。一切事物都刺激他的好奇、追问，一切事物于他都有一种魅力。而女性的诱惑是一切诱惑的集中、公约数、象征。

这纯诱惑与追求之间有一形而上学的距离，如果诱惑者和被诱惑者一旦相接触了，就像两个磁极同时毁灭。没有了诱惑，也没有了追求。**这微笑的顾盼是一永远达不到的极限，先验地不可能接近的绝对。于是追求永在进行，诱惑也永在进行，无穷尽地趋近。**

九

芬奇不是一个作形而上学玄思的哲学家。他的兴趣是具体世界的形形色色，和中世纪追求理念世界的哲学是相背道而驰的。**他的问题在形形色色之中，也只在形形色色之中。他的哲学是这可见、可度量、可捉摸的世界的意义**，这意义及其神秘也就是形色光影所构成。他的哲学可以看得见，画得出，他要画出这世界的秩序、法则，以图画解说这世界，以图画作为分析这世界，认知这世界，征服这世界，改造这世界的工具。他要画出最初的因，最终的果。他要画出生命的起源，神秘的诞生。他要画出诱惑的本质，知性的觉醒。

十

而有一天，一切神秘，一切鬼睒眼的诱惑的总和，他恍然在这一个女人的面庞上分明地看见了，像镭元素从几十吨矿砂中离析出来，闪起离奇的光。那是一对眼波,少妇的,含激烈的,必然性的,命令性的意味,而尚未含情,冷然侧睐。那眼光后面隐藏着一切可能的课题,埋伏着一切鬼睐眼的闪熠,一切形形色色都置根在其中。又似乎一无所有,只是猜不透。

然而他必须把这眼光捕捉到,捕捉这不可捕捉的。即使芬奇毕生不曾遇到这一个叫作卓孔达夫人的蒙娜丽莎,总有一天,他终要创造出这眼光来的。他画圣母,圣约翰洗礼者不都早就酷似这一面形,这一笑容么?

卓孔达夫人的笑容竟是怎样的?由另一个画家画来,会是什么样子?是芬奇心目里的女人的神秘的笑酷似卓孔达的夫人的笑呢?还是卓孔达夫人的笑酷似芬奇心目里的女人的神秘的笑呢?两个笑容互相回映、叠影、交融,不再能分得开。

十一

这或者是一件平常,甚至凡俗不足道的事——画家和模特儿的故事。哥雅(Goya 1746－1828)曾画了裸体的玛亚,玛亚的丈夫突然想看画像进行得怎样了,哥雅连夜赶出了《着衣的玛亚》。

富商卓孔达先生聘请芬奇为他的爱妻作肖像。画家一见这面貌便倾倒了。那面貌似曾相识,给他以说不出的无比的吸引。但画家不愿走近模特儿一步。这一面貌是对他的天才的挑战。他用了世间罕有的智慧和绝艺刻画她的诱能,并且画出他所跨不过去,也不愿跨过去的他和她之间的距离。

这或者是一件平常、很可解释而并不足为怪的事——精神分析学家的一个病例。他不能真地去拥抱女人。恋母情结牵引起来的变态心理。他只能把女性放在远处去观照。他不肯把歌赞、爱慕兑换为肉体的接触。但是他把他的追求的心捧出来给人看,不,把她的诱素隔离出来给人看。他所画的已不是她,不是诱惑者,他直要画出“诱惑”本身,把诱惑提炼了结晶了,冷藏在画框中。诱惑已经和性别分离开来而成为“纯诱惑”。有人甚至疑心到蒙娜丽莎是少男乔装的女人。芬奇的圣约翰洗礼者正有这样离奇地微笑着的柔和的面孔。但是蒙娜丽莎的那一双手难道也能乔装么?而且便退一百步说,那真是乔装的少年,那么依然是冒充了女性的诱惑,依然是“女性的”诱惑了。

十二

没有发饰，没有一颗珍珠、一粒宝石，没有一枚指环，衣服上没有丝微绣花，她素淡到失去社会性、人间性。只要比较一下文艺复兴时代女子的肖像，就立刻可以发现这一点。她的诱惑不依赖珠宝的光泽、锦绣的绮丽。只伴以背后的溪流，一段北意大利阿尔卑斯山嶙峋峥嵘的峰峦，蜿蜒而远去的山路，谷底的桥。她在室内么？在外光么？她在两者之间的露台上。浅绿的天光像破晓又像傍晚，像早春，又像晚秋，似乎在将放花的季节，又似乎空气里浮荡着正浓的葡萄酒的醇香。模棱两可的时刻的模棱两可的空间。没有田园，没有房舍，在这寂寥的道路上，没有驻足的可能。人只能从这峡谷匆匆穿过。而路那么曲折，使旅人惆怅而踟蹰。而此时没有人影。

曦色，或者夕色，抹在她的额上，颊上，袒着的前胸上，手背上。没有太阳，没有月亮，没有星辰。她混入无定的苍茫的大自然之中。汇合了一切视力，这一对眼睛闪烁着，灿然、盼然、皎然如一自然的奇景，宇宙的奇象。

引起另一双眼睛无穷极的注视。

十三

对于具有无穷之诱惑、绝对之诱惑的眼光，只能以无穷追求的心，绝对追求的心去捕捉、去刻画，在生存层次具有无穷诱惑的魅力的东西，那形象本身也必定有无穷尽的造型性的诡谲微妙。敢于从事无穷的追求的人，能感到无穷寻觅的大满足，永远画不完的大欢喜。像驰骋在大草原上的骏马的酣欢，因为它跑不完这辽阔的草和天。他必须画出那画不出；他必须画出那画不出之所以画不出。他要一点一点趋近那画不完。而他要画不完那画不完。芬奇曾经把生命消耗在那么多各种各样的作业上，而一无所成，因为都有个止境；而他不愿意有止境，他只得放弃。

而这一桩工作本身是不可能完成的。不可能的作业，非时间之内的作业。

一年、两年、三年、四年……大诱惑的而淡若无的笑渐渐在画布上显现，得到恍惚的定影、得到恍惚的定义。然而既是永劫的诱惑和永劫的追求的角逐，两者之间零是没有的，总保留着那一小段不断缩短的遥远，总剩余那么一个极限的数字，总还有那么一成未完成，恍惚，浮动。而在这残酷、美妙而模棱的眼光下画家老了。潇洒的长髯，浓密的长眉，透了白丝，渐渐花白，而白花、而化为一片银光、银雾。银雾里的眼睛，炯炯的鹰隼类的目光也渐渐黯淡了，花了，雾了。在她的凝眸里画家临终时，可能还曾在那最后一段不可测度的距离上走上前一步吧，在微妙的面庞的光影之间添上一笔吧，而画家终于闭上衰竭的两眼，让三尺见方的画布上遗下他曾经无穷追求的痕迹。

十四

而此刻，我们，立在芬奇坐着工作了多少晨昏的位置上，我们看蒙娜丽莎的看。在蒙娜丽莎目光的焦点上，她不给我们欣赏者以安适、宁静，她要从我们的眼窍里摄出谛视和好奇，搜出惊惶与不安，掘出存在的信念和抉择的矫勇，诱惑出爱的炽燃，和爱之上的追问的大欲求，要把我们有限的存在扯长，变成无穷极的恋者、追求者、奔驰者，像落在太空里的人造星，在星际，在星云之际，永远飞行，而死在尚未触到她的时分，在她的裙裾之前三步的距离里。

一九七〇年

（原载《展览会的观念》

文汇出版社，1999

文中若干文句根据作者赠给本书编者的校改本校改）

编者按

金圣叹评《水浒》，常用“妙极”、“神妙之极”的评语。对熊秉明的这篇文章，我们也可以用这样的话来称赞。这篇文章的神妙之处至少有两点。第一，写出了蒙娜丽莎的“看”。很多画，画中的人物都在“看”观众，但蒙娜丽莎的看是另样的，特别的，那种微笑的顾盼在生存层次上具有无穷诱惑的魅力。作者用极其微妙的文字把这种无穷诱惑的“看”写出来了。第二，蒙娜丽莎不仅在“看”观众，而且在“看”画家（达·芬奇），第一个就是“看”画家。可是这个“看”是画家画出来的，画家正是在蒙娜丽莎“看”他的眼光中一点一点画出这个“看”的眼光。而这个“看”的眼光（微笑的顾盼)是无法穷尽的。达·芬奇正是在一种无法穷尽的过程中做无穷的追求。“他必须画出那画不出;他必须画出那画不出之所以画不出。他要一点一点趋近那画不完。而他要画完那画不完。”

我们作为熊秉明这篇文章的读者,感到无比的惊奇。他居然能写出蒙娜丽莎那神妙的“看”,他居然能写出达·芬奇如何画出蒙娜丽莎那神妙的“看”,他居然又能写出达·芬奇如何一点一点趋近蒙娜丽莎那神妙的“看”,然而又总保留着那一小段不断缩短的遥远。蒙娜丽莎的“看”是何等神妙,达·芬奇画出蒙娜丽莎的“看”是何等神妙,熊秉明写出达·芬奇永远画不完蒙娜丽莎的“看”又是何等神妙,所以说:神妙之极。

莫扎特不让眼泪沾湿他的艺术

嘉密·贝莱克[1]

莫扎特的作品跟他的生活是相反的。他的生活只有痛苦,但他的作品差不多整个儿只叫人感到快乐。他的作品是他灵魂的小影[2]。这样,所有别的和谐都归纳到这个和谐,而且都融化在这个和谐中间。

后代的人听到莫扎特的作品,对于他的命运可能一点消息都得不到;但能够完全认识他的内心。你看他多么沉着,多么高贵,多么隐藏!他从来没有把他的艺术来作为倾吐心腹的对象,也没有用他的艺术给我们留下一个证据,让我们知道他的苦难,他的作品只表现他长时期的耐性和天使般的温柔。他把他的艺术保持着笑容可掬和清明平静的面貌,决不让人生的考验印上一个烙印,决不让眼泪把它沾湿。他从来没有把他的艺术当做愤怒的武器,来反攻上帝;他觉得从上帝那儿得来的艺术是应当用做安慰的,而不是用做报复的。一个反抗、愤怒、憎恨的天才固然值得钦佩,一个隐忍、宽恕、遗忘的天才,同样值得钦佩。遗忘?岂止是遗忘!**莫扎特的灵魂仿佛根本不知道莫扎特的痛苦;他的永远纯洁,永远平静的心灵的高峰,照临在他的痛苦之上。**一个悲壮的英雄会叫道:“我觉得我的斗争多么猛烈!”莫扎特对于自己所感到的斗争,从来没有在音乐上说过是猛烈的。在莫扎特最本色的音乐中,就是说不是代表他这个或那个人物的音乐,而是纯粹代表他自己的音乐中,你找不到愤怒或反抗,连一点儿口吻都听不见,连一点儿斗争的痕迹,或者只是一点儿挣扎的痕迹都找不到。G Min. [G 小调]钢琴与弦乐四重奏的开场,C Min. [C 小调]幻想曲的开场,甚至于安魂曲中的“哀哭”[3]的一段,比起贝多芬的 C Min. [C 小调]交响乐来,又算得什么?可是在这位温和的大师的门上,跟在那位悲

---

① 嘉密·贝莱克,法国音乐学家。

② 译者注:作品是灵魂的小影,便是一种和谐。下文所称“这种和谐”指此。

③ 译者注:这是安魂曲(Requiem)中一个乐章的表情名称,叫做 lagrimoso。

壮的大师门上，同样由命运来惊心动魄的敲过几下了。但这几下的回声并没传到他的作品里去，因为他心中并没去回答或抵抗那命运的叩门，而是向他屈服了。

莫扎特既不知道什么暴力，也不知道什么叫做惶惑和怀疑，他不像贝多芬那样，尤其不像瓦格纳①那样，对于"为什么"这个永久的问题，在音乐中寻求答案；他不想解答人生的谜。莫扎特的朴素，跟他的温和与纯洁都到了同样的程度。对他的心灵而论，便是在他心灵中间，根本无所谓谜，无所谓疑问。

怎么！没有疑问没有痛苦吗？那末跟他的心灵发生关系的，跟他的心灵协和的，又是哪一种生命呢？那不是眼前的生命，而是另外一个生命，一个不会再有痛苦，一切都会解决了的生命。他与其说是"我们的现在"的音乐家，不如说是"我们的将来"的音乐家，莫扎特比瓦格纳更其是未来的音乐家。丹纳说得非常好："他的本性爱好完全的美。"**这种美只有在上帝身上才有，只能是上帝本身。只有在上帝旁边，在上帝身上，我们才能找到这种美，才会用那种不留余地的爱去爱这种美。但莫扎特在尘世上已经在爱那种美了。**在许多原因中间，尤其是这个原因，使莫扎特有资格称为超凡入圣(divine)的。

（原载嘉密·贝莱克著《莫扎特》，傅雷译
译文载《傅雷家书》
三联书店，1990）

编者按

莫扎特的美是永远纯洁、永远平静、永远像天使般温柔的灵魂美，它闪耀着莫扎特圣洁的精神的光辉。莫扎特短暂的一生充满了痛苦，但他的艺术始终保持着笑容，保持着清明平静的面貌，他绝不让眼泪把他的艺术沾湿。莫扎特的美是"完全的美"。所以本文作者说，这种美只有在上帝身上才有，只能是上帝本身。莫扎特是真正有资格被称为超凡入圣的音乐家。

---

① 华葛耐(Richard Wagner，1813—1883)，德国歌剧作曲家，指挥家。

论贝多芬

科尔曼[①]

贝多芬的魅力，在于他将其坚毅刚强的性格与细致柔腻的气质完美地结合在一起。他捕捉住刹那间人心的激越、心灵的激荡；他以一种穿透万物表象的洞察力，力图表现春天野花绽放时的芬芳，云朵在风中的颤栗，苍蝇在草间的嘤鸣，人在命运面前的叹息和挣扎，我们对爱情的向往，还有我们对造物主的赞美和礼拜。在他的音乐中，我们有时甚至可以觉察到一丝稚嫩，一丝冲动，一丝少年人的豪气冲天。那行云流水，气势如虹。但是有时，他又弱如水边的那喀索斯，沉醉在丝绵般的纤柔和莫名的哀愁中。我们有时会惊叹，一个在战场上冲锋陷阵的勇士，居然内心深处有着如此缠绵的思绪。

其实，音乐本身赋予了他这样一个机会，能够结合他那种矛盾的气质。奔放和细腻的情怀被安排在一个整体里面，就像对称的两极。

事实上，我们每一个人都有着这种看似矛盾的心理。往往我们不能觉察到，但是每当我们聆听音乐，我们体验到的不仅仅只是贝多芬的心灵世界。他的乐曲所唤起的，是那潜藏在我们心底的情感。这情感是沉郁在阴霾后面的惊雷，一旦炸响，便会令我们看见自己，看见生命中蕴涵的神的意志。我们的灵魂就开始苏醒了。

于是，面对贝多芬，便好似在和我们的灵魂对话。我们如聋子、哑巴、盲人。我们能够体会到、感觉到、意识到，但我们不可言说。直觉在提醒着我们。这种朦朦胧胧的知觉，令我们感到怅惘。我们有一种挫败感。言辞只能描述语言可以表达的东西。但是灵魂既存在于我们可以意识到的世界之外，又包含在其中。作为一个局外的评论者，语言无能为力。然而，贝多芬把他那些音

① 科尔曼（1932－1983），英国钢琴演奏家。

乐带给我们。那乐声如一个灵魂,将我们同自己心灵底层的世界联系到了一起。刹那间,鸟儿的啁啾,天空的蔚蓝,黑夜的幽深,甚至于我们的呼吸,我们脉搏的跳动,突然便具有了意义。我们领悟到自己生命的存在,和存在的一切的生命。流畅的旋律呈现出一派生机,灿烂、绚丽、辉煌;徘徊回旋的主题使人同样感受到生命的无奈。我们闭上眼睛,却看见光亮,闪烁不定,犹疑躲闪,稍纵即逝。无需语言的帮助,我们领会了。我们对自己说:"原来如此。"

然而,贝多芬并不在乎我们的感受。他写过:"孤独!孤独!孤独!"有如李尔王咆哮的声音。他曾经生活在一片沉寂之中。想象一下,当我们聆听《庄严弥撒曲》、《D小调第六交响曲》等篇章的时候,创作出如此卓越深湛、美轮美奂的乐曲的,竟然是一位失聪的孤独者。这寂静沉默的幕帘,如此的深沉,如此的凝重,如此的强大。在它的面前,我们会感到灰心气馁。然而,贝多芬没有自怨自艾地诉说他的痛苦。他以对生命的礼赞、对神的礼赞,给他自己、也给我们带来隧道尽头的那一丝光明。只有领会到这一点,我们才真正体会了贝多芬。

我的一位同事曾经对我这样说过:"贝多芬的伟大,就在于他的平凡。"的确,同任何人一样,贝多芬有着热情、温存、对神的敬畏、对生命的热爱、对真理的挚诚、对爱的渴望。我们每一个人,都或多或少怀有着这些人性的感受与感情,但是,贝多芬却从这普通、共通的情感中,升华出那天际神灵的话语。那是一种不平凡的平凡,平凡的不平凡。

贝多芬在他耳聋失聪的时候,写下了他的天鹅之歌,《第九交响曲》。这是一部凝聚了他全部的心路旅程的作品。在这部交响乐中,我们可以听见英雄对命运的抗议,听见抬着他灵柩的沉重的脚步声,还有沉浸在爱情和期待中的渴求,**更有达到彻悟时的心灵的讴歌。**"欢乐,你神的火苗,你天堂的女儿,/沉醉在火焰里啊,我们走进你的圣殿!/你的魔力凝合离散的世界。/在你的羽翼底下,所有的人类成为兄弟!"世界上的一切人种,所有民族,在这歌声的震撼下看到前头的希望。于是这欢乐不仅仅只是身心上的。它胜过狄俄尼索斯的酒筵狂欢。**这是超越了人的肉身的欢乐。这是超越了此岸和彼岸世界的终极的欢乐。**

贝多芬的交响曲呈现给我们的是一个人成长的历程。他曾经对生命(生活)感到幻灭。他幻想胜利的喜悦,叙述他想象中与至高神性的结合。他在时代的浪潮中感受到英雄的雄健与悲壮。那壮丽的场景使他神往其中。然而,大自然所蕴涵的,是人不可知的奥秘。他陶醉了。他沉迷地陷入对世间万物那玄奥的冥想之中。他意识到,人在这大千世界中,如一颗微粒,渺小平凡。**他超越了生命的本体。在那雷鸣电闪之中,他体验到神的伟大,从而意识到生命的意义,以及存在的意义。**但是,不可思议的是,他返回到了尘世间。他回溯自己,经过反观自我,他明白了音乐对他、对人类来说,有如甘露般,滋润干涸的心灵荒漠。他讴歌的是神吗?是那置身于时世之外的超然的神吗?还是人的心灵中本身所具备的神性?

贝多芬从不否定神性。他绝不怀疑在这存在的一切的背后,隐含着一种意义。然而他并不拘泥于教义。在他的音乐里,我们感受到古代希腊悠远的底蕴。与此同时,时代也赋予他灵感,驱使他向前,追逐神对他的若隐若现的昭示。他感受到责任的重负。他挺立起来。孤独使他沉思,帮助他在那一片荒凉的寂静中聆听神的宣示。他忘记自己只是一颗悬浮在空中的小小的尘埃。相反,他令其他一切人,包括我们每一个人,都感到卑微。他是强大的,于是他和他的音乐不朽。于是他与神性融会在一起,为我们点燃烛火。他是现世的普罗米修斯。他以自身的苦难,带给我们以启示。他以他的音乐,伸展出他的手,企图搀扶我们从泥潭中爬起来,站立起来,再次迈出我们的步伐,走向他。

曾几何时,我们在时代的黑暗中悲叹,为自己与生俱来的、不可避免的命运和卑微而感到惋惜。这难道不正是我们与贝多芬的差异?我们聆听他的音乐,或多或少地得到感召和领悟。他的音乐激励着我们冷静沉着,勇敢地面对世事的不公。**如果有一天,我们能够在经历了命运的磨难之后,抬起眼睛,朝着天空,歌颂生命,歌颂神灵,这时的我们,将能够放下心灵的负担,了解我们生存于这个世界的意义,甚至窥见那隧道尽头的闪烁的光明。**

(译文据《老随笔——20世纪世界音乐大师卷》,译者:叶红
海潮出版社,2001)

编者按

作者从哲学的高度解说贝多芬。贝多芬《第九交响曲》是心灵的彻悟，《欢乐颂》是超越了生命本体、超越了此岸世界和彼岸世界的终极的欢乐。贝多芬启示我们放下心灵的负担，了解生存于这个世界的意义。

序记　题辞　书评

题画(胸中之竹)

郑板桥[1]

江馆清秋,晨起看竹,烟光、日影、露气,皆浮动于疏枝密叶之间。胸中勃勃,遂有画意。其实胸中之竹并不是眼中之竹也。因而磨墨展纸,落笔倏作变相,手中之竹又不是胸中之竹也。总之,意在笔先者,定则也;趣在法外者,化机也。独画云乎哉!

(原载《郑板桥集》
上海古籍出版社,1979)

编者按

郑板桥这则题画概括了艺术创造的完整过程。这个过程包括两个飞跃:一个是从“眼中之竹”到“胸中之竹”的飞跃,这是审美意象的生成,是一个创造的过程;再一个是“胸中之竹”到“手中之竹”的飞跃,这是画家进入操作阶段,运用技巧、工具和材料制成一个物理的存在,这仍然是审美意象的生成,仍然是一个充满活力的创造过程。“手中之竹”是“胸中之竹”的物化,但是“胸中之竹”并没有完全实现为“手中之竹”,而“手中之竹”又比“胸中之竹”多出一些东西,所以说“落笔倏作变相”。郑板桥这则题画在美学上极有价值,因为它告诉我们艺术创造始终是一个意象生成的问题。

---

① 郑板桥(1693－1765),名燮。江苏兴化人。清代画家。

《国学丛刊》序

王国维[1]

学之义不明于天下久矣。今之言学者，有新旧之争，有中西之争，有有用之学与无用之学之争。余正告天下曰：学无新旧也，无中西也，无有用无用也。凡立此名者，均不学之徒，即学焉而未尝知学者也。

学之义广矣。古人所谓“学”，兼知行言之。今专以知言，则学有三大类：曰科学也，史学也，文学也。凡记述事物而求其原因，定其理法者，谓之科学；求事物变迁之迹，而明其因果者，谓之史学；至出入二者间，而兼有玩物适情之效者，谓之文学。然各科学有各科学之沿革，而史学又有史学之科学（如刘知几《史通》之类）。若夫文学，则有文学之学（如《文心雕龙》之类）焉，有文学之史（如各史“文苑传”）焉。而科学、史学之杰作，亦即文学之杰作。故三者非斠然有疆界[2]，而学术之蕃变，书籍之浩瀚，得以此三者括之焉。

凡事物必尽其真，而道理必求其是，此科学之所有事也。而欲求知识之真与道理之是者，不可不知事物道理之所以存在之由，与其变迁之故，此史学之所有事也。若夫知识、道理之不能表以议论，而但可表以情感者，与夫不能求诸实地，而但可求诸想象者，此则文学之所有事。古今东西之为学，均不能出此三者。惟一国之民，性质有所毗[3]，境遇有所限，故或长于此学而短于彼学；承学之子，资力有偏颇，岁月有涯涘[4]，故不能不主此学而从彼学，且于一学之中，又择其一部而从事焉。此不独治一学当如是，自学问之性质言之，亦固宜然。**然为一学，无不有待于一切他学，亦无不有造于一切他学。**故是丹而非素，主入而奴出，昔之学者或有之，今日之真知学、真为学者，可信其无是也。

---

① 王国维（1877－1927），浙江海宁人。我国近代学者。

② 斠（jiào）然：截然，形容界限分明。斠为古代量谷物时划平斗斛的工具。

③ 毗：连接，相近。

④ 涯涘（sì）：水边，泛指边际、局限。

夫然,故吾所谓学无新旧、无中西、无有用无用之说,可得而详焉。何以言学无新旧也?夫天下之事物,自科学上观之与自史学上观之,其立论各不同。自科学上观之,则事物必尽其真,而道理必求其是。凡吾智之不能通而吾心之所不能安者,虽圣贤言之,有所不信焉;虽圣贤行之,有所不慊焉。何则?**圣贤所以别真伪也,真伪非由圣贤出也;所以明是非也,是非非由圣贤立也。**自史学上观之,则不独事理之真与是者足资研究而已,即今日所视为不真之学说、不是之制度风俗,必有所以成立之由,与其所以适于一时之故。其因存于邃古[①],而其果及于方来,故材料之足资参考者,虽至纤悉,不敢弃焉。故物理学之历史,谬说居其半焉;哲学之历史,空想居其半焉;制度、风俗之历史,弁髦居其半焉[②];而史学家弗弃也,此二学之异也。然治科学者,必有待于史学上之材料;而治史学者,亦不可无科学上之知识。今之君子,非一切蔑古,即一切尚古。蔑古者出于科学上之见地,而不知有史学;尚古者出于史学上之见地,而不知有科学;即为调停之说者,亦未能知取舍之所以然。此所以有古今新旧之说也。

何以言学无中西也?世界学问,不出科学、史学、文学。故中国之学,西国类皆有之;西国之学,我国亦类皆有之。所异者,广狭疏密耳。即从俗说而姑存中学西学之名,则夫虑西学之盛之妨中学,与虑中学之盛之妨西学者,均不根之说也。**中国今日,实无学之患,而非中学西学偏重之患。**京师号学问渊薮[③],而通达诚笃之旧学家,屈十指以计之,不能满也。其治西学者,不过为羔雁禽犊之资[④],其能贯串精博,终身以之如旧学家者,更难举其一二。风会否塞,习尚荒落,非一日矣。**余谓中西二学,盛则俱盛,衰则俱衰,风气既开,互相推助。且居今日之世,讲今日之学,未有西学不兴,而中学能兴者;亦未有中学不兴,而西学能兴者。**特余所谓中学,非世之君子所谓中学;所谓西学,非今日学校所授之西学而已。治《毛诗》、《尔雅》者,不能不通天文、博物诸学;而治博物学者,苟质以《诗》、《骚》草木之名状而不知焉,则于此学固未

---

① 邃古:远古。

② 弁髦:弁为古代一种黑布做的帽子,用于加冠礼,髦为童子的垂发。三次加冠礼后,黑布帽就去掉不再用。所以弁髦是比喻无用的东西。

③ 渊薮:聚集的地方。

④ 羔雁禽犊:古人以大雁、小羊相互赠送。这里指应酬、卖弄。

为善。必如西人之推算日食，证梁虞门、唐一行之说[①]，以明《竹书纪年》之非伪；由《大唐西域记》，以发见释迦之支墓，斯为得矣。故一学既兴，他学自从之，此由学问之事，本无中西，彼鳃鳃焉虑二者之不能并立者[②]，真不知世间有学问事者矣！

顾新旧中西之争，世之通人率知其不然，惟有用无用之论，则比前二说为有力。余谓凡学皆无用也，皆有用也。欧洲近世农工商业之进步，固由于物理化学之兴，然物理化学高深普遍之部，与蒸气电信有何关系乎？动植物之学，所关于树艺畜牧者几何？天文之学，所关于航海、授时者几何？心理社会之学，其得应用于政治教育者亦尠[③]。以科学而犹若是，而况于史学、文学乎？然自他面言之，则一切艺术，悉由一切学问出。古人所谓不学无术，非虚语也。夫天下之事物，非由全不足以知曲，非致曲不足以知全，**虽一物之解释，一事之决断，非深知宇宙人生之真相者，不能为也。而欲知宇宙人生者，虽宇宙中之一现象，历史上之一事实，亦未始无所贡献**。故深湛幽渺之思，学者有所不避焉；迂远繁琐之讥，学者有所不辞焉。事物无大小，无远近，苟思之得其真，纪之得其实，极其会归，皆有裨于人类之生存福祉。己不竟其绪，他人当能竟之；今不获其用，后世当能用之。此非苟且玩愒之徒所与知也！[④] **学问之所以为古今中西所崇敬者，实由于此**。凡生民之先觉，政治教育之指导，利用厚生之渊源，胥由此出，非徒一国之名誉与光辉而已。世之君子，可谓知有用之用，而不知无用之用者矣。

以上三说，其理至浅，其事至明，此在他国所不必言，而世之君子，犹或疑之，不意至今日而犹使余为此哓哓也[⑤]。适同人将刊行国学杂志，敢以此言序其端。此志之刊，虽以中学为主，然不敢蹈世人之争论。此则同人所自信，而亦不能不自白于天下者也。

（原载《王国维文集》第四卷
中国文史出版社，1997）

---

① 虞门（kuò）：梁太史令，改进了祖冲之的天文历法。一行：唐朝僧人，天文学家。

② 鳃鳃（xǐ）：恐惧貌。

③ 尠（xiǎn）：鲜的异体字。

④ 愒（qì）：休息。

⑤ 哓哓（xiāo）：争辩声。

编者按

王国维这篇《序》，对当时学界的新旧之争、中西之争、有用之学与无用之学之争，做了分析，提出学无新旧、学无中西、学无有用无用的论断，并指出那些鼓噪新旧、中西、有用无用之分的人均是“不学之徒”。以中西之争为例，王国维指出，“中国今日，实无学之患，而非中学、西学偏重之患”，“中西二学，盛则俱盛，衰则俱衰，风气既开，互相推助”，“且居今日之世，讲今日之学，未有西学不兴，而中学能兴者，亦未有中学不兴，而西学能兴者”，这些论断至今光彩夺目。《序》中对当时学界评价说：“京师号学问渊薮，而通达诚笃之旧学家，屈十指以计之，不能满也。其治西学者，不过为羔雁禽犊之资，其能贯串精博，终身以之如旧学家者，更难举其一二。”这些话，也至今仍可作为我们的清醒剂。

现在各种著作也常常找人写序。但那些序多半空洞无物，虚应故事，像王国维这样在序中对学术问题发表真见解、新见解的极少。那种序其实可以不作。

王静安先生遗书序

陈寅恪

王静安先生既殁，罗雪堂先生刊其遗书四集。后五年，先生之门人赵斐云教授，复采辑编校其前后已刊未刊之作，共为若干卷，刊行于世。先生之弟哲安教授，命寅恪为之序。寅恪虽不足以知先生之学，亦尝读先生之书，故受命不辞。谨以所见质正于天下后世之同读先生之书者。

自昔大师巨子，其关系于民族盛衰学术兴废者，不仅在能承继先哲将坠之业，为其托命之人，而尤在能开拓学术之区宇，补前修之未逮。故其著作可转移一时之风气，而示来者以轨则也。先生之学博矣，精矣，几若无涯岸之可望，辙迹之可寻。然详绎遗书，其学术内容及治学方法，殆可举三目以概括之者。**一曰取地下之实物与纸上之遗文互相释证。**凡属于考古学及上古史之作，如“殷卜辞中所见先公先王考”及“鬼方昆夷玁狁考”等是也。**二曰取异族之故书与吾国之旧籍互相补正。**凡属于辽金元史事及边疆地理之作，如“萌古考”及“元朝秘史之主因亦儿坚考”等是也。**三曰取外来之观念，与固有之材料相互参证。**凡属于文艺批评及小说戏曲之作，如“红楼梦评论”及“宋元戏曲考”“唐宋大曲考”等是也。此三类之著作，其学术性质固有异同，所用方法亦不尽符会，要皆足以转移一时之风气，而示来者以轨则。吾国他日文史考据之学，范围纵广，途径纵多，恐亦无以远出三类之外。此先生之书所以为吾国近代学术界最重要之产物也。

今先生之书，流布于世，世人大抵能称道其学，独于其平生之志事，颇多不能解，因而有是非之论。寅恪以谓古今中外志士仁人，往往憔悴忧伤，继之以死。其所伤之事所死之故，不止局于一时间一地域而已。盖别有超越时间地域之理性存焉。而此超越时间地域之理性，必非其同时间地域之众人所能共喻。然则先生之志事，多为世人所不解，因而有是非之论者，又何足怪耶？尝综揽吾国三十年来，人世之剧变至异，等量而齐观之，诚庄生所谓彼亦一是非，此亦一是非者。若就彼此所是非者言之，则彼此终古末由共喻，以其互局于一时间一地域故也。呜呼，神州之外，更有九州。今世之后，更有来世。其间傥亦有能读先生之书者乎？如果有之，则其人于先生之书，钻味既深，神理相接，不但能想见先生之人，想见先生之世，或者更能心喻先生之奇哀遗恨于一时一地，彼此是非之表欤？

一千九百三十四年岁次甲戌六月三日陈寅恪谨序。

（原载《清华学报》1932年7卷2期
后收入《金明馆丛稿二编》
上海古籍出版社，1980）

编者按

陈寅恪先生这篇《序》，把王国维的学术内容和治学方法概括为三条，一为取地下之实物与纸上之遗文互相释证，二为取异族之故书与吾国之旧籍互相补正，三为取外来之观念与固有之材料互相参证，认为这三条都足以转移一时之风气，而示来者以轨则。陈寅恪先生的这个概括，在治学方法上具有普遍的意义，使这篇《序》成了学术史上的经典，对后来学者的治学产生了极其深远的影响。

冯友兰《中国哲学史》下册审查报告

陈寅恪

此书上卷寅恪曾任审查。认为取材精审，持论正确。自刊布以来，评论赞许，以为实近年吾国思想史之有数著作，而信寅恪前言之非阿私所好。今此书继续完成，体例宗旨，仍复与前册一贯。允宜速行刊布，以满足已读前册者之希望，而使清华丛书中得一美备之著作。是否有当，尚乞鉴定是幸！

寅恪于审查此书之余，并略述所感，以求教正。

佛教经典言："佛为一大事因缘出现于世。"中国自秦以后，迄于今日，其思想之演变历程，至繁至久。要之，只为一大事因缘，即新儒学之产生，及其传衍而已。此书于朱子之学，多所发明。昔阎百诗在清初以辨伪观念，陈兰甫在清季以考据观念，而治朱子之学，皆有所创获。今此书作者，取西洋哲学观念，以阐明紫阳之学，宜其成系统而多新解。然新儒家之产生，关于道教之方面，如新安之学说，其所受影响甚深且远。自来述之者，皆无惬意之作。近日常盘大定推论儒道之关系，所说甚繁（东洋文库本），仍多未能解决之问题。盖道藏之秘籍，迄今无专治之人，而晋南北朝隋唐五代数百年间，道教变迁传衍之始末及其与儒佛二家互相关系之事实，尚有待于研究。此则吾国思想史上前修所遗之缺憾，更有俟于后贤之追补者也。南北朝时，即有儒释道三教之目，（北周卫元嵩撰齐三教论七卷。见旧唐书四七经籍志下。）至李唐之世，遂成固定之制度。如国家有庆典，则召集三教之学士，讲论于殿廷，是其一例。故自晋至今，言中国之思想，可以儒释道三教代表之。此虽通俗之谈，然稽之旧史之事实，验以今世之人情，则三教之说，要为不易之论。儒者在古代本为典章学术所寄托之专家。李斯受荀卿之学，佐成秦治。秦之法制实儒家一派学说之所附系。中庸之"车同轨，书同文，行同伦。"（即太史公所谓"至始皇乃能并冠带之伦"之"伦"。）为儒家理想之制度，而于秦始皇之身，而得以实现之也。汉承秦业，其官制法律亦袭用前朝。遗传至晋以后，法律与礼经并称，儒家周官之学说悉采入法典。夫政治社会一切公私行动，莫不与法典相关，而法典为儒家学说具体之实现。**故二千年来华夏民族所受儒家学说之影响，最深最巨者，实在制度法律公私生活之方面，而关于学说思想之方面，或转有不如佛道二教者。**如六朝士大夫号称旷达，而夷考其实，往往笃孝义之行，严家讳之禁。此皆儒家之教训，固无预于佛老之玄风者也。释迦之教义，无父无君，与吾国传统之学说，存在之制度，无一不相冲突。输入之后，若久不变易，则决难保持。**是以佛教学说，能于吾国思想史上，发生重大久远之影响者，皆经国人吸收改造之过程。其忠实输入不改本来面目者，若玄奘唯识之学，虽震动一时之人心，而卒归于消沉歇绝。**近虽有人焉，欲然其死灰，疑终不能复振。其故匪他，以性质与环境互相方圆凿枘，势不得不然也。六朝以后之道教，包罗至广，演变至繁，不似儒教之偏重政治社会制度，故思想上尤易融贯吸收。凡新儒家之学说，几无不有道教，或与道教有关之佛教为之先导。如天台宗者，佛教宗派中道教意义最富之一宗也。（其创造者慧思所作誓愿文，最足表现其思想。至于北宋真宗时，日本传来之大乘止观法门一书，乃依据大乘起信论者，恐系华严宗盛后，天台宗伪托南岳而作。故此书只可认为天台宗后来受华严宗影响之史料，而不能据以论南岳之思想也。）其宗徒梁敬之与李习之之关系，实启新儒家开创之动机。北宋之智圆提倡中庸，甚至以僧徒而号中庸子，并自为传以述其义（孤山闲居编）。其年代犹在司马君实作中庸广义之前，（孤山卒于宋真宗乾兴元年，年四十七。）似亦于宋代新儒家为先觉。二者之间，其关系如何，且不详论。然举此一例，已足见新儒家产生之问题，犹有未发之覆在也。至道教对输入之思想，如佛教摩尼教等，无不尽量吸收，然仍不忘其本来民族之地位。既融成一家之说以后，则坚持夷夏之论，以排斥外来之教义。此种思想上之态度，自六朝时亦已如此。虽似相反，而实足以相成。从来新儒家即继承此种遗业而能大成者。**窃疑中国自今日以后，即使能忠实输入北美或东欧之思想，其结局当亦等于玄奘唯识之学，在吾国思想史上，既不能居最高之地位，且亦终归于歇绝者。其真能于思想上自成系统，有所创获者，必须一方面吸收输入外来之学说，一方面不忘本来民族之地位。**此二种相反而适相成之态度，乃道教之真精神，新儒家之旧途径，而二千年吾民族与他民族思想接触史之所昭示者也。寅恪平生为不古不今之学[1],思想囿于咸丰同治之世,议论近乎湘乡南皮之间[2],承审查此书,草此报告,陈述所见,殆所谓"以新瓶而装旧酒"者。诚知旧酒味酸,而人莫肯酤,姑注于新瓶之底,以求一尝,可乎?

(原载冯友兰《中国哲学史》下册,1933年
后收入《金明馆丛稿二编》
上海古籍出版社,1980)

编者按

陈寅恪先生在这这篇《报告》中回顾佛教传入中国的历史教训,指出中国自今日之后,其真能于思想上自成系统,有所创获者,必须一方面吸收输入外来之学说,一方面不忘本来民族之地位。这个结论,使得这篇《报告》成为学术史上的经典,在21世纪的今天,对我们恰当地处理中西学术思想之关系,依然有重要的指导意义。

① 不古不今之学:指他本人研究唐史。
② 湘乡:指曾国藩。南皮:指张之洞。

檄文 碑文

代徐敬业传檄天下文

骆宾王①

伪临朝武氏者②，人非温顺，地实寒微。昔充太宗下陈③，尝以更衣入侍④。洎乎晚节⑤，秽乱春宫⑥。密隐先帝之私⑦，阴图后庭之嬖⑧。入门见嫉，蛾眉不肯让人⑨；掩袖工谗，狐媚偏能惑主⑩。践元后于翚翟，陷吾君于聚麀⑪。加以虺蜴为心⑫，豺狼成性。近狎邪僻⑬，残害忠良，杀姊屠兄，弑君鸩母⑭。神人之所共疾，天地之所不容。犹复包藏祸心，窥窃神器⑮。君之爱子，幽之于别宫⑯；贼之宗盟，委之以重任⑰。呜呼！霍子孟之不作，朱虚侯之已亡⑱。燕啄

---

① 骆宾王（约640—？）：唐代文学家。婺州义乌（今属浙江）人。为徐敬业讨伐武则天撰写檄文。徐敬业兵败，骆宾王不知所终，一说被杀，一说为僧。

② 武氏：武则天（624－705），自名为曌（zhào），山西文水人。唐太宗时，入宫为“才人”。太宗死后，削发为尼。高宗时又被召入宫。655年立为皇后。683年高宗死，中宗接位，她以皇太后身份临朝听政。684年废中宗，立睿宗。690年废睿宗，自称圣神皇帝，改国号为周。705年身患重病，大臣张柬之等乘机拥中宗复位，复国号唐。

③ 下陈：指武氏十四岁入宫为“才人”。

④ 用卫子夫侍汉武帝更衣得幸的典故。

⑤ 洎（jì）：到，及。

⑥ 春宫：东宫，太子所居，指武后与尚为太子的高宗发生淫乱关系。

⑦ 指武氏掩盖她作为太宗“才人”的身份。

⑧ 后庭：后宫。嬖（bì）：宠幸。指武氏暗中图谋进入高宗后宫，取得嬖幸。

⑨ 指武氏进宫后嫉妒所有嫔妃。

⑩ 指武氏阴谋陷害王皇后得逞。

⑪ 翚翟（huī dí）：野鸡。麀（yōu）：牝鹿。聚麀：两头牡鹿共一头牝鹿。指武氏原为太宗嫔妃又成为高宗皇后，使高宗陷于禽兽之行。

⑫ 虺蜴（huǐ yì）：毒蛇与蜥蜴。

⑬ 近狎：亲近。邪僻：小人。

⑭ 弑：杀死尊长。鸩：毒鸟，羽毛可制毒酒。

⑮ 神器：帝位。

⑯ 指中宗、睿宗被武氏囚禁。

⑰ 指武氏重用其家族党羽。

⑱ 霍子孟：霍夫，字子孟。他辅助汉昭帝、汉宣帝，安定汉朝。朱虚侯：刘章，封朱虚侯。汉高祖死后，吕后专权。刘章与陈平、周勃合谋，尽诛诸吕，迎立文帝。

皇孙，知汉祚之将尽[1]；龙漦帝后，识夏庭之遽衰[2]。

敬业皇唐旧臣，公侯冢子[3]。奉先君之成业，荷本朝之厚恩。宋微子之兴悲，良有以也，桓君山之流涕，岂徒然哉[4]！是用气愤风云，志安社稷。因天下之失望，顺宇内之推心。爰举义旗，誓清妖孽。南连百越，北尽三河，铁骑成群，玉轴相接[5]，海陵红粟[6]，仓储之积靡穷；江浦黄旗[7]，匡复之功何远。**班声动而北风起[8]，剑气冲而南斗平。喑呜则山岳崩颓，叱咤则风云变色[9]。以此制敌，何敌不摧！以此攻城，何城不克！**

公等或居汉地，或叶周亲，或膺重寄于话言，或受顾命于宣室[10]。言犹在耳，忠岂忘心！一抔之土未干，六尺之孤安在[11]？倘能转祸为福，送往事居[12]，共立勤王之勋，无废旧君之命，凡诸爵赏，同指山河[13]。若其眷恋穷城[14]，徘徊歧路，坐昧先几之兆[15]，必贻后至之诛。**请看今日之域中，竟是谁家之天下！**移檄州郡，咸使知闻。

（原载《骆宾王文集》）

编者按

檄文是古代出师征讨的文告，要求气势磅礴，先声夺人，所谓“震雷始于曜电，出师先乎威声”（刘勰《文心雕龙》语）。骆宾王写的这篇，事昭理

---

① 祚（zuò）：皇位、国运。这里用赵飞燕的典故指责武氏推翻李氏政权。
② 龙漦（lí）：龙的涎沫。传说褒姒是宫女沾了龙的涎沫而生，而周幽王因宠褒姒而亡国。
③ 冢子：长子。
④ 宋微子：殷纣王的庶兄。殷亡后，微子过殷墟而悲叹。桓君山：桓谭，字君山，东汉光武帝时上疏陈政遭贬，郁郁而死。
⑤ 轴：通“舳”。
⑥ 海陵：指扬州地区。红粟：陈年的米，颜色变红。
⑦ 江浦黄旗：指东南江滨出现黄旗状云气，古人认为是天运的象征。
⑧ 班声：马声。
⑨ 喑（yīn）呜：怒气。叱咤：发怒声。
⑩ 周亲：至亲。膺：承受。爪牙：喻武将。顾命：皇帝临死时的遗命。宣室：皇宫大殿。
⑪ 一抔（póu）：一捧。一抔之土：坟土，指高宗的陵墓。六尺之弧：指被废的中宗，此时被软禁在房州。
⑫ 送往事居：往，已死者。居，现存者。指礼葬高宗，事奉中宗。
⑬ 同指山河：共指山河为誓。
⑭ 穷城：无援的孤城。
⑮ 先几之兆：事先的征兆。

辩，气盛辞断，慷慨淋漓，激切光明，是檄文的典范。文中的一些句子，如“班声动而北风起，剑气冲而南斗平。喑呜则山岳崩颓，叱咤则风云变色。”“请看今日之域中，竟是谁家之天下！”成了千古传诵的名句。

国立西南联合大学纪念碑碑文

冯友兰

中华民国三十四年九月九日，我国家受日本之降于南京。上距二十六年七月七日卢沟桥之变，为时八年；再上距二十年九月十八日沈阳之变，为时十四年；再上距清甲午之役，为时五十一年。举凡五十年间，日本所鲸吞蚕食于我国家者，至是悉备图籍献还。全胜之局，秦汉以来，所未有也。国立北京大学、国立清华大学，原设北平；私立南开大学，原设天津。自沈阳之变，我国家之威权逐渐南移，惟以文化力量，与日本争持于平津，此三校实为其中坚。二十六年，平津失守，三校奉命迁于湖南，合组为国立长沙临时大学，以三校校长蒋梦麟、梅贻琦、张伯苓为常务委员，主持校务，设法、理、工学院于长沙，文学院于南岳，于十一月一日开始上课。迨京沪失守，武汉震动，临时大学又奉命迁云南。师生徒步经贵州，于二十七年四月二十六日抵昆明。旋奉命改名为国立西南联合大学，设理、工学院于昆明，文、法学院于蒙自，于五月四日开始上课。一学期后，文、法学院亦迁昆明。二十七年，增设师范学院。二十九年，设分校于四川叙永，一学年后，并于本校。昆明本为后方名城，自日军入安南、陷缅甸，又成后方（当作“前方”——冯注）重镇。联合大学支持其间，先后毕业学生二千余人，从军旅者八百余人。河山既复，日月重光，联合大学之战时使命既成，奉命于三十五年五月四日结束。原有三校，即将返故居，复旧业。缅维八年支持之苦辛，与夫三校合作之协和，可纪念者，盖有四焉。我国家以世界之古国，居东亚之天府，本应绍汉唐之遗烈，作并世之先进。将来建国完成，必于世界历史，居独特之地位。盖并世列强，虽新而不古；希腊、罗马，有古而无今。惟我国家，亘古亘今，亦新亦旧，斯所谓‘周虽旧邦，其命维新’者也。旷代之伟业，八年之抗战已开其规模，立其基础。今日之胜利，于我国家有旋乾转坤之功，而联合大学之使命，与抗战相终始。此其可纪念者一也。文人相轻，自古而然，昔人所言，今有同慨。三校有不同之历史，各异之学风，八年之久，合作无间。同无妨异，异不害同；五色交辉，相得益彰；八音合奏，终和且平。此其可纪念者二也。万物并育而不相害，道并行而不相悖，小德川流，大德敦化，此天地之所以为大。斯虽先民之恒言，实为民主之真谛。联合大学以其兼容并包之精神，转移社会一时之风气， 内树学术自由之规模，外来“民主堡垒”之称号，违千夫之诺诺，作一士之谔谔。此其可纪念者三也。稽之往史，我民族若不能立足于中原，偏安江表，称曰南渡。南渡之人，未有能北返者：晋人南渡，其例一也；宋人南渡，其例二也；明人南渡，其例三也。“风景不殊”，晋人之深悲；“还我河山”，宋人之虚愿。吾人为第四次之南渡，乃能于不十年间，收恢复之全功。庾信不哀江南，杜甫喜收蓟北。此其可纪念者四也。联合大学初定校歌，其辞始叹南迁流离之苦辛，中颂师生不屈之壮志，终寄最后胜利之期望。校以今日之成功，历历不爽，若合符契。联合大学之终始，岂非一代之盛事，旷百世而难遇者哉！爰就歌辞，勒为碑铭，铭曰：痛南渡，辞宫阙。驻衡湘，又离别。更长征，经峣嵲。望中原，遍洒血。抵绝徼，继讲说。诗书丧，犹有舌。尽笳吹，情弥切。千秋耻，终已雪。见仇寇，如烟灭。起朔北，迄南越，视金瓯，已无缺。大一统，无倾折。中兴业，继往烈。维三校，兄弟列，为一体，如胶结，同艰难，共欢悦，联合竟，使命彻，神京复，还燕碣。以此石，象坚节，纪嘉庆，告来哲。

（原载冯友兰《三松堂全集》第十四卷
河南人民出版社，2000）

编者按

在今人所写的纪念碑碑文中，冯友兰先生这篇西南联大纪念碑碑文写得最有历史感，金声玉振，大气磅礴，是最精彩的一篇。诚如冯先生自己三十年后所说，“以今观之，此文有见识，有感情，有气势，有词藻，有音节，寓六朝之俪句于唐宋之古文”，“承百代之流，而会乎当今之变，有蕴于中，故情文相生，不能自已。今日重读，感慨系之矣”。

书信

与孙权书

曹操[①]

近者奉辞伐罪，旌麾南指，刘琮束手[②]。今治水军八十万众，方与将军会猎于吴。

（原载《三国志·吴志·孙权传》注引《江表传》）

编者按

这是一封战书，只有短短三十个字。你看他缓缓写来，气定神闲，雍容大度，毫无剑拔弩张的狂态，而自有一种居高临下压倒的气势。千载之下，犹能使人想见这位叱咤风云的历史人物当年的风采。

---

① 曹操(155－220)，三国时政治家、军事家、文学家。沛国谯县(今安徽亳县)人。

② 建安十三年秋七月，曹操南征，刘琮请降。

潍县署中与舍弟墨第二书(平生最不喜笼中养鸟)

郑板桥

余五十二岁始得一子,岂有不爱之理!然爱之必以其道,虽嬉戏顽耍,务令忠厚悱恻,毋为刻急也。**平生最不喜笼中养鸟,我图娱悦,彼在囚牢,何情何理,而必屈物之性以适吾性乎!** 至于发系蜻蜓,线缚螃蟹,为小儿顽具,不过一时片刻便摺拉而死。**夫天地生物,化育劬劳,一蚁一虫,皆本阴阳五行之气细缊而出。上帝亦心心爱念。而万物之性人为贵,吾辈竟不能体天之心以为心,万物将何所托命乎?** 蛇蚖蜈蚣豺狼虎豹,虫之最毒者也,然天既生之,我何得而杀之?若必欲尽杀,天地又何必生?亦惟驱之使远,避之使不相害而已。蜘蛛结网,于人何罪,或谓其夜间咒月,令人墙倾壁倒,遂击杀无遗。此等说话,出于何经何典,而遂以此残物之命,可乎哉?可乎哉?我不在家,儿子便是你管束。要须长其忠厚之情,驱其残忍之性,不得以为犹子而姑纵惜也。家人儿女,总是天地间一般人,当一般爱惜,不可使吾儿凌虐他。凡鱼飧果饼,宜均分散给,大家欢嬉跳跃。若吾儿坐食好物,令家人子远立而望,不得一沾唇齿;其父母见而怜之,无可如何,呼之使去,岂非割心剜肉乎!夫读书中举中进士作官,此是小事,第一要明理作个好人。可将此书读与郭嫂、饶嫂听,使二妇人知爱子之道在此不在彼也。

书后又一纸

所云不得笼中养鸟,而予又未尝不爱鸟,但养之有道耳。**欲养鸟莫如多种树,使绕屋数百株,扶疏茂密,为鸟国鸟家。将旦时,睡梦初醒,尚展转在被,听一片啁啾,如《云门》、《咸池》之奏;及披衣而起,颒面漱口啜茗,见其扬翚振彩,倏往倏来,目不暇给,固非一笼一羽之乐而已。大率平生乐处,欲以天地为囿,江汉为池,各适其天,斯为大快。** 比之盆鱼笼鸟,其钜细仁忍何如也！

（原载《郑板桥集》
上海古籍出版社，1979）

编者按

郑板桥这封信体现了中国传统文化中的生态意识。中国传统哲学是“生”的哲学。生，就是草木生长，就是创造生命。郑板桥在信中说，天地生物，一虫一蚁，都心心爱念，这就是天之心。人应该“体天之心以为心”。所以他说他最反对“笼中养鸟”。“我图娱悦，彼在囚牢，何情何理，而必屈物之性以适吾性乎！”接下去他又说，真正爱鸟就要多种树，使成为鸟国鸟家。早上起来，一片鸟叫声，鸟很快乐，人也很快乐，这就叫“各适其天”。所谓“各适其天”，就是万物都能够按照它们的自然本性获得生存。这样，作为和万物同类的人也就能得到真正的快乐，得到最大的美感。

致吴健雄①

胡适

健雄女士:

昨夜在马宅相见,颇出意外,使我十分高兴。

此次在海外见着你,知道抱着很大的求学决心,我很高兴。昨夜我们乱谈的话,其中实有经验之谈,值得留意。**凡治学问,功力之外,还需要天才。龟兔之喻,是勉励中人以下之语,也是警惕天才之语,有兔子的天才,加上乌龟的功力,定可无敌于一世,仅有功力,可无大过,而未必有大成功。**

你是很聪明的人,千万珍重自爱,将来成就未可限量。这还不是我要对你说的话。**我要对你说的是希望你能利用你的海外住留期间,多留意此邦文物,多读文史的书,多读其他科学,使胸襟阔大,使见解高明。**我不是要引诱你"改行"回到文史路上来;我是要你做一个博学的人。前几天,我在 Pasadena 见着 Dr. Robert A. Milhkan。他带我去参观各种研究室,他在 Geretics 研究室中指示室中各种工作,也"如数家珍",使我心里赞叹。**凡第一流的科学家,都是极渊博的人,取精而用弘,由博而反约,故能有大成功。**

国内科学界的几个老的领袖,如丁在君②、翁咏霓③,都是博览的人,故他们的领袖地位不限于地质学一门。后起的科学家都往往不能有此渊博,

---

① 吴健雄(1912-1993),江苏太仓人。女物理学家。

② 丁文江(1887-1936),字在君,号宗淹,江苏泰州人,中国近代地质学的奠基人之一。多次到西南地区考察地质矿产,兼测经纬度及从事人类学和少数民族语言文字的调查研究,为我国西南地区综合考察之先驱。倡导中国古代科学史之研究,整理出版了中国古代科学典籍《天工开物》和《徐霞客游记》。

③ 翁文灏(1889-1971),字咏霓,浙江鄞县人。中国地质学启蒙学者之一,对熔岩、石油、金属矿产等经济地质学也有研究。

恐只能守成规,而不能创业拓地。

以此相期许,你不笑我多管闲事吗?匆匆祝你平安。

一九三六年

(原载《胡适之先生年谱长编初稿》第四册

后收入《胡适全集》第24卷

安徽教育出版社,2003)

编者按

科学与人文的融合,多学科的广阔视野,是创意的灵魂,是科学事业中开拓创新的前提条件,也是成为大科学家、大学问家的前提条件。胡适信中的这个思想,是无数历史事实证明的真理。

致沈从文

林徽因[1]

二哥：

接到你的信，理智上，我虽然同情你所告诉我你的苦痛（情绪的紧张），在情感上我却很羡慕你那么积极、那么热烈、那么丰富的情绪，至少此刻同我的比，我的显然萧条颓废消极无用。你的是在情感的尖锐上奔迸！

可是此刻我们有个共同的烦恼，那便是可惜时间和精力，因为情绪的盘旋而耗废去。

你希望抓住理性的自己，或许找个聪明的人帮忙你整理一下你的苦恼或是“横溢的情感”，设法把它安排妥帖一点，你竟找到我来，我懂得的，我也常常被同种的纠纷弄得左不是右不是，生活掀在波澜里，盲目的同危险周旋，累得我既为旁人焦灼，又为自己操心，又同情于自己又很不愿意宽恕放任自己。

不过我同你有大不同处：**凡是在横溢奔放的情感中时，我便觉到抓住一种生活的意义，**即使这横溢奔放的情感所发生的行为上纠纷是快乐与苦辣对渗的性质，我也不难过不在乎。我认定了生活本身原质是矛盾的，**我只要生活；体验到极端的愉快，灵质的，透明的，美丽的近于神话理想的快活，**以下我情愿也随着赔偿这天赐的幸福，坑在悲痛，纠纷失望，无望，寂寞中捱过若干时候，好像等自己的血来在创伤上结痂一样！一切我都在无声中忍受，默默的等天来布置我，没有一句话说！（我且说说来给你做个参考。）

我所谓极端的，浪漫的或实际的都无关系，**反正我的主义是要生活，没有情感的生活简直是死！生活必须体验丰富的情感，把自己变成丰富，宽大能优容，能了解，能同情种种“人性”，能懂得自己，不苛责自己，也不苛责旁**

① 林徽因（1904－1955），我国现当代建筑学家、文学家。

人，不难自己以所不能，也不难别人所不能，更不怨运命或是上帝，看清了世界本是各种人性混合做成的纠纷，人性又就是那么一回事，脱不掉生理，心理，环境习惯先天特质的凑合！

我方才所说到极端的愉快，灵质的，透明的，美丽的快乐，不知道你有否同一样感觉。我的确有过，我不忘却我的幸福。我认为最愉快的事都是一闪亮的，在一段较短的时间内迸出神奇的——如同两个人透彻的了解：一句话打到你心里，使得你理智和感情全觉到一万万分满足；如同相爱：在一个时候里，你同你自身以外另一个人互相以彼此存在为极端的幸福；如同恋爱：在那时那刻眼所见，耳所听，心所触无所不是美丽，情感如诗歌自然的流动，如花香那样不知其所以。这些种种便都是一生中不可多得的瑰宝。世界上没有多少人有那机会，且没有多少人有那种天赋的敏感和柔情来尝味那经验，所以就有那种机会也无用。如果有如诗剧神话般的实景，当时当事者本身却没有领会诗的情感又如何行？即使有了，只是浅俗的赏月折花的限量，那又有什么话说?！转过来说，对悲哀的敏感容量也是生活中可贵处。当时当事，你也许得流出血泪，过去后那些在你经验中也是不可鄙视的创痂。

如果在“横溢情感”和“僵死麻木的无情感”中叫我来拣一个，我毫无问题要拣上面的一个，不管是为我自己或是为别人。**人活着的意义基本的是在能体验情感。能体验情感还得有智慧有思想来分别了解那情感——自己的或别人的！如果再能表现你自己所体验所了解的种种在文字上——不管那算是宗教或哲学，诗，或是小说，或是社会学论文——（谁管那些）——使得别人也更得点人生意义，那或许就是所有的意义了——不管人文明到什么程度，天文地理科学的通到那里去，这点人性还是一样的主要，一样的是人生的关键。**

算了吧！二哥，别太虐待自己，有空来我这里，咱们再费点时间讨论讨论它，你还可以告诉我一点实在情形。

徽因

（原载《林徽因文存》
四川出版集团，2005
有删节）

编者按

林徽因这封信把她的精神世界和盘托出。她认为,人活着的意义是在体验奔放横溢的情感,体验那极端的愉快,灵质的,透明的,一闪亮的,神奇的,美丽的快乐。这是对一种审美人生的追求。

致傅聪（你为什么喜爱莫扎特、舒伯特）

傅雷

昨天敏自京回沪度寒假，马先生交其带来不少唱片借听。昨晚听了维伐第的两支协奏曲，显然是斯卡拉蒂一类的风格，敏说“非常接近大自然”，倒也说得中肯。情调的愉快、开朗、活泼、轻松，风格之典雅、妩媚，意境之纯净、健康，气息之乐观、天真，和声的柔和、堂皇，甜而不俗：处处显出南国风光与意大利民族的特性，令我回想到罗马的天色之蓝，空气之清冽，阳光的灿烂，更进一步追怀二千年前希腊的风土人情，美丽的地中海与柔媚的山脉，以及当时又文明又自然，又典雅又朴素的风流文采，正如丹纳书中所描写的那些境界。——听了这种音乐不禁联想到亨特尔，他倒是北欧人而追求文艺复兴的理想的人，也是北欧人而憧憬南国的快乐气氛的作曲家。你说他 humain［有人情味］是不错的，因为他更本色，更多保留人的原有的性格，所以更健康。他有的是异教气息，不像巴哈被基督教精神束缚，常常匍匐在神的脚下呼号，忏悔，诚惶诚恐的祈求。基督教本是历史上某一特殊时代，地理上某一特殊民族，经济政治某一特殊类型所综合产生的东西；时代变了，特殊的政治经济状况也早已变了，民族也大不相同了，不幸旧文化——旧宗教遗留下来，始终统治着二千年来几乎所有的西方民族，造成了西方人至今为止的那种矛盾，畸形，与十九、二十世纪极不调和的精神状态，处处同文艺复兴以来的主要思潮抵触。在我们中国人眼中，基督教思想尤其显得病态。一方面，文艺复兴以后的人是站起来了，到处肯定自己的独立，发展到十八世纪的百科全书派，十九世纪的自然科学进步以及政治经济方面的革命，显然人类的前途，进步，能力，都是无限的；同时却仍然奉一个无所不能无所不在的神为主宰，好像人永远逃不出他的掌心，再加上原始罪恶与天堂地狱的恐怖与期望：使近代人的精神永远处于支离破碎，纠结复杂，矛盾百出的状态中，这个情形反映在文化的各个方面，学术的各个部门，使他们（西方人）格外心情复杂，难以理解。我总觉得从异教变到基督教，就是人从健康变到病态的主要表现与主要关键。——比起近代的西方人来，我们中华民族更接近古代的希腊人，因此更自然，更健康。我们的哲学、文学即使是悲观的部分也不是基督教式的一味投降，或者用现代语说，一味的“失败主义”；而是人类一般对生老病死，春花秋月的慨叹，如古乐府及我们全部诗词中提到人生如朝露一类的作品；或者是愤激与反抗的表现，如老子的《道德经》。——**就因为此，我们在西方艺术中最喜爱的还是希腊的雕塑，文艺复兴的绘画，十九世纪的风景画，**——总而言之是非宗教性非说教类的作品。——猜想你近年来愈来愈喜欢莫扎特、斯卡拉蒂、亨特尔，大概也是由于中华民族的特殊气质。在精神发展的方向上，我认为你这条路线是正常的，健全的。——你的酷好舒伯特，恐怕也反映你爱好中国文艺中的某一类型。**亲切，熨帖，温厚，惆怅，凄凉，而又对人生常带哲学意味极浓的深思默想；爱人生，恋念人生而又随时准备飘然远行，高蹈，洒脱，遗世独立，解脱一切等等的表现，岂不是我们汉晋六朝唐宋以来的文学中屡见不鲜的吗？**而这些因素不是在舒伯特的作品中也具备的呢？——关于上述各点，我很想听听你的意见。关于远阻而你我之间思想交流，精神默契未尝有丝毫间隔，也就象征你这个远方游子永远和产生你的民族，抚养你的祖国，灌溉你的文化血肉相连，息息相通。

（原载《傅雷家书》
三联书店，1990）

编者按

一个人的审美趣味必然常有个人的色彩，同时又必然渗透着自己民族的文化传统和精神气质。这是趣味的个体性和超个体性的统一。傅雷这封信讲的就是这个道理。他说：“比起近代的西方人来说，我们中华民族更接近古代的希腊人，因此更自然，更健康。”“就因为此，我们在西方艺术中最喜欢的还是希腊的雕塑，文艺复兴的绘画，19世纪的风景画”，“猜想你近年来愈来愈喜欢莫扎特，斯卡拉蒂，亨特尔，大概也是由于中华民族的特殊气质”，“我认为你这条路线是正常的，健全的”。在中西文化汇流的21世纪，傅雷的这些话，似比在过去更值得我们重视，值得我们咀嚼。

致傅聪(浪漫兼古典的美)

傅雷

上星期我替敏讲《长恨歌》与《琵琶行》,觉得大有妙处。白居易对音节与情绪的关系悟得很深。凡是转到伤感的地方,必定改用仄声韵。《琵琶行》中“大弦嘈嘈”“小弦切切”一段,好比 staccato[断音]①,像琵琶的声音极切;而“此时无声胜有声”的几句,等于一个长的 pause[休止]。“银瓶……水浆迸”两句,又是突然的attack[明确起音],声势雄壮。**至于《长恨歌》,那气息的超脱,写情的不落凡俗,处处不脱帝皇的 nobleness[雍容气派],更是千古奇笔。**看的时候可以有几种不同的方法:一是分出段落看叙事的起伏转折;二是看情绪的忽悲忽喜,忽而沉潜,忽而飘逸;三是体会全诗音节与韵的变化。再从总的方面看,把悲剧送到仙界上去,更显得那段罗曼史的奇丽清新,而仍富于人间味(如太真对道士说的一番话)。还有白居易写动作的手腕也是了不起:“侍儿扶起娇无力”,“君王掩面救不得”,“九华帐里梦魂惊”几段,都是何等生动!“九重城阙烟尘生,千乘万骑西南行”,写帝王逃难自有帝王气概。“翠华摇摇行复止”,又是多鲜明的图画!最后还有一点妙处:**全诗写得如此婉转细腻,却仍不失其雍容华贵,没有半点纤巧之病!(细腻与纤巧大不同。)明明是悲剧,而写得不过分的哭哭啼啼,多么中庸有度,这是浪漫底克兼有古典美的绝妙典型。**

(原载《傅雷家书》
三联书店,1990)

① 音与音之间互相断开。

编者按

信中讲《琵琶行》的音节和情绪的关系，讲《长恨歌》气息超脱，雍容华贵，都是常人所没有见到，没有讲到的。从这封信我们可以看到，一个人的见解，包括他的艺术眼光，和他的学养有极为密切的关系。一个人的学养越深厚，他的见解就越高超，他的眼光就越卓越，而绝不是相反。

致傅聪(青春的鲜艳)

傅雷

妈妈说你的信好像满纸都是 sparkling(光芒四射,耀眼生辉)。当然你浑身都是青春的火花,青春的鲜艳,青春的生命、才华,自然写出来的有那么大的吸引力了。我和妈妈常说,这是你一生之中的黄金时代,希望你好好的享受、体验,给你一辈子做个最精彩的回忆的底子!眼看自己一天天的长大成熟,进步,了解的东西一天天的加多,精神领域一天天的加阔,胸襟一天天的宽大,感情一天天的丰满深刻:这不是人生最美满的幸福是什么!这不是最隽永最迷人的诗歌是什么!孩子,你好福气!

(原载《傅雷家书》
三联书店,1990)

编者按

傅雷自己的这封信也是满纸光芒四射,耀眼生辉。父母的信中表现对子女的爱,我们看得很多,像这封信这样赞美子女青春的火花,青春的鲜艳,青春的生命才华却不多见。这种对子女的爱已经升华到了审美的境界。特别读到"孩子,你好福气"这最后一句时,没有人会不被感动。

对来信的答复(选录)

爱因斯坦

爱因斯坦收到大量信件,他经常给以答复。

1949 年 8 月 20 日,爱因斯坦用英文给一封询问他从事科学研究的动机的来信写了回信:

我从事科学研究完全是出于一种不可遏制的想要探索大自然奥秘的欲望,别无其他动机。我酷爱正义,并竭尽全力为改善人类境况而奋斗,但这些同我对科学的兴趣是互不相干的。

1950 年 12 月初,爱因斯坦在回复一位大学生询问"人活在世界上到底为什么"的来信说:

尽管如此,我们都认为,一个人活着就应该扪心自问,我们到底应该怎样度过一生,这是一个合情合理的问题,也是一个非常重要的问题。在我看来,问题的答案应该是:在力所能及的范围内尽量满足所有人的欲望和需要,建立人与人之间和谐美好的关系。这就需要大量的自觉思考和自我教育。**不容否认,在这个非常重要的领域里,开明的古代希腊人和古代东方贤哲们所取得的成就远远超过我们现在的学校和大学。**

1952 年 12 月 9 日,爱因斯坦用英文给一位学哲学的 20 岁的大学生回信说:

我空暇不多,只能写上短短的几句赠送给你:

诚然,没有经验基础就很难发现真理。但是,**如果我们探索得愈是深入,我们的理论所包罗的范围变得愈是广大,那么,在决定这些理论时,经验知识所发挥的作用就愈小。**

1936 年 1 月 24 日,爱因斯坦给一所主日学校的学生回信说:

任何一位认真从事科学研究的人都深信,在宇宙的种种规律中间明显地存在着一种精神,这种精神远远地超越于人类的精神,能力有限的人类在这一精神面前应当感到渺小。这样研究科学就会产生一种特别的宗教情感,但这种情感同一些幼稚的人所笃信的宗教实在是大不相同的。

1921 年 1 月 27 日,爱因斯坦应一家德国现代艺术杂志的请求写了“格言式的一段文字”:

当这个世界不再能满足我们的愿望,当我们以自由人的身份对这个世界进行探索和观察的时候,我们就进入了艺术和科学的领域。如果用逻辑的语言来描绘所见所闻的身心感受,那么我们所从事的就是科学。如果传达给我们的印象所假借的方式不能为理智所接受,而只能为直觉所领悟,那么我们所从事的便是艺术。**这两者有一个共同之处,那就是对于超越个人利害关系和意志的事物的热爱和献身精神。**

1947 年 7 月 11 日爱达荷州一位农民请求爱因斯坦写几句话勉励他的儿子成长,7 月 30 日爱因斯坦用英文写了回信:

雄心壮志或单独的责任感不会产生任何真正有价值的东西,只有对于人类和对于客观事物的热爱与献身精神才能产生真正有价值的东西。

爱因斯坦迁居普林斯顿之后不久,一份大学一年级学生的杂志《丁克》就向爱因斯坦约稿,下面是他的回信,这封回信于 1933 年 12 月发表在这份杂志上:

我很高兴能同你们这些快乐的年轻人在一起生活。如果一位老同学能对你们说上几句话,那他要说的就是:千万别把学习视为义务,而应该把学习视为一种值得羡慕的机会,**它能使你们了解精神领域中美的解放力量,它不但能使你们自己欢乐无比,而且还能使你们将来为之工作的社会受益匪浅。**

1953 年 7 月 14 日一位 32 岁的印度人写了一封很长的信向爱因斯坦求援。来信大意是,他希望用自己的一生来研究物理和数学,尽管他基础很差,又一贫如洗,但他不愿为谋生而求职,希望爱因斯坦帮助他。7 月 28 日爱因斯坦用英文写了一封篇幅较长的回信,这封回信不仅写得彬彬有礼,而且饶有趣味:

来信收悉。你继续研究物理的炽热愿望使我深为感动。但是我必须指出我不能同意你的观点。**我们的衣食住行都是同胞们辛勤劳动所创造的,我们应该诚实地回报他们的劳动。**我们不仅应该从事一些能使自己满意的工作,而且还应从事公认为能为他们服务的工作。不然的话,不管一个人的要求多么微不足道,他也只能是一个寄生虫。贵国的情况更是如此,在那里受过教育的人应当加倍努力工作,因为大家都在为改善经济而奋斗。

这只是问题的一个方面。但即使你生活富裕,有选择自己从事的事业的自由,那也必须考虑到问题的另一方面。**在科学研究工作中,即使是天才,要想取得一点真正有价值的成就,也是机会极少的,因此很有可能在你精力旺盛、工作状态最佳的年华已经过去的时候,你会感到失望。**

出路只有一条:选择教书或者其他与你的爱好不想违背的实际工作,把大部分时间花在工作上,把余下的时间用于研究。**这样你即使得不到缪斯女神的恩赐,起码也能度过正常而和谐的一生。**

1939年12月20日,爱因斯坦对芝加哥一位犹太教教士提出的"相对论的宗教含义"的问题回信说:

我认为相对论的基本理论和与一般科学知识大相径庭的宗教没有什么关系。我认为它们之间的联系在于人们能够通过一些简单的逻辑概念来领会客观世界内部的相互关系。当然,对相对论来说情况更是如此。

用逻辑思维来认识这种深奥的相互关系,就会产生一种宗教情绪,但这种宗教情绪同一般人通常所称之为的宗教情绪大不相同。在很大程度上它是对物质宇宙的结构模式所产生的一种敬畏心情,它不会使我们创造一个类似人的形象的神,由他来向我们提出种种要求,照管我们各人的事务。在这种宗教情绪中既没有目标,也没有必须做的事,只有一种纯粹的存在。正因为如此,我们这种人才把道德看做仅仅是人的事情,虽然它在人类领域中居于最重要的地位。

1939年,有一家杂志社给爱因斯坦来信询问他的音乐爱好,爱因斯坦回信说:

(一)我喜爱的音乐家有巴赫、莫扎特和一些意大利以及英国的老作曲家。我对贝多芬的兴趣要差得多,但很喜欢舒伯特。

(二)很难说巴赫和莫扎特哪个更能吸引我。我并不在音乐中寻求逻辑。总的来说,我全凭直觉,对音乐理论一无所知。如果我不能凭本能抓住一部作品的内在统一(结构),那我就不会喜欢这部作品。

(三)我一向认为亨德尔的音乐很好,甚至达到了完美无缺的程度。但他的音乐还是有一点儿浅薄。我认为贝多芬的音乐戏剧性过浓,个性过强。

（四）我也很喜欢舒伯特，因为他表达感情的能力很强，并且在旋律创作方面颇具才力。但他几部篇幅较大的作品在结构上有一定的缺陷，这使我感到困惑不解。

（五）舒曼篇幅较小的作品对我颇有吸引力，因为它们很有独到之处，感情充沛，但他在形式上显得比较平庸，使我不能充分地欣赏。我认为门德尔松很有天才，但似乎缺乏深度，因而他的作品往往流于庸俗。

（六）我认为勃拉姆斯的几首歌曲和几部室内乐作品很有价值，其音乐结构也同样有价值。但他的大部分作品在我看来好像都缺乏一种内在的说服力。我不明白写这种音乐有什么必要。

（七）我赞赏瓦格纳的创作能力，但我认为他的音乐作品在结构方面有欠缺，这是颓废的标志。另外我认为他的音乐风格使我不可名状地感到咄咄逼人。因此他的大多数作品我听起来都感到厌恶。

（八）我认为理查德·施特劳斯天资过人，但他缺乏意境美，只对表面效果感兴趣。我并不是说我对所有的现代音乐都不喜爱。我认为德彪西的音乐纤巧多彩，但结构上有缺陷。这种音乐无法激起我的强烈热情。

1938年1月，爱因斯坦为大指挥家阿图罗·托斯卡尼尼荣获美国希伯莱勋章写了一段贺词：

只有把整个身心全部奉献给自己的事业的人才有希望成为名副其实的大师，因此大师的高超能力需要一个人的全部心血。托斯卡尼尼在他生活的各个方面都表明了这一点。

1934年爱因斯坦为一家美国杂志写了一篇关于宽容的文章，因为编辑要求进行一些爱因斯坦无法容忍的修改，爱因斯坦就把文章收了回来，因此没有发表。这篇文章说：

任何一种伟大高尚的事物，无论是艺术作品还是科学成就，都来源于独立的个性。**只有在文艺复兴使个人有可能不受束缚地发展自己的时候，欧洲文化才在打破令人窒息的停滞状况方面取得了最重要的突破。**

因此，最重要的宽容就是国家与社会对个人的宽容。为了确保个人自身发展所不可缺少的安全，国家当然是必要的。但如果国家变成主体，个人却沦为惟命是从的工具，那么所有好的价值就全部丧失了。必须先砸碎磐石然后才能长出树木，必须先松土然后植物才能茁壮成长。同样，**只有在人类社会**

达到足够的开放水平、个人能够自由发展自己能力的时候,人类社会才能取得有价值的成就。

(原载《爱因斯坦谈人生》
海伦杜·卡斯、巴纳希·霍夫曼编,高志凯译
世界知识出版社,1984)

编者按

在这些回信中,爱因斯坦谈了他对科学、艺术、哲学、宗教以及对整个人生的看法,对我们极有教益。看得出,爱因斯坦回信的每句话都经过反复推敲,力求精确,而所有这些回信的姿态都是那么温柔敦厚,彬彬有礼。

冯友兰先生经常说,中国哲学中最有价值的是关于人生境界的学说。世界是同样的世界,人生是同样的人生,但每个人的人生意义和人生价值并不相同。每个人的人生意义和人生价值,构成每个人的精神世界,中国人称之为“境界”。这种精神境界,就人的心理状态来说又称之为“胸襟”。表现出来(声音笑貌、举止态度)就称之为“气象”。读爱因斯坦这些回信,我们可以看到爱因斯坦的胸襟,爱因斯坦的气象,爱因斯坦的境界,博大、开阔、善良、温厚、光明、纯净,“恢恢然,广广然,昭昭然,荡荡然”,“视其色如春阳之温,听其言如时雨之润”,和那种武断、骄横、偏狭、刻薄的所谓“名人风度”真有天壤之别。

金圣叹评《水浒传》中的阮小七,说:“使人对之,龌龊销尽。”又评李逵,说:“令人读之,油油然有好善之心,有谦抑之心,有不欺人之心,有不自薄之心。”这就是灵魂的净化,精神境界的升华。读爱因斯坦这些信件也是这样:在不知不觉之中,人的灵魂可以得到净化,人的境界可以得到升华。

日记

《日记》(选录)

梭罗[①]

1851年8月17日……林间的风声,使我的心兴奋地狂跳,昨天还在过散漫而肤浅的生活的我,通过倾听忽然发现了自己的精神和灵性。我看见一只金翅雀在这个阴沉沉的日子嘁嘁喳喳叫个不停,使我联想到不久羊群将以咩咩声预告一个富有思想的季节的到来。啊!假如我能这样生活,我的一生就不会有散漫的时刻!假如我能这样生活,在浅薄的季节里,当小果子成熟之时,我的果实也会成熟起来!假如我能这样生活,我就总能保持与自然相对应的情绪!假如我能这样生活,那么在每个季节,当自然的某个部分特别茂盛时,我那相应的某个部分也肯定会茂盛起来!啊,我会带着固有的虔诚走、坐和睡!假如我能大声祈祷或喃喃自语,我就会沿着小溪边走边像鸟儿一样欢乐地祈祷!我可以因快乐而拥抱大地;我将为埋葬在其中而兴高采烈。接着便想到那些我所爱的人,虽然我没有说出来,他们却会知道我对他们的爱!有时我感觉就像我本该只是为期待更好的时光而存在。我并没有失去产生更有价值的情绪的希望,现在我就有了机会对漫过我的生命的洪水心怀感激。我并非一贫如洗;我能闻到成熟的苹果味;这里的小河都很深;秋天的花儿……成了我的精神食粮,使我对大地产生了爱恋,并使我产生自信和欢喜;鸽子翅膀的颤抖让我想到它们割裂的空气具有韧性的纤维。上帝,我感谢你。我不配领受什么,我不配得到一点点的关怀;而且我不该得到欢喜。**我不够纯洁、微不足道,可这世界却为了让我高兴而镀了金,还为我准备了假期,我走的路径上铺撒着花朵。**但我不能感谢施予者上帝;我甚至都不能低声感谢我的那些友人。似乎对我来说,我的期待得到的回报比我做的和能做的都要多。

① 亨利·戴维·梭罗(Henry David Thoreau,1817－1862),美国作家。曾在瓦尔登湖隐居两年,主张人类回到自然。著有《瓦尔登湖,或林中生活》。

啊,我不会去踩一只蟋蟀,它唱的歌就是这样的一个启示,那是如此的悦耳动听!

1852 年 4 月 16 日……当我从哈伯德树林的边缘往回走时,看见一只土拨鼠,今年春天还是第一次见到土拨鼠。它在那块地的中间,离把树林围起来的栅栏有 30 多码远,我和它相距有 110 码远。我沿着栅栏跑要截住它,更确切地说是要追上它,而它也同时跑了起来。当我离它还有 8 码左右时,它不跑了,我也停了下来;接着它又跑了,当它再次停下来时,我跑到了距它三英尺的地方,我们之间隔着栅栏。我蹲下来不慌不忙地仔细打量它。它的眼睛淡黑色,相当的不明显,眼球的虹膜是暗栗色的,没有什么表情,更显得听天由命而不是恼火。它总体上呈一种粗俗的灰褐色……贴近皮肤的地方呈浅棕色,还有黑色或很深的棕色,顶上是相当不明显的白色。它脑袋的模样介于松鼠和熊之间,顶上扁平并呈深棕色,鼻尖上颜色还要深,可以说是黑色。胡须发黑,有两英寸长。耳朵又小又圆,朝后长,几乎埋在了毛皮里。脚是黑色的,带有便于挖掘的细长的爪。它似乎在发抖,可能是冷得发抖。当我移动身体的时候,它咬牙发出不小的响动,时而它的下颌嗒嗒敲击着上颌,时而下颌磨着上颌,但这更像是出于本能而不是愤怒。我转到什么方向,它也跟着头朝那里。我拿起一根一英尺长的细树枝,伸过去碰它的鼻子,它开始往前跑来咬我的树枝,这样我们间的距离缩短到了两英尺,但它仍坚守它的阵地,毫不退却。我并无恶意地用树枝和它玩了一会儿,想让它张开嘴。它那非常长的门牙显露了出来,上面两颗下面两颗。不过我觉得自已要是待得太久的话,它就要睡着了。有时候它不是直直地坐着,而是低着头让前腿站着,也就是半坐半站的样子。我们坐着互相打量有半个小时,直到我们都开始有了昏昏欲睡的感觉。我累了,就站起来走,以为它会跑,可它不理睬我。只要我看着它或还能看见它,它就不动地方。我围着它走,它迅速转身,还是把头冲着我。我在它旁边,离它一英尺的地方坐下。我用类似于什么森林隐语或婴儿说话的声音和它谈话,总之是以一种安抚它的语调,我觉得它受到了一些感染。它不再不停地咬牙了。……它对我弄出的声响并不在意。我用小棍抬起它的一只爪子仔细观察,我很愿意一直这么抬着。我把它翻过去看看它身体底下是什么颜色,但我都没法多看一眼,它马上就翻了回来。它的下面是一种更深的或更纯的棕色。它的尾巴也完全是棕色的,颜色不太深,样子像老鼠尾巴,松散的毛朝各个方向直立着，活像一把毛刷。它的模样相当温和。我和蔼地对它说话。我把平铺白珠树的叶子伸到它的嘴边。我把手伸向它。它转过头去，又咯咯咬了几下牙。我把手放在它身上，但马上又缩了回来，出于难以克服的本能。假如我有几张新鲜的豆类植物的叶子——这时候还没长出来呢，我可以肯定我能完全驯服它。它的尾巴是卷起来的。它那不显眼的、俗气的颜色就像松鸡一样，那是可以藏匿在铜丝般的败草和棕色或栗色枯叶之中的适度的颜色。要是我手头有食物，我随后就能顺便抚摩它了。我就能轻易地将它用手帕包起来。它不算胖，也不特别的瘦。我最后只好离开了，到头来也没见到它挪地方。它比松鼠个儿大，行动显得笨拙，而且是穴居。它是长着熊样儿的鼠类。我像土著人那样地尊重它。**它呆在那儿，颜色和习性在干树叶、枯草和灌木之中是那么适得其所。在过去了的冬天它睡得很沉，享用着它生长的土地。我觉得能从它那里学到一些智慧。它的祖先住在这里的时间比我们的祖先早。它比我更能完全适应这里的环境。**印第安人曾用豆叶喂养它，但它没有豆叶也能生长。

1852年7月23日……七点过后的二十分钟，我坐在窗前观察日落。太阳落山的时候，北边和西南方向较低的云渐渐变暗了——我们看到的是对着太阳的面，而那些高高位于我们头顶上的云则非常明亮，我们看到这些云的底边仍在返照着白天。西边低垂的小块的云一开始是阴暗的，当太阳下落之时，它们被点燃了，仿佛它们的内部都烧得发红了。东边的那些云，尽管我们看到的是它们朝着太阳的面，此时是深蓝色的，预示着夜晚的降临，只有最高处才有一些微弱的闪光。**一种像琥珀一样清纯的玫瑰红，染遍了西边太阳附近低垂的天空，小的云块多半都让太阳熔化了，只有它们的金边依旧显现。那里的空气也许就像某些种类的红酒，或者如同熔化的朱砂，要说这是红色，其实里面也熔进了各种珍珠和贵重的宝石。**除了靠近太阳的云，其他的都靠近地平线，此时呈深蓝色。（太阳西落了。）时间是七点半。……玫瑰色加深到了紫色。已持续好几分钟了，西边低处的天空是一幅华丽的地图，凭想像可以在那上面找到岛屿、大陆和无与伦比的城市。霞光已抛弃了东边高处的云彩；此时正在变暗的西边最高的云也被霞光抛弃了；这些云都成了深蓝色，在已经变暗了之后，它们的底面映照出一种深红色，如同厚重的锦缎的幕布。地平线上的一片红逐渐变淡了，成了浅浅的红色。它的上面则闪耀着明亮的白光,似乎是在追随太阳的尾波;这种白光映照下的云变得更加显眼,然后是越来越深的蓝色。现在是八点差一刻,或者说是日落后过去了十五分钟,从开始看日落到现在已过了二十五分钟。一刻钟以后,或者说是日落后过去了半个小时,白色的光亮在地平线不断扩展的红色上面变成了奶油色,正要从白色过渡到上面的蓝色。西边的云,不管是高是低,此时都呈暗褐色,而不是深蓝色,但东边的云不像西边的云那么浓。现在,在最初的霞光离开太阳上面的云约二十分钟之后,有一种更暗淡的褐色或暖棕色,既突然又明显,在那里的深色云块的边沿发亮,随后又暗淡下去了。最早的星光显现了,但东边云的顶上还是白色的,仍在返照着白昼。那种奶油色变得更黄或成了琥珀色。大约在日落后的三刻钟,傍晚的红色是最深的,也就是靠近西边地平线的一种普遍的大气中的红色。毕竟这比我期待的要多,因为白天是晴朗和相当凉爽的,而傍晚的红色则是白天里蓝色烟雾之类的东西。现在月亮刚刚露面,虽说它的大部分被云遮掩着,但它已开始接管,传播它的光亮。当西边的光亮暗淡下去了,在云层之间显露的天空具有了一种不同寻常的清澈和宁静。

1855 年 6 月 18 日……下午三点,我沿着铁杉林走上了堤岸,看见一只色彩鲜艳的龟刚开始挖洞;又看见另一只则在离河六七十码的地方,那是在几棵油松附近的荒地上,地面覆盖着石蕊、委陵、酸模什么的。它的洞已完成了大约三分之二。我弯下身子看那只龟,令我吃惊的是,它只是稍加停顿又继续它的工作,就在我的眼皮底下,离我的脸才十八英寸。我怕惊动它,在三刻多钟的时间里不自然地保持一个姿势。它用前腿作支撑,龟壳的前部比后部高一英寸左右,这样的姿势一直到最后都基本上没有改变。洞是卵形的,后面最宽阔,约 1 英寸宽、1. 75 英寸长,刚挖出来的泥土湿乎乎的。它只用后腿挖洞,并将泥土送到洞外,而它的尾巴或龟壳都没有用上,尽管龟壳上落了些泥,但龟壳当然是进不了洞的。它先是用后腿刨上两三下,接着取一点点疏松的沙子直接放到腿的后面,使劲伸腿将沙子往后推,然后不慌不忙地将沙子清除掉,让泥土陷落;两条后腿就这样轮换着做。它的速度很快,两条腿极有规律地交替着使用。一条腿这样做的时候,另一条腿站立着,这样它的壳每次替换时都翘起来,一会儿这边,一会儿那边。每过半分钟或一分钟就变换一次。洞一直挖到它的爪子能够得着的深度;有两英寸左右。它的活儿干得干净利落,没有把挖出来的泥土撒得到处都是。挖洞的过程可能用了五分钟。

然后没有任何停顿，它就把头完全缩进了壳内，将尾部微微抬起，便将一枚湿漉漉、颜色新鲜的蛋生进了洞的最前端，它那红皮肤的身子在生蛋的时候露出了很多。接着它又将头慢慢地伸出一点，用一条后腿将蛋扒拉到一边。等了约两分钟，它又把头缩了回去，生下了另一枚蛋，就这样一直生到第五枚——每次都缩进头，停顿的时间一次比一次长。蛋在洞里的排列没有特别的讲究——只是每一枚都平躺着，互相之间没有妨碍——我能从上面清楚地看到它们。

生蛋的过程用了十几分钟，随后它既没有停顿也不等转身，就开始用后腿将湿泥刨进洞里。填了一半的时候，它侧着后爪小心翼翼地在上面压一压，两只后爪交替着这样跳动。有一阵子，它膝盖着地，先是向一边侧着身，然后朝另一边侧着身，将龟壳后部的全部重量都压在上面。当它这样陷进已经湿透的泥土里面时，它再向后朝两边伸出后腿，把干燥的、盖着地衣的地皮拉过来，然后在上面跳动压实，龟壳的后部依然没有朝左或右挪动一英寸，龟壳前部的姿势也没有丝毫改变。整个的覆盖过程真是不同凡响。它毫不懈怠地扯过干土盖上去，同时一刻不停地在干燥的表面跳动，它做这一切持续的时间比我想像的还要长，而它的前腿却没有移动，它不朝周围看，也不瞧瞧自己生下的蛋。在这个过程中有多次停顿，有时它是要歇一歇，有什么响动的时候，它伸出头来谨慎地四周瞅瞅。这样的停顿时间在掩埋它的蛋时格外长，占据了一个半小时左右。也许这活儿不太轻松。

等它干完了，它就以相当快的速度立即朝河跑去（这突如其来的变化真令人吃惊），途中不时地停下来，我估计它跑到那里需要十五分钟。一点也觉察不出那块土地曾被动过。**印第安人挖地窖的技巧也不可能更高超了。在这么短的时间内，所有的痕迹都从眼前消失了……**

（原载梭罗著《梭罗日记》，朱子仪译

北京十月文艺出版社，2005）

编者按

梭罗在日记中记录了他对大自然的观察，记录了大自然对他的心灵的影响。爱默生说，梭罗有敏锐的观察力，“他可以看出雪中或是地上的每一道足迹，知道哪一种生物在他之前走过这条路”，什么都瞒不过他那双眼睛。各种鱼类、鸟、苍鹭、野鸭、水獭、山鼠、狐狸、龟鳖、蛤蟆、蟋蟀……他都熟悉。他喜欢睡莲、龙胆、常春藤，喜欢苜蓿纯洁的香味。他研究淡水蚌壳上美丽的虹彩。他爱印第安人，向他们学习制造树皮独木舟和石箭镞。爱默生又说，梭罗有极大的忍耐力，"他知道怎样坐在那里一动也不动，成为他身下那块石头的一部分，一直等到那些躲避他的鱼鸟爬虫又都回来，继续做它们惯常做的事，甚至于由于好奇心，会到他跟前来凝视他"。爱默生最后说，"无论在什么地方，只要有学问、有道德、爱美的人，一定都是梭罗的忠实读者"。[①]

① 爱默生：《热爱大自然的诗哲——梭罗》。译文载《大师眼中的大师》，林衡哲编译，上海三联书店，2012。

讲演辞

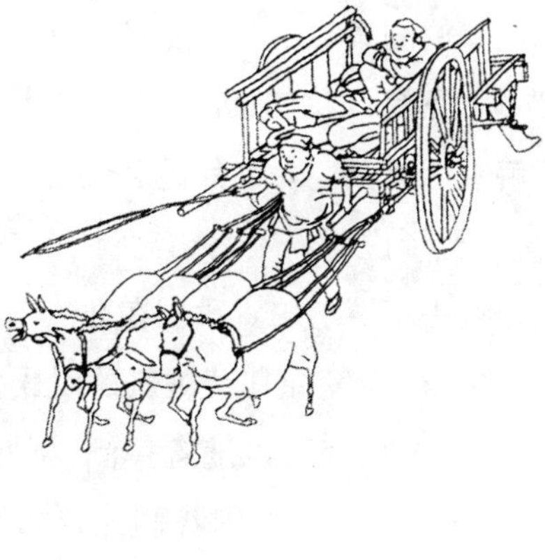

为学与为人

牟宗三[1]

吴校长、各位先生、各位同学：

我们经常上课，把话都已讲完了，再要向各位讲话，似乎没有好的意思贡献给大家。这次月会承陶训导长相邀作一次讲演，事前实在想不出一个题目来。想来想去，才想到现在所定的题目——为学与为人。为什么想到这个题目呢？是因为我近来常常怀念我们在大陆上的那位老师熊先生[2]。当年在大陆的时候，抗战时期，我们常在一起，熊先生就常发感慨地说："为人不易，为学实难。"这个话，他老先生常常挂在口上。我当时也不十分能够感受到这两句话的真切意义，经过这几十年来的颠连困苦，渐渐便感觉到这两句话确有意义。我这几年常常怀念到熊先生，所以这次就想到他这一句话，"为人不易，为学实难"。这句话字面上很简单，就是说做人不容易，做学问也不是容易的事情。但是它的真实意义，却并不这么简单。我现在先笼统地说一句，就是：无论为人或为学，同是要拿出我们的真实生命才能够有点真实的结果。

先从为人方面说。"为人不易"，这句话比起"为学实难"这句话好像是更不容易捉摸，更不容易了解。因为我们大家都是名义上在做学问，所以这里面难不难大家都容易感觉到。至于说为人不易，究竟什么是"为人不易"呢？这个意思倒是很难确定的，很难去把握它的。我们在血气方刚、生命健旺的青年时候，或壮年时候，或者是当一个人发挥其英雄气的时候，觉得天下的事情没有什么困难，做人更没有什么困难，我可以随意挥洒，到处迎刃而解。此时你向他说"为人不易"，他是听不进去的。然则我们究竟如何去了解这"为人不易"呢？我们现在可以先简单地、总括地这样说，就是你要想真正地做一个"真

① 牟宗三(1909－1995)，我国当代学者。

② 指熊十力先生。

人”,这不是容易的事情。我这里所说的“真人”,不必要像我们一般想的道家或道教里边所说的那种“真人”,或者是“至人”。那种真人、至人,是通过一种修养,道家式的修养,所达到的一种结果,一种境界。我们现在不要那样说,也不要那样去了解这真人。能够面对真实的世界,面对自己内心的真实的责任感,真实地存在下去,真实地活下去,承当一切,这就是一个真人了,这就可以说了解真人的意思了。因此,所谓真人,就是说你要是一个真正的人,不是一个虚伪的、虚假的、浮泛不着边际的一个人。

怎么样的情形可以算一个真人呢?我们可以举一个典型的例子,就是以孔夫子做代表。孔夫子说我这个人没有什么了不起,我也不是个圣人,我也不敢自居为一个仁者,“若圣与仁则吾岂敢”,我只是“学而不厌,诲人不倦”,就是这么一个人。这个“学而不厌,诲人不倦”是我们当下就可以做,随时可以做,而且要永远地做下去。这样一个“学而不厌,诲人不倦”的人就是一个真人。这一种真人不是很容易做到的。没有一个现成的圣人摆在那里,也没有一个人敢自觉地以为我就是一个圣人。不要说装作圣人的样子,就便是圣人了,人若以圣人自居,便已不是圣人。圣人,或者是真人,实在是在“学而不厌,诲人不倦”这个永恒的过程里显示出来,透示出来。耶稣说你们都向往天国,天国不在这里,也不在那里,在你们的心中,在每一个人的心中。当这样说天国的时候,这是一个智慧语。但我们平常说死后上天国,这样,那个天国便摆在一个一定的空间区域里面去,这便不是一种智慧;这是一种抽象,把天国抽象化,固定在一个区域里面去。关于真人、圣人,亦复如此。孔子之为一个真正的人,是在“学而不厌,诲人不倦”这不断的永恒的过程里显示出来。真人圣人不是一个结集的点摆在那里与我的真实生命不相干。**真人圣人是要收归到自己的真实生命上来在永恒的过程里显示。**这样,是把那个结集的点拆开,平放下,就天国说,是把那个固定在一个空间区域里面的天国拆开,平放下,放在每一个人的真实生命里面,当下就可以表现,就可以受用的。你今天能够真正做一个“学而不厌,诲人不倦”的人,眼前你就可以透示出那一种真人的境界来。永恒地如此,你到老也是如此,那末,你就是一个真正的人了。**真人圣人的境界是在不断地显示、不断地完成的,**而且是随你这个“学而不厌,诲人不倦”的过程,水涨船高,没有一个固定的限制的。

我们这样子了解真人的时候,这个真人不是很容易做的。你不要以为“不厌”“不倦”是两个平常的字眼，不厌不倦也不是容易做到的。所以熊先生当年就常常感到他到老还是“智及”而不能“仁守”，只是自己的智力可以达到这个道理，还做不到“仁守”的境界，即做不到拿仁来守住这个道理，所以也时常发生这种“厌”“倦”的心情，也常是悲、厌迭起的（意即悲心厌心更互而起）。当然，这个时代，各方面对于我们是不鼓励的，这是一个不鼓励人的时代，到处可以令人泄气。令人泄气，就是使人厌倦，这个厌倦一来，仁者的境界，那个“学而不厌，诲人不倦”的境界就没有了。照佛教讲，这不是菩萨道。依菩萨道说，不管这个世界怎么样令人泄气，不鼓励我们，我们也不能厌，也不能倦。所以我们若从这个地方了解“学而不厌，诲人不倦”这两句话，则其意义实为深长，而且也不容易做到。因为这不是在吸取广博的知识，而是在不厌不倦中呈现真实生命之“纯亦不已”，这是一个“法体”、“仁体”的永远呈露，亦即是定常之体的永远呈露。这种了解不是我个人一时的灵感，或者是一时的发现。当年子贡就是这样了解孔子，孔子不敢以仁与圣自居，但是孔子说“学而不厌”，子贡说这就是智了；孔子说“诲人不倦”，子贡说这就是仁了。仁且智也就是圣。这是子贡的解释。所以这种了解从古就是如此。后来宋儒程明道[①]也最喜欢这样来了解圣人，朱夫子[②]的先生李延平也很能这样了解孔子。这可见出这两句话的意味不是很简单的。所以说做一个真人，不是一件很容易的事情。我们天天在社会里“憧憧往来”，昏天黑地，究竟什么地方是一个真的我，我在什么地方，常常大家都糊涂的，不能够把自己的真性情、真自己表现出来。这个也就好像是现在的存在主义者海德格尔所说，这些人都是街道上的人，马路上的人，所谓“das man”，就是中性的人。照德文讲，人的冠词当该是阳性即“der man”。今说 das man，表示这时代的人是没有真自己的，用中国成语说，就是没有真性情。假如我们能了解这个意义，反省一下我们自己，我究竟是不是能“学而不厌，诲人不倦”，能够永远地这样不厌不倦下去吗？我看是每一个都成问题的。当年我们的老师，到老这样感触，也可以说这就是我们老师晚年的一个进境。孔子到老没有厌倦之心，所以说“发愤忘食，乐以忘忧，不知老之将至”。这个不是像一般人所说的儒家的乐观主义，这里无所谓乐观，也无所

---

① 程明道（1032－1085），即程颢，北宋哲学家。

② 朱夫子（1130－1200），即朱熹，南宋哲学家。

谓悲观,这是一个真实心在那里表现。天下的事情用不着我们来乐观,也用不着我们来悲观,只有一个理之当然。这个理之当然是在学而不厌、诲人不倦这一个过程里永恒地表现,能如此表现的是真人。假如一个人能深深反省,回到这样一个地方来,不要攀援欣羡,欣羡哪个地方是至人,哪个地方有真人,哪个地方是天国。假定你把这个攀援欣羡的驰求心境,予以拆掉,当下落到自己身上来,来看看这一种永恒的不厌不倦的过程,则你便知这就是真正的真人所在的地方。这里面有无限的幽默,无限的智慧,也是优美,也是庄严(有庄严之美),真理在这里面,至美也在这里面。

说这里面有无限幽默,这是什么意思?这里怎会有幽默?这幽默不是林语堂所表现的那种幽默,乃是孔子所表现的幽默。孔子有沉重之感而不露其沉重,有其悲哀不露其悲哀,承受一切责难与讽刺而不显其怨尤,这就是幽默。达巷党人说:“大哉孔子!博学而无所成名。”孔子闻之曰:“吾执御乎?执射乎?吾将执御矣!”这就是幽默。说到圣人不要说得太严重,太严肃。孔子自谓只是“学而不厌,诲人不倦”,这就自处得很轻松,亦很幽默。说到此,我就常常想到一个很有趣的语句,足以表示圣人之所以为圣,真人之所以为真。这语句就是柳敬亭说书的语句。我们大家都看过《桃花扇》。《桃花扇》里有一幕是演柳敬亭说书——说《论语》。当时的秀才就问:《论语》如何可拿来做说书?柳敬亭便说:偏你们秀才说得,我柳麻子就说不得!柳敬亭是明末一个有名的说书的人,说得风云变色。所谓“说书”,就是现在北方所谓打鼓说书。这个柳敬亭在演说《论语》时,描写孔子描写得很好。其中有两句是不管你世界上怎样“沧海变桑田,桑田变沧海,俺那老夫子只管蒙眬两眼盯六经”。不管世界如何变,我们的圣人只管“蒙眬两眼盯六经”。试想这句话的意味实在有趣。“蒙眬两眼盯六经”并不是说忽视现实的一切国事家事,对于社会上的艰难困苦,不在心上。“蒙眬两眼盯六经”是把自己的生命收回到自己的本位上来,在这个不厌不倦盯六经的过程里面照察到社会上一切的现象,同时也在蒙眬两眼照察社会一切的毛病缺陷之中来盯六经。这不是把社会上一切事情隔离开的。我想这个话倒不错,它是很轻松,亦很幽默。幽默就是智慧。圣人的这种幽默,中国人后来渐渐缺乏,甚至于丧失了。幽默是智慧的源泉,也象征生命健康,生机活泼。所以要是我们这样地想这个真人的时候,虽是说得很轻松、很幽默,然做起来却是相当的困难。尤其当我们面对挫折的时候,所谓颠沛造次的时候,你能不能够不厌不倦呢?很困难!所以当一个人逞英雄气的时候,说是天下事没有困难,这是英雄大言欺人之谈。我们常听说拿破仑字典里面没有"难"字,这明明是欺人之谈。你打胜仗的时候没有困难,打败仗被放逐到一个小岛上的时候,你看你有困难没有。亚历山大更英雄,二十几岁就驰骋天下,说是我到哪里就征服哪里。可是当他征服到印度洋的时候,没有陆地可征服了,便感觉到迷茫。楚霸王当年"力拔山兮气盖世",当说这句话的时候没有困难,容易得很,可是不几年的工夫,就被刘邦打垮了。打垮了就说:"时不利兮骓不逝,骓不逝兮可奈何,虞兮虞兮奈若何!"当说这话的时候,就要慷慨泣下。你面对这种人的生命的限制,当人的生命的限度一到的时候,你反省一下,回到你自己身上来,你是不是能够不厌不倦地永恒地维持下去呢?倒行逆施,不能定住自己的多得很!

我常想到现在聪明的人、有才气的人,实在不少。我认得一位当年是张作霖的部下,以后给张学良升为师长的人,这个人名叫缪开元,现在在台湾出家当和尚。他很慧敏,他常说到张作霖——他们的张大帅,这个张大帅一般传说是东北响马出身。大家当知道"响马"这名词的意义。可是虽然是一个响马出身,当他的生命的光彩发出来的时候,就是说他走运的时候,却真是聪明,料事必中,说话的时候都是提起来说的,绝没有那种呆滞、阻碍的意味,就是那么灵。而且他为人文秀得很,你看不出是一个响马,一个老粗,温文尔雅,明眉秀目。可是到生命的光彩完了,运气完了,那就像一个大傻瓜一样,糊涂得很。这个地方是一个困难。假定我们完全靠我们的原始生命来纵横驰骋,则我们的生命是有限度的。假定不靠我们的原始生命,我们要诉诸我们的理性,来把我们的生命提一提,叫它永远可以维持下去,这更困难。我看天下的人有几个人能这样自觉地去下功夫呢?大体都是原始生命的决定,就是受你个人气质的决定。到这个地方,要想做一个真人,我想没有一个人敢拍拍胸膛说我可以做一个真人。我想这样做真人,比之通过一种炼丹、修行的工夫到达道家所向往的真人还要困难。这就是从为人这方面讲,说是不容易的意思。所以现在存在主义出来呼吁,说二十世纪的人都是假人,没一个真人。这个呼声实在是意味深长的。

其次,我再在为学方面说一说。"为学实难",这个难并不是困难的"难",这个好像应该说"艰难"。当年朱夫子快要死的时候,对学生讲还要说"艰苦"

两个字，表示朱夫子一生活了七十多岁，奋斗了一辈子，到底还是教人正视这两个字。不过我现在要表示为学的这个不容易，这个艰难的地方，我怎样把它确定地说出来呢？我现在只想说这一点，就是：**一个人不容易把你生命中那个最核心的地方、最本质的地方表现出来。我们常说"搔着痒处"。**我所学的东西是不是搔着痒处，就是说它是不是打中我生命的那个核心？**假定打中了那个核心，我从这个生命核心的地方表现出那个学问，或者说我从这个核心的地方来吸收某一方面的学问，那么这样所表现的或者是所吸收的是真实的学问。一个人一生没有好多学问，就是说一个人依着他的生命的本质只有一点，并没有很多的方向。可是一个人常常不容易发现这个生命的核心，那个本质的方向，究竟在什么地方。**我希望各位同学在这个地方自己常常反省、检点一下。你在大学的阶段选定了这门学问作你研究的对象，**这一门学问究竟能不能够进到你的生命的核心里面去，究竟能不能够将来从这个生命的核心里发出一种力量来吸收到这个东西，我想很困难，不一定能担保的。**这就表示说我们一生常常是在这里东摸西摸，常常摸不着边际的瞎碰，常常碰了一辈子，找不到一个核心，就是我自己生命的核心常常没有地方可以表现，没有表现出来，没有发现到我的真性情究竟在哪里。有时候也可以这样想，就是一般人也许没有这个生命的核心。但是我不这样轻视天下人，我们承认每一个人都有他这个生命最内部的地方，问题就是这个最内部的地方不容易表现出来，也不容易发现出来。

当年鲁迅是一个学医的，学医不是鲁迅的生命核心，所以，以后他不能够吃这碗饭，他要转成为学文学，表现为做那种特殊格调的文章。这一种性情，这一种格调的文字，是他的本质。他在这里认得了他自己。这是现在美国方面所喜欢讨论的"认同"的问题，就是 self - identity 的问题，就是自我同一的问题。一个人常常不容易自我同一，就是平常所谓人格分裂。这个人格分裂不一定是一个神经病，我们一般都不是神经病，但你是不是都能认得你自己，我看很困难。我刚才提到鲁迅，这个例子是很显明的。天下这种人多得很，那就是说有一些人他一辈子不认得他自己，就是没有认同。

所谓认同这个问题，就照我个人讲，我从二十几岁稍微有一点知识，想追求这一个，追求那一个，循着我那个原始的生命四面八方去追逐，我也涉猎了很多。当年我对经济学也有兴趣，所以关于经济学方面的书，至少理论经济方面(theoretical economics)我也知道一点,所以有好多念经济学的人也说我:你这个人对经济学也不外行呀!其实究竟是大外行,经济学究竟没有进到我的生命来,我也没有吸收进来,那就是说我这个生命的核心不能够在这个地方发现,所以我不能成为一个经济学研究者。当年我也对文学发生兴趣,诗词虽然不能够作,但是我也想读一读,做个文学批评也可以了,鉴赏总是可以的。但是我究竟也不是一个文学的灵魂,我这个心灵的形态也不能够走上文学这条路,所以到现在,这一方面完全从我的生命里面撤退了,所以闭口不谈,绝不敢赞一辞。譬如说作诗吧,我连平仄都闹不清楚,我也无兴趣去查诗韵。有时有一个灵感来了,只有一句,下一句便没有了,永远没有了。这就表示我不具有一个文学家的灵魂、诗人的灵魂。当年我也想做一个 logician,想做一个逻辑学家,但是这一门学问也不能够使得我把全副的生命都放在这个地方,停留在这个地方,那么你不能这样,也表示说你生命的最核心的地方究竟不在这个地方,所以这个学问也不能够在你的一生中全占满了你的生命,你也终于不能成为一个逻辑学家。所以我们这个生命常常这里跑一下子,那里跑一下子,跑了很多,不一定是你真正的学问的所在,不一定是你真正生命的所在。这个地方大家要常常认识自己,**不是自己生命所在的地方,就没有真学问出现。**当年我也喜欢念数学,有一次我作了一篇论文,写了好多关于涨量(tensor)的式子,把我们的老师唬住了。我们的老师说:你讲了一大堆"涨量",你懂得吗?我心里不服,心想:你怎么说我不懂,我当然懂啦,我就是今天不懂,我明天也可以懂。青年时代是有这个英雄气,我今天不懂,我明天可以懂。这个虽然是一个未来的可能,我可以把它当成是现在。但是现在我没有这个本事,我没有这个英雄气了。所以经过这几十年来的艰苦的磨炼,我觉得一个人诚心从自己的生命核心这个地方做学问吸收学问很不容易,而且发现这个核心很困难。**假定不发现这个核心,我们也可以说这个人在学问方面不是一个真人;假定你这个学问不落在你这个核心的地方,我们也可以说你这个人没有真学问。**

我们人类的文化的恒久累积,就是靠着每一个人把生命最核心的地方表现出来,吸收一点东西,在这个地方所吸收的东西才可以算是文化中的一点成绩,可以放在文化大海里占一席地。当年牛顿说我这点成就小得很,就好像在大海边捡一颗小贝壳一样。他说这句话的意思不只是谦虚。这表明牛顿的生命核心表露出来了,吸收了一种学问,在物理学方面有一点成就,他这点成就,不是偶然捡来的,不是由于他偶然的灵光一闪,就可以捡到,这是通过他的真实生命一生放在这个地方,所做出来的一点成绩。这一点成绩在物理学这个大海里面有地位,这就是我们所称为的古典物理学。那么从这个地方看,我们每一个人反省一下,不要说诸位同学在二十几岁的阶段,将来如何未可知也,就是你到了三十岁,到了四十岁,乃至于五十岁,你究竟发现了你自己没有,我看也很有问题。所以我们经过这几十年来艰苦的磨炼,我以前觉得我知道了很多,我可以涉猎好多,好像一切学问都一起跑进来了。但到现在已一件件都被摔掉了,那一些就如秋风扫落叶一样,根本没有沾到我的身上来,沾到我的生命上来。我现在所知的只有一点点,很少很少。就是这一点点,我到底有多少成就,有多少把握,我也不敢有一个确定的判断。这就是所谓"为学实难",做学问的艰难。当年朱夫子也说他一生只看得《大学》一篇文字透。试想《大学》一共有多少字呢?而朱子竟这样说,**这不是量的问题,这是他的生命所在的问题。**

我所说的还是就现在教育分门别类的研究方面的学问说。假定你把这个学问吸收到你的生命上来,转成德性,那么更困难。所以我想大家假如都能在这一个地方,在为人上想做一个真人,为学上要把自己生命的核心地方展露出来,来成学问,常常这样检点反省一下,那么你就知道无论是为人,或者是为学,皆是相当艰难,相当不容易的。所以我们老师的那一句话"为人不易,为学实难"实在是慨乎言之。这里面有无限的感慨!我今天大体就表示这点意思。因为时间不多,而且诸位在月会完后还要开大会,所以我就说到这个地方为止。

(原载牟宗三《生命的学问》
台北三民书局,1984)

编者按

读牟宗三先生的学术著作有时会略感晦涩难解,但他这篇讲演却十分明白通畅。他围绕"为人不易,为学实难"这两句话,不仅把这两句话讲得极透,而且讲出了许多对读者极具启发性的内容。

例如,他说,一个人不能完全靠我们的原始生命来纵横驰骋,而要诉诸我们的理性,来把我们的生命提一提,说话做事都要提起来说、提起来做,这样就可以突破原始生命的限度。这话多么值得我们思考。

又如,他说,对一个人来说,并不是什么学问你都可以做的,这个学问必须进到你的生命的核心里面去,不是自己生命所在的地方,就没有真学问出现。但是发现这个生命的核心很困难。这话又多么值得我们思考。

美与物理学[①]

杨振宁

19 世纪物理学的三项最高成就是热力学、电磁学与统计力学。其中统计力学奠基于麦克斯韦(J. Maxwell, 1831 - 1879)、波尔兹曼(L. Boltzmann, 1844 - 1905)与吉卜斯(W. Gibbs, 1839 - 1903)的工作。波尔兹曼曾经说过[②]:

> 一位音乐家在听到几个音节后,即能辨认出莫扎特(Mozart)、贝多芬(Beethoven)或舒伯特(Schubert)的音乐。同样,一位数学家或物理学家也能在读了数页文字后辨认出柯西(Cauchy)、高斯(Gauss)、雅科比(Jacobi)、亥姆霍兹(Helmholtz)或克尔基霍夫(Kirchhoff)的工作。

对于他的这一段话也许有人会发生疑问:科学是研究事实的,事实就是事实,哪里会有什么风格?关于这一点我曾经有过如下的讨论[③]:

> 让我们拿物理学来讲吧。物理学的原理有它的结构。这个结构有它的美和妙的地方。而各个物理学工作者,对于这个结构的不同的美和妙的地方,有不同的感受。因为大家有不同的感受,所以每位工作者就会发展他自己独特的研究方向和研究方法。也就是说他会形成他自己的风格。
>
> 今天我的演讲就是要尝试阐述上面这一段话。我们先从两位著名物理学家的风格讲起。

---

① 本文是作者于 1997 年 1 月 17 日在香港中华科学与社会协进会与中文大学主办的演讲会上的讲词。讲题原为“科学工作有没有风格?”。现标题为作者所加。

② 见 Ludwig Boltzmann, E. Broda 编,第 23 页(Oxbow Press, 1983)。

③ 杨振宁,《读书教学四十年》,第 116 页(香港三联书店,1985 年)。

（一）狄拉克

狄拉克（P. Dirac，1902－1984）是20世纪一位大物理学家。关于他的故事很多。譬如：有一次狄拉克在普林斯顿大学演讲。演讲完毕，一位听众站起来说："我有一个问题请回答：我不懂怎么可以从公式（2）推导出来公式（5）。"狄拉克不答。主持者说："狄拉克教授，请回答他的问题。"狄拉克说："他并没有问问题，只说了一句话。"

这个故事所以流传极广是因为它确实描述了狄拉克的一个特点：话不多，而其内含有简单、直接、原始的逻辑性。一旦抓住了他独特的，别人想不到的逻辑，他的文章读起来便很通顺，就像**"秋水文章不染尘"，没有任何渣滓，直达深处，直达宇宙的奥秘。**

狄拉克最了不得的工作是1928年发表的两篇短文，写下了狄拉克方程①：

$(pca + mc^2\beta)\psi = E\psi$。　　（D）

这个简单的方程式是惊天动地的成就，是划时代的里程碑：它对原子结构及分子结构都给予了新的层面和新的极准确的了解。没有这个方程，就没有今天的原子、分子物理学与化学。没有狄拉克引进的观念就不会有今天医院里通用的核磁共振成像（MRI）技术，不过此项技术实在只是狄拉克方程的一项极小的应用。

狄拉克方程"无中生有、石破天惊"地指出为什么电子有"自旋"（spin），而且为什么"自旋角动量"是1/2而不是整数。初次了解此中奥妙的人都无法不惊叹其为"神来之笔"，是别人无法想到的妙算。当时最负盛名的海森堡（W. Heisenberg，1901－1976）看了狄拉克的文章，无法了解狄拉克怎么会想出此神来之笔，于1928年5月3日给泡利（W. Pauli，1900－1958）写了一封信②

---

① 此方程式中p是动量，c是光速（300,000公里/秒），m是电子的质量，E是能量，Ψ是波函数。这些都是当时大家已熟悉的观念。a和β是狄拉克引进的新观念，十分简单但却影响极大。在物理学和数学中都起了超级作用。

② 译自A. Pais，*Inward Bound*，p.348（Oxford University Press，1986）。海森堡是当时最被狄拉克方程所烦扰的一位物理学家，因为他是这方面的大专家：1913年玻尔最早提出了量子数的观念，这些数都是整数。后来于1921年还不到20岁的学生海森堡大胆地提出量子数是1/2的可能。1925年两位年青的荷兰物理学家把1/2的量子数解释成自旋角动量。这一些发展都是唯象理论（2），它们得到了许多与实验（1）极端符合的结果，十分成功。可是它们都还只是东拼西凑出来的理论。狄拉克方程则不然，它极美妙地解释了为什么自旋角动量必须是1/2。由此我们很容易体会到当天才的海森堡看了狄拉克方程，在欣佩之余，必定会产生高度的烦恼。

描述了他的烦恼：

为了不持续地被狄拉克所烦扰，我换了一个题目做，得到了一些成果。（按：这成果是另一项重要贡献：磁铁为什么是磁铁。）

狄拉克方程之妙处虽然当时立刻被同行所认识，可是它有一项前所未有的特性，叫做“负能”现象，这是大家所绝对不能接受的。狄拉克的文章发表以后三年间关于负能现象有了许多复杂的讨论，最后于1931年狄拉克又大胆提出“反粒子”理论（Theory of Antiparticles）来解释负能现象。这个理论当时更不为同行所接受，因而流传了许多半羡慕半嘲弄的故事。直到1932年秋安德森（C. D. Anderson，1905－1991）发现了电子的反粒子以后，大家才渐渐认识到反粒子理论又是物理学的另一个里程碑。

20世纪的物理学家中，风格最独特的就数狄拉克了。我曾想把他的文章的风格写下来给我的文、史、艺术方面的朋友们看，始终不知如何下笔。去年偶然在香港《大公报》大公园一栏上看到一篇文章，其中引了高适（700－765）在《答侯少府》中的诗句：

性灵出万象
风骨超常伦

我非常高兴，觉得用这两句诗来描述狄拉克方程和反粒子理论是再好没有了：一方面狄拉克方程确实包罗万象，而用“出”字描述狄拉克的灵感尤为传神。另一方面，他于1928年以后四年间不顾玻尔（N. Bohr，1885－1962）、海森堡、泡利等当时的大物理学家的冷嘲热讽，始终坚持他的理论，而最后得到全胜，正合“风骨超常伦”。

可是什么是“性灵”呢？这两个字联起来字典上的解释不中肯。若直觉地把“性情”、“本性”、“心灵”、“灵魂”、“灵感”、“灵犀”、“圣灵”（Ghost）等加起来似乎是指直接的、原始的、未加琢磨的思路，而这恰巧是狄拉克方程之精神。刚好此时我和中文大学童元方博士谈到《二十一世纪》1996年6月号钱锁桥的一篇文章，才知道袁宏道（1568－1610）的性灵论。袁宏道说他的弟弟袁中道（1570－1623）的诗是“独抒性灵，不拘格套”，这也正是狄拉克作风的特征。“非从自己的胸臆流出，不肯下笔”，又正好描述了狄拉克的独创性！

(二)海森堡

比狄拉克年长一岁的海森堡是20世纪另一位大物理学家,有人认为他比狄拉克还要略高一筹[①]。他于1925年夏天写了一篇文章,引导出了量子力学的发展。38年以后科学史家库恩(T. Kuhn,1922-1996)访问他,谈到构思那个工作时的情景。海森堡说[②]:

爬山的时候,你想爬某个山峰,但往往到处是雾……你有地图,或别的索引之类的东西,知道你的目的地,但是仍堕入雾中。然后……忽然你模糊地,只在数秒钟的功夫,自雾中看到一些形象,你说:"哦,这就是我要找的大石。"整个情形自此而发生了突变,因为虽然你仍不知道你能不能爬到那块大石,但是那一瞬间你说:"我现在知道我在什么地方了。我必须爬近那块大石,然后就知道该如何前进了。"

这段谈话生动地描述了海森堡1925年夏摸索前进的情形。要了解当时的气氛,必须知道自从1913年玻尔提出了他的原子模型以后,物理学即进入了一个非常时代:牛顿(I. Newton,1642-1727)力学的基础发生了动摇,可是用了牛顿力学的一些观念再加上一些新的往往不能自圆其说的假设,却又可以准确地描述许多原子结构方面奇特的实验结果。奥本海默(J. R. Oppenheimer,1904-1967)这样描述这个不寻常的时代[③]:

那是一个在实验室里耐心工作的时代,有许多关键性的实验和大胆的决策,有许多错误的尝试和不成熟的假设。那是一个真挚通讯与匆忙会议的时代,有许多激烈的辩论和无情的批评,里面充满了巧妙的数学性的挡架方法。

对于那些参加者,那是一个创新的时代,自宇宙结构的新认识中

① 诺贝尔奖金委员会似乎持此观点:海森堡独获1932年诺贝尔奖,而狄拉克和薛定谔合获1933年诺贝尔奖。

② 译自 A. Pais, *Niels Bohr's Tzmes*, p. 276(Oxford University Press,1991)。

③ 译自 J. R. Oppenheimer, *Science and the Common Understanding*(The Reith Lectures 1953, Simon and Schuster,1954)。引文最后一句是说荷马(Homer,古希腊诗人)和喀莱尔(T. Carlyle,1795-1881)都恐怕难以胜任。

他们得到了激奋,也尝到了恐惧。这段历史恐怕永远不会被完全记录下来。要写这段历史须要有像写奥迪帕斯(Oedipus)或写克伦威尔(Cromwell)那样的笔力,可是由于涉及的知识距离日常生活是如此遥远,实在很难想象有任何诗人或史家能胜任。

1925 年夏天,23 岁的海森堡在雾中摸索,终于摸到了方向,写了上面所提到的那篇文章。有人说这是 300 年来物理学史上继牛顿的《数学原理》以后影响最深远的一篇文章。

可是这篇文章只开创了一个摸索前进的方向,此后两年间还要通过玻恩(M. Born,1882 - 1970)、狄拉克、薛定谔(E. Schrödinger,1887 - 1961)、玻尔等人和海森堡自己的努力,量子力学的整体架构①才逐渐完成。量子力学使物理学跨入崭新的时代,更直接影响了 20 世纪的工业发展,举凡核能发电、核武器、激光、半导体元件等都是量子力学的产物。

1927 年夏,25 岁尚未结婚的海森堡当了莱比锡(Leipzig)大学理论物理系主任。后来成名的布洛赫(F. Bloch,1905 - 1983,核磁共振机制创建者)和泰勒(E. Teller,1908 - ,"氢弹之父",我在芝加哥大学时的博士学位导师)都是他的学生。他喜欢打乒乓球,而且极好胜。第一年他在系中称霸。1928 年秋自美国来了一位博士后,自此海森堡只能屈居亚军。这位博士后的名字是大家都很熟悉的——周培源。

海森堡所有的文章都有一共同特点:朦胧、不清楚、有渣滓,与狄拉克的文章的风格形成一个鲜明的对比。读了海森堡的文章,你会惊叹他的独创力(originality),然而会觉得问题还没有做完,没有做干净,还要发展下去;而读了狄拉克的文章,你也会惊叹他的独创力,同时却觉得他似乎已把一切都发展到了尽头,没有什么再可以做下去了。

前面提到狄拉克的文章给人"秋水文章不染尘"的感受。海森堡的文章则完全不同。二者对比清浊分明。我想不到有什么诗句或成语可以描述海森堡

① 紧跟着海森堡的文章,数月内即又有玻恩与约尔丹(P. Jordan,1902 - 1980)的文章和玻恩、海森堡与约尔丹的文章。这三篇文章世称"一人文章"、"二人文章"及"三人文章",合起来奠定了量子力学的数学结构。狄拉克和薛定谔则分别从另外的途径也建立了同样的结构。但是这个数学结构的物理意义却一时没有明朗化。1927 年海森堡的"测不准原理"和玻尔的"互补原理"才给量子力学的物理意义建立了"哥本哈根解释"。

的文章，既能道出他的天才的独创性，又能描述他的思路中不清楚，有渣滓，有时似乎茫然乱摸索的特点。

(三)物理学与数学

海森堡和狄拉克的风格为什么如此不同？主要原因是他们所专注的物理学内涵不同。为了解释此点，请看图1所表示的物理学的三个部门和其中的关系：唯象理论(phenomenological theory)(2)是介乎实验(1)和理论架构(3)之间的研究。(1)和(2)合起来是实验物理，(2)和(3)合起来是理论物理，而理论物理的语言是数学。

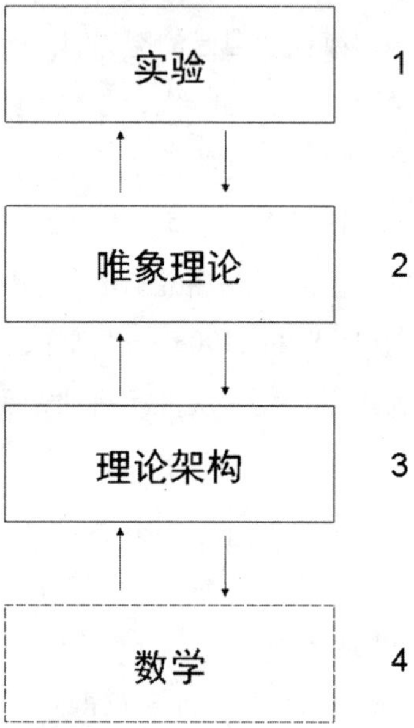

图1　物理学的三个领域

物理学的发展通常自实验(1)开始，即自研究现象开始。关于这一发展过程，我们可以举很多大大小小的例子。先举牛顿力学的历史为例。布拉赫(T. Brahe, 1546－1601)是实验天文物理学家，活动领域是(1)。他做了关于行星轨道的精密观测。后来开普勒(J. Kepler, 1571－1630)仔细分析布拉赫的数据，发现了有名的开普勒三大定律。这是唯象理论(2)。最后牛顿创建了牛顿力学与万有引力理论，其基础就是开普勒的三大定律。这是理论架构(3)。

再举一个例子：通过18世纪末、19世纪初的许多电学和磁学的实验(1)，安培(A. Ampere, 1775－1836)和法拉第(M. Faraday, 1791－1867)等人发展出了一些唯象理论(2)。最后由麦克斯韦归纳为有名的麦克斯韦方程(即电磁学方程)，才步入理论架构(3)的范畴。

另一个例子：19世纪后半叶许多实验工作(1)引导出普朗克(M. Planck, 1858－1947)1900年的唯象理论(2)。然后经过爱因斯坦(A. Einstein, 1879－1955)的文章和上面提到过的玻尔的工作等，又有一些重要发展，但这些都还是唯象理论(2)。最后通过量子力学之产生，才步入理论架构(3)的范畴。

海森堡和狄拉克的工作集中在图 1 所显示的那一些领域呢？狄拉克最重要的贡献是前面所提到的狄拉克方程（D）。海森堡最重要的贡献是海森堡方程[①]，是量子力学的基础：

$pq - qp = -ih$。　　（H）

这两个方程都是理论架构（3）中之尖端贡献。二者都达到物理学的最高境界。可是写出这两个方程的途径却截然不同：海森堡的灵感来自他对实验结果（1）与唯象理论（2）的认识，进而在摸索中达到了方程式（H）。狄拉克的灵感来自他对数学（4）的美的直觉欣赏，进而天才地写出他的方程（D）。他们二人喜好的、注意的方向不同，所以他们的工作的领域也不一样，如图 2 所示。（此图也标明玻尔、薛定谔和爱因斯坦的研究领域。爱因斯坦兴趣广泛，在许多领域中，自（2）至（3）至（4），都曾做出划时代的贡献。）

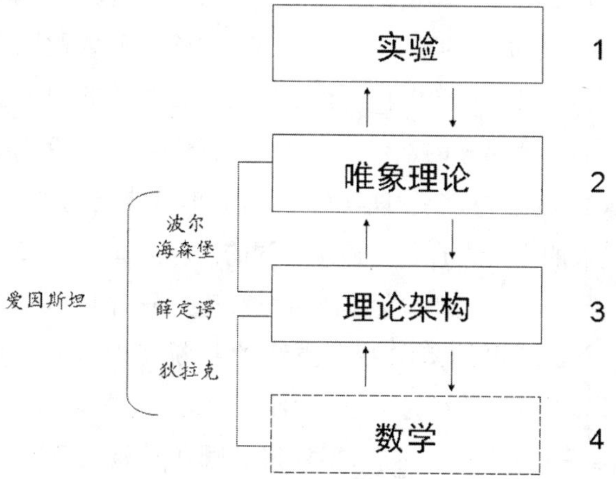

图 2　几位 20 世纪物理学家的研究领域

海森堡从实验（1）与唯象理论（2）出发：实验与唯象理论是五光十色，错综复杂的，所以他要摸索，要犹豫，要尝试了再尝试，因此他的文章也就给读者不清楚，有渣滓的感觉。**狄拉克则从他对数学的灵感出发：数学的最高境界是结构美，是简洁的逻辑美，因此他的文章也就给读者“秋水文章不染尘”的感受。**

---

① 事实上海森堡并未能写下（H）。他当时的数学知识不够。（H）是在第 355 页注所提到的二人文章与三人文章中最早出现的。

让我补充一点关于数学和物理的关系。我曾经把二者的关系表示为两片在茎处重叠的叶片(图3)。重叠的地方同时是二者之根,二者之源。譬如微分方程、偏微分方程、希尔伯特空间、黎曼几何和纤维丛等,今天都是二者共用的基本观念。这是惊人的事实,因为首先达到这些观念的物理学家与数学家曾遵循完全不同的路径,完全不同的传统。为什么会殊途同归呢?大家今天没有很好的答案,恐怕永远不会有,因为答案必须牵扯到宇宙观、知识论和宗教信仰等难题。

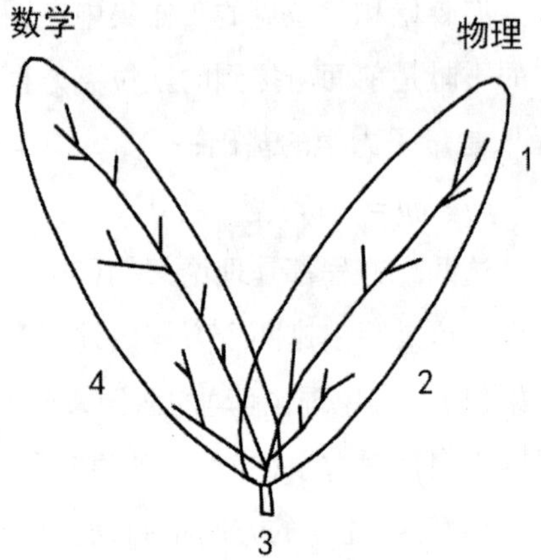

图3 二叶图

必须注意的是在重叠的地方,共用的基本观念虽然如此惊人地相同,但是重叠的地方并不多,只占二者各自的极少部分。譬如实验(1)与唯象理论(2)都不在重叠区,而绝大部分的数学工作也在重叠区之外。另外值得注意的是即使在重叠区,虽然基本观念物理与数学共用,但是二者的价值观与传统截然不同,而二者发展的生命力也各自遵循不同的茎脉流通,如图3所示。

常常有年青朋友问我,他应该研究物理,还是研究数学。**我的回答是这要看你对哪一个领域里的美和妙有更高的判断能力和更大的喜爱。**爱因斯坦在晚年时(1949年)曾经讨论过①为什么他选择了物理。他说:

在数学领域里,我的直觉不够,不能辨认哪些是真正重要的研究,哪些只是不重要的题目。而在物理领域里,我很快学到怎样找到基本问题来下功夫。

年青人面对选择前途方向时,要对自己的喜好与判断能力有正确的自我估价。

(四)美与物理学

物理学自(1)到(2)到(3)是自表面向深层的发展。表面有表面的结构,

① 节译自爱因斯坦的 Autobiographical Notes,原文见 *Albert Einstein, philosopher - Scientist*, ed. P. A. Schilpp, Open Court, Evanston, I11(1949)。

有表面的美。譬如虹和霓是极美的表面现象，人人都可以看到。实验工作者作了测量以后发现虹是42°的弧，红在外，紫在内；霓是50°的弧，红在内，紫在外。这种准确规律增加了实验工作者对自然现象的美的认识。这是第一步(1)。进一步的唯象理论研究(2)使物理学家了解到这42°与50°可以从阳光在水珠中的折射与反射推算出来，此种了解显示出了深一层的美。再进一步的研究更深入了解折射与反射现象本身可从一个包容万象的麦克斯韦方程推算出来，**这就显示出了极深层的理论架构(3)的美。**

牛顿的运动方程、麦克斯韦方程、爱因斯坦的狭义与广义相对论方程、狄拉克方程、海森堡方程和其他五六个方程是物理学理论架构的骨干。**它们提炼了几个世纪的实验工作(1)与唯象理论(2)的精髓，达到了科学研究的最高境界。它们以极度浓缩的数学语言写出了物理世界的基本结构，可以说它们是造物者的诗篇。**

这些方程还有一方面与诗有共同点：它们的内涵往往随着物理学的发展而产生新的、当初所完全没有想到的意义。举两个例子：上面提到过的19世纪中叶写下来的麦克斯韦方程是在本世纪初通过爱因斯坦的工作才显示出高度的对称性，而这种对称性以后逐渐发展为20世纪物理学的一个最重要的中心思想。另一个例子是狄拉克方程。它最初完全没有被数学家所注意，而今天狄拉克流型(Dirac Manifold)已变成数学家热门研究的一个新课题。

学物理的人了解了这些像诗一样的方程的意义以后，对它们的美的感受是既直接而又十分复杂的。

它们的极度浓缩性和它们的包罗万象的特点也许可以用布雷克(W. Blake，1757－1827)的不朽名句来描述①：

To see a World in a Grain of Sand
And a Heaven in A Wild Flower
Hold Infinity in the palm of your hand
And Eternity in an hour

---

① 陈之藩教授的译文(见他所写的《时空之海》，台北远东图书公司，1996，第47页)如下：一粒砂里有一个世界，一朵花里有一个天堂，把无穷无尽握于手掌，永恒宁非是刹那时光。

它们的巨大影响也许可以用波普(A. Pope,1688-1744)的名句来描述[①]。

Nature and nature's law lay hid in night:

God said, let Newton be! And all'was light.

可是这些都不够,都不能全面地道出学物理的人面对这些方程的美的感受。**缺少的似乎是一种庄严感,一种神圣感,一种初窥宇宙奥秘的畏惧感。我想缺少的恐怕正是筹建哥德式(Gothic)教堂的建筑师们所要歌颂的崇高美、灵魂美、宗教美、最终极的美。**

(原载《杨振宁文集》下册

华东师范大学出版社,1998)

编者按

这是杨振宁的一篇著名的讲演,杨振宁曾应多所著名大学的邀请到这些大学发表这一讲演,受到大学生热烈的欢迎。

杨振宁认为在科学中存在着美。他提醒大家注意哥白尼的伟大著作《天体运行论》(1543)的第一句话:"在哺育人的天赋才智的多种多样科学和艺术中,我认为首先应该用全副精力来研究那些与最美的事物有关的东西。"[②]

杨振宁认为,理论物理学中存在着三种美:现象之美,理论描述之美,理论架构之美。

"理论架构"之美是一种深层的美。杨振宁认为,牛顿的运动方程、麦克斯韦方程、爱因斯坦的狭义相对论与广义相对论方程、狄拉克方程、海森堡方程和其他五六个方程是物理学理论架构的骨干,它们"达到了科学研究的最高境界",可以说"是造物者的诗篇"。研究物理学的人,在这些"造物者的诗篇"面前,会产生"一种庄严感,一种神圣感,一种初窥宇宙奥秘的畏惧感",他们会感受到哥特式教堂想要体现的那种"崇高美,灵魂美,宗教美,最终极的美"。

---

① 我的翻译如下:自然与自然规律为黑暗隐蔽:上帝说,让牛顿来!一切即臻光明。

② 杨振宁:《美和理论物理学》,转引自吴国盛主编《大学科学读本》,第274页。

杨振宁的讲演本身,有一种难以言说的非凡的气象。他的论述,对从事科学研究和美学研究的人来说,是不仅带来极大的启发,而且带来极大的喜悦。

探索的动机

——在普朗克六十岁生日庆祝会上的讲话[①]

爱因斯坦

在科学的庙堂里有许多房舍，住在里面的人真是各式各样，而引导他们到那里去的动机实在也各不相同。有许多人所以爱好科学，是因为科学给他们以超乎常人的智力上的快感，科学是他们自己的特殊娱乐，他们在这种娱乐中寻求生动活泼的经验和雄心壮志的满足；在这座庙堂里，另外还有许多人所以把他们的脑力产物奉献在祭坛上，为的是纯粹功利的目的。如果上帝有位天使跑来把所有属于这两类的人都赶出庙堂，那么聚集在那里的人就会大大减少，但是，仍然还有一些人留在里面，其中有古人，也有今人。我们的普朗克就是其中之一，这也就是我们所以爱戴他的原因。

我很明白，我们刚才在想像中随便驱逐了许多卓越的人物，他们对建设科学庙堂有过很大的也许是主要的贡献。在许多情况下我们的天使也会觉得难于做出决定。但有一点我可以肯定：如果庙堂里只有我们刚才驱逐了的那两类人，那么这座庙堂就决不会存在，正如只有蔓草就不成其为森林一样。因为，对于这些人来说，只要有机会，人类活动的任何领域他们都会去干，他们究竟成为工程师、官吏、商人，还是科学家，完全取决于环境。现在让我们再来看看那些为天使所宠爱的人吧。他们大多数是相当怪僻、沉默寡言和孤独的人，尽管有这些共同特点，实际上他们彼此之间很不一样，不像被赶走的那许多人那样彼此相似。究竟是什么把他们引到这座庙堂里来的呢？这是一个难题，不能笼统地用一句话来回答。首先我同意叔本华所说的，**把人们引向艺术和**

① 这是爱因斯坦于1918年4月在柏林物理学会举办的麦克斯·普朗克六十岁生日庆祝会上的讲话。普朗克(Max Karl Ernst Ludwig Planck)(1850－1947)，德国物理学家。

科学的最强烈的动机之一,是要逃避日常生活中令人厌恶的粗俗和使人绝望的沉闷,是要摆脱人们自己反复无常的欲望的桎梏。一个修养有素的人总是渴望逃避个人生活而进入客观知觉和思维的世界。这种愿望好比城市里的人渴望逃避喧嚣拥挤的环境,而到高山上去享受幽静的生活。在那里,透过清寂而纯洁的空气,可以自由地眺望,陶醉于那似乎是为永恒而设计的宁静景色。

除了这种消极的动机以外,还有一种积极的动机。**人们总想以最适当的方式来画出一幅简化的和易领悟的世界图像。于是他就试图用他的这种世界体系(cosmos)**[①]**来代替经验的世界,并来征服它。这就是画家、诗人、思辨哲学家和自然科学家所做的,他们都按自己的方式去做。各人都把世界体系及其构成作为他的感情生活的支点,以便由此找到他在个人经验的狭小范围里所不能找到的宁静和安定。**

理论物理学家的世界图像在所有这些可能的图像中占有什么地位呢?它在描述各种关系时要求尽可能达到最高标准的严格精确性,这样的标准只有用数学语言才能达到。另一方面,物理学家对于他的主题必须极其严格地加以限制:他必须满足于描述我们的经验领域里的最简单事件,企图以理论物理学家所要求的精密性和逻辑完备性来重现一切比较复杂的事件,这不是人类智力所能及的。高度的纯粹性、明晰性和确定性要以完整性为代价。但是当人们畏缩而胆怯地不去管一切不可捉摸和比较复杂的东西时,那么能吸引我们去认识自然界的这一渺小部分的究竟又是什么呢?难道这种谨小慎微的努力结果也够得上宇宙理论的美名吗?

我认为,是够得上的。因为,作为理论物理学结构基础的普遍定律,应当对任何自然现象都有效。有了它们,就有可能借助于单纯的演绎得出一切自然过程(包括生命)的描述,也就是说得出关于这些过程的理论,只要这种演绎过程并不太多地超出人类理智能力。因此,物理学家放弃他的世界体系的完整性,倒不是一个有什么基本原则性的问题。

物理学家的最高使命是要得到那些普遍的基本定律,由此世界体系就能用单纯的演绎法建立起来。**要通向这些定律,并没有逻辑的道路;只有通过**

---

① "cosmos"原来的意思是"宇宙",是指广包一切,秩序井然的整个体系。——原编者注

那种以对经验的共鸣的理解为依据的直觉,才能得到这些定律。由于有这种方法论上的不确定性,人们可以假定,会有许多个同样站得住脚的理论物理体系。这种看法在理论上无疑是正确的。但是,物理学的发展表明,在某一时期,在所有可想像到的构造中,总有一个显得比别的都要高明得多。凡是真正深入地研究过这问题的人,都不会否认唯一地决定理论体系的,实际上是现象世界,尽管在现象同它们的理论原理之间并没有逻辑的桥梁。这就是莱布尼茨非常中肯地表述的"先定的和谐"[①]。物理学家往往责备认识论者对这个事实没有给予足够的注意。我认为,几年前马赫同普朗克之间所进行的论战的根源就在于此。

渴望看到这种先定的和谐,是无穷的毅力和耐心的源泉。我们看到,普朗克就是因此而专心致志于这门科学中的最普遍的问题,而不使自己分心于比较愉快的和容易达到的目标上去。我常常听到同事们试图把他的这种态度归因于非凡的意志力和修养,但我认为这是错误的。促使人们去做这种工作的精神状态是同信仰宗教的人或谈恋爱的人的精神状态相类似的。**他们每天的努力并非来自深思熟虑的意向或计划,而是直接来自激情。**我们敬爱的普朗克就坐在这里,内心在笑我像孩子一样提着第欧根尼的灯笼[②]闹着玩。我们对他的爱戴不需要作老生常谈的说明。祝愿他对科学的热爱继续照亮他未来的道路,并引导他去解决今天物理学的最重要的问题,这问题是他自已提出来的,并且为了解决这问题他已经做了很多工作。祝他成功地把量子论同电动力学和力学统一于一个单一的逻辑体系里。

（本文原载《爱因斯坦文集》第 1 卷
许良英、李宝恒、赵中立、范岱年编译
商务印书馆,1976）

---

① "先定的和谐"(harmonia praestabilita)是莱布尼茨所用的术语。他说一切"单子"之间,特别是心同物之间,存在着一种预先被永远确定了的和谐。——原编者注

② 第欧根尼(Diegenes)是公元前 4 世纪的希腊犬儒学派的哲学家,他衣食极简陋,常露宿或住在大木桶里。据说他曾在白昼提着灯笼到处寻找诚实的人。——原编者注

编者按

爱因斯坦在这篇演讲中，对人们从事艺术创造和科学研究的动机作了经典的概括：消极的动机是逃避日常生活中的粗俗和沉闷，摆脱欲望的桎梏；积极的动机是画出一幅简化的和易领悟的世界图像，这种世界图像和现象世界之间有一种“先定的和谐”。这是这些艺术家、思辨哲学家、自然科学家的感情生活的支点，是他们无穷的毅力和耐心的源泉，他们由此找到在个人经验的狭小范围里所找不到的宁静和安定。

一个人的讲演、文章最能显示一个人的人品修养。我们从爱因斯坦的讲演中，可以体味到他的俯仰宇宙的胸襟，光风霁月的气象，高远平和的精神境界，这是最使我们受益的。

延伸读物推荐书目

读者在读完这本《文章选读》之后，如果有进一步阅读的兴趣，同时也有进一步阅读的时间和精力，我推荐以下十二部经典著作和名著供大家选读。推荐读物有各种着眼点。我这里的着眼点依然是如何写好文章。希望这些经典著作和名著能够有助于读者加深加厚文化修养和艺术修养，培养健康、高雅、纯正的趣味和格调，拓宽胸襟，涵养气象，提升精神境界，从而能够写出简洁、干净、明白、通畅、有思想、有学养、有情趣的文章。

(一)《论语》

在几千年的中国历史上，没有哪一位思想家、文学家不受《论语》这本书的影响。不把这本书读懂、读通、读透，就不能深刻理解和把握中国几千年的传统文化。

由于《论语》和几千年的中国文化有着血肉联系，由于历代思想家对《论语》进行了无数的阐释和发挥，**所以《论语》所包含的文化内涵已大大超出了这本书原初的内涵。读《论语》，你会感受到在你的心中流过的是一条有几千年历史的文化长河。**

中国人写文章应立足于中国文化，这样写出的文章才有中国色彩和中国风味，因此必须熟读《论语》。有的人写的文章缺乏中国色彩和中国风味，没有读过或没有熟读《论语》可能是一个原因。

(二)《庄子》

闻一多说，**庄子的思想和著作，乃是"眺望故乡"，是"客中思家的哀呼"，是一种"神圣的客愁"。**

所以，**《庄子》是哲学，因为凡大哲学家都寻求人类的精神家园；《庄子》是诗，因为思念故乡是诗的情趣；《庄子》又是美，因为如康德所说，凡最高的美都使人惆怅，忽忽若有所失，如羁旅之思念家乡。所以，读《庄子》，将使你得到"多层的愉快"。**

闻一多又说，《庄子》的文辞，本是庄子的余事，但也就够人赞叹不尽的。

庄子是抒情的天才，是写生的妙手，他的观察力胜过旁人百倍，还有他的谐趣，他的想象，他的小说家的手腕。前人说庄子文章"如长江大河，滚滚灌注"，"如万籁怒号，澎湃汹涌"，"如神仙下世，咳吐谑浪，皆成丹砂"。所以，**读《庄子》，你会惊异那精微奥妙的思想何以竟有那样凑巧的曲达圆妙的辞句来表达它，再定神一看，你根本分不出哪是思想的美，哪是文字的美。**这对我们学习写文章该有多么丰富的启示？

（三）司马迁：《史记》

司马迁自己说，他写《史记》的追求是**"究天人之际，通古今之变，成一家之言"**。鲁迅说，《史记》是**"史家之绝唱，无韵之《离骚》"**。季羡林说，《史记》的意义不仅在史，而且在文。在中国历史上，《史记》对文学家的影响无法估量。熟读《史记》，不仅在中国历史、中国文化的层面上会大有收获，而且在文学的、审美的层面上也会大有收获。

（四）刘义庆：《世说新语》

鲁迅曾推荐大家读这本书。宗白华、季羡林也推荐大家读这本书。宗白华说这本书文笔简洁玄澹，写出了晋人的精神面貌，写出了时代的色彩和空气。季羡林说这是一部奇书，书中所记载的当时名士的语言"隽永有韵致，言简而意深，如食橄榄，回味无穷"，"宛如当年灵山会上，世尊拈花，迦叶微笑"。

（五）曹雪芹：《红楼梦》

《红楼梦》是中国最伟大的小说，同时又是一部中国文化的百科全书。如果把《红楼梦》细读一遍，不仅可以极大地提升自身的文学修养，而且可以极大地提升自身的中国文化的修养。单从文章写作的角度看，《红楼梦》也达到了出神入化的境界。作家李准说，"学习写作的人必须熟读《红楼梦》"，所言极是。

（六）吴楚材、吴调侯编选：《古文观止》

此书共选先秦至明代古文 220 篇，选者有学识，有眼光，所选 200 多篇文章可以说集中了古代文章的精粹，多少年来已经成为学习古文的经典。我们今天写文章，虽然不写古文，但依然要从古代文章中吸取营养，因此此书不可不读。不仅要读，而且要"熟读玩味"，对其中一些文章，还要高声朗诵，**因为中国古人很多文章的意蕴不仅在于"辞情"，而且在于"声情"，不高声朗诵，就难以感受和把握它们丰富的意蕴。**

(七)王国维:《人间词话》

此书在我国近代的知识界影响极大。王国维的审美眼光独到,文字简洁有味,值得一读再读。

(八)冯友兰:《新世训》

为了写好学术论文,多读、细读冯友兰的著作极有益。冯先生善于对讨论的问题一层一层地分析,细密而不烦琐,清晰而不空疏。朱自清先生曾指出,冯友兰先生这本书对一些重要概念的含义"逐层演绎","精彻圆通","极见分析的功夫"。所以他认为,"高中二、三年级和大学生即使只为学习写作,也该细读本书"。

(九)朱光潜:《文艺心理学》

朱先生这本书当年出版时曾在大学生中风行一时,大家争相阅读。朱先生的书,既有丰富的学术文化内容,又写得明白通畅,既有很强的理论性,又有很强的趣味性,令人读起来难以释手。

(十)傅雷:《傅雷家书》

这是一本审美教育和人生修养难得的好书。我愿每一位中学生和每一位大学生都仔细读一读这本书。

读这本书,可以使我们懂得什么是爱,懂得什么是艺术,懂得一个真正有文化、有教养的人是一种什么样的精神境界。

(十一)黑格尔:《美学》(共三卷)

恩格斯曾以很大的热情向人推荐这部书。恩格斯说,**只要你稍微读进去,就会赞叹不已。**确实如此。黑格尔对于艺术创造的分析,对于艺术发展的论述,充满了智慧。读这本书,对扩大我们的历史文化视野和增强我们的理论思维能力都大有好处。黑格尔这部巨著充分显示了理论思维的力量。**黑格尔在这部书中所达到的深度,是那些轻视理论思维的人做梦也想不到的。**这部书由朱光潜先生翻译。当年周恩来总理曾经说过,像黑格尔《美学》这样的书,只有朱光潜先生来翻译才能"胜任愉快"。**朱先生的译文和傅雷先生翻译的书的译文一样,精美流畅,令人赏心悦目。**

(十二)勃兰兑斯《十九世纪文学主流》(共六册)

作者采用传记式的研究方法,对19世纪初期欧洲浪漫主义文学的发展状况做了全面的描述。作者的知识极其广博,掌握的文献资料极其丰富。他评论每一位作家，都以这位作家的个人经历和作品为主体，联系历史传统、社会生活、文化背景、时代思潮进行综合的分析。书中充满了美丽的比喻和精辟的警句，不断给人惊喜。

这部书有两种译本。一种是韩侍桁先生的译本（书名《十九世纪文学主潮》，作者之名译为“勃兰戴斯”），一种是张道真等多人的译本。韩侍桁先生只译了四册，20 世纪三十年代由商务印书馆出版，五十年代人民文学出版社重印时只印过一册。张道真等人的译本六册是全的，由人民文学出版社 1988 年出版。比较起来，韩侍桁先生的译本读起来似更有味。